창약

# 어떤 마술의

# 금서목록
INDEX

## 카마치 카즈마 3

일러스트 / 하이무라 키요타카

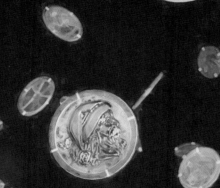

## 니콜라우스의 금화

R&C 오컬틱스에 의해 배포된 마술 아이템. 기도함으로써 행동의 성공 확률은 100%로 고정할 수 있지만, 한 번 사용하면 다음에 사용할 때까지 1시간의 충전이 필요하다. 능력자가 사용해도 부작용 같은 페널티는 일어나지 않는다.

# CONTENTS

저는 프릴샌드인데…

"여보세요,

"과학적으로 만들어진 인조 유령

프릴샌드 #G

Designed by Hirokazu Watanabe (2725 Inc.)

창약

# 어떤 마술의 금서목록

## INDEX

**3**

카마치 카즈마 지음
하이무라 키요타카 일러스트
김소연 옮김

## 서장 커다란 돌을 젖혀보니 이렇게 되었다
### OP. "Hand_Cuffs."

썩어 있었다. 12월 25일, 오후 3시. 명문 토키와다이 중학교의 학생 기숙사에서 밤색 머리 트윈 테일의 여자 중학교 1학년생, 보라색 네글리제를 입은 시라이 쿠로코는 침대에 엎드려 그대로 움직이지 않는다. 완전히 썩었다.

썩은 해파리는 말했다.

"언니… 돌아오지 않아…."

그렇다.

룸메이트인 미사카 미코토가 24일 밤에 행방을 감춘 이후, 지금까지 돌아올 기미가 없다. 도망쳐버렸다. 매혹의 언니. 크리스마스 당일에는 어딘가 모르는 곳에서 즐겁게 지내는가 보다. 아무래도 귀여운 후배는 노아의 방주를 놓치고 만 모양이다. 만일 무인도에 한 가지만 가져간다면? 시라이 쿠로코, 어이없이 낙선. 이런 것은 악의가 없는 게 더 가슴에 꽂히는 경우도 있다.

(너, 너, 너무해요…. 모처럼 이날을 위해 준비한 이거나 저거, 과자에 선물, 아로마에 영양제, 감전 대책 고무옷에 장갑, 해조에서 추출한 반투명한 탱글탱글에 실리콘 기술의 결정, XXX에 XXXX, 우후구헤헤. 전부 다 26일까지 팔다 남은 산더미 같은 케이크 상태잖아요오…!!)

점점 심해지는 진심은 신이 듣고 있다면 물리적으로 벼락 하나라도 떨어뜨릴 것 같은 참상이었지만, 어쨌든 커다란 식충 식물은 사냥감을 놓쳤다.

이제 버둥거릴 기운조차 없었다. 그런 시라이 쿠로코의 머리맡에서 휴대전화의 단조로운 착신음이 울려 퍼진다. 시라이는 엎드린 채 손을 뻗으며 좀비 같은 낮은 목소리를 냈다.

"우에아…? 안티스킬(경비원)과의 합동 일제 수색이라고요???"

『뭔가 큰 체포 작전인 것 같아요. 시라이 씨, 이런 폭력적인 거 좋아하잖아요. 웬일로 어른들한테서 오퍼가 들어왔으니까 가보면 어때요?』

아무래도 1년에 한 번인 크리스마스까지 저지먼트(선도위원) 쪽에는 일이 쌓여 있는 모양이다.

한순간, 스무 살이 될 때까지 확실하게 잊지 않으면 저주받는(주1) 보라색 생리가 심해서 일어날 수 없다는 꾀병을 구사해 끊어낼까 하고 생각하는 시라이 쿠로코였지만… 문득 생각을 고쳐먹었다.

그렇다.

(어려운 사건이 있는 곳이면 언니가 나타나지 않을까?)

침대에서 벌떡 몸을 일으키고 흐트러진 머리카락을 정돈하면서 시라이는 허둥지둥 응답했다.

"알겠어요, 우이하루!! 당장 현장으로 갈게요. 장소는?!"

품행방정을 외부에서 강요하는 토키와다이 중학교. 그 학생 기숙사는 크리스마스가 가까워지면 특히 엄중한 봉인이 이루어지지만, 치안 유지 조직인 저지먼트(선도위원)의 활동이라면 예외적으로 봐주는 모양이다. 시라이 쿠로코, 첫 토키와다이 크리스마스. 사감의

주1) 일본의 괴담계 도시 전설 중 '이 이야기를 듣고 스무 살이 될 때까지 완전히 잊어버리지 않으면 저주를 받아 죽게 된다'는 것이 있다.

눈앞을 가로질러 난공불락이라고 불리는 학생 기숙사의 정면 현관에서 교복 차림으로 당당하게 밖으로 나가는 데 성공한다.

"자."

가만히 숨을 내쉬고, 학교 지정 동복과 기나긴 머플러를 조합한 트윈 테일의 소녀가 갑자기 허공으로 사라졌다.

레벨 4(대능력자), '텔레포트(공간 이동)'.

한 회당 거리는 81.5미터, 한 번에 옮길 수 있는 무게는 130.7킬로그램으로 정해져 있지만, 찔끔찔끔 몇 번이나 되풀이함으로써 레이싱카를 상회하는 속도로 고속 이동이 가능하다. 물론 아스팔트 길 따위는 무시하고… 다.

장소는 옥석이 섞여 있는 제7학구에서도 치안이 나쁜 일각이었다. 벽에는 그다지 예술은 아닌 느낌의 스프레이 낙서, 주변의 지면에는 훔쳐 와서 타다가 그대로 버린 것으로 생각되는 자전거가 데굴데굴. 크리스마스에도 특별한 컬러로 정돈될 생각은 없는 모양이다.

시라이는 직업상(?) 자전거 안장 밑에 있는 등록 실(seal)만 휴대 전화로 촬영하면서,

"이 근처인가요?"

『안티스킬(경비원) 전용 차량이 서 있을 테니까 그쪽과 합류하세요. 이쪽도 이쪽대로 바빠서 함께할 수 없는 게 유감이에요…. …엣, 아, 네? 우에엣…!! 이거 전부 오늘 중에 자동 연산 플로 차트화하는 건가요오?!』

허둥거리는가 싶더니 통화가 끊기고 말았다.

(어쩔 수 없지….)

아무도 돌아오지 않는 기숙사 침대에서 썩어 있는 것보다는, 바깥을 돌아보는 편이 사랑하는 언니 미사카 미코토와 마주칠 확률이 높아지는 것은 사실이다. 그것도 사건성이 높은 구역이라면 더욱 확률이 높아지고. 매우 불순한 동기이기는 하지만, 확정적으로 도시의 치안이 회복된다면 용서해주시기를 바란다.

창문 없는 버스… 같은 느낌의 쇠로 된 대형 차량의 문을 노크하자 안에서 열어준다.

원룸보다 넓은 차 안은 바깥에서 보는 것과 달리 빈틈없이 꽉 차 있었다. 우선 벽의 양쪽이 업무용 컴퓨터로 메워져 있고, 남은 공간에도 무기 탄약 상자가 쌓여 있다. 조명다운 조명은 없고, 모니터의 불빛과 기계의 열이 한정된 공간을 채우고 있다. 아무래도 사람을 운반하기 위한 차가 아니라, 정보 관제와 물자 보급을 겸한 후방 지원인 모양이다.

(이래도 서브. 그렇다면… 버스 한 대에도 다 들어가지 않는 규모의 인원을 움직이고 있나?)

시라이는 의아하다는 얼굴이 되었다. 안티스킬(경비원)은 학원도시의 치안을 지키기 위한 '어른 측'의 조직이다. 외벽 '바깥'으로 말하자면, 역할로서는 경찰에 가깝다. 그들이 교직원으로부터의 지원제로 고도로 조직화되어 있는 것은 알고 있었지만, 그래도 이 정도까지 되면 상당히 규모가 크다. 조금 상상해보면 알 수 있겠지만, 현행범으로 도시를 달리는 한 명의 강도를 쫓아다니는 데에 어느 정도의 제복 경찰이 필요할까. 30명으로도 부족하다… 는 장면은 좀처럼 볼 수 없을 거라고 생각한다.

"실례, 그쪽의 요청으로 출두했습니다. 저지먼트(선도위원) 시라이 쿠로코예요. 제가 불려 나올 큰 체포 작전이라는 건 역시 능력자가 얽혀 있는 안건일까요?"

휴대전화 가게의 접수 담당 아가씨처럼은 되지 않았다. 우선 침묵이 소녀의 목소리를 흡수하고 잠시 후, 흘깃하는 시선이 몇 개 모여든다. '손님은 왕입니다'는 공무원에게는 통하지 않는다. 그리고 애초에 시라이는 손님이 아니다. 이윽고, 가까이 있던 오퍼레이터인 듯한 여성이 입을 열었다.

무뚝뚝하게 턱으로 안쪽을 가리키면서,

"저 사람이랑 같이 행동해."

일부러 지명해서 열렬한 어프로치를 해온 것치고는 한없이 무뚝뚝하다. 시라이는 같은 반에도 가끔 있는, 실패해버린 츤데레 계열의 캐릭터 만들기인가 보다고 납득하고 그쪽으로 시선을 보내다가

아무 말도 할 수 없었다. 그대로 뒤로 쓰러지는 줄 알았다.

…여기에서 한 가지, 양해를 구해두어야 할 것이 있다.

이미 말이나 몸짓 구석구석에서 배어 나오고 있을 거라고 생각하지만, 이래 봬도(?) 시라이 쿠로코는 명문 토키와다이 중학교에 다니는 순수 배양 아가씨. 평범하게만 생활한다면 남자 냄새 따위는 맡을 일도 없는 여자 기숙사 생활을 하고 있다. 특별히 남성 공포증은 아니지만 남자 집단과 여자 집단, 던져 넣어진다면 어느 쪽이 편할까? 라는 질문에 대해서는 자연스럽게 후자를 고르고 말 것이다.

그런 그녀의 입장에서 보자면, 같이 행동하라는 말을 들은 버디는 당치도 않은 것이었다.

성냥개비 같은 아저씨였다.

머리가 벗겨져 있었다.

마이넘버(주2) 제도의 열렬한 지지자인 것인지, 머리 전체의 바코드로 관리되고 싶어 하고 있었다.

비쩍 말랐는데 느끼했다.

잘못 탄 택시의 차 안 같은 냄새가 났다.

바코드에 안경이 조합되어 있었다.

애초에 근본적으로 남자였다.

"우구오오오오아아아아아아아아아아아아아아아아아아아아아아아아아아아아아아아아아아아아아아아아아아아아아아아아아아아아아아아아아아아아아아아아아아아아아아아아아아아아아아아아아아아아아아아아아아아아아아아아아아아아아아아아아아아아아아아아아아아아아아아아아???!!!"

"아, 네. 당신이 시라이 쿠로코 씨인가요? 처음 뵙겠습, 우와, 뭡니까, 갑자기?! 이, 이것이 레벨 5(초능력자)로의 각성?!"

왠지 이쪽으로 다가오던 방탄 장비 차림의 중년 남자가 움찔하며 어깨를 떨었다.

그러나 시라이 쿠로코는 그럴 때가 아니다.

"왜, 대체 무슨 일이 있으면, 이렇게 돼버리는 거예요오!! 모든 게 순당하게 진행되었다면 지금쯤 밀실 안에서 사랑하는 언니랑 단둘이 있었을 텐데, 정신이 들고서 보니 이런 리본도 풀지 않고 20년쯤 방치된 크리스마스 선물 같은 쪼글쪼글남이 다가오다이……!!!!!!!!"

"무, 무슨 이야기인지 모르겠지만 아저씨의 인권에 대해서 생각

주2) 마이넘버: 행정상의 편의를 위해 2015년 10월부터 주민등록이 되어 있는 일본 국민에게 통지되는 열두 자리 번호. 이 번호로 사회보장제도 및 세금 부과 등이 이루어진다.

해볼까요…?"

부드러운 비아냥조차 효과가 없었다.

그게, 나왔다. 그 구절이 나왔다. 순수 아가씨가 가장 가까이 해서는 안 되는 세 글자의 나열. 나온 것만으로 은(銀) 이온이 가득 든 살균 스프레이를 들어야 할지도 모르는 지옥의 단어가. 그가 놀라는 것만으로도 땀이 배어나오고, 땀이 배어나오면 뭐라고 말할 수 없는 그 냄새가 뭉근하게 풍긴다. 시라이는 새파래진 얼굴로,

"어, 어쨌든 밖으로!!"

"아, 일을 열심히 하는군요. 역시 엘리트 아가씨는 다르네에."

아니다. 택시의 싸구려 합성 피혁 좌석 같은 저 냄새를 몸속에 넣고 싶지 않은 것이다. 그러나 여기에서 실랑이를 벌여도 시라이 측이 이득을 볼 일은 아무것도 없다. 소문의 바코드 안경은 방어력이 없어 보이는 머리를 수줍은 듯이 한 손으로 긁적이고 나서, 문득 깨닫고 자신의 바코드를 정돈한다.

"나, 나는 라쿠오카 호우후라고 해요…."

"시라이 쿠로코."

트윈 테일의 소녀는 빠른 말투로 응대했다.

필요 이상으로 둘 사이의 거리를 넉넉하게 두면서, 시라이는 한숨을 쉬며 본론으로 들어간다.

"그럼 라쿠오카 선생님. 체포라는 건 뭔가요?"

"아, 이거 일반층에는 비밀인데요. 지금은 동영상 사이트라든지 SNS라든지, 화제를 모으기 위해서라면 뭐든지 저지르는 시대니까요…."

"빨리."

"그러니까 말이죠."

라쿠오카 호우후인지 뭔지는 작은 동물처럼 좌우를 확인하고 나서, 이쪽으로 다가와 작은 목소리로 말했다.

"오퍼레이션 네임 핸드커프스. '어두운 부분'의 일소 작전이에요."

'어두운 부분'.

학원도시의 트러블 처리, 그리고 때로는 범죄자와의 직접 전투까지 담당하는 저지먼트(선도위원) 시라이 쿠로코이기는 하지만, 그런 그녀에게도 히키코(주3)나 쿠네쿠네(주4)와 비슷할 정도로 모호한 존재였다.

'그것'의 냄새를 풍기는 말이나 사람의 움직임을 보고 들은 적은 있다.

하지만 '그것' 자체를 접했다는 반응이나 실감은 없다.

(…우리가 있는 곳보다도 더욱 안쪽.)

하지만 애초에 '어두운 부분'의 정의가 무엇인지조차 시라이 쿠로코는 단언할 수 없다. 모든 것은 소문 속에서 이야기되는 가공의 존재다. 우연의 산물을 몇 개 이어 붙이면 무언가 통일감이 있는 것처럼 착각하고 만다. 그런 식으로 일소에 부치고 말기에는 너무나 으스스할 뿐이고….

(아마 언니가 혼자서 발을 들여놓고 있는 영역. 오호오!! 그렇다는 것은 역시 이 길은 틀리지 않았어요. 스스로 최대의 위기로 돌격하

주3) 히키코: 일본의 괴담계 도시 전설 중 하나. 아이들을 붙잡아 고깃덩어리가 될 때까지 끌고 다닌다는 여자 귀신이다.
주4) 쿠네쿠네: 일본의 괴담계 도시 전설 중 하나. 들판이나 강 건너편 등에 보이는 흰색 또는 검은색의 구불구불(쿠네쿠네) 움직이는 존재로, 그 정체를 알게 되면 정신이 이상해진다고 한다.

면 언니가 기다리고 있다아!!)

"'그것'은, 있습니다."

라쿠오카 호우후는 확실하게 말했다. 비밀 이야기를 하고 싶어서일까. 둘 사이의 거리를 무시하고 이쪽의 영역에 다가오는 바코드 안경이 신경 쓰이지 않게 될 정도로, 그 말에는 마력이 있었다.

"그, 왜, 일전에 총괄 이사장이 바뀌었잖아요. 그 격변 중 하나로 떠올랐어요. 늪 바닥에 고여 있던 더러운 진흙이 흔들려서 수면까지 올라온 것처럼."

"……"

"은폐의 가드는 끊어졌어요. 지금이 최초이자 최후의 기회이기도 합니다. 23개의 학구 전체에서 일제히 움직이기 시작했어요. 체포를 위한 '아웃랭크(괴멸 수배)'도 되었고요!"

지금까지 안티스킬(경비원)이나 저지먼트(선도위원)가 단편적으로 모으고 있던 '도움은 되지 않는 데이터'와, 이번에 윗사람이 해금한 은폐 데이터를 조합한 체포 작전인 모양이다. 요컨대, 이것을 따라 일제 수사를 하는 것만으로도 지금까지 그림자도, 형태도 없었던 '어두운 부분'의 거물들을 일소할 수 있다는 계획이다.

"여기에서 가시화된 '어두운 부분'을 뿌리부터 잘라내지 못하면 그 후에는 같은 일의 반복이에요. 수면에 가라앉은 '그들'은 다시 아무도 손댈 수 없는 장소에서 무고한 시민을 끌어들여서 탐하겠지요. 어떻게 해서라도 막지 않으면…."

"그들… 이란?"

"여러 가지예요. 온라인의 '아웃랭크(괴멸 수배)'를 보면 할 말을 잃을걸요."

라쿠오카는 다른 쪽을 턱으로 가리키며,

"……우선, 우리 담당을 확인해보지요. 저기 있는 폐허 빌딩입니다. 아오우미 카레이, 통칭은 '펫 브리더'. 비밀리에 훈련된 위험한 펫을 부추겨서, 사고로 위장해 노리던 인물을 공격하는 전문직이라고 하네요. 의뢰에 따라 단순한 협박부터 미인 대회 후보나 스포츠 선수의 기권, 그리고 암살까지 상처의 크기나 감염증의 정도는 다방면에 걸쳐 있다고 하는데."

"그거, 지금까지는?"

"사고치고는 의심스러운 안건이 몇 가지 있었지만 전부 사건화되지는 않았죠. 현장 주변에서 발견된 불개미나 늑대거북이 보건소에 포획된 정도입니다."

예만 들어도 상상 이상이다. 애초에 '직업화된 범죄자'라는 것이 존재하는 것 자체가 일본의 중학생이 보기에는 이상하기 짝이 없다. 그런 게 성립하는 것일까? 하물며 이곳은 두꺼운 벽으로 둘러싸여 수많은 카메라로 감시당하는 학원도시인데.

(은폐의 가드가 끊겼다… 고.)

숨기는 것은 숨겨두는 편이 낫다는 판단이 이루어진 것이다. 그것은 대체 어떤? 개개의 범죄자도 그렇지만, 이만한 흉악범을 사회에서 덮어 가릴 수 있는 구조 자체에도 등줄기가 얼어붙는다. 마음만 먹으면 이 도시는 시라이 쿠로코의 존재도 통째로 '제거'해버릴 수 있는 것은 아닐까?

"다른 멤버는?"

"'펫 브리더'에 대해서는, 인원수 차이로 압살하려고 해도 역효과예요. 핀 포인트로 격파하고 싶은데요. 어쨌거나 스위치 하나로 몇 백 마리의 거미나 문어가 튀어나올지 알 수 없으니까요. 문이나 창을 막는다고 해도 덕트나 배수구 등 사람이 다닐 수 없는 루트를 사용해서 퍼질 리스크도 있습니다. 포위해서 봉쇄하는 건 아마 무리일 거예요."

"우헤에."

"만약을 위해 바깥에는 살충제 부대를 대기시켰습니다. 인간에게는 별로 효과가 없는 피레드로이드 계열이니까 시가지에서 뿌려도 문제는 없겠죠. 다만 쥐나 까마귀나 인간과 같은 척추동물의 경우는 그물을 빠져나갈 겁니다. 들키지 않는 것보다 좋은 일은 없어요."

"…그걸 위한 '텔레포트(공간 이동)'… 인가요."

"문이나 창문은 물론이고 실내도 센서투성이일지도요. 그러니까 잘 부탁드립니다. 덧붙이자면 텔레포트는 처음인데요, 대체 어떻게 조준하는 거죠?"

"……………………………………………………………………
………………………………………………………………………
………………………………………………………………………
……………………………………………………………………………… ."

엄… 청 싫은 듯한 얼굴을 한 트윈 테일의 여중생이 아저씨의 어깨를 두드리고, 그리고 육체적으로 접촉한 두 사람이 동시에 허공으로 사라진다.

폐허 빌딩 안에는 1년에 한 번인 크리스마스라고는 생각할 수 없는 광경이 펼쳐져 있었다. 벽지나 융단조차 없는 드러난 콘크리트. 유리가 없는 창문은 푸른 비닐 시트와 접착테이프로 억지로 막혀 있고, 여기저기에 네모난 상자의 실루엣이 산더미처럼 쌓여 있었다. 크기는 한 변이 2미터 정도 되는 육면체일까. 이곳만 열대어의 수조처럼 희푸른 빛으로 가득 차 있었다.

아니.

틀림없이 수조나 우리 같은 것일 거라 상상하고 있던 시라이였지만, 실제로는 달랐다.

자외선 조명과 수경 재배 키트가 같은 전원으로 합쳐져 있는 상자의 정체는,

"채소 공장… 인가요?"

"일종의 비오톱이겠죠. 정해진 시간에 먹이를 주는 게 아니라 먹이가 있는 자연 환경 자체를 인공적으로 조정하고 있어요. 죽음의 원예부로군요. 이래서는…."

두꺼운 아크릴로 덮인 상자 안에서는 자세히 보니 여러 종류의 생물이 꿈틀거리고 있었다.

모기, 파리, 벼룩, 진드기, 바퀴벌레.

쥐, 까마귀, 뱀, 독개구리, 박쥐.

늑대거북, 피라냐, 칸디루, 블랙배스.

한 상자에 한 종류만 있는 것도 아니다. 서로 잡아먹어 전멸하지 않는 종이라면 상자에 함께 넣어두는 것인지, 아니면 정말로 먹고 먹히는 먹이사슬의 피라미드 자체가 완성되어 있는 것인지까지는 모르겠지만.

"자, 자칫하면 이것에 물리거나 쏘이거나 하게 되는…? 병원에 혈청이 있으려나아?"

"하아, 동아리나 위원회가 아니라 일이라면 산재, 즉 공짜로 입

원할 수 있지 않을지?"

"싫어욧. 저는 시라이 씨와 달리 공무원입니다! 원하지도 않는 용돈과 휴가 따위 동시에 받아봐야 여기저기에서 불평을 들을 뿐이에요. 세금 도둑이라고…."

달칵 하는 소리가 위에서 났다.

소심한 것인지, 회사의 노예근성인지, 그런 아저씨의 한탄도 뚝 그친다.

여기까지 오면 시라이도, 라쿠오카도 일일이 목소리를 내어 서로 확인을 하거나 하지는 않는다. 손끝으로만 사인을 보내고 두 사람은 폐허 빌딩에 남아 있는 비상계단으로 향한다.

다행히 걱정하고 있던 카메라나 센서는 없다. 방이나 플로어로 구분한다는 개념은 없는지, 계단 층계참에도 아크릴로 만든 2미터 크기의 상자가 그대로 놓여 있었다.

"(쉿…!!)"

시라이는 한 손으로 아저씨를 제지하고, 안 그래도 억누르고 있던 호흡을 완전히 멈추었다.

계단을 올라가니, 내벽이 없는 넓은 플로어 안쪽에서 사람의 이야기 소리가 들려왔다.

누군가 있는 것일까. 그것도 여러 명.

안쪽에서다. 계단 부근에서는 확인할 수 없다. 꿀꺽 목을 울리고, 시라이는 소리도 없이 살풍경한 넓은 공간에 발을 들여놓는다. 고농도의 긴장이 전신의 신경을 서서히 좀먹지만, 그때 깨달았다.

『…새로… 취임… 니다만.』

몹시 또렷또렷한 여성의 올바른 발음에 함께 흘러오는 음악과 효과음. 새삼 기둥 뒤에서 살며시 들여다보니, 칸막이가 없는 광대한 플로어의 한가운데에 60인치 이상의 커다란 슬림형 TV가 놓여 있었다. 그 역광에 비치다시피 의자에 걸터앉은 사람 그림자가 검게 도려내어져 있는 것을 알 수 있다.

다른 사람은 없다. 밝은 목소리는 TV에서 들려오는 음성이었던 것이다.

이것이 놈의 생활공간… 일까. 2미터 크기의 상자로 둘러싸인 고독한 공간에 공사의 구별 따위는 눈에 띄지 않는다.

『새로운 총괄 이사장이 취임 선언과 동시에 안티스킬(경비원)의 초소에 출두, 자신의 죄를 고백한다는 전대미문의 사태에, 학원도시의 일반 재판소에서는 격진이 일어나고 있습니다. 기소 자체는 된 모양입니다만 일정대로 재판이 열릴지는 미지수로, 이 전대미문의 사태에 열두 명으로 구성되는 총괄 이사회는 코멘트를 삼가고 있어….』

펫 브리더.

아오우미 카레이.

"너무하네."

?! 하고 시라이의 호흡이, 의도해서 멈춘 것과는 다른 이유로 막힌다.

의자에 걸터앉아 등을 돌린 여자는 이쪽을 알아채고 있다.

"우리도 필요하다고 여겨져서 어둠 속에 가라앉아 있었던 건데. 독트린이 달라지면 그걸로 폐기 처분? 아니, 억지로 톱니바퀴를 뽑아도 학원도시라는 얼개 전체가 무너질 뿐이야."

"칫!! 저지먼트(선도위원)이에요. 아오우미 카레이, 거기서 움직이지 마세요!!"

"네, 네."

여전히 TV를 보면서 여자는 일어서지도, 돌아보지도 않았다.

그저 어깨를 으쓱했을 뿐이었다.

그 직후.

쿵!!

녹색에 갈색, 회색에 검정. 여러 가지 색의 거센 흐름이, 바로 옆에서 시라이 쿠로코의 옆구리를 덮쳤다.

의미를 알 수가 없었다.

한 마리, 한 마리가 소녀의 손바닥에 필적하는 사이즈의 벌레…라는 것도 충분 이상으로 무섭다.

하지만 그 이상으로 수. 무거운 볼링공이라도 맞은 것처럼 시라이의 호흡이 막히고 사고가 흩어진다. 기둥 뒤쪽에서 날아가 눈을 희번덕거리며 콘크리트 바닥을 미끄러지는 소녀에게, 여전히 TV를 보면서 '펫 브리더'가 속삭인다.

"해충에도 트렌드라는 게 있어."

무뚝뚝한 말투로.

"지금은 불개미보다도 메뚜기일까. 알고 있어? 벌레는 상황에 따라 생태가 바뀌어. 수가 많아져서 외적으로부터 몸을 숨길 필요가 없어지면, 풀잎 뒤에 숨기 위한 초록색 계열의 체색을 내팽개치고 갈색처럼 되는 것도 그렇지. 평소에는 얌전히 풀을 먹고 있지만, 대담해지면 방해되는 생물에게 몸을 부딪치거나 피와 살을 물어뜯으며 공격하거든."

"가, 악…?!"

"그러니까 그건, 무리의 밀도를 바꾸어 스트레스를 제어하거나, 뭣하면 직접 코라조닌을 주입하거나, 어쨌든 외부에서 환경을 가다듬으면 조련도 할 수 있다는 거잖아? 예를 들어, 솔선해서 사람을 습격하도록 본능 부분을 바꾼다거나."

"칫!!"

쓰러진 채 시라이 쿠로코는 자신의 허벅지에 손바닥을 댄다. 엄밀하게는 벨트를 감아 저장해둔 금속 화살로.

그러나 '텔레포트(공간 이동)'로 화살을 날린 순간이었다.

TV 앞에서 의자에 걸터앉아 있던 실루엣이 공기를 뺀 것처럼 무너졌다. 아니, 그 정체는 다갈색 덩어리, 방울뱀 떼다. 수백, 또는 수천? 방대한 뱀들이 말단에 있는 발음 기관을 흔들어 사람의 목소리와 비슷한 무언가를 만들어냈다.

『말해두겠는데, 동화의 마녀가 아니야.』

"……?!"

또각 하는 딱딱한 발소리는 전혀 다른 방향에서 울려 퍼졌다. 그러나 밀려 쓰러진 시라이에게는 돌아볼 여유조차 없다.

『이 정도라면 웬만한 과학으로 설명이 돼. 설명할 수 있어. 기억해둬. 이게 '어두운 부분'. 어중간한 각오로 머리를 집어넣어도 변변한 일은 없어. 뭐, 이미 늦었을지도 모르겠지만.』

이대로는 놓치고 만다.

'펫 브리더'는 일그러진 세계를 만들어내는 흉악범이지만, 재료만 보면 어디에서라도 손에 넣을 수 있을 것 같다. 이런 연구소는 냉큼

버리고 몸만 건져 도망쳐도 금세 장사를 다시 시작할 수 있다.

그렇게 되면 또 희생이 생겨난다.

"왓."

그때였다.

너무나 존재감이 희박했다. 그래서 오히려 적도, 아군도 모두 잊고 있었는지도 모른다.

"우구와아앗…!!"

누군가가 갑자기 고함쳤다. 안경에 바코드 머리의 아저씨다. 렌즈 안쪽에서 두 눈을 꽉 감은 채 양손을 앞으로 내밀고 그대로 돌진한 것이다. 대량의 메뚜기에 떠밀려 쓰러진 시라이 쿠로코를 우회해, 벽 가장자리를 걸어 안전하게 플로어의 출구로 향하는 '펫 브리더'를 향해.

허를 찔린 것인지도 모른다.

"엣?"

이때, 시라이 쿠로코는 처음으로 정말로 아오우미 카레이의 진짜 목소리를 들었다.

그래도 무난하게 '펫 브리더'가 옆으로 피한 직후, 아저씨는 파란 비닐 시트를 뚫고 창 밖으로 뛰쳐나가고 말았다.

그러나 안심하고 있을 새도 없었을 것이다. 생각 없이 기세 좋게 몸을 흔든 것이 잘못이었을까. 아오우미 카레이의 어깨가 두꺼운 아크릴로 둘러싸인 채소 공장… 아니, 해충을 키우기 위한 인공 환경 비오톱에 격돌한 것이다.

덜컥 하는 소리가 들렸다.

가격은 알 수 없지만 아무래도 두꺼운 아크릴은 커다란 한 장짜리 판이 아니었던 모양이다. '어두운 부분'인지 뭔지도 경비 삭감은 생각하는 것일까. 여자가 부딪친 순간, 문만 한 크기의 길쭉한 판이 떨어져 그대로 맞은편으로 쓰러지고 말았다. 판과 판의 접착 면이 떨어진 것이다.

여기까지 와서, 시라이는 처음으로 아오우미 카레이의 맨얼굴을 포착했다. 그 기묘한 옷차림에는 합리적인 이유가 있는 것일까, 단순히 웃기는 센스일까. 화려한 노출의 검게 빛나는 본디지를 입은 대학생 정도의 여자다.

그런 '펫 브리더'가 스스로 만든 한 변이 2미터 크기의 상자 정원 안으로 굴러 들어간다.

벌레장 같지만 바닥 쪽에는 투명한 물이 차 있었다.

미끌미끌하게 꿈틀거리고 있는 것은 전기뱀장어일까.

"갸갸갸갸갸… 아???!!!"

의미를 알 수 없는 절규가 있었다.

자세한 구조는 모른다. 하지만 컨트롤되고 있는 '장사 도구'인 이상, '펫 브리더'는 자신이 키운 생물에게서는 습격당하지 않는 것이 아니었던 것일까. 아니면 저 전기뱀장어들은 조련인지 뭔지가 완료되지 않은 준비 단계였던 것인지도 모른다.

"윽…."

시라이 쿠로코가 간신히 몸을 일으켜 그쪽을 보았을 때에는 이미 맨얼굴도 파묻혀 있었다. 물속에서 감전이라는 치명적인 조건 이전의 이야기로, 이미 터지고 찢어진 피부를 통해 몸속으로 직접 파고들어간 것처럼도 보인다. 움찔움찔 팔다리의 경련은 계속되고 있지만, 아마 본인은 숨이 끊어졌을 것이다.

"하아, 하아…."

트윈 테일의 소녀는 쓰러진 채 금속 화살을 '텔레포트(공간 이동)'로 한 대 날려, 천장에 매달려 있던 페트병을 쏘아 꿰뚫었다. 홍차보다 짙은 색을 띤 액체가 흩뿌려지자 겁먹은 듯이 메뚜기들이 물러간다. 짐작한 대로, 아무래도 저것이 비상시의 '스프링클러'인 모양이다. 시라이는 같은 것을 몇 개나 뚫어, 인간은 냄새를 맡을 수 없는 기피제로 플로어를 채운다.

떨리는 다리로 완전히 일어서서 시라이 쿠로코는 아크릴 상자 쪽으로 다가갔다.

깨어진 2미터의 결계.

부서진 벽으로 전기뱀장어가 밖으로 나오려고 하는 기척도 없다. 모든 것이 안쪽을 향하고 있었다. 물가에서 떠나지 않는다… 기보다는 가엾은 희생자의 몸속이 좋아서 자리 잡고 있는 것처럼 보이기까지 한다.

처참한 결과였다. 사람이 죽은 것이다.

비닐과 플라스틱을 꼭꼭 씹어서 삼킨 것처럼, 말을 떠올려도 머릿속에 흡수되지 않는다. 꺼끌꺼끌한 위화감만이 두개골 안쪽을 굴러다니고 있다. 그대로 한동안 시라이 쿠로코는 멍하니 서 있었다. 예기치 못한 사고였다고는 해도, 적절한 대응이었다는 한마디로 받아들이기에는 너무나 무거운 결과다. 그러나 시라이에게는 서툰 안티스킬(경비원)을 나무랄 생각도 없었다. 만일 아군의 지원이 없었다면 이렇게 되어 있었던 것은 소녀 쪽이었을 것이다.

이것이 '어두운 부분'. 최선을 다해도 새까만 결과가 밀려오는, 구원 없는 세계.

"……."

끈적거리는 세례로부터 대체 몇 분이 경과했을까.

이윽고, 시라이는 비틀비틀 창 쪽으로 다가갔다. 그곳만 파란 비닐 시트가 찢어져서 네모나게 잘린 햇빛이 비쳐 들어오고 있다.

창가에서 아래를 들여다보니 예상외가 기다리고 있었다.

기세를 못 이겨 떨어진 아저씨였지만 바깥에는 건축용 발판이 있고 라쿠오카 호우후가 걸려 있었던 것이다. 그쪽도 그쪽대로 다리가 풀린 모양이다. 오랫동안 꼴사나운 자세로 있었는지, 비지땀투성이가 되어 바코드에 안경을 쓴 아저씨는 웃음을 보내왔다.

아마 그는 아직 결과를 모를 것이다.

"도, 도움이 되었나요?"

"그런 건 시말서와 유족에 대한 보고를 끝내고 나서 얘기하세요."


그리고 어떤 남자는 혼자 콘크리트 벽에 등을 기대고서 숨을 죽이고 있었다.

하마즈라 시아게였다.

"거짓말이지… 이봐…."

'펫 브리더'는 분명히 착한 사람은 아니다. 뒤에서 여러 가지 일을 청부하고 있었다. 하지만 암살은 카드로서 넌지시 암시할 뿐이고, 실제로는 거의 사용하지 않는 것을 하마즈라는 알고 있었다.

그로테스크한 해충이나 해로운 짐승을 즐겨 사용하는 아오우미 카레이의 본성은 비용 절감 요원이다.

저도 모르게 '어두운 부분'의 영역을 밟고 쓸데없는 것을 본 인간을 처리하는 것도 나름대로 이상으로 비용이 든다. 그래서 얕은 층에 그로테스크한 바닥을 만들고, 그 이상 안쪽에는 아무것도 없다고 보이게 하는 위장직. 그것을 위해서 알기 쉬운 공포가 필요하고, 게다가 일반인을 살려서 돌려보내는 이상은 아오우미 본인이 맨얼굴을 드러내지 않아도 되는 리모트가 바람직하다. 그렇기 때문에 '펫 브리더'다. 화려한 연출의 본디지도, 말하자면 내구성이 높고 얼룩이나 작은 알로부터 몸을 지키기 위해서. T백의 근원에는 위험한 생물의 침입을 막기 위해서라는 설도 있는 모양이다. 아무리 기발해도 이야기를 하고 이유를 들으면 납득할 수 있는 인품이다.

그렇지라도 않다면, 어울리지 않았다.

bC-96/R. 하마즈라로서는, 여러 동물을 다루는 관계로 연인인 타키츠보 리코에게 필요한 치료약을 연구해주는 소중한 거래처이기도 했다.

'체정(體晶)'.

폭주 능력자의 체내에서 직접 추출한 성분을 응축, 결정화했다는 그 약품의 영향은 지금도 연인의 몸에서 완전히는 빠지지 않았다. 애초에 폭주가 전제이고, 지극히 드물게 적합한 사용자의 능력을 강렬한 부작용과 맞바꾸어 부스트하는 일이 있다… 고 하니, 이것은 거의 독물이라고 하는 편이 옳다.

독을 빼기 위해서는 남의 손을 빌릴 필요가 있다.

『기온이나 습도에 대해서는 냉장고에 넣어두면 문제없지만, 일단 누전은 조심해. 전기 분해로 쉽게 성분이 망가지고 마니까.』

의사 선생님인 체하는 목소리가 지금도 뇌리에 떠오른다. 하지만 이제 두 번 다시 듣는 일은 없을 것이다.

학원도시의 '어두운 부분'.

방금 전에 헤어진 키누하타 사이아이나 맨션에서 기다리는 연인 타키츠보 리코 등, 한마디로 말해도 여러 가지가 있다. 물론 매스컴이나 SNS는 어둠에 예외 따위는 인정해주지 않을 것이다. 하지만 실제로 몸을 담그고 있던 하마즈라는 알 수 있다. '어두운 부분'은 여러 계층으로 나뉘어 있고, 아오우미 카레이는 키누하타나 타키츠보와 마찬가지로 꽤 얕은 층, 밝은 장소에 속해 있었을 거라는 사실을.

여기에 있지 않으면 살아갈 수가 없어서.

'어두운 부분'에 있으면서도 스스로 일선을 긋고 자기 자신을 제어할 수 있는 인간.

그것을….

(…아오우미 녀석, 지금도 한 일은 경고뿐이었어. 겉으로 보기에는 무서운 방울뱀은 이빨이 빠져 있고, 메뚜기를 이용한 것도 위험한 감염증을 매개하는 모기나 파리를 피하고 '비살상 제압'을 선택했기 때문이야. 안티스킬(경비원)인지 저지먼트(선도위원)인지 모르겠지만, 놈들이 쫄아서 움츠렸으면 그 틈에 도망칠 수 있었어. 애초에 진심으로 죽일 생각이었다면, 처음부터 위층에서 키우고 있는 하이에나나 악어… 어쨌든 감염증을 무기로 하는 킬링 벡터(대형 짐승)를 우리에서 내보냈을 테고.)

대량의 메뚜기 습격을 받은 트윈 테일의 소녀는, 지나치게 가까워서 오히려 위화감을 눈치채지 못했을지도 모른다. 하지만 떨어진 장소에서 객관적으로 바라보고 있던 불량소년에게는 마음에 걸리는 것이 있었다.

(그 녀석, 일부러 한 거야. 사고 같은 게 아니야.)

하마즈라는 꿀꺽 목을 울린다.

관객석 바깥에서 바라보아도 장치는 찾을 수 없었다. 하지만 짐작은 할 수 있다.

(전기뱀장어용 기피제가 통하지 않다니 그럴 수가 있을까. 저 아저씨, 몰래 뭔가 해서 아오우미의 세이프티를 중화하고 나서 비오톱에 처박았어! …사고가 아니야. 저 아저씨, 나긋나긋한 척하면서 처음부터 전부 계획적이었던 거야!!)

증거가 남지 않는 살인. 서류상으로는 체포할 때 일어난 사고이고, 게다가 직접적인 사인은 피의자가 불법으로 개발한 살인 생물이다. 저런 건 자업자득이었다며 정리되고 만다. 안티스킬(경비원)이나 저지먼트(선도위원)도 사람이다. 전 세계 경찰들이 경찰관을 죽인 범인을 몰아붙일 때에는 기를 쓰는 것과 마찬가지로, 같은 편의 위기에는 내부 조사를 하는 감찰관의 판정도 느슨해질 것이다.

꽤 익숙한… 것이 아닐까?

현장에서의 진행뿐만 아니라 그것을 판정하는 자의 심리 경향이나, 어떻게 하면 서류 속에서 두드러져 보이지 않을지까지 확실한 계산이 엿보인다. 이렇게까지 클린한 조건이 갖추어지면, 오히려 시커먼 빙고가 한 줄 생겨나지 않았는지 의심하고 싶어질 정도로.

플로어에 남아 있던 60인치 이상의 커다란 슬림형 TV만이 평소와 똑같았다.

오후의 와이드 쇼를 진행하는 여성 아나운서는 시원시원한 목소리로 이렇게 말했다.

『총괄 이사장의 대가 바뀜으로써, 학원도시를 둘러싼 환경 또한 격변하는 것 같습니다. 이번 스캔들의 고름이 어디까지 나올 것인지, 각계가 주목하고 있는 상태입니다. 무서운 반면, 여기에서 전부 다 짜냈으면 좋겠네요.』

스마트폰이 부르르 진동했다. 무음 상태라서 착신음은 나지 않지만 작은 모터 소리만으로도 충분하다. 심장에 나쁘다. 수명이 줄어든다.

『한조〉 하마즈라 너 지금 어디 있어? 적대 팀의 두목이 당했는지 이쪽까지 패닉이 파급되고 있어. 이대로 가다간 누가 대상이 될지 알 수 없어!』

『쿠루와〉 일단 '어두운 부분'과 손을 잡고 운반인 흉내를 내던 놈들인 것 같은데, 어디에서 선이 그어져 있는지는 수수께끼네요…. 하마즈라 씨, 이쪽은 수면 아래로 들어가겠어요. 미안해요. 이제 시간이 없어요!』

긴박한 SNS의 메시지는 불량 시절의 친구로부터였다.

그러나 TV의 목소리가 밝게 바뀌었다.

『그럼 다음은 특집, 크리스마스 최전선! 귀여운 산타 의상을 입은 강아지와 고양이, 게다가 저런 진귀한 동물까지?! 인기 동영상 100연발을 즐겨주세요.』

부자연스러울 정도로.

불길한 사건 따위는 일어나고 있지 않다고 화제를 뒤덮듯이.

그리고 같은 플로어에서 아직 인기척이 나고 있었다. 들킬 수는 없다. 하마즈라는 천천히 콘크리트 벽에서 등을 떼고, 소리를 내지 않도록 주의하면서 계단으로 향한다.

딱딱하고 차가운 계단은 어떻게 해도 소리가 울린다. 더 이상 참을 수가 없었다. 달려서 내려갔는지, 뛰어내렸는지, 스스로 구별도 할 수 없을 정도로 정신없이 다리를 움직인다.

정면의 출구로 향하려다가 벽에 달라붙는다.

특수 차량의 사이렌이 들렸다. 허둥지둥 뒷문으로 돌아가지만,

"읏?!"

열리지 않는다. 안에서 잠그도록 되어 있는 녹슨 문의 손잡이를 손가락으로 잡고 돌려도 금속 문은 꿈쩍도 하지 않았다. 오래된 녹이 틈새를 메워버린 것인지, 여닫이 상태가 나쁜 것인지, 문 맞은 편에 폐자재나 나무 상자라도 쌓아놓은 것인지. 원인은 알 수 없고, 언제까지나 생각하고 있을 수도 없다.

『정말로 들렸나요?』

『엇, 네. 분명히 소리가. '펫 브리더'의 동물이 비오톱에서 도망쳐 나온 건지도 몰라요. 그렇게 되면 큰 문제입니다….』

심장이 쪼그라들었다. 위층의 목소리는 아직 반신반의 같은 느낌이지만 적어도 소리는 들었다. 이쪽으로 다가오는 것도 알 수 있다.

그저 눈물이 글썽거렸다. 하마즈라는 덜걱덜걱, 같은 짓을 되풀이했다.

"비, 빌어먹을…."

이곳을 떠나 다른 출구를 찾아. 머릿속에서는 그런 의견도 나오고 있지만 눈앞에 있는 '우선'에서 빠져나갈 수가 없다. 사막 한가운데에 있는 텅 빈 우물에 끝없이 물통을 던져 넣는 것 같은 어리석은 행동이라도, 지금부터 지평선 너머까지 근거도 없이 물을 찾으

러 걸어갈 정도의 마음의 여유가 없다.

온다.

철문은 열리지 않는다.

이제 온다.

안 된다. 도망칠 곳 따위 없다.

(에에잇….)

이를 딱딱 부딪치며 한계까지 내몰린 하마즈라는 자신의 주머니에 손을 집어넣었다. 무언가를 꺼내 딱딱한 감촉을 움켜쥔 채 그는 외친다.

"이 문을 열어, '니콜라우스의 금화!!'"

놀랄 정도로… 였다.

소리도 없이 매끄럽게 철문이 열리고, 온 체중을 싣고 있던 하마즈라 시아게는 그대로 문 안쪽으로 쓰러지고 말았다. 온몸이 아프다. 그렇게 바라고 있었는데, 막상 열리고 나니 그것은 그것대로 트러블을 부른다. 쓰러지면서 놓친 것인지, 손안의 감촉이 사라지고 없었다. 눈 때문에 젖은 지면에 쓰러진 채, 하마즈라는 고개를 움직인다.

지면에 금색 반짝임이 있었다. 크기는 500엔짜리 동전보다 조금 큰 정도일까.

수염을 기른 노인의 옆모습이 각인되어 있지만 누구인지 짐작가는 바는 없다. 적어도 일본 돈은 아닌 것 같다.

약간 거무스레한 색깔의 금화 가장자리의 한 점에 반짝임이 띠를 이룬다. 정점에서 시계 방향으로 천천히 폭이 넓어진다. 마치 도넛 모양의 원그래프나 도화선처럼.

이것이 '니콜라우스의 금화'.

본래 있어야 할 확률이나 통계의 계산 시트를 무시하고, 지정한 현상의 성공 확률을 100.0퍼센트로 고정하는 영적 장치.

『역시 무슨 소리가 들렸어요…?』

『주, 주의하세요. '펫 브리더'의 무기는 평범한 동물이 아닙니다. 감염증의 매개체 기능도 하고 있었을 거예요!!』

『이 자식, 연약한 여중생을 방패로 삼아 앞으로 꾹꾹 떠밀면서 말은 잘도 하는군…!!』

"!"

얽매여 있을 시간은 없을 것 같았다. 어쨌든 '니콜라우스의 금화' 만 주워 들고 하마즈라는 아픈 몸을 혹사하며 몸을 일으킨다. 거기 에서 전력 질주로 옮겨 간다.

오퍼레이션 네임 핸드커프스.

'어두운 부분'의 일소 작전.

(말도 안 돼….)

떠올리는 것은 결코 표면에는 내놓을 수 없는 몇 명이나 되는 지 인들.

그리고 연인 타키츠보 리코.

이것과 같은 흐름이 학원도시 안에서 일어나고 있다면, 이제 안 전한 장소는 어디에도 없다.

기록상으로는 새하얀 제노사이드가 시작된다.

"말도 안 된다고!! 이런 '흐름'에 휘말리면 어쩌라고, 빌어먹을!!"

학원도시 안에는 있을 수 없다.

하이테크 기술의 누설을 막기 위해 바깥둘레가 벽으로 둘러싸인 난공불락의 학원도시. 하지만 도시 안에서 안전을 지킬 수 없다면, 이제 어떻게든 해서 바깥까지 도망쳐 나가는 것 이외에 선택지는 없다.

절대로 잃고 싶지 않은 소중한 사람과 함께.

단 한 닢의 금화를 들고, 최악의 크리스마스가 시작되었다.

# 제1장  뜯긴 딱지 City_Warfare

## 1

'니콜라우스의 금화'에 대해서 알고 있는 것은 적다.

크리스마스 날 아침, 잠에서 깨어 보니 커다란 금화가 하마즈라 시아게의 손안에 있었다. 이상한 현상이지만, 게시판이나 SNS 등에 비슷한 글이 몇 개나 있었다. 전당포에 가져갔더니 진짜 순금이었다… 는 보고까지 있다.

즉, 무기노 시즈리나 타키츠보 리코의 서프라이즈 선물은 아니다.

그 후 'R&C 오컬틱스'의 공식 사이트에 자세한 사용 방법이 소개되고, 그것이 인터넷 여기저기에 게시되어 퍼진다. 아아, 그쪽 방향인가 하고 뒤늦게 감탄했을 정도였다.

물론 과학 측인 학원도시에서 살아가는 하마즈라도 반신반의. 하지만 실제로 금화는 녹슬어 움직이지 않는 철문을 열어젖혔다. 오랜 녹이 문 틈새를 막고 있었다고 해도, 문 자체가 일그러져 있었다고 해도… 철문이 움직이지 않는 이유는 물리적으로 존재하고 있었을 텐데, 전부 무시하고 사람의 바람이 우선시되었다.

그렇다, 그는 반신반의하면서 실제로 시험해본 적이 있었던 것이다.

소년이 금화를 움켜쥐고 기도해보니, 동거인인 무기노 시즈리의 브래지어 후크는 분명히 풀렸다. 실험 결과, 왠지 무기노가 아니라 연인인 타키츠보 리코의 손에 반쯤 죽을 뻔했지만.

덧붙여 말하자면 마찬가지로 동거인인 키누하타 사이아이의 후크는 풀 수 없었다. 아무리 신기한 금화라도, 원래 브래지어를 하지 않는 아이에게는 간섭할 수 없는 모양이다. 이쪽은 이쪽대로 키누하타 본인에게 반쯤 죽을 뻔했지만. 즉 무엇을 어떻게 해도, 불가능한 일은 할 수 없는 것이다.

알고 있는 규칙은 이렇다.


* '니콜라우스의 금화'는 행동의 성공 확률을 100.0퍼센트로 고정한다.
* 한 번 사용하면 충전에 한 시간이 걸린다. 목적의 질과 양에 상관없이 기간은 일률적이다.


이 부분은 'R&C 오컬틱스'에 있던 특설 매뉴얼에 적혀 있는 대로다.

그리고 레벨 0(무능력자) 취급이라고는 해도 학원도시의 하마즈라가 본 바로는, 이쪽도 덧붙는다.


* 능력자가 사용해도 부작용 같은 페널티는 일어나지 않는다.


(…어째서 이런 편리한 물건이 공짜로 흩뿌려진 건지는 궁금하지만. 설마 마술인가 하는 놈들의 크리스마스 선물이라는 건가? R&C

… 그러고 보니 낮에 만난 이상한 꼬마도 그런 말을 했었던 것 같은.)

"?!"

비잉!! 요란한 사이렌에 흠칫하며 갈색 머리의 불량소년 하마즈라 시아게는 생각을 잘라낸다. 저도 모르게 노상에 주차되어 있던 승용차의 그늘에 몸을 숨겼다. 스스로 자신이 기분 나쁘다. 한겨울의 야외인데도, 들고 있는 약이 든 종이봉투가 땀으로 문적문적해진 느낌이 든다.

(일부의 폭주 같은 게 아니야….)

하마즈라는 지나간 안티스킬(경비원)의 특수 차량 안까지 들여다보았다. 뒷좌석에는 특징적인 기재가 놓여 있는 것도 분명히 보았다.

(NB20, 근거리 포획총. 분명 사고율이 높아서 회수 소동이 일어났던 네트 라이플이었을 거야…. 권총으로 아이를 쏘면 큰 사건이지만, 그물을 펴기 위해 사용하는 추가 급소에 맞으면 사고사로 끝낼 수 있어. 역시 안티스킬(경비원) 놈들, 진심인 거야. 정말로 우리를 모두 죽여서라도 '어두운 부분'을 해체할 생각인 거다!!)

『어이, 적색등이라고, 에차리!』

『…'얼굴'을 바꿨으니까 문제없습니다. 그보다 쇼치틀, 너무 부자연스럽게 흠칫거리지 말도록. 병원까지 가서 토치틀리를 데려와야 해요.』

하마즈라는 길을 걸어가는 남녀를 지나쳐 보내면서,

(한 시간….)

주머니 안에서 '니콜라우스의 금화'를 꺼낸다. 반짝임이 흐려진 금화의 가장자리는 아까보다 빛나는 띠가 굵어진 것 같다. 겉으로 보이는 이미지는 시계 방향으로 도넛 모양의 원그래프가 채워지는 것에 가깝다. 하지만 그래도 4분의 1보다 작았다.

충전 완료까지 꽤 남았다.

(지금부터 한 시간은 부속 장치의 큰 기술에는 기댈 수 없어. 자신의 힘만으로 살아남아야 해…. 그게, 제일 성가시잖아, 기세를 붙이기까지의 이 '처음 한 시간'이라는 게!! 젠장, 갑자기 잘못 사용했나?!)

어쨌든이다. 혼란스러운 머리를 어떻게든 움직여 하마즈라는 생각한다. 분하다. 분노는 있다. 하지만 안티스킬(경비원)이나 저지먼트(선도위원)를 상대로 정면 승부에 도전해봐야 아무것도 지킬 수 없다. 설령 반칙 기술의 '니콜라우스의 금화'를 구사하더라도 이 부분은 바꿀 수 없다. 그 정도는 알고 있다.

지금의 자신이 '어두운 부분'인지 아닌지는, 일일이 설명하고 있을 시간도 없다.

올 오어 나싱.

실패하면 머리에 한 발 맞는 상황에서 일부러 정면에 서서 대화 같은 걸 할 수는 없다. 자신도 동일시되고 있다… 고 비관적으로 보아야 한다. 그러지 않으면 살아남을 수 없다.


목적은 무사히 도망치는 것이다. 그것도 학원도시의 바깥둘레를 넘어서, 밖으로.


물론 멈춰 있을 수도 없지만, 무작정 뛰어다녀도 자신의 목숨을 위험에 드러낼 뿐이다. 선택을 하나 잘못하면 어떻게 될지는 싫을 정도로 보았다. 한정된 공간을 대량의 카메라가 감시하는 학원도시 안에 머물러 있어도 살아남을 수 없다. 단 한 번의 실수를 돌이키지도 못하고 코너에 몰리고 만다.

연인인 체육복 차림의 소녀 타키츠보 리코와 합류한다.

모든 것은 그다음이다.

하마즈라는 반사적으로 싸구려 스마트폰을 꺼냈고, 그리고 거기에서 움직임이 멈추었다.

거의 아무것도 생각하지 않고 손끝을 움직였는데 왠지 잠금 화면에서 에러가 난 것이다.

"아넬리?"

무기질적인 에러 화면을 보고 나서 퍼뜩 하마즈라는 깨달았다.

그 서포트 AI에게 '본체'는 아마 존재하지 않을 것이다. 한때는 거대한 데이터베이스 '뱅크(서고)'와 동화했던 적도 있지만, 기본적으로는 영국의 친구와 다리를 놓아주거나, 하마즈라 주변에 있는 디바이스 사이를 자유롭게 날아다니고 있는 모양이다. 그런 아넬리로부터 명확한 거부가 있었다.

(그런가. 안 돼, 이런 거…!!)

자신의 경솔함을 깨달은 불량소년은 당황하며 측면의 스위치를 길게 누른다. 전원을 끄기까지의 몇 초간이 몹시 답답하다. 요즘은 사채업자도 스마트폰의 위치 정보를 훔쳐내거나 SNS의 얼굴 인식 기능을 구사해 야반도주한 표적을 뒤쫓는다. 하물며 상대는 학원도시의 치안을 지키는 안티스킬(경비원)과 저지먼트(선도위원). 도시전체에 몇 백만 대가 있을지도 알 수 없는 방범 카메라와 청소 경비로봇에 거대 데이터베이스 '뱅크(서고)' 등, 도시의 정보 인프라는 얼마든지 이용할 수 있다.

얇은 화면이 새까매지자 하마즈라는 겨우 안도하지만, 그 직후에 다른 중압이 사방에서 덮쳐든다. 단절, 압도적인 고독. 사람들로 넘치는 유원지에서 부모와 떨어진 아이도 이렇게 마음이 짓눌리지는 않을 것이다.

전화를 쓸 수 없다면 어떻게 소녀에게 위기를 전할까? 그게, 지금 어디에 있는지도 알 수 없고, 합류하려고 해도 만날 장소도 정할 수 없다.

아넬리는 아무 말도 해주지 않는다. 아넬리가 전원을 끄라고 다그쳤으니 당연하다.

(젠장, 이런 전화 하나에 이렇게나 휘둘리다니.)

하마즈라는 자기 자신의 약함에 욕설을 퍼붓는다. 우선은 아는 데서부터라고 그는 생각한다. 자기 집 맨션. 비슷한 트러블이 일어나지 않은 한, 연인인 소녀는 느긋하게 하마즈라가 귀가하기를 기다리고 있을 터.

그것이 다행인지 불행인지는 하마즈라도 판단할 수 없다.

신속하고 확실하게. 비극이 일어나기 전에 하마즈라가 따라잡으면 다치지 않고 끝날 수 있다. 반드시 그렇게 된다. 거의 기도하듯이 되풀이하면서, 하마즈라는 승용차의 그늘에서 한 발짝 밖으로 내디딘다.

아아아아 하는 기묘한 소리가 머리 위에서 들려온다.


쿵!!!!!!

그 직후에 빌딩 위에서 떨어진 사람 그림자가 노상에 주차되어 있던 차의 높이를 절반으로 짓뭉갰다.

"우왓, 우와아!! 우와아아아아아아아아아아아아아아아아아아아아아아아앗???!!!"

아까의 기묘한 소리는 사람의 목소리였던 것이다. 절규하며 주저앉는 하마즈라. 차 유리는 모두 깨졌다. 큰대자로 강철의 지붕에 파묻힌 사람 그림자는 일어날 기력도 없는지, 하늘을 향해 뻗은 채 고개만 하마즈라 쪽으로 돌린다.

피가 흘러들고 있는 것인지, 한쪽 눈은 뜨지도 못하는 것 같았다.

"…핫…."

하마즈라보다는 연상의 청년이었다.

두꺼운 코트에 비싸 보이는 바지. 안이 어떻게 되어 있는지는 모르지만, 클래시컬한 복장과 달리 신발은 기능성을 중시한 스니커즈였고, 코트 위에 합성 섬유 보디백을 억지로 메고 있었다. 매우 뒤죽박죽이고 마치 야반도주 같다.

약하지만 빈정거리는 듯한 웃음은 과연 누구를 향한 것일까?

"나는, 이래 봬도… 당신 같은 사람에게 전화 한 통으로 명령을 내리는 입장에 있었을 텐데 말이지요…."

(이 녀석….)

하마즈라는 엉덩방아를 찧은 채 꿀꺽 목을 울린다. 직접 아는 사이는 아니다. 하지만 '비슷한 놈'이라면 '어두운 부분'의 똘마니로 일하던 무렵에 접촉한 적이 있었다. 하기야 '본 적이 있다'는 것은 역시 어폐가 있다. 어두운 부분의 조직 '아이템'을 턱으로 부리던 그 여자는 항상 통신 너머에서 자신의 안전을 지켰다. 맨얼굴이나 본명조차 철저하게 숨기고 있었을 것이다.

즉,

"'전화 목소리'…? 거짓말이지, 이런 차원의 거물까지?!"

예외 따위 없다. 하마즈라가 소리쳐도 대자로 뻗은 청년은 고개를 끄덕이지도, 젓지도 않았다. 이미 그럴 힘도 없는 것인지도 모른다.

"…부, 적…."

"뭐야…?"

"그 애한테, 도시 바깥… 여동생한테, 돌려…."

"이봐, 그만둬. 이쪽도 여유라곤 없어!! 더 이상 짐을 지우지 말라고?! 이것 보라니…!!"

상대는 이쪽의 말 따위는 듣지 않았다. 부르르 하고 한층 크게 경련하더니 이제 그 이상은 움직이지 않는다. 드라마나 영화처럼 눈꺼풀을 감거나 하지는 않았다. 그저 깜박임이 없어지고, 초점이 맞지 않는 눈동자에 질척한 피가 흘러들어간다.

건물 쪽에서 웅성거리는 사람의 기척이 부풀었다.

부적.

도시 바깥, 여동생한테 돌려줘.

"빌어먹을!!"

하마즈라는 내뱉고는, 위험한 줄 알면서도 청년에게 손을 뻗었다. 상반신에 감고 있던 지갑과 스마트폰 정도밖에 들어가지 않을 것 같은 작은 보디백의 잠금 장치를 풀고 앞으로 잡아당겨, 쓸데없는 짐과 함께 건물들 사이 골목길로 뛰어든다.

더욱더 바깥이 소란스러워졌지만, 무턱대고 달리기 전에 확인할 것이 있다.

작은 보디백 안을 뒤져보니 몇 가지 도구가 나왔다. 여권인 듯한 신분증, 스마트폰, 고무줄로 아무렇게나 묶은 지폐 다발, 부자연스럽게 붕 떠 있는 신사의 부적, 그리고 플라스틱 같은 질감의 권총. 어디를 주목해도 추궁이 기다리고 있다. 우선 스마트폰의 전원을 끄고, 그러고 나서 여권을 펼쳤다. 가쿠엔 타로. 어떻게 생각해도 가명이었다. 이 도시의 은행이나 관청의 견본 서류에 늘 나오는 그것이다.

'니콜라우스의 금화'는 없었다.

무작위로 배포되어서 갖고 있는 사람과 아닌 사람이 있는 것일까, 아니면 단순히 효과를 믿지 않아서 도망 준비 단계에서 버려둔 것일까. 여러 개가 있으면 돌려막기로 사용 랙을 줄일 수 있었을지도 모르는데.

(부적은… 이건가?)

붉은색 바탕에 금 자수로 신사의 이름과 효과에 대해서 적혀 있었다. 소원 성취. 그런 카테고리가 있었나 하고 반대로 하마즈라는 감탄하고 말았다. 그게, '진심으로 원한 일이 성취된다'면 만능의 조커가 아닌가. 학업 성취도, 사업 번창도 필요 없을 것 같다.

…'니콜라우스의 금화'의 효과도 목격한 후라서 조금 과민해지지만, 아무래도 이 부적에 특별한 기능은 없는 것 같았다. 열쇠고리나 휴대전화 장식줄과 마찬가지로, 그 지역의 선물 이상의 가치는 없다.

(이런 건 공장에서 생산되는 건가? 아니면 수작업? 신사마다 하

나하나 개성이 있다면, 여기에서 여동생인지 뭔지의 생활 범위나 개인 정보 같은 걸 찾는 데 이용할 수 있을 것 같지만….)

어쨌든 안티스킬(경비원)의 손에 들어가지 않아서 다행이다.

물론 우선은 자신의 목숨이다. 어디까지 케어할 수 있을지는 하마즈라 자신도 단언할 수 없지만, 맡아버린 이상은 학원도시 밖에 있는 듯한 여동생인가 하는 것도 찾아야 한다.

권총은 최소한의 호신용인지, 풀 오토 기능이 있는 것치고 예비 탄창이 두 개밖에 없다. 검지를 계속 당기고 있으면 10초도 못 버틸 구성이다. …이런 것을 가지고 있으면 더욱더 거리에 넘쳐나는 안티스킬(경비원)들에게 살인의 구실을 줄 것 같지만, 여기서부터는 '어두운 부분'의 한가운데. 비타민 계열의 영양제나 은이온 살균 스프레이처럼, 섣불리 손에서 놓았다가는 즉각 대가를 치르게 될 것 같은 기분이 드는 것이다.

특히 이런 날은.

정의를 담당하는 안티스킬(경비원)의 폭주. 그 공포는 좀비의 대발생 이상이었다.

(달리 방범 버저라든가 모바일 공유기라든가, 발신기를 대신할 만한 건 없네. 좋았어.)

이번에는 사이렌 따위 없었다.

바로 가까이, 큰길 쪽에서 끼리릭 하고 타이어가 지면을 스치는 소리만이 몇 개나 이어진다. 아마 전기 구동 특수 차량이겠지만, 전혀 소리도 없이 뒤에서 다가오는 암살 무기다.

『또야…. 오후 4시 10분, 피의자 사망. 송검 준비만 부탁해.』

『예상 밖의 연속이야, 과연 '어두운 부분'이로군. 이래서는 보통의 방법으로는 안 되겠어….』

하마즈라는 지저분한 콘크리트 벽에 등을 바짝 대고, 호흡마저 멈추고 있었다.

그들의 말을 믿을 수가 없다. 아무래도 말투에서 비아냥으로 말하는 것 같은 느낌이 들지 않았다.

(안티스킬(경비원) 놈들, 자각조차 없어…? 너희들이 몰아세워서 죽인 거잖아?!)

폐허 빌딩의 그것은 어땠을까.

기피제로 보호되는 아오우미 카레이가 죽은 구조는 꿰뚫어 보지 못했지만… 설마 아무것도 없었나?

그러나 그쪽이었다고 해도 안심할 근거는 되지 않는다. 자각적인 악의를 부풀려 도끼나 전기톱을 휘두르는 살인마와는 다른 무서움이었다. 필요한 톱니바퀴가 빠졌다고나 할까, 잘못된 채로 질주하는 오토메이션이라고 할까…. 하마즈라는 불량품인 환자용 전동 침대가 오르골 같은 멜로디를 흘리면서 누워 있는 노인을 무자비하게 접는 장면을 상상하고 만다. 당사자가 잘못을 깨닫지 못하면 같은 일을 되풀이한다. 말하자면, 그들은 컨베이어에 실려 온 인간을 하나하나 꼼꼼하게 부러뜨려 상자에 담는 살인 공장이다.

역시 오늘의 학원도시에 평소의 규칙은 통하지 않는다.

안티스킬(경비원)은 소년들을 지켜주지 않는다.
'아이템'이든, '전화 목소리'든 죽을 때에는 죽는다.

보디백을 비스듬히 멘 소년은 어른들이 모여 있는 큰길에 등을 돌리고 골목길 안쪽으로 향한다.

타키츠보 리코다.

그녀를 '어두운 부분'이라는 지옥에 다시 삼켜지게 할 수는 없다. 절대로.

2

"무슨 소리예요?!"

시라이 쿠로코는 소리치며 대형 버스만 한 후방 지원 차량으로 돌아왔다.

"그냥 이대로 수사 속행이라니?! 저는 분명히 내부 감찰을 요청했을 텐데요. 현장에서 저 자신의 행동에 미비한 점이 없었는지!! 상대가 어떤 인간이든, 실제로 현장에서 목숨을 잃었거든요? 조사를 철저하게 해주지 않으면, 오히려 자신들의 활동에 대해 꺼림칙함을 인정하는 거나 마찬가지예요!!"

"시, 시라이 씨이….."

머뭇거리면서 뒤에서 바코드 머리의 안경이 말을 걸어왔지만, 소심한 복종계 남성 교사에게는 기세 좋게 여중생의 어깨를 세게 움켜쥘 만한 배짱은 없는 모양이다.

어둑어둑한 차 안에서는 커다란 컴퓨터를 들여다보고 있는 오퍼레이터들이 기계보다 차가운 목소리를 낸다.

아무도 시라이 쿠로코 쪽은 보고 있지 않았다.

"페이즈 1, 은거지나 행동반경을 중심으로 한 기습 작전은 1700

까지로 종결합니다. '어두운 부분' 무력화 수는 '아웃랭크(괴멸 수배)'에 있는 전체의 40퍼센트 정도로, 당초의 예정을 밑돌고 있습니다. 대응 B, 플로 차트를 수정하고 늦어진 것을 만회하기 위해 노력해주세요."

"페이즈 2로 갈 준비를. 은거지를 버린 표적이 도망쳐서 다니는 것을 예상하고, 예상되는 도망 장소를 핀 포인트로 진압합니다. 개개의 표적을 노리는 페이즈 1과 달리 복수(複數)의 스폿에 많은 표적이 쇄도하는 페이즈 2에서는 집단전이 예상되지만, '어두운 부분'은 굳건한 조직이 아닙니다."

"'개개의 수가 늘어난' 것뿐이라면, 한 장의 판자 조각을 둘러싸고 그들이 멋대로 쟁탈전을 시작할 가능성도 있습니다. 겉으로 보이는 수에 경계할 필요는 없습니다. 고도로 조직화된 우리의 힘을 보여주고 스케줄을 정상적인 궤도로 올려놓지요."


…같은 일이 학원도시 여기저기에서 일어나고 있다.

죽음의 오퍼레이션은 막힘없이 오가고, 눈에는 보이지 않는 거대한 그물이 거미줄처럼 학원도시를 가득 메우려 하고 있다.

"정말로 사고였던 거죠…?"

"?"

시라이가 낮은 목소리로 말해도, 손수건으로 이마의 땀을 닦는 아저씨는 고개를 갸웃거릴 뿐이다. 중년답지 않은 커다란 병아리 무늬가 묘하게 귀여운 것은 가족이 사준 물건이기 때문일까?

"아무래도 '어두운 부분'에는 호보성(好普性)과 혐보성(嫌普性)이 있는 모양입니다. 비교적 온화하고 사회에 도움이 되는 필요악인

호보성과, 뿌리부터 악당이고 손쓸 수가 없는 혐보성….”

라쿠오카 호우후는 묻지도 않은 것을 설명하기 시작했다.

어쩌면 스스로에게 들려주고 있는 것인지도 모른다.

“다만 이 사고방식 자체가 ‘어두운 부분’의 덫이라고 저는 생각해요. 호보성은 나중으로 돌려도 된다, 이렇게 생각하고 있다가는 등을 찔리는 거지요. 예측하지 못한 사태는 일어났지만, 목적 자체는 틀리지 않았어요. 여기에서 잘못 생각하면 삼켜지고 맙니다.”

(…우이하루가 다른 일을 맡고 있는 게 곤란하네요.)

“라쿠오카 선생님, 저는 자신의 내부 감찰을 요청합니다. 그 체포가 적정했는지 어떤지를 조사해주실 수 있다면, 앞으로도 협력하겠어요.”

시라이가 그렇게 생각하고 있는데 크게 흔들렸다.

아무래도 대형 버스만 한 후방 지원 차량이 움직이기 시작한 모양이다. ‘펫 브리더’ 건은 피의자 사망으로 처리되었으니, 언제까지나 현장 주변에 차를 놔둘 이유도 없을 것이다.

“행선지는?”

오퍼레이터들은 아무도, 아무 대답도 하지 않았다.

이 음성은 인식하지 못했습니다. 좀 더 또렷하고 알기 쉽게 발음해주십시오. 슬림형 모니터의 빛에 비친 차가운 옆얼굴들에는 그렇게 쓰여 있는 것 같았다.

중년의 아저씨가 겁먹은 듯한 느낌으로,

“앗, 안티스킬(경비원)의 큰 초소로 향하는 게 아닐까요. 옥상에 헬리포트가 있으니까요. 우선 페이즈 1이 끝나는 17시까지 대기하고, 페이즈 2에서 필요하면 지정된 현장까지 서둘러 가는 식이 될 거예요….."

"……."

무언가 커다란 톱니바퀴가 움직이고 있는 것은 소녀도 알 수 있다. 하지만 그 중심은 어디에 있을까? 톱니바퀴가 빠져서 헛돌고 있는 것인지, 아니면 악의의 톱니바퀴가 장착되어 있는 것인지….

시라이 쿠로코를 구하기 위해 순간적으로 뛰쳐나온 중년 아저씨를 탓하면 끝나는 이야기일까? 겉보기에는 상황을 장악한 기분으로 사람을 향해 코웃음 치는 오퍼레이터들을 미워하면 되는 이야기일까?

(언니…. 대체 어디에 계시는 건지.)

"제8학구, 비젠으로부터 보고. 피의자 사망으로 서류 송검 준비를 요청한다. 요청을 수락하고 본부에서 검찰로 통지하겠습니다."

차가운 보고 속에서 또 현실의 목숨이 흩어졌다.

공격의 표적으로 삼을 방향을 틀리면 쓸데없이 시간을 헛돌게 하고, 더 많은 목숨이 사라질 뿐이다.


3


하마즈라 시아게는 평소에 사는 맨션 앞까지 돌아왔다.

아직 자기 집이라는 느낌이 들지 않는 것은, 역시 자신에게는 어울리지 않기 때문일 것이다. 연인인 타키츠보 리코 외에 레벨 4(대능력자)인 키누하타 사이아이나 레벨 5(초능력자)인 무기노 시즈리가 따라온 탓에 몹시 호화로운 맨션을 이용하게 되고 말았다. 거기에는 신생 '아이템'이 모여 있다. 당연히 하마즈라 혼자서 지불할 수 있는 집세가 아니다. 80~90퍼센트는 소녀들이 어디에서 손에 넣은 것인지 상상도 가지 않는 큰돈을 턱하니 내고 있었을 것이다.

즉,

(…정의의 안티스킬(경비원)이 보기에는, 검은돈으로 지탱되는 악의 은거지 중 하나라는 건가.)

정면의 자동 잠금 장치를 지나 버릇처럼 엘리베이터 로비로 향해, 위로 가는 버튼을 누르기 직전에 검지가 멈추었다. 생각하다가, 하마즈라는 비상계단으로 발길을 향한다. 목적하는 층은 꽤 위. 어지간한 근거가 없는 한 엘리베이터를 선택할 테지만, 그래도 하마즈라는 부자연스러운 선택지를 고른다.

조급해지는 마음을 누르고 한 계단, 한 계단 조심스럽게 밟는다. 감각적으로는 단거리 달리기보다 등산에 가깝다. 목적하는 층에 도착했을 때, 두 다리의 근섬유가 끊어져 움직일 수 없습니다, 라면 이야기가 되지 않는다.

무슨 이야기?

이미 무언가가 일어날 것을 알고 있는 듯한 마음의 움직임이었다.

"……."

목적하는 층에 다다른다.

천천히 숨을 들이쉬고 내쉬고, 주머니 안에서 금화를 꺼내 확인한다. 지금까지 흐려져 있던 바깥둘레는 한 바퀴를 빙글 시계 방향으로 돌아 완전한 형태로 반짝임을 되찾은 후였다. '니콜라우스의 금화' 충전 완료. 동시에 그 후로 한 시간이 경과한 것을 의미한다. 스마트폰의 전원을 끄고 있으면 시간을 아는 것조차 방법을 강구해야만 한다.

한 시간. 그만큼이 있으면 무엇이든 할 수 있다.

하마즈라는 긴 통로를 걸어 자기 집 문 앞으로 향한다. 문손잡이를 잡으려다가, 역시 그 손이 멈추었다. 공공 공간의 테이블 위에 놓인 꽃병을 들고, 안의 물을 뿌린다.

금속 문의 표면이 젖은 순간이었다.

바지직!! 희푸른 불꽃이 부자연스럽게 흩어졌다.

직후에 문이 안쪽에서 기세 좋게 열렸다.

기습에 실패했다고 인식한 것인지, 머리의 헬멧부터 발의 철판이 들어가 있는 부츠까지 모든 것이 검은색으로 통일된 덩치 좋은 남자가 튀어나온다.

스스로도 이상했다. 하마즈라는 망설이지 않았다. 그 머리에 꽃병을 내리치고, 헬멧 덕분에 방심한 안티스킬(경비원)에게 바로 가까운 거리에서 권총을 들이댄다.

문외한인 불량소년이란 이런 것이리라.

그렇게 멋대로 처리한 안티스킬(경비원)의 가슴 한가운데를 향해 연달아 방아쇠를 당긴다. 요란한 소리를 내며, 완전 무장한 안티스킬(경비원)이 안쪽으로 날아갔다. 힘이 빠진 것인지, 찌그러진 형태의 서브머신 건이 바닥에 떨어진다.

"타키츠보!!"

이렇게까지 해도 얼굴이 보이지 않는 안티스킬(경비원)은 엉덩방아를 찧은 채 기침을 하고 있었다. 뭐, 사람은 죽이고 싶지 않지만.

헬멧의 턱을 옆에서 걷어차고, 하마즈라는 현관에서 맨션 안쪽으로 향한다.

자기 집이라는 영역, 일종의 성역.

그 안쪽에서 완전 무장한 안티스킬(경비원)이 얼굴을 내밀었을 때, 이미 안전 신화는 무너졌다.

현관 옆의 신발장도, 거실의 선반도, 무엇에 사용하는지 짐작도 가지 않는 바닥의 네모난 뚜껑도 전부 활짝 열려 있었다. 이것이 정의의 히어로가 하는 일일까. 완전히 도둑의 움직임이다. 권총을 든 채 하나하나 방을 조사해 나가도, 달리 사람 그림자 같은 것은 눈에 띄지 않는다.

본래 여기에 있어야 할 소녀들이, 누구 한 사람.

"젠장!!"

내뱉고, 발까지 동동 구르고 마는 하마즈라.

냉정해지라고 강하게 생각할수록 마음은 궁지에 몰리고 만다.

(…조직의 힘을 이용하는 어른인 안티스킬(경비원)이 혼자서 집에 들어올 거라고는 생각할 수 없어. 아마 이놈은 마지막 한 사람, 습격이 끝난 후에 마지막 확인을 하는 말단일 거야. 방이 이상하게 어지럽혀져 있는 건, 안티스킬(경비원) 자신도 정보를 찾고 있기 때문. 즉 뒤집어서 보면, 놈들도 사냥감의 정확한 위치는 파악하지 못한 거야.)

방의 참상을 둘러본다. 하나라도 정보를 손에 넣으려고 노력한다. 비상시의 '전언판'은 처음부터 정해두었다. 이런 기술이 있기 때문에 어둠의 냄새가 달라붙어 떨어지지 않는 거라고 어이없어하면서도, 하마즈라는 욕실 천장 뒤나 세면실의 거울 뒤까지 조사해본다.

　접은 메모가 몇 개 나왔다.

『특수 분장 업자한테 부탁해볼게요. 성형까지 가면 완전 무섭고 키누하타』
『알아서 도망칠게, 뒤쫓지 마 죽인다　무기노』

　기운이 너무 넘쳤다.

　아마 이 녀석들은 괜찮을 것이다. 문제는 또 하나의 이름이 없는 것이었다.

　그의 연인의.

　(…무기노나 키누하타는 집에 없었어. 최종적인 승패는 어쨌든, 총을 들고 쳐들어온 안티스킬(경비원)들과 제대로 부딪쳤다면 방의 벽이나 천장 따위는 쉽게 빠져나갔을 거야. 레벨 4(대능력)나 레벨 5(초능력)라는 건 그런 거지. 그러니까 아직 아무 일도 일어나지 않았어. 안티스킬(경비원)은 집에 쳐들어왔지만 헛수고였고, 그러니까 조금이라도 늦은 걸 만회하기 위해 여기저기의 서랍을 뽑고 데이터를 긁어모으려고 한 거야. 괜찮아, 괜찮아. 그러니까 아직 아무 일도 일어나지 않았,)

　지직 하는 노이즈가 들린 것은 그때였다. 하마즈라가 고개를 돌리니, 현관에 뻗어 있는 안티스킬(경비원)이었다. 엄밀하게는 어깨에 달려 있는 무전기다.

『예정 스케줄에 늦을지도 몰라. 하츠오카, 거기는 이제 됐어. 빨리 정리하고 본대와 합류해. 확실히 '멜트다우너(원자 무너뜨리기)'

나 '오펜스 아머(질소 장갑)'는 유명한 거물이기는 하지만, 그만큼 정보 관리는 철저했겠지. 은거지나 도주 수단에 관한 데이터가 쉽게 굴러다니고 있을 것 같지는 않아.』

하마즈라는 가만히 안도의 숨을 내쉬었다. 역시 신생 '아이템', 유명하면 다르다. 그렇게 쉽게 붙잡힐 만한 놈들은 아닌 모양이다. 그렇다면 무기노와 키누하타 두 사람은 괜찮다.

설마 사냥감 쪽이 듣고 있을 거라고는 생각하지 않았을 것이다.

무전기는 선뜻 말했다.

『따라서 '아웃랭크(괴멸 수배)' 중에서 한 명이라도 확보할 수 있었던 시점에서 성공으로 간주한다. 'AIM 스토커(능력 추적)', 타키츠보 리코. 이 녀석을 초소까지 연행해서 필요한 정보를 전부 쥐어짜 낼 거야. 그러니까 하츠오카, 이제 돌아와.』

"빌어먹을…."

눈앞이 캄캄해진다. 총에 맞은 것도 아니고 고압 전류를 뒤집어쓴 것도 아니다. 그런데도 말만으로도 하마즈라는 하마터면 의식을 놓을 뻔했다.

"제기라아아아아아알!!!"

하지만 안 된다. 현실에서 도망치기에는 아직 이르다.

정말로 타키츠보 리코가 안티스킬(경비원)에게 붙잡혔다면 어떻게든 구해내야 한다. 바깥에서도 이만큼이나 저지르고 있는 것이다. 완전한 밀실이 된 초소 안에서 무슨 일이 일어나고 있을지는 예측이 되지 않는다. 그야말로 '취조 중의 사고나 자살' 정도는 얼마든지 발생할 것 같다.

…어쨌거나 지금의 안티스킬(경비원)은 스스로의 무서움을 깨닫지 못하고 있다. 마치 붙잡은 곤충의 내구력을 모르는 어린아이처럼. 피투성이의 타키츠보 리코를 보고 고개를 갸웃거린다면 견딜 수 없다.

(하지만 어떻게 하지…?)

하마즈라는 축 늘어져 있는 안티스킬(경비원)을 내려다본다.

호송 중인 것 같지만, 역시 지금부터 바깥을 달려가 차를 따라잡을 수 있을 거라고는 생각되지 않는다. 수백 명 단위로 완전 무장을 한 안티스킬(경비원)이 기다리고 있는 초소에 정면에서 돌격해도 연인을 구할 순 없다. 이 녀석의 장비를 빼앗아 안티스킬(경비원)로 가장할까? 역시 무리다. 출입할 때에는 얼굴 인식이나 지문 등을 이용한 생체 인증 정도는 할 것이다.

하마즈라는 안티스킬(경비원)의 소지품을 확인했다.

(9밀리 서브머신 건, 45구경 권총, 어째서 구경을 맞추지 않는 거얏. 그리고 방탄 재킷, 무전기, 드론, 이 태블릿 단말기로 조종하는 건가? 그 외에는 응급 처치 키트.)

어쨌든 시간이 없다. 현관에서 공방을 벌일 때에는 소음기도 달지 않고 권총을 연사했다. 요란한 총성은 다른 주민에게 들렸을 것이다. 단순히 하츠오카인가 하는 남자가 아무리 시간이 지나도 대답을 하지 않으면 수상하게 생각할 테고, 추가 안티스킬(경비원)이 달려오는 것도 시간문제다.

그런 가운데, 하마즈라가 주목한 것은 수첩이었다.

그렇다고는 해도 먼 옛날의 형사 드라마와 달리 메모를 하는 기능은 없다. 치안 유지를 담당하는 자만이 갖고 있는, 공적인 신분을 증명하기 위한 기호적인 수첩이다.

(…제7학구의 남쪽. 그렇다면 담당 초소는 거기인가.)

처음은 아니다. 스킬아웃(무장 무능력자 집단) 시절에는 차량 도난이나 노상 싸움 때문에 늘 유치장에 처넣어지곤 했다.

장소만 알면 방법은 있다.

하마즈라 시아게는 태블릿 단말기를 꺼내, 하츠오카의 수첩을 빼서 엄지의 지문을 누른다.

실력 따위 충분하지 않다.

부족한 몫은 자신의 목숨을 얹을 수밖에 없다.


4


"비닐봉지는 여기 있습니다. 비현금 결제시군요…. 그럼 계산대 옆에 대주세요…. 도시락 젓가락이랑 물티슈는 몇 개로 하시겠어요오?"

"앗, 그럼 두 개로…."

"두 개시군요. 알겠습니다…."

어디에나 있는 편의점 안에서는, 이상한 것을 보는 듯한 눈으로 시라이 쿠로코가 아저씨의 웅크린 등을 바라보고 있었다.

"본래 같으면 감사라도 한 번 해야 하겠지만요. 쩨쩨한 습성이로군요."

"시, 시라이 씨는 모릅니다. 젓가락 한 개, 즉 외로운 독신이라고 말하지 못하는 아저씨의 고생 따위. 하물며 오늘은 크리스마스라고

요!"

"그게, 학교 위원회와 달리 그쪽은 직업이니까, 경비로 처리할 수 있지 않나요?"

"웃기지 마. 영수증 따위 받을 수 있을 리 없잖아요!! 이 도시락으로 흉악범을 잡을 수 있습니까, 젓가락과 이쑤시개로 복잡한 시한폭탄을 해제할 수 있을 것 같아요?!"

"회사의 노예."

"그으, 저는 일단 학교 선생이니까 공복(公僕)이라고 미화해주셨으면 좋겠는데요….."

아저씨는 입가를 우물거리고 있었다. 수행승 같은 사람들도 그렇지만, 정해진 말로 옛날부터 전해지는 민담이 있으면 자신의 대우를 깨닫기 어려워지는 법인가 보다.

"그게, 그, '감사'라는 건 대체 뭡니까?"

"하아, 우리 회사의 단골손님에 대해서 타당한 감정이라고는 생각하는데요."

"엇, 시라이… 화이트스프링…. 거, 거짓말이죠, 여기 홀딩스 전체의?! 새삼 생각하니까 터무니없는 아가씨로군요, 당신!!"

편의점 봉지에 있는 이름을 보고 안경 아저씨가 펄쩍 뛰어올랐지만, 명문 토키와다이 중학교의 교복을 걸친 소녀는 뭘 이제 와서 그러냐는 얼굴이었다. 보통이 아닌 일이 보통인 학교인 것이다, 그곳은.

(…언니의 집안도 꽤 수수께끼죠.)

"아, 하지만 크리스마스의 편의점이란 마음이 누그러지는군요…….. 이렇게 계산대에 사람이 있다는 건, 하하, 성스러운 밤에 혼자인 건 나만이 아니구나 하고. 아하하, 우후후."

"(어떡할까요. 이러고 있는 지금도 편의점 무인 점포화 실험이 착착 진행되고 있다는 이야기는 안 하는 편이 좋을까요….)"

배려의 마음으로 어둠침침해지면서 트윈 테일의 여중생은 후방 지원 차량으로 돌아간다.

덧붙여 말하자면 소방차나 구급차도 편의점이나 주유소는 이용한다. 드문 것 같지만 의외로 흔히 보는 광경 속에 들어가고 마는 것이다.

관광버스만큼이나 커다란 차는 창이 가려 있어서 길쭉한 자동문이 닫혀버리면 자신이 도시의 어디에 있는지도 알 수 없게 되고 만다.

천천히 차가 움직이기 시작한다.

트윈 테일의 소녀는 치마 주머니에 손을 집어넣었다.

적어도 휴대전화의 지도로 어디를 이동하고 있는 것인지 확인하려고 한 것이다.

그 직후였다.

쿵!!!!!!

하늘에서 땅까지 꿰뚫는 듯한, 둔한 충격이 작렬했다.

지붕에 무언가 떨어졌다.

어지간히 큰 충격이었을 것이다. 관광버스급의 대형 특수 차량이 요란하게 S자 커브를 그리며 급브레이크를 건다. 시라이 쿠로코의 몸이 내던져진다. 누군가가 안아 붙들어주었다고 생각했더니, 말랐는데도 기름진 그 아저씨였다. 떫은 표정이 가득해지면서도 시라이 쿠로코는 외친다.

"무슨 일이에요?!"

당연한 것처럼 오퍼레이터들은 대답하지 않는다.

혀를 찬 시라이가 그 자리에서 사라진다. 텔레포트(공간 이동)로 급정차한 후방 지원 차량 밖으로 뛰쳐나가니, 평평한 지붕 한가운데 부분이 움푹 패고 적색등이 부서져 있었다. 거기에서 무언가가 털썩 하고 아스팔트 위로 굴러떨어지는 참이었다.

인간이었다.

"잠?!"

허둥지둥 달려가서 보니 갈색 머리카락의 소년이었다. 나이는 고등학생 정도일까. 상황으로 추정할 때, 아마 높은 곳에서 떨어진 것이리라. 반사적으로 올려다보려다가, 시라이의 움직임이 딱 멈춘다.

그 오른손.

아무렇게나 내던져진 손이 무언가를 움켜쥐고 있다. 플라스틱 같은 질감이지만 장난감으로는 보이지 않는다.

진짜 권총이다.

(그도… '어두운 부분'?)

"…피의자 확보. 총검법 위반 현행범이에요. 누가 '아웃랭크(괴멸 수배)'와 조회를!!"

꿀꺽 목을 울리며 시라이 쿠로코는 새삼 그와 마주 본다.

권총을 옆으로 걷어차며,

"그리고 이번에는 더 이상 죽게 하거나 하지 않겠어요! 누가 빨리 구급차 수배를….."

소리치려던 때였다. 대체 어디에 힘이 남아 있었던 것인지, 단단한 눈이 남아 있는 노면에 쓰러져 있었을 소년이 갑자기 덤벼들었다.

"쉿!!"

반사적으로 턱에 팔꿈치를 찍어 넣는다.

쓰러져도 불량소년은 지면에서 날뛰고 있었다. 일어설 힘도 없는 주제에.

(…클린히트예요. 뭐, 뭐죠, 이 이상한 내구력, 아니, 집념은. 이상한 약이라도 물든 건 아니겠죠…?)

"시, 시라이 씨이."

대형 특수 차량의 문가에서, 멈칫거리면서 아저씨가 말을 걸어왔다.

그는 가지고 다니기에는 불편할 것 같은 태블릿 단말기를 양손으로 세로로 가로로 토스하면서,

"이, 이러면 되는 걸까, 우왓, 멋대로 카메라가 움직였어?! 시라이 씨, 앗, '아웃랭크(괴멸 수배)'와 조회했어요. 그 사람 '어두운 부분'입니다, 하마즈라 시아게!! 요주의 인물이에요!"

"그런… 가요….."

"그리고 레스큐 규격의 들것으로는 무리입니다. 꼼짝 못 하게 할수 없어요. 차 안에 벨트가 달린 구속용 들것이 있으니까 그쪽에 신지요."

"알겠어요!! 어쨌든 빨리!!"

## 5

이것밖에 없었다.

담당 구역 내의 범죄자는 모두 같은 초소로 끌려간다.

(주, 죽는 줄 알았어….)

그러기 위해서는, 병원으로는 안 된다. 머리가 구웅구웅 흔들리고 있지만, 어떻게 해서라도 의식을 붙들고 날뛰어야 한다. 긴급 체포되지 않으면 곤란하다.

이것을 역으로 이용하면, 무력한 하마즈라 시아게는 붙잡힌 타키츠보 리코와 다시 만날 수 있으니까.

연인을 구하기 위해서라면 빌딩 창문에서도 뛰어내릴 수 있다.

## 6

"페이즈 1의 종결을 확인. 종결 작업에 지연이 있습니다. 각 대원은 중앙의 지시에 따라 인원을 재배치하고 페이즈 2에 대비해주십시오. 이제부터가 진짜입니다."

"상황을 페이즈 2로 이행합니다. '어두운 부분'의 각 표적은 자신의 영역을 빠져나와 도주로 옮겨 갈 겁니다. 확실성이 높은 루트로 용의자가 집중되기를 기다렸다가 일제 확보합니다. 스케줄의 지연은 여기에서 만회하지요."

구웅구웅 흔들리는 의식이 그런 말의 토막을 듣고 있었다.

하마즈라 시아게가 던져 넣어진 곳은 철조망 펜스로 에워싸인 작은 방이었다. 비슷한 방이 여러 개 나뉘어 있는 한 모퉁이. 옛날에 자주 신세를 졌던, 초소 안의 유치장이다.

이마의 피부가 땅기는 듯한 감각이 있었다. 거울은 없지만 손끝으로 만져보니 지혈용 테이프 같은 것이 붙어 있는 것을 알 수 있다. 그렇다면 일단, 정말로 최소한의 검사나 치료 정도는 해준 모양이다.

그러나 감사할 마음은 들지 않았다. 어른들의 선의도 별로 느껴지지 않는다. 마치 초밥집의 활어 수조 같다. 도마에 올리기 전에 신선도가 떨어지면 곤란하다는 말이라도 들은 것 같은 기분이었다.

"오랜만."

옆의 철조망 방에서 누군가 말을 걸었다.

복잡하게 쌓아 올린 금발 머리에 스팽글로 번쩍거리는 '드레스의 소녀'였다.

"너, 너는⋯."

"이름은 말하지 않겠어. '드레스의 소녀'로 충분해."

벽 쪽의 침대에 걸터앉아 가느다란 다리를 꼬며, 가냘프고 고저스한 소녀는 쿡쿡 웃었다.

"당신은 호보성, 혐보성⋯ 뭐, 어느 쪽이든 상관없나. 바깥의 인간이 멋대로 정한 틀에 의미 같은 건 없을 테고. 당신도 편하게 살아남는 길을 선택했어?"

"?"

"일부러 붙잡혀버리면 싸움에 휘말릴 걱정은 없잖아. 뭐, 이쪽에서도 대응을 잘못했다간 가시화(可視化) 제도를 무시하고 밀실 심문 파티가 시작될 것 같은 분위기지만."

(타키츠보는⋯ 없나. 역시 특별대우인 걸까.)

당연한 일이지만 소지품은 몰수당했다. 특히 스마트폰 같은 것은 뒤쫓는 쪽에 있어서는 군침을 흘릴 만한 물건일 것이다. 문외한이 하면 스토커라도 공무원이 하면 잠복이다. 정의를 지키는 쪽에 있어서 개인 정보나 프라이버시라는 개념은 없다.

다만,

"엇차."

한바탕 지갑이나 스마트폰을 빼앗고서 안티스킬(경비원)들은 기뻐하고 있을 것이다. 하마즈라는 아픈 몸을 질질 끌고 일어나, 눈에 익은 쇠창살이 달린 창에서 밖으로 손을 뻗었다.

가볍게 흔들고, 중얼거린다.


"무사히 들어왔어. 짐을 가져와, 아넬리."


비웅!! 전기면도기 같은 소리가 울려 퍼진다.

창가로 다가온 것은 커다란 각다귀 같은 실루엣의 멀티 컴퓨터형 드론이다. 하츠오카인가 하는 안티스킬(경비원)이 갖고 있던 감시 목적 장난감이었다. 화물용 갈고리에 걸려 있던 작은 보디백을 움켜쥐고 쇠창살 안쪽으로 잡아당긴다.

내용물은 타인의 위조 여권, 부적, '전화 목소리'의 스마트폰, 응급 키트, 고무줄로 아무렇게나 묶은 지폐 다발.

그리고 하마즈라 자신의 물건으로, '니콜라우스의 금화'.

이곳에 잠입하기 위해 권총을 일부러 '증거품'으로 맡겨버린 것은 난처하지만, 대신 정체를 알 수 없는 마술의 영적 장치가 남아 있다.

하마즈라는 우선 남의 스마트폰을 움켜쥐더니, 전원을 켜고 서포트 AI에게 이렇게 속삭였다.

"아넬리, 이 녀석의 록을 해제하고 빼앗아. 그리고 몰수된 내 스마트폰에 대해서는 완전 삭제, 그냥 문진으로 만들어. 안티스킬(경비원) 측에 정보를 흘리지 마. 앗, 하지만 가능하면 주소록과 사진은 이쪽으로 옮겨…. 소셜 게임의 세이브 데이터는, SNS의 2단계 인증의 확인처는 어떻게 되어 있었더라…?!"

금속 펜스로 되어 있는 문은 굳게 잠겨 있었지만, 하마즈라가 스마트폰을 가까이 하는 것만으로도 파일럿램프가 붉은색에서 초록색으로 바뀌었다. 통상은 개폐 시에 반드시 울려야 할 버저도 완전히 침묵시키고, 불량소년은 유치장 밖으로 나간다. 당연히 방구석에 있는 카메라 따위는 이하 생략이다.

"어머나, 어머나. 슬프네. 못 보던 사이에 늠름해졌어. 유리한 쪽에 붙으려고 상황이나 살피는 호보성은 아닌 모양이야."

"당신은 어쩔 거야? 밖으로 나갈 거야?"

하마즈라의 물음에 드레스의 소녀는 고개를 저었다. 어디까지나 스스로 발견한 안전지대를 믿겠다는 걸까. 서로의 마음의 거리를 강제적으로 설정하는 '메저 하트(심리 측정기)'가 있으면, 전문 기구를 사용한 심문도 무섭지 않은 것인지도 모르지만.

당연히 타키츠보에게는 그런 편리한 능력은 없다. 그리고 지금의 안티스킬(경비원)은 전혀 신용할 수 없었다. 단 한 명의 연인이다. 도를 지나치고 말았습니다로 심폐 정지가 된다면 견딜 수 없다.

"아넬리, 도와줘. 타키츠보는 어디에 있지?"

1초도 걸리지 않았다.

6인치 화면에 외부에는 알려지지 않은 겨냥도가 크게 표시되고, 이어서 그중 한 점이 붉게 점멸한다.

7

이렇게까지 할 필요가 있을까. 항상 시라이 쿠로코는 그렇게 생각하곤 했다.

"후우⋯."

(⋯언니.)

제7학구 남부 방면 안티스킬(경비원) 종합 초소에서의 일이었다. 직원들이 데이터 정리를 위해 일하는 플로어는 어디까지나 회사의 사무실과 비슷한 구조다. 요란스러운 거대 모니터나 사진을 덕지덕지 붙여 화살표투성이가 된 화이트보드 같은 것은 없다.

양손으로 얼굴을 가리면서 가늘고 긴 숨을 내쉬는 트윈 테일의 소녀에게, 바코드 머리에 안경을 쓴 안티스킬(경비원)이 머뭇머뭇하는 느낌으로 말을 걸어온다.

"저, 저기이, 괜찮으세요?"

"⋯당신, 귀환 보고는?"

"네? 그런 걸 기록하면 정시에 퇴근해야 하잖아요."

또 회사의 노예근성을 마음껏 드러내고 있지만, 적어도 그는 아직 일을 계속 할 생각인 모양이었다.

평소의 리듬을 유지하지 않으면 마음의 안정이 무너진다고 생각하고 있는 것인지도 모르지만.

"뭐가 '어두운 부분'인가요, 정말이지⋯."

저주 같은 목소리를 토하며 양손을 치우는 시라이.

이렇게 위가 무거운 가운데, 하필이면 아저씨는 종이컵에 든 싸구려 커피를 권했다. 잠 깨는 것 이외의 효과를 아무것도 기대할 수 없을 것 같은, 까끌거리는 블랙이다.

"형태가 있는지 없는지도 확실하지 않은 서랍에 많은 사람들을 던져 넣고, 사람이 죽어도 그만두지 않는 난폭한 처리로 강제적으로 사건에 종지부를 찍다니. 이래서는 어느 쪽이 범죄자인지 모르겠어요."

"'어두운 부분'은 있습니다."

문득 시라이는 얼굴을 들었다. 비닐봉투 안에서 타코라이스 도시락과 소금꼬치구이를 꺼내면서, 바코드에 안경을 쓴 안티스킬(경비원)이 묘하게 진지한 목소리를 내고 있었던 것이다.

뜨거운 커피에는 어울리지 않고, 샐러드 같은 것도 사지 않은 주제에.

"교내에서 학생 사이의 다툼을 중재하는 저지먼트(선도위원)와 달리 안티스킬(경비원)은 학교 밖 사건을 담당하는 일이 많습니다. 즉, 실험장이나 연구 시설에 대해서도 안티스킬(경비원)은 들여다볼 때가 많죠. 그래서 우리는 알고 있습니다. '어두운 부분'이라는 정의할 수 없는 것에 대한, 어렴풋한 감촉을."

"……."

시라이는 말없이 종이컵을 받아 들었다. 아저씨는 자기 몫을 한 모금 머금으면서,

"…확실히 '어두운 부분'의 정의는 꽤 두루뭉술하다고 생각합니다. 특정 기업이나 업계를 가리키는 건 아니고요. 호보성, 혐보성이

라는 구분도, 정말로 옳은지 어떤지."

묘한 무게가 있었다. 궁상맞은 아저씨인데.

"직업적인 암살자부터 일의 영역을 일탈한 연구자까지, 다양한 종류의 뒤쪽 세계 직업이 밀집해 있는 학원도시의 어둠. '어두운 부분'이라는 건 본질을 꿰뚫고 있다고 생각해요. 그건 고층 빌딩이 늘어서 있는 거리에 빛이 비치면 반드시 생겨나는 그림자 같은 겁니다. 어느 정도의 유도는 있을지도 모르지만, 근본적으로는 자연 발생한 세계라고 생각해요."

"당신은, 실제로 본 적이 있다는 건가요?"

트윈 테일의 중학생은 그렇게 물었다.

예스라는 대답도, 노라는 대답도 없었다. 그래도 집요하게 소녀는 질문했다.

"그런 당신이 보기에 어떤가요. 지금의 이 이상한 상황은?"

아저씨는 잠시 침묵했다.

그대로 세 번쯤 종이컵을 기울였을까.

"저는… 찬성입니다. 확실히 예상 밖의 연속이기는 하지만, 그래도 '오퍼레이션 네임 핸드커프스'는 지금까지 윤곽도 잡지 못했던 '어두운 부분'을 드러나게 했어요. 도시의 아이들을 지키려면 지금밖에 없다고 생각합니다."

이윽고 그는 이렇게 대답했다. 분명하게.


"그래도 미지근해요. 이런 정도의 뻔한 연극으로는 '어두운 부분'을 이길 수 없습니다."

파직!!

직후에 플로어 전체가 캄캄한 어둠에 휩싸였다. 천장의 형광등은 물론이고, 줄줄이 늘어선 컴퓨터 쪽도 전멸이다. 더 말하자면 비상 전원이나 피난 유도등이 작동할 기미도 없다.

시각은 저녁 5시를 넘긴 시간. 평범하게 생각하면 정전이 되어도 캄캄해질 시간대는 아니지만, 이 주변은 백화점이나 가전제품 매장 빌딩이나 마찬가지다. 두꺼운 시트로 창을 전부 막아버렸기 때문에, 전기가 나가면 영화관이나 플라네타륨처럼 시간대에 상관없이 캄캄해지고 만다.

(습격?! 이런 장소에 제정신인가요!!)

시라이는 순간적으로 휴대전화를 꺼내 작은 광원에 감각을 맡기면서,

"창문을 깨요!! 바깥에서 빛을 끌어들이면 시야는 확보할 수 있어요!!"

"그런 목적이 아니에요."

아저씨의 얼굴이 아래쪽에서 스마트폰의 백라이트에 비쳤다. 그가 이쪽으로 화면을 향하자, 구석에 있는 표시는 '통화권 이탈'이라고 나와 있었다.

"지상의 통신계가 당했나…?!"

"…이걸로 이제 우리의 비명은 어디에도 들리지 않아요. 적어도, 살아서 밖으로 나가지 않는 한."

무언가를 아는 안티스킬(경비원)은 말했다.

먼 옛날의 실패라도 떠올리는 것 같은 얼굴로.

"우선시해야 하는 것은 흉악한 혐보성, 미움을 받으면서도 사회

에서 필요시되는 온화한 호보성은 내버려둬도 상관없다, 그런 생각은 분명 한순간에 날아갈 겁니다. 끈적거리는 어둠을 보면."

결국.

마치 예언처럼 라쿠오카 호우후는 단언했다.

"왔어요, '그들(진짜)'이."

8

어둠이 사람의 모습을 하고 있었다.

그것은 대략 열 살짜리 쌍둥이 자매의 모습을 이루고 있었다.

"흠, 흠, 흠, 흐흠."

"흠, 흠, 흠, 흐흠."

즉흥적인 콧노래일 텐데 두 사람의 호흡은 딱 맞는다.

나이나 키에 비해 가슴이 큰 소녀들이었다. 양쪽 다 발목까지 오는 긴 흑발을 흔들고 있다. 정수리에서 한 번 묶고 나서 늘어뜨린 게 이 길이이니 파격적이기도 하다. 의사나 연구자 같은 하얀 가운을 입고 있지만, 앞을 단단히 여미고 허리 부근에 두꺼운 의료용 코르셋을 감고 있어서인지 보는 사람에게 어딘가 기모노 같은 인상을 준다.

아니면 유카타(주5)일까.

아니면 상복일까.

액세서리는 마치 축제날의 가면 같았다. 쌍둥이는 각각 머리 옆에 오히려 유머러스하게 보이는 가스마스크를 걸치고 있다. 당연한

주5) 유카타: 일본 전통 복식 중 여름철에 입는 면으로 된 홑옷.

일이지만 화려한 색깔로 물들여 장식한 하얀 가운에 방한성은 없다. 12월 말, 눈이 휘몰아치는 거리에서 도려낸 부자연스러운 심령 사진으로 보여도 이상하지 않았다. 남의 눈을 신경 쓰는 감성이 애초에 존재하지 않는 것이다.

공격은 당하지 않는다.

여차하면 얼마든지 은폐할 수 있다.

그런 오만함의 표시로, 복장 하나를 보아도 몸을 지키는 것을 의식하지 않는다.

그녀들은 정면에서 초소 정문으로 다가왔다. 어쩌면 '어두운 부분'을 일소하겠다고 서슴지 않고 공언하는 완전 무장 문지기들은, 어린 소녀들을 보고도 경계 따위는 하지 않았을지도 모른다.

그때.

정면을 지키는 안티스킬(경비원)은 웃는 얼굴로 허리를 굽히고 눈높이까지 맞추었다.

"길을 잃었니? 볼일이 없으면 빨리 집에 가. 오늘은 무서운 사람들이 거리를 돌아다니고 있으니까."

자신의 적을 올바르게 인식하지 못하는 자는 살아남지 못한다.

슈욱 하는 기분 나쁜 소리는 황산이라도 퍼부은 것과 비슷했다.

하지만 아니다.

"앗?"

고막을 자극하는 기분 나쁜 소리에 헬멧 안에서 의아한 얼굴을 한 안티스킬(경비원)은, 그것이 자신의 몸에서 울리고 있다는 것을 뒤늦게 깨달았다.

그때에는 이미 방탄방인(防彈防刃)의 장갑과 함께 다섯 개의 손가락이 녹아떨어진 뒤였다. 유기물과 무기물이 서로 얽혀 있었던 덕분에, 그는 '상처'라는 것을 두려워할 새조차 없었을지도 모른다.

"그헉?! 끄악, 뭐야!! 뜨거워, 뜨거워 뜨거워 뜨거워 잠깐 떨어진다 떨어지지 마…?!"

억지로 휘두른 오른손이 쑥 빠지고. 그러나 변화는 거기에서 그치지 않았다. 몸을 기역자로 꺾은 채 도움을 청했을 때, 또 한 명의 문지기는 벽과 일체화되어 있었다.

쓰러지지도 못하고, 살과 같은 색을 띤 점액이 되어 벽에 달라붙었다.

""흠흠흠.""

흐물흐물해진 두 개의 오브제 사이를, 두꺼운 의료용 코르셋 위에 커다란 가슴을 얹은 쌍둥이가 천천히 걸어간다. 기나긴 흑발을 괘종시계의 추처럼 좌우로 흔들며, 커다란 소매에서 알록달록한 용액이 들어 있는 시험관을 몇 개나 꺼내면서.

대형 트럭도 막아내는 내폭(耐爆) 사양의 커다란 문은, 작은 손바닥을 쳐댈 것까지도 없이 검게 변색되고 흐물흐물 녹아 더러운 지면의 얼룩으로 변한다. 그녀들이 나아가면, 그런 검은 얼룩조차 계절에 맞지 않는 비치 샌들을 피하듯이 퍼지는 방향을 바꾼다.

넓은 로비였다.

줄줄이 늘어선 벤치와 번호로 구분되어 있는 긴 접수 카운터는 은행이나 시청을 방불케 한다. 무투파인 안티스킬(경비원)이라고 해도, 역시 공무원의 관청이라는 부분은 별로 다르지 않은 것일까. 분실물이나 범칙금 지불 등, 그다지 심각하지 않은 부서도 많이 있다.

그런 곳으로, 정면에서 쌍둥이는 발을 들여놓는다.

안티스킬(경비원)의 초소다. 하지만 요란하게 페인트칠을 한 가스마스크가 있는데도, 얼굴을 가리는 시늉조차 보이지 않는다.

"어떻게 할까, 카아이."

"어떡할까, 요우엔."

이때, 아직 시간은 멈춰 있었다. 이것이 권총이나 폭탄을 든 흉악범이라면 이야기는 달랐을지도 모른다. 그러나 너무나 초현실적인 광경에, 보고 있는 자들은 미처 이해하지 못한 모양이다. 명확한 살육자를 앞에 두고도, 손도 대지 못하고 모두가 그저 멍하니 지켜보고 말았다.

"'펫 브리더'는 얕은 층의 말단이라고는 해도 일단 단골이니까."

"우리도 그냥 잠자코 당하고만 있다는 건 재미없지."

따라서.

벌집을 쑤신 듯한 소동이 일어나는 것은, 이때로부터 5초 후다.

"그렇지, '분해자'."

"그치, '매개자'."

'분해자' 카아이에 '매개자' 요우엔. 쌍둥이는 각각 한쪽 눈을 찡긋하며 말했다.

분명하게.


""역시 제재는 전부 죽이는 것… 일까?""


바슈우우욱!!!!!!

인육도, 금속도, 플라스틱도, 모든 물질을 급속하게 무너뜨리는 이상한 소리가 작렬한다.

9

갸아!! 와아?! 절규가 아래층에서 울려 퍼졌다.

뒤늦게 총성 같은 것이 이어지지만, 이쪽은 아무리 시간이 지나도 그치지 않는다. 즉, 프로인 안티스킬(경비원)이 한데 뭉쳐 집중 포화를 퍼부어도 이변이 끝나지 않는다.

"무, 무슨 일이 일어나고 있는 거예요, 대체?!"

"시라이 씨!!"

반사적으로 그쪽으로 향하려고 한 소녀의 손을 누군가가 강하게 움켜쥐었다. 방금 전까지 따뜻하게 데운 도시락과 격투하고 있었을 그 아저씨였다. 안경 안쪽에서 지금까지 본 적도 없는 강한 눈빛으로 그는 말한다.

"'선택'하려면 신중하세요. 목숨은 보충할 수 없어요. 여기서부터는 단 한 번의 선택으로 누구나 평등하게 죽는 세계가 기다리고 있습니다. '텔레포트(공간 이동)'는 당신 거예요. 바깥으로 도망치는 것도, 도움을 청하고 보호받는 것도 당신의 권리입니다. 무엇을 선택한다 해도 아무도 비난하지는 않아요."

"무슨…."

"'어두운 부분'은 그런 겁니다. 아마 이번에는 험보성일 거예요. 일곱 명밖에 없는 초능력자니까 괜찮다거나, 아이나 노인은 봐줄 거라거나, 그런 성역은 없습니다. 여기는 이제 '어두운 부분'의 영역이에요. 우리 쪽에서 발을 들여놓은 건지, 저쪽에서 삼키러 온 건지, 그건 중요하지 않아요. 영역에 서버린 이상, 누구나 평등하게 목숨을 잃을 거예요!! 정말로, 지긋지긋할 정도로 평등하게!!"

과거에 대체 무엇을 본 것일까? 마음이 꺾이고 가치관이 통째로 바뀔 정도의 요란한 색깔이었을지도 모른다. 시라이 쿠로코는 가느다란 손목을 붙잡힌 채 고개를 가로저었다.

그리고 '경험자'의 눈을 보며 말했다.


"그래도 싸우겠어요!!"


텔레포트(공간 이동).

3차원의 제약을 뛰어넘은 시라이 쿠로코의 구속이 풀린다. 그대로 혼자서 아래층으로 날아간다. 그녀의 능력이라면 한 번의 도약으로 80미터 이상 이동할 수 있다. 갑자기 지상 1층까지 뛰어드는 것도 어렵지 않다.

그러나 그것이 잘못이었을지도 모른다.

"?!"

구웅, 시야가 일그러졌다.

눈과 코가 이상하다. 맹렬한 자극적인 냄새가 시라이 쿠로코의 정신을 깎아내리려고 한다.

(이건, 가스…?!)

정전되어 캄캄해진 플로어는 여기저기 일그러져 있었다. 한순간, 정체를 알 수 없는 이상한 냄새 때문에 오감이 어그러지는 것인가 하고 생각한 트윈 테일의 소녀였지만, 이윽고 아니라는 것을 깨닫는다.

벽은 썩어 있었다.

천장은 활 모양으로 휘어 있었다. 쥐들이 뛰어다니는 바닥도 폐가처럼 뚫려 있다. 그렇게 근대적이던 철근 콘크리트 건물이, 마치 댐 밑바닥에 가라앉아 물기를 가득 머금은 폐가처럼 흐물흐물해졌다.

"아하하하하하하하."

"아하하하하하하하."

안쪽에서 웃음소리가 났다. 몹시 작위적인, 서툰 무대 연극 같은 연기. 거기에 어떤 감정이 담겨 있는 것인지, 오히려 휘둘릴 것만 같다.

안쪽에 보이는 그림자는 초등학생 정도의 쌍둥이 자매였다.

그 자체에 악성(惡性)은 없다. 하지만 옥상에 가지런히 놓여 있는 작은 마스코트 샌들이나 더러운 개천에 떠 있는 봉제 인형처럼, 장소와 지나치게 어울리지 않는다.

현기증을 떨쳐내듯이, 시라이 쿠로코는 외친다.

"웃, 저지먼트(선도위원)입니다!! 당신들은?!"

듣고 있지 않았다. 사람을 사람으로 인식하지 않는다. 그런 위태로움으로, 쌍둥이의 세계는 닫혀 있다.

서로가 서로를 껴안고 키에 비해 언밸런스할 정도로 큰 가슴을 짓뭉개면서 어린 소녀들은 노래한다.

"있지, 카아이, 아직 누군가 남아 있어?"

"어머나, 요우엔, 괜찮아. 내버려둬도 알아서 죽을 거야. 수를 세는 것도 귀찮고, 슬슬 착화(着火)하고 위층으로 가버리자."

"초격(初擊)에 죽지 않다니, '뒤쪽 세계'의 요령을 알고 있는 걸까? 어느 계층, 오직(汚職) 담당이라거나?"

"'어두운 부분'이라고 해도 기회를 엿보는 호보성이겠지. 기대 같은 건 할 수 없어."

착화.

아직 그녀들이 무엇을 하고 있는지는 알 수 없지만, 변변치 못한 일이 될 것은 명백하다. 라이터나 성냥류가 나온다면 즉시 금속 화살을 쏘아 넣으려고 의식을 집중하는 시라이였지만,

"하지만 모두가 다 흐물흐물하게 썩어버렸으니까 시체는 셀 수도 없고."

꿰맨다.

물리적으로는 아무런 힘도 없는 말이지만, 시라이 쿠로코의 영혼을.

"하지만 이렇게 완전히 썩어서 구석구석까지 메탄이 충만해 있으면 플로어 어디에 생존자가 숨어 있어도 빠짐없이 폭파로 날려 보낼 수 있는걸."

흐물흐물, 썩는다, 시체, 메탄, 폭파.

시라이는 그것으로 깨닫는다. 입과 코로 들어와, 기관지를 타고 두 개의 폐를 채우는 이 자극적인 냄새의 출처와 정체를. 벽, 천장, 바닥. 너덜너덜해져 있었던 것은 건물의 구조만이 아니다. 끼이끼이 우는 쥐는 무엇을 밟고 있는 것인지. 본래 여기에 있어야 할 안티스킬(경비원)들이 없는 것은 왜인지. 여기저기에 달라붙어 있는 거무죽죽한 덩어리의 정체가 무엇인지. 모든 것이 한꺼번에 덮쳐온 것이다.

이 녀석들, 인간을 산 채로 썩게 했다.

시라이 쿠로코는 지금까지 안쪽에서 시체를 부풀리는 가연성 가스를 듬뿍 들이마시고 있었던 것이다.


"웃…?!"

효율이나 합리성이 아니었다. 저도 모르게 입을 가리고 몸을 기역자로 꺾은 순간, 뺨을 마주 대고 서로의 가슴을 짓누르는 쌍둥이 자매는 달콤하게 씨익 웃었다.

'분해자'와 '매개자'. 그대로 두 사람은 마술처럼 무언가를 꺼낸다. 신랑신부의 캔들 서비스처럼 쌍둥이가 움켜쥐고 있는 것은 연필만 한 크기의 트리거식 전자 라이터다.

방아쇠에 작은 손가락이 걸린다. 달칵 하는 딱딱한 소리와 동시였다.

시체 냄새와 가스가 가득 차, 거대한 한 개의 폭탄이 된 1층 플로어가 한꺼번에 폭발했다.


## 10


지징!! 낮은 진동이 철근 콘크리트 건물 전체를 흔들었다.

"빌어먹을, 뭐야?!"

스마트폰을 든 채 하마즈라 시아게는 욕설을 퍼부었다.

어둠 속에서 타닥타닥 하는 발소리가 몇 개나 울려 퍼진다. 매달릴 동아줄인 아넬리는 아까부터 침묵했다. 표시를 보니 통화권 이탈. 아무래도 정전이 된 순간부터 통신 경로가 끊기고 만 모양이다.

여기서부터는 혼자다.

자신의 기억에 의지해, 겨냥도에 있던 붉은 광점의 방을 목표로 한다.

…아무리 어둡고 방범 카메라나 센서가 모조리 죽었다고 해도, 역시 이상했다. 주위를 오가는 안티스킬(경비원)들이 조금 더 주위에 신경을 썼다면, 방구석에 웅크리고 숨을 죽이고 있는 하마즈라 따위는 금세 발견되었을 것이다.

어지간한 '무언가'가 일어나고 있다.

하마즈라 자신이 처음에 부정했던 '정면 돌파'의 카드를 어렵지 않게 뽑은 누군가가 있다. 기회지만, 이 괴물은 분명히 하마즈라의 동료는 되어주지 않을 것이다. 착각을 해서는 안 된다. 상황적으로는 폭동이 일어난 대도시에서 화재 현장의 도둑에 도전하는 것에 지나지 않는다.

어른들의 발소리가 끊긴 순간, 하마즈라는 어두운 복도를 나아갔다.

목적지인 방의 문은 바로 저기다.

"타키츠보!!"

문을 열고 쳐들어간 순간, 오른쪽 손목에 강한 충격이 스쳤다. 저도 모르게 신음한 직후, 멱살을 잡혀 벽에 등부터 패대기쳐진다. 바닥에 떨어진 스마트폰의 화면이 빛을 내뿜는다.

프로 안티스킬(경비원)이었다.

호흡이 막힌다.

상대도 이 캄캄한 정전 속에서, 방금 전까지 손전등이나 스마트폰 등의 불빛도 켜지 않고서 가만히 상황을 엿보고 있었던 것일까.

짧게 깎은 검은 머리카락에 갑옷 같은 근육. 그림으로 그린 듯한 '강압적인 체육 교사' 그 자체다. 불량소년의 입장에서 보자면, 이런 때가 아니면 가까이 가고 싶다고도 생각하지 않을 것이다.

"악?!"

"하마즈라!!"

이미 두 다리는 바닥에서 떠 있다. 양손을 어떻게 움직여도 목을 누르는 굵은 팔을 뗄 수 있을 것 같지 않다. 그래도 하마즈라는, 자신의 이름을 부르는 소녀의 목소리를 들은 것만으로 세계가 한없이 확장되는 기분이 들었다.

"괜, 찮아…."

타키츠보 리코.

어깨에서 가지런히 자른 검은 머리카락에 멍한 눈동자. 계속 계속 찾아다녔던, 핑크색 체육복을 입은 소녀.

업무적으로는 시큐리티가 불안정한 상황에서 용의자를 옮기고 싶지 않았을 뿐인지도 모르지만. 하지만 이 빌어먹을 세계 속에서, 아직 연인은 살아 있어주었다!!

"커헉!! 반드시, 내가 반드시 구해줄게. 그러니까 걱정하지 마, 타키츠보!!"

"또 '어두운 부분'이냐?"

정면에서 낮은 목소리가 난다.

감동을 나누기 전에 우선 이 녀석을 어떻게든 해야 한다. 한순간 '니콜라우스의 금화'에 의식이 모이지만, 여기에서 사용해도 될지 망설여진다. 애초에 '문을 연다', '룰렛을 맞힌다'와 같은 요구라면 몰라도 '누군가를 이긴다'는 것까지 할 수 있을지는 수수께끼다. 헛되이 쓰고 나서 한 시간 충전… 은 가능하면 피하고 싶다.

"설령 어떤 상대라 해도, 안티스킬(경비원)은 절대로 굴복하지 않아. 고구마 줄기처럼 전부 끌어내주마, '어두운 부분'. 핸드커프스는 너희들에게 예외를 허락하지 않아."

그때였다.

놈의 팔에 무언가가 앉아 있었다.

이 어둠 속에서도 반짝반짝 빛나고 있는 것은, 집게벌레의 표면일까?

게다가 한 마리가 아니었다.

그게, 정신이 들어보니 남자의 팔이 보이지 않게 될 정도로 **빽빽**하게 덮여 있다.

"그억?!"

새삼스레 깨닫고 하마즈라의 목에서 손을 떼며 오른팔을 퍼덕거리는 안티스킬(경비원). 하지만 집게벌레는 떨어지지 않는다. 뿐만 아니라 사악 하고 모래 덩어리를 흘리는 것 같은 소리와 함께 천장에서 폭포처럼 추가되었다. 상반신이 전부 삼켜질 뿐만 아니라, 방탄 재킷이나 장갑 등의 좁은 틈을 파고들어 장비 안까지 유린한다.

"그갸갸갸갸아아악???!!!"

더 이상 보고 있을 수가 없었다. 머리 위에서 발끝까지 **빽빽**하게 덮고 있었을 검은 실루엣이 안쪽부터 무너진다. 뜯기고 있는 것일까, 먹히고 있는 것일까, 녹고 있는 것일까. 그것조차 확실하지 않다. 그저 버티지 못한다는 사실을 알 수 있을 뿐. 인간을 산 채로 집어넣은 드럼통을 바깥에서 구깃구깃하게 뭉개는 듯한, 시체나 상처가 보이지 않는 '죽음'이 눈앞에 들이대어진다.

달려갈 수도 없었다.

이것은 평범한 집게벌레가 아니다. 화학 약품인지 병원균인지, 어쨌든 무언가를 얹은 것이다.

"빨리 떨어져, 하마즈라!!"

그 자리에 주저앉은 하마즈라에게 체육복 소녀 타키츠보가 외친다. 이래서는 어느 쪽이 구하러 온 건지. 그녀가 껴안아주지 않았다면 몸보다 먼저 마음 쪽이 망가졌을지도 모른다.

눈이 시큰거리는 듯한 악취가 났다. 무언가가 썩은 듯한, 하지만 음식물 쓰레기와도 다른….

또각 하는 작은 소리가 났다.

보니 방 안에 누군가 있다. 눈조차 깜박이지 않았을 텐데. 그것은 트윈 테일의 소녀였다. 어느샌가 나타난 중학생 정도의 여자아이는, 그러나 무엇을 하지도 않고 벽에 기댄다. 그대로 주르륵 바닥에 주저앉는다.

하마즈라 시아게에게 수갑을 채웠던 소녀였다.

오른팔의 완장을 보아하니, 능력에 의지하는 저지먼트(선도위원) 일까.

"윽…."

자세히 보니 여기저기에 멍이 있고, 어딘가의 학교 것인 듯한 교복에도 그을린 자국이 있다.

화상에 타박상.

화재, 아니면 폭발에라도 휘말린 것 같은 얼굴이다. 하마즈라도 나름대로 싸움에는 익숙했지만, 역시 몸속이 어떻게 되어 있는지까지는 예측도 할 수 없다.

"…텔레포트, 회피는 늦었던 걸까, 요…."

"이봐, 뭐야…?"

머뭇머뭇 물어도 소녀는 아무 대답도 하지 않는다. 의식을 잃은 모양이다.

"갑자기 나타나서 갑자기 죽지 말라고! 대체 뭐야? 당신은 이럴 때 우리를 지키는 저지먼트(선도위원)잖아. 이봐?!"

작은 발소리가 났다.

뭐가 뭔지 모르겠다. 하지만 갑작스러운 침입자는 새로운 위험을 끌고 온 모양이다. 회피라고 했었다. 어디든 좋다면 이런 방을 고르지 말기를 바랐다.

쿡쿡 하는 웃음소리가 났다. 누군가가 가볍게 문밖에서 들여다보았다.

키는 작은데 묘하게 가슴이 큰 쌍둥이였다.

"카아이, 여기에 있어. 전부 물게 해서 감염시키면 어때?"

"안 돼, 요우엔, 여기는 취조실이잖아? 할 거면 정확하게. 그쪽에 있는 오빠는 멍청한 얼굴을 하고 있고, 안티스킬(경비원)도, 저지먼트(선도위원)도 아닌 것 같은걸."

"있지, '분해자'. 현장까지 나와서 일일이 구분하는 거야?"

"있지, '매개자'. 희생은 정확하기 때문에 도망치지 못하면 절망하는 거라고, 누구나."

섣불리 호흡조차 할 수 없었다.

목숨줄을 잡혀 있다. 그것을 알 수 있다. 라이터 가스와 같은 메탄계 가스가 가득 차 있다면, 그녀들이 불꽃 하나만 튀겨도 방은 전부 폭발의 바람으로 메워지고 만다.

목적은 기절한 트윈 테일의 소녀인 것 같지만, 지금 이대로는 어떻게 될지 파악할 수 없다.

상대가 하마즈라와 타키츠보를 실수로 살해해버린다고 해도, 그래서 어떻단 말인가?

자신의 규칙의 스코어에 상처를 내는 것 이외에 페널티다운 페널티도 없다. 작은 돌을 차며 학교까지 간다는 정도의 기분에 사람의 목숨이 걸려 있다.

발치에서 쥐를 놀게 두면서, 쌍둥이 중 한쪽이 씩 웃으며 이렇게 말했다.

"구해주길 원해?"

"원해."

털썩.

바닥에 퍼진 검은 얼룩 위에 두 무릎을 꿇고, 하마즈라는 얼굴 앞에서 양손을 모았다. 뒤통수에 총구가 들이대어진 패배한 개 같은 얼굴에 쌍둥이는 씩 웃으며 만족스러운 듯한 얼굴을 하지만,

"부탁이야, 선도위원 애를 죽이지 말아줘. …이제 시체를 보는 건 싫어…."

약간 어리둥절했다.

시간의 흐름이 멈추었다.

"풋."

뺨을 마주 댄 쌍둥이 중 한쪽이 웃음을 터뜨렸다.

"앗핫핫하!! 좋아. 오빠, 당신 엄청 재미있어!!"

"괜찮은 거야, 카아이? 노리는 건 정확하게라는 이야기는?"

"괜찮아, 요우엔. 어차피 공포를 전달하려면 증언자를 몇 명 남

겨둘 필요가 있고."

거기에서 갑자기.

달콤하게 녹을 듯한 웃음을 띠며, 카아이라고 불린 소녀는 꼴사나운 남자에게 손키스를 던졌다.

"스스로 더러워지고 싶어 하는 사람, 나는 싫어하지 않거든."

가만히 한숨을 쉰 것은 요우엔이다.

자매에게 휘둘리는 것은 늘 있는 일인지도 모른다. 그런 분위기를 풍기면서,

"전하고 다녀, 이 공포를."

명령형이었다. 1년의 학년 차에 절대적인 상하 관계를 갖게 되는 학교 사회에서 보자면, 절대로 있을 수 없는 거만한 태도로 몬스터는 말한다.

살아남기 위한 유일한 조건을.

"…'어두운 부분'은 절대로 없어지지 않아. 어리석은 짓에 도전하면 어떻게 되는지, 이 어둠을 빛으로 비춘다는 행위가 대체 무엇을 불러오고 말지. 어리석은 자의 말로라는 전설을, 똑똑히 말이야?"

하마즈라는 고개를 끄덕일 수조차 없었다. 그러나 무언가 만족스러운 듯이 눈을 가늘게 뜨더니 소녀는 고개를 움츠리고, 둘이서 바깥의 복도를 걸어 떠나가려는 것 같다. 찰박찰박 하는 비치샌들의 가벼운 발소리와 함께, 가끔 끊임없이 요란한 절규와 비명이 작렬한다.

생물.

그리고 감염증.

'분해자' 카아이에 '매개자' 요우엔. 쌍둥이가 다루는 농밀한 어둠

은 규격 외다.

11

"어딘가 부러진 건 아닌 것 같네, 좋아…."

"하마즈라, 이쪽 누를게. 빨리 거기 묶어."

스마트폰의 손전등 아래에서 붕대를 단단히 감고, 그리고 나서 금속으로 만들어진 고정 장치로 고정했다.

도망자는 의사의 신세를 질 수 없다. 간단한 응급 키트도 귀중품이 되지만, 그래도 트윈 테일의 소녀를 내버려둔다는 선택지는 없었다.

상처에 소독약을 뿌려도 저지먼트(선도위원)인 듯한 소녀는 깨어나지 않았다. 상당히 깊이 의식을 잃은 것이리라. 눈에 보이는 위치는 대충 상처를 덮었지만, 하마즈라는 몸속까지는 알 수 없다. 우선 숨은 쉬고 있는 것 같으니, 이후에는 안티스킬(경비원)에게라도 맡길 수밖에 없을 것이다.

…달리 누군가가 살아남아 있다면 말이지만.

"더 이상은 아무것도 할 수 없어. 우리도 탈출하자."

"음…."

이런 데에도 예상하지 못한 것이 있었다.

무표정한 채, 타키츠보 리코의 뺨이 부풀어 있었던 것이다.

"그러고 보니 하마즈라, 그 쌍둥이한테 뭔가 당했어."

혹시 무언가 등에 정체를 알 수 없는 곰팡이나 벌레라도 붙어 있는 것일까. 그렇게 강렬하다면 감염인지 뭔지를 눈치채지 못할 리

는 없을 텐데. 갑자기 불안해진 하마즈라였지만,

"손키스."

"풋?! 사고입니다. 무차별 범죄, 불가항력!!"

당황해서 소리쳐도 연인은 여전히 기분 나쁜 고양이처럼 되어 있었다.

어쨌거나 스마트폰의 손전등을 끄고 취조실에서 살그머니 복도로 나간다. 몇 번인가 연달아 폭발이 있었다. 수수께끼의 쌍둥이가 일으킨 계획적인 피해는 아니다. 안전지대를 확보하기 위해, 하마즈라가 어둠을 향해 종이를 꼬아 만든 불씨를 던져 일부러 폭발을 유도하는 소리다.

메탄계 가스는 흉악하지만 공간으로 차단할 수 있다. 문이나 셔터로 칸을 나누고 나서 폭파하면 작은 폭발에 그치고, 안전하게 가스를 '소비'해버릴 수 있다.

적절하지만. 그뿐이다.

하마즈라 시아게는 어금니를 악물었다. 방심하면 발이 멈춰버릴 것만 같았다.

"하마즈라…."

"이렇게. 아무도 안 남은 건가…."

플로어 전체가 실을 끌고 있었다.

천장에서 늘어져 있는 것은 낫토처럼도 보이지만, 그런 평범한 균류는 아닐 것이다. 여기에는 이미 제대로 된 사람의 모습 따위는 존재하지 않는다. 그렇게 완전무장한 안티스킬(경비원)들이 북적거리고 있었는데. 통신 오퍼레이터나 사무원은 대체 어디에 서 있었을까?

모두.

기분 나쁠 정도로 끈적거리는 거무튀튀한 점액이 바닥이며 벽을 더럽히고 있을 뿐이다.

구해주길 원한다… 고 말한 것은 하마즈라 자신이다. 그 결과, 그 쌍둥이는 레일을 바꾸었을지도 모른다. 변덕스럽게 트윈 테일의 소녀를 놓아주고, 대신 다른 누군가를 죽였다면? 부질없는 이야기이기는 하지만, 불량소년의 위장에 무거운 느낌이 덮쳐든다.

……당연히, 이걸로 끝이라는 말은 아닐 것이다. '어두운 부분'은 강렬한 힘을 보여주었다. 하지만 안티스킬(경비원)도 안티스킬(경비원)대로 23개의 모든 학구를 무력으로 지배하고 있다. 속박이 풀리면 점점 심해진다. 여기서부터는 안티스킬(경비원) 측도 더욱 심한 것을 꺼낼 터다.

"이제부터 어떻게 할 거야, 하마즈라?"

"밖으로 도망칠 거야. 학원도시 바깥으로."

"……."

"오늘의 안티스킬(경비원)은 진심이야. 직접 본 것만 해도 두 명이 죽었어. 보지 않은 곳에서는 아마 더 죽었을 거야. 즉, 어른들은 진심으로 '어두운 부분'을 뭉개려는 거지. 놈들이 뭘 기준으로 도시를 정화하려고 하는지는 모르지만, 아무래도 나도, 너도 '아웃랭크(괴멸 수배)'인가 하는 것에 들어가 있는 게 틀림없는 것 같아. 그러니까 바깥으로 나가지 않으면 당할 거야. 오늘만은 어두운 곳, 깊은 곳에 숨으면 안전하게 따돌릴 수 있다는 게 아니야."

어둠 속이지만, 그래도 연인의 어깨가 곤란한 듯 가까이 다가온 것을 알 수 있었다.

"하지만 그 외벽은 그렇게 간단히 넘을 수 있을 것 같지는 않아. 네 개의 게이트도 최고 경비니까, 무리하게 돌파하려고 해도 죽게 될 거야."

"알고 있어. 하지만 아무것도 생각이 없는 건 아니….'

말하려고 했을 때였다.

긴 통로 한가운데에서, 누군가가 막아섰다.

"하마즈라….'

안쪽에서 목소리가 났다. 화를 피한 사람이 아직 있었던 것일까.

안도하는 반면, 안심하고 있을 수도 없다. 하마즈라 시아게는 지금 여기에 있어서는 안 되는 인간인 것이다. 오늘의 안티스킬(경비원)의 대응을 보건대, 그들은 무언가 하나 변명할 수만 있으면 망설임 없이 용의자를 사살하려고 할지도 모른다.

하지만 아니었다.

그 인물은 분명히 이렇게 말을 걸어온 것이다.


"하마즈라냐?! 너 왜 이런 곳에 있는 거야!!"


귀에 익은 목소리였다.

이곳은 처음 오는 장소가 아니다. 스킬아웃(무장 무능력자 집단) 시절에는 자동차 도난이나 길거리 싸움으로 늘 유치장에 처넣어지곤 했던 것이다.

당연히, 그때 신세를 졌던 안티스킬(경비원)도.

(요미카와, 아이호….)

긴 흑발을 하나로 묶어 뒤로 늘어뜨린 여교사. 평소에는 초록색 체육복을 아무렇게나 걸치고 있을 뿐이지만, 오늘은 불길한 검은 방탄 재킷이다.

무섭다.

무섭지만, 치명적으로 마음이 맞지 않을 뿐. 나쁜 놈이 아닌 것은 알고 있다.

한순간, 모든 것을 내던지고 연인을 구해달라고 부탁할 뻔한 하마즈라. 하지만 직후에 그는 현실을 떠올린다. 아니, 이것은 현재 진행형으로 체험하고 있는 소년 자신도 징크스나 착각과 어떻게 다른지 확실하게 정의할 수 없는 문제이기는 하지만.

어쨌든이다.

약간 늦게 하마즈라는 한 팔을 수평으로 들었다. 자신의 몸으로 연인을 감싸듯이 하면서 마주 고함친다.

"거기서 비켜. 당신은 신용할 수 없어!!"

"그래서는 그냥 범죄자야, 하마즈라. 여기에 있는 이유를 우선 설명하고, 그리고 필요하다면 어른한테 맡겨야지!! 그게 올바른 길이라는 거다!!"

"당신 한 사람의 자질이 아니야!"

마주 고함친다.

말로 밀어내버릴 수 있다는 것 자체가 이질적이었다. 이 어른은 언제나 옳은 말을 하고, 옳기 때문에 작은 범죄도 용서하지 않고 단속했을 것이다.

그런데.

이 약한 기세에는 내심의 망설임이 비쳐 보이는 것 같았다.

"…이봐, 요미카와, 당신도 스스로도 알고 있지? 오늘은, 뭔가가 이상해. 정의라는 말이 올바르게 돌아가지 않게 되는 '무언가'가 있어. 그것의 정체를 알아내지 못하는 한, 그냥 정의 쪽에 서 있는 인간에게 상황을 맡겨도 죽음을 흩뿌릴 뿐이야!! 나는! 그걸 이 눈으로 보고 왔어!! 최소한 두 번은 말이지!!"

"그렇다면, 넌 어떻게 할 건데?"

잠시 후, 반격이 왔다.

역시 날카로움은 부족하다. 하지만 날이 무디지 않으면 만들어낼 수 없는 아픔이라는 것도 존재한다.

"또 총을 쥐고, 나쁘다는 걸 알면서도 죄를 저지르고, 소중한 사람을 지키기 위해서니까 어쩔 수 없었다고 납득할 셈이냐? 그런 '납득'은, 너 한 사람의 거잖아. 세상은 절대로 납득하지 않아. 그저 서류를 조회해서 유죄 판결을 요구할 뿐이야!"

"……"

"'오퍼레이션 네임 핸드커프스'는 새까만 게 아니야. 세계의 정점에 선 멍청이가 자신의 인생을 거덜 내더라도 이루려고 하고 있어, 내가 절대로 새까맣게 만들지 않을 거다!!"

겉치레… 가 아니다.

같은 영역에 서 있는 인간의 말은 쉽게 무시할 수 없다.

"비전이 있겠지. 이런 곳까지 구하러 올 정도라면."

요미카와가 발을 내디딘다.

단 한 걸음이지만, 하지만 그 한 걸음은 역시 무겁다.

"그렇다면 그런 이상적인 미래를, 너 스스로의 손으로 부수지 마!! '어두운 부분'인지 뭔지 모르겠지만, 그런 제멋대로의 납득이 날뛰게 하는 거다. '예외'를! 귀찮은 전쟁 따위는 어른한테 떠맡겨.

나쁘게 하지는 않을 테니까!!"

말에는 얽매이지 않는다.

그런 '당연'이 무너진 것을 하마즈라는 이미 알고 있다.

그러나 한편으로, 말로 이야기하는 요미카와를 힘으로 밀어내도 되는 것인지 망설여진다. 주머니 안에 있는 금화를 강하게 의식한다. 이쪽의 큰 패는 이것뿐이다. 단 한 번뿐인 확정 100.0퍼센트. 이것을 어떻게 사용하면 요미카와를 다치게 하지 않고 물러가게 할 수 있을까…?!

하마즈라 시아게는 생각하고, 숙이고 있던 얼굴을 들었다.

입을 연다.

"요미,

비싯!!!!!!

하마즈라 시아게의 가슴 한가운데에 무언가 뜨겁고 단단한 것이 쏘아졌다.

의미를 알 수 없었다.

타앙!! 요란한 총성은 낙뢰처럼 약간 늦게 작렬했다. 그러나 무슨 일이 일어났는지 정리해서 생각할 만한 여유조차도 없다. 그대로 무시무시한 충격에 뒤로 날아간 하마즈라의 몸이 두꺼운 시트로 보호되는 유리에 처박힌 것이다.

새된 소리와 함께 소년은 창 밖으로 내던져진다.

"하마즈라!!"

## 12

"윽…."

날카로운 총소리에 시라이 쿠로코는 눈을 떴다. 아무래도 1층 로비가 아니라 어딘가 작은 방에 있는 모양이다. 여기는 취조실일까. 한순간, 자신이 어째서 이런 곳에 있는지 생각해내지 못하고 있는 시라이 쿠로코의 얼굴을 누군가가 들여다보았다.

압박이 강한 아저씨였다.

"괘, 괜찮으세요, 시라이 씨?"

"…덕분에요."

깨어나자마자 바코드 머리와 안경은 너무했다. 시라이 쿠로코는 바닥에서 몸을 일으키고 나서야 자신이 눕혀져 있었다는 것을 깨닫는다. 피부에 땅기는 듯한 위화감이 있었다. 취조실의 커다란 거울을 들여다보니 여기저기에 붕대와 거즈가 있다.

"일단 감사 인사는 해두겠어요. 처치해주셔서 고맙습니다."

"앗, 아뇨. 제가 아닙니다, 그거."

"?"

그럼 누가. 시라이의 의문에 라쿠오카 호우후가 대답할 수 있는 느낌도 아니었다. 가능성은 높지 않지만 옆방, 모니터실의 카메라는 살아 있을까?

복도로 나가니 이상한 냄새와 검은 찐득찐득이 심했다.

안티스킬(경비원)이 두 명 정도 살아남은 모양이지만, 그들은 왠지 깨진 창 쪽을 바라보고 있다. 삐죽삐죽한 유리에 핑크색 천 조각이 걸려 있었다. 체육복 등에 사용되는 합성 섬유다.

"일행 여자도 같이 떨어졌어…?"

원근 어느 쪽에도 사용할 수 있는 배틀 라이플을 든 젊은 남자 안티스킬(경비원)이 멍하니 중얼거렸다.

"어쨌든 이걸로 안전은 확보되었네요. 요미카와 씨. 다친 데는 없으s

"…도, 에…."

떨리는 입술이 움직인다. 정신이 들고 보니 요미카와는 부하의 멱살을 잡아 올리고 있었다.

"아이한테 총을 겨눈 거냐, 나미노?! 대체 무슨 생각을 하는 거야!!"

갈색 머리의 잘생긴 남자는 영문을 모르겠다는 얼굴이었다.

"어, 어차피 '어두운 부분'이에요. 종합 초소까지 숨어 들어오다니, 흉악한 혐보성이잖아요?"

"보호자가 맡긴 아이의 목숨을 '어차피'라고 말했나, 네놈!!!!!!"

쇠귀에 경 읽기. 겉으로 보기에는 몸을 움츠리고 있지만, 진심으로 반성하는 느낌도 아니다. 왜 화내는지는 흥미 없다. 어쨌든 폭풍우가 지나갈 때까지 얌전히 있자는 것에 가깝다.

상식이 무너진다. 보고 있는 것만으로도 알 수 있다.

어쨌든 시라이 쿠로코는 그쪽으로 다가가기로 했다. 조금 걷는 것만으로도 어깨를 들썩이며 거친 숨을 내쉬고 있다는 것을 깨닫는다.

바로 가까이에서 빈약한 바코드 안경이 쭈뼛거렸다. 어깨를 빌려주고 싶지만, 여중생한테 섣불리 손을 대도 될지로 쓸데없이 고뇌하고 있는 것인지도 모른다. 분명히 말해서 철저한 윤리 준수인지 뭔지가 과잉 반응하고 있다.

"…서 있는 건 이것뿐? 다른 분들은 어떻게 됐나요???"

아무도 대답하지 않았다.

정확한 피해 수에 대해서 입에 담는 것도 꺼려졌기 때문이다. 그래서 숫자에 대해서는 무전기로 보고가 들어왔다. 배틀 라이플을 든 젊은 안티스킬(경비원)이 멱살을 잡힌 채 고개를 가로저었다.

툭, 떨어졌다.

"제7학구 남부, 제8학구, 제17학구… 그리고 제1학구도… 라고 합니다."

"제1…."

그렇게 맹렬하게 물고 늘어지던 요미카와가 말을 잃었다.

무리도 아니다. 제1학구라면 행정 기능이 집중되어 있는 관청가다. 그 지역의 치안을 지키는 종합 초소는 다른 모든 초소를 연결하는 중앙 부서 같은 측면이 있었을 터였다. '바깥'의 경찰 조직으로 말하자면 경찰청 본청 같은 것이다.

그것을, 이렇게나 맥없이.

피해 확인이 된 것만으로도 나은 편이다. 피라미드 구조의 꼭대기가 부러졌다.

조직을 재편하고 네트워크를 회복하지 않으면 안티스킬(경비원)이라는 조직 자체의 기능이 정지하고 말지도 모른다.

"그러니까 말했잖아요."

낮게, 목소리가 있었다.

바코드 머리에 안경을 쓴 안티스킬(경비원), 라쿠오카 호우후다.

"이걸로는 어중간해요. 진심으로 '어두운 부분'을 일소할 생각이 있다면, 전쟁을 할 각오가 없으면 안 됩니다."

무엇이 꼬였을까.

오퍼레이션 네임 핸드커프스.

새로운 총괄 이사장과 함께 말을 움직인 한 사람으로서, 요미카와 아이호는 입술을 깨물고 있는 것 같았다.

13

의식이 깜박거린다.

아무래도 도로의 눈을 모아 산더미처럼 쌓아둔 곳에 떨어져서 쇼크가 분산된 모양이다.

그렇지라도 않았다면 추락의 충격만으로도 죽었을 것이다. 영화나 드라마와 달리, 높은 곳에서 낙하하는 것은 예외 상황이 적은 사인(死因)이다.

그렇다, 하마즈라 시아게는 살아 있었다.

"하마즈라…."

바로 가까이에서 연인이 부르는 목소리가 들린다. 자기 자신도 같은 창에서 뛰어내렸을 텐데, 그녀는 자신의 상처를 확인하기도 전에 쓰러진 연인에게 매달렸다.

"괜찮아? 하마즈라, 무서워. 일어나. 두고 가면 싫어…."

하마즈라는 떨리는 손끝을 움직여 상의의 단추를 풀었다.

매끈한 금속판이 있었다. 그 정체는 맨션에서 쓰러뜨린 안티스킬

(경비원)로부터 빼앗은 방탄 재킷의 플레이트 부분이다. 틀림없이 좋지 않은 일이 일어난다. 확정으로 그렇게 된다. 네거티브한 예측이라도 '확정'이 되어 있다면, 훌륭한 행동 지침이 된다.

이걸로 결론이 났다.

학원도시 안에 있으면 누구에게 도움을 청해도 죽게 된다. 개개인의 성질에 상관없이 어른은 무섭다.

뒷골목이나 '어두운 부분' 깊은 곳이나, 그런 구멍도 틀림없이 막혀 있을 것이다. 살아남고 싶으면 벽 바깥으로 갈 수밖에 없다. 언제 안티스킬(경비원)이 정상화할지는 읽을 수 없지만, 적어도 지금은.

자유로운 세계로.

하늘을 향해 쓰러진 채, 매달리는 연인의 머리를 쓰다듬으며 하마즈라는 이렇게 제안했다.

"공항으로 가자….'"

"?"

"외벽을 기어오르거나 게이트를 바보처럼 정직하게 지나는 건 안돼. 관리가 너무 엄격해서 가까이 갈 수도 없고. 그런 스트레이트한 아이디어에 사로잡힌 '어두운 부분'의 말단들은, 분명히 무인 헬기나 벽 위의 로봇에 의해 기총 사격으로 고깃덩어리가 되었을 무렵일 거야. 머리를 쥐어짜도 여기는 무리야. 선택지가 몇 백 개 있어도 전부 막다른 길로 돼 있어. 벽을 넘는다, 게이트를 속인다, 장거리 트럭의 짐칸에 숨는다, 그런 육로는 도전해봐야 소용없다는 거지."

"하지만."

타키츠보는 부정적이었다. 고개를 저으며 말한다.

"제23학구의 공항도 경비의 엄중함으로 말하면 각별한데? 심사는 몇 중이나 있고, 얼굴을 가리고 비행기를 탈 수 있을 거라고는 생각되지 않아."

"얼굴을 가리지 않아도 수상하게 여겨지지 않을 방법이 있으면 돼."

그렇게 말하며 하마즈라는 작은 보디백 안에서 키 아이템을 꺼냈다.

가쿠엔 타로.

분명히 가명이 인쇄된 여권이다.

어디가 굉장한 것인지 언뜻 봐도 알 수 없지만, 반대로 말하자면 문외한이 봐도 설명할 수 없을 정도로 굉장한 것이리라. 그 '전화목소리'가 매달릴 정도라면, 어지간한 고품질이라는 점은 확약되어 있다. 하마즈라는 축 늘어진 채 떨리는 손으로 스마트폰의 전원을 끄고 여권을 댔다. 신호기와 세트로 달려 있는 속도위반 미터의 커버 영역에.

종이 표면에서 무언가가 반짝반짝 빛났다.

적외선에 반응해 떠오르는 일곱 색깔의 빛은 최신의 불완전성 결정 인쇄에 의한 것이다. 간단한 것처럼 보이지만, 얇은 막으로 배치된 인공 수정 내부에 불규칙하게 뚫려 있는 격자 결함에 대해서는 아무도 재현할 수 없는 위조 방지 기술. …일… 터였다.

신화는 무너졌다.

"…아무래도 '어두운 부분' 안에는 신분증을 완벽하게 위조해주는 업자도 있는 모양이야. 그 녀석이랑 이야기하면 준비해줄 수 있을 거야. 안전하게 비행기를 타기 위한 프리 패스를."

## 제7학구 남부 방면 경비원 종합 초소

시라이 쿠로코

(선도위원)
저지먼트

호우후 라쿠오카

(경비원)
안티스킬

## 제7학구 남부 방면 경비원 종합 초소 앞

시아게하 하마즈라

호보성

리코 타키츠보

호보성

## 제15학구 고급 호텔

카아이 하나츠유

협보성

요우엔 하나츠유

협보성

# List of
# OP."Hand_Cuffs"

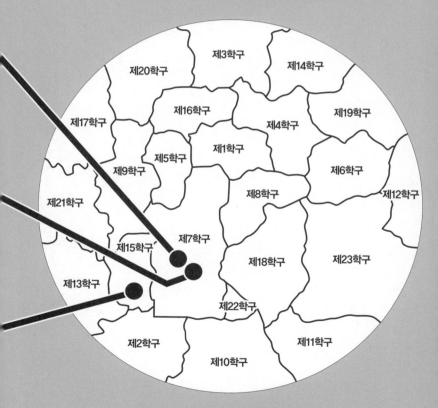

# 행간 1

"이러려던 게 아니었어… 라는 침묵이네."

제대로 옷도 입고 있지 않았다.

침대 시트보다도 얇은 진홍색 천을 얇은 가슴 앞에 끌어모으고 있는 것은, 겉모습만 보자면 열 살 정도의 소녀다. 스트로베리 블론드의 긴 머리카락은 늘 그렇듯이 납작하게 땋아 갈랐고, 여기저기에 장미 장식이 얽혀 있다.

소녀는 선 채로 딱딱하고 차가운 구치소의 쇠창살에 몸을 기댔다.

옆방에서는 하얀 머리카락에 붉은 눈동자의 레벨 5(초능력자)가 조용히 바닥에 앉아 있다.

곧 재판을 앞두고 있는 학원도시 제1위이자 새 총괄 이사장, 액셀러레이터(일방통행)가.

'R&C 오컬틱스'의 CEO, 안나 슈프렝겔은 실실 웃는다.

둘 다 세계를 장악할 자격을 가진 자들의 대화가 이어진다.

"그럼 대체 어떻게 될 생각이었는지를 꼭 듣고 싶은 참이지만, 뭐, 지금에 와서는 의미가 없으려나. 후후, 보호한 아이들을 위해 몰래 준비해둔 기금은 헛수고가 될 것 같네. 그들의 새로운 생활도."

"…그런 말을 하기 위해서."

뼛속까지 스며드는 차가움… 이었다. 목소리에 온도가 있다면, 정상적인 인간은 얼어서 목숨을 잃었을지도 모른다.

"일부러 형편없이 져서 스스로 감옥에 들어왔다고?"

"전에도 말했잖아. 이미 '메인 실험'은 끝났어. 이번의 이건, 빈 시간을 이용해서 데이터를 수집하는 것에 지나지 않아."

한편 안나는 스스럼이 없었다. 싱그러운 피부가 물방울을 튕기듯이, 말의 냉기는 그녀의 안까지는 들어가지 못한다.

"거대 IT답지? 빅 데이터에 헛수고라는 사고방식은 없으니까. 어제의 일기예보를 열심히 읽는 사람은 어리석은 사람일까? 그런 일을 해도 아무런 의미가 없다고? 아니, 아니야, 과거 100년간의 기상도를 자세히 읽음으로써 보이게 되는 건 많아. 노력도 하지 않고 일면만 보고 비웃는 사람이야말로 진짜 어리석은 사람이지."

"……."

"우후후, 자, 당신은 어떨까. 노력을 비웃는 사람은 노력의 가치를 깨닫지 못할 때가 많은데. 당신은 '어두운 부분'을 잘라내는 걸로 방향을 틀었어. 하지만 정말로 가치를 이해하고 있었을까?"

침묵한 새 총괄 이사장에게, 최고 경영 책임자는 여전히 웃음을 짓는다.

오히려 기분 나쁠 정도로 균일하게.

"…그래, 물론 '이렇게' 된 데에는 이유가 있어."

긴 머리카락에서 장미 향기를 흩뿌리며, 안나는 쇠창살 틈으로 팔랑팔랑 작은 손을 흔든다.

"일찌감치 특정하지 않으면 점점 무너질걸? 지금 여기에 펼쳐지는 최악의 참상이 그래도 그나마 나았다고 생각될 정도로. …그런데 총괄 이사장이 되어도 이름은 밝히지 않네, 당신. 차라리 카메라 앞에 설 때에는 수수께끼의 가면이라도 써보면 어때?"

## 제2장 '어두운 부분' Ghost, Android, and…

### 1

기릭기릭기릭기릭!! 타이어가 옆으로 미끄러지는 소리가 울려 퍼진다.

학원도시의 제1학구였다.

질서정연한, 오히려 인간미가 느껴지지 않을 정도로 차가운 관청가의 거리에는 너무나 어울리지 않는 소음. 거기에 비명이나 파쇄음이 섞인다.

『이봐, 저거 우리 호송차잖아?!』

『눈길에 미끄러진 게 아니야. 안에서 뭔가 일어나고 있어! 비켜! 엎드려어!!』

S자로 크게 구불구불 나아가는 20톤의 쇳덩어리는 즉석 바리케이드를 뚫고, 대기하고 있던 특수 차량을 튕겨내며 종합 초소의 정면 게이트로 돌진했다. 건물 앞에 멈춘 호송차는 기분 나쁜 침묵을 지키는 듯했지만, 그것도 길지는 않다.

끼잉!!

불꽃 소리는, 측면의 도어가 잘려 떨어진 것이라고 모두가 생각했다.

실제로는 그 1센티미터 바깥쪽. 방탄 내폭 장갑을 무시하고 틀처럼 잘라낸 것이지만.

털썩 하고 바깥쪽으로 쓰러진 문 맞은편에서 나온 것은 이질적인 소녀였다. 나이는 열서너 살 정도일까. 붉디붉은, 살아 있는 인간으로서는 있을 수 없을 정도로 선명한 진홍색의 긴 머리를 나부끼는 소녀는, 계절감이라는 것을 완전히 무시하고 있다. 아직 미성숙한 몸을 덮고 있는 색채는 오렌지와 검정. 독살스러운 해충 같은 조합의 경기용 수영복 비슷한 복장을 걸치고 있을 뿐이다. 놀랍게도 발은 맨발이다.

앞머리를 깨끗하게 가지런히 자른 소녀의 양쪽 어깨에는 각각 스마트폰이, 허벅지의 벨트에는 가늘고 긴 원통이 몇 개나 꽂혀 있었다.

둥글게 만 실리콘 키보드 외에, 질척한 액체가 든 투명한 병은 무엇일까…. 도저히 음료수로는 보이지 않는데.

눈썹 하나 까딱하지 않고 동공을 기계적으로 확대 및 축소시키는 소녀의 손에 있는 것은 날의 길이가 60센티미터는 되는, 나이프라고 부르기에는 너무나 커다랗고 두꺼운 칼. 정글을 베어 가르면서 나아가기 위한 산도(山刀)와 비슷하지만, 애초에 분류 따위는 존재하지 않을지도 모른다.

저것으로 베었다.

방탄이나 내폭까지 의식해서 설계한 호송차의 벽을, 젤리나 무언가처럼.

공기가 굳어 있었다. 모두가 규칙을 읽는 데 실패해 에러라도 일으킨 것처럼 우두커니 서 있었다. 설마 이런 중앙까지 쳐들어올 거라고는 생각하지 않았을 것이다.

누군가가 외쳤다.

"'어두운 부분'?!"

"이런, 이런."

뒤늦게 나온 것은 짙은 파란색 점프 슈트 위에 하얀 가운을 걸친, 비쩍 마른 노인이었다.

연구자로도, 메카닉으로도 보인다. 단언할 수 없는 것은, 번들거리는 눈동자가 그 어느 쪽에도 들어맞을 것 같지 않기 때문일까.

불꽃이 튀더니 양손을 묶고 있던 수갑이 끊겼다. 사슬이 아니라 두 개의 고리가.

"레이디버드 군, 좀 더 부드러운 방법은 없었던 건가?"

『차량을 재킹하는 것보다 선생님이 붙잡히는 쪽이 빨라. 안티스킬(경비원)의 호송차를 이용함으로써 전투를 피하고 검문소 세 곳을 넘을 수 있었어. 시간으로 치면 250초의 단축이 기대돼.』

"이쪽은 너와 달리 인간의 몸이야. 내장이 하나 뭉개져버리면 죽고 만다고."

『안전 기준은 채웠어. 이 이상의 안전성을 요구할 경우, 선생님은 사전에 전신을 카본 근육과 중금속 골격 프레임으로 바꿔야 해. 추천하는 건 열화우라늄.』

"나는 네 안전 기준인지 뭔지가 걱정되기 시작하는군. 오히려 살아 있었던 스스로에게 놀라고 싶어."

레이디버드라고 불린 소녀는 입술의 움직임과 실제의 육성이 맞지 않았다. 마치 복화술 인형 같다.

새삼스럽게 주위 직원들의 속박이 풀린다. 몇 사람인가가 허리에서 뽑은 권총을 겨누었다.

"뭘 하러 왔지, '어두운 부분'?! 이 혐보성이!!"

"이런."

정말로 이상하다는 듯한 얼굴이었다.

"아직 연락이 없는 건가, 바깥에서 무슨 일이 일어나고 있는지. 혼란스러운 건가. 하지만 그렇다면 일부러 내가 나서서 '절단'할 것까지도 없었을지도 모르겠군. 만일 그렇다면 미안하네."

탕!! 건조한 소리와 함께 안티스킬(경비원) 중 한 사람이 뒤로 몸을 젖혔다.

그대로 쓰러진다. 모두가 그렇게 생각했지만, 아니다.

반쯤 공황 상태에 빠진 몇 사람이 무계획적으로 방아쇠를 당겼지만, 그때마다 머리나 가슴 등의 급소에 구멍이 뚫려 쓰러지는 것은 왠지 안티스킬(경비원) 측이었다.

레이디버드는 무표정하게 산도를 들고 있다. 오른손 하나로.

그것뿐이었다. 공기를 찢으며 날아오는 납탄을 정확하게 포착해서 두꺼운 날을 겨누고, 튕긴 탄환을 이용해 반대로 안티스킬(경비원)을 공격하고 있었던 것이다.

그것도, 쏜 본인이 아니라 다른 인간을 향해서.

술렁. 한 개의 집단이었을 안티스킬(경비원)들 사이에서 서로를 탐색하는 듯한 시선이 꿈틀거린다.

자신의 장갑을 만지작거리면서, 신경 쓰지 않고 노인은 말했다.

"레이디버드 군."

『네, 선생님.』

"전부 죽여. 그것 이외에 선택지는 없어."

히이이!! 우왓?! 비명이 이어졌다.


　선생이라고 불린 노인은 늘 다니는 산책길을 거니는 정도의 속도로 빌딩 안쪽으로 나아간다. 그런 그의 주위에서 붉은색과 검은색과 오렌지색의 폭풍이 휘몰아친다. 이제 자멸을 각오하고 권총이나 서브머신 건을 연사해도, 제대로 엄폐물 뒤로 들어가지도 않는 노인에게는 한 발도 맞지 않는다. 애초에 불가능한 것이다. 힘으로 총알을 비틀어 누르고, 반대로 이용하는 차원에서 살고 있는 레이디버드를 막는 것 따위. 그것은 기구를 타고 스텔스 전투기와 싸우는 것과 같다.

　최신 방탄 내폭 장비 따위는 아무런 의미도 없었다.

　총알 정도가 아니라 포탄 사이즈의 중화기를 꺼내도 두꺼운 산도는 부러지지 않는다.

　"세인티움이라네. 금속 결합의 강도는 열화우라늄의 56배니까, 함포 사이즈의 장갑 관철탄 정도까지라면 문제없이 받아낼 수 있지. 뭐, 레이디버드 군쯤 되지 않으면 들어 올릴 수도 없지만 말이야. 그렇지, 그렇지, 자네들의 장비 말일세. 마력(馬力)이 높은 호송차라 다행이었어."

　노인은 스스럼없이 말했다.

　"물론 화학 교과서를 펴도 나오지 않아. 자연계에는 존재하지 않는 인공 원소지. 눈에 보이는 알갱이 하나도 바깥을 달리는 차보다 비싸려나. 아니, 가속기를 풀가동해서 그만큼 만들어내느라 고생했어. 요구한 만큼의 효과가 없으면 오히려 곤란하지."

　또 하나 속박이 풀린 것인지, 모퉁이에서 수류탄이 던져졌다.

레이디버드는 허공에서 춤추는 폭발물을 정확하게 포착해 산도를 수평으로 휘두른다. 마치 야구 방망이처럼 수류탄을 쳐내고, 폭발의 바람과 날카로운 파편에 얻어맞은 안티스킬(경비원)이 으깨진다.

그러나 그때, 소녀의 바로 발밑에서 딱딱한 소리가 났다.

수류탄은 꼼꼼하게 두 개가 날아 왔던 것이다.

"⋯⋯."

고개를 갸웃거리고, 붉은 머리카락을 사락거리고, 그리고 레이디버드는 망설이지 않았다.

수류탄 위에 엎드려, 자신의 육체를 이용해 억지로 폭발의 바람을 누른다.

징!! 웅얼거리는 소리가 울려 퍼진다.

그것뿐이었다.

아무 일도 없었던 것처럼 레이디버드는 노인 옆에서 천천히 몸을 일으킨다. 피의 붉은색은 없다. 경기용 수영복도, 피부도 상처다운 상처는 하나도 없다. 단순한 내폭 장비⋯ 로는 설명이 되지 않았다.

"기, 기계⋯."

첫 번째 수류탄에 휘말려 빈사의 중상을 입은 안티스킬(경비원)이, 엎드린 채 입술을 움직인다.

"⋯네놈, 말로만 듣던 사이보그나 뭐 그런 거냐⋯."

"한참 낡았군. 그 정도의 발상으로 우리 '키하라'를 말할 수 있을 것 같나?"

기계적으로 동공을 확대 및 축소시키며, 레이디버드가 맨발인 채로 정면에서 통로를 찰박찰박 나아간다. 떨리는 손으로 권총을 쥐려고 한 안티스킬(경비원)의 숨통을 확실하게 끊는다.

소녀는 허벅지의 벨트에서 병을 뽑아 들고는 입에 머금고, 그래도 부족했는지 머리부터 뒤집어썼다. 질척한 투명한 액체가 진홍색 머리카락에서 피부를 타고 흘러, 경기용 수영복에 일종의 독특한 광택을 만들어낸다. 상온 초전도 액체를 이용해 잉여 에너지를 안전하게 흘려보내고, 동시에 각 부위의 마찰 소모를 억제하는 방전(放電) 기계유다. 쉽게 말하고 있지만, 이것 하나를 우주 원자로와 조합하면 유인 외우주 탐사조차 가능한 물건이다.

하지만 노인은 그런 것보다도 체면 때문에 곤란한 얼굴을 하고 있었다.

"레이디버드 군, 자네는 좀 더 섬세함이라는 걸 말이지…."

『비치거나 도드라지면 불이익을 입게 되는 부품을 실제로 장착한 이유를 알려줬으면 좋겠어.』

눈썹 하나 까딱하지 않고 갈고리 모양으로 구부린 손끝으로 엉덩이의 낀 부분을 바로잡는 경기용 수영복 차림의 소녀를 보고, 노인은 이마를 짚었다. 엘리베이터나 비상계단에는 볼일이 없다. 이곳에 있는 인간을 모두 죽이는 것뿐이라면, 애초에 바깥에서 빌딩을 쓸어내면 된다. 열화우라늄의 56배나 되는 강도(强度)를 가진 '레프트 암(방어의 검)'을 라이플 탄 대응 속도로 정밀하게 휘두르는 레이디버드의 스펙을 생각하면, 오히려 왜 그렇게 하지 않는지 이상할 정도일 것이다.

볼일이 있는 것은 안쪽이다. 그때 완전히 시대에 뒤처진 PHS에 착신이 들어왔다. 엔지니어용의 두꺼운 장갑을 낀 손끝으로 작은 버튼을 누른다. 부상이나 추위 대책, 게다가 정밀 작업을 가능하게 하는 모델. 간단한 것 같지만 프로 스나이퍼도 마음에 드는 물건을 찾기 힘든 장르다.

『저질렀군, 키하라 군.』

"이런, 그대로 돌려드리고 싶은 말씀인데요. 당신들의 시시한 배신으로 키하라가 세 명 정도 소모되었어."

『그건 새로 취임한 총괄 이사장 한 사람의 폭주야. '우리들' 열두 명의 총의가 아니라고.』

"오만하군요. 그런 말로 납득하기라도 하라고? 이쪽도 자신의 목숨이 걸려 있어요. 그리고 네오카 노리토가 실각한 걸 숨길 필요도 없겠지요. 대국에 영향은 가지 않지만, 신용은 흔들리고 있는데 말입니다, 총괄 이사님."

안쪽의 안쪽에 있는 철문을 경기용 수영복 차림의 소녀가 걷어차 부수고, 내려가는 계단을 향해 노인을 에스코트한다. 완전히 분위기가 다른 어둑어둑한 콘크리트였다. 보일러나 상하수도 등과 세트로, 냉장고보다 커다란 금속제 박스가 있었다. 광섬유 통신 제어판이다.

『혐보성이 되고 싶은 건가?』

"현장에서는 이미 그렇게 불리고 있는데요. 하지만 뒤쪽 세계가 아닌 인간이 정한 구분이 얼마만큼이나 '어두운 부분'의 본질을 찌를 수 있을지…."

『'키하라'라면 도망칠 수 있다는 건가?』

"만일 생각이 없다면 그 이상은 입을 열지 않는 게 좋을 겁니다. 모처럼의 사형 선고가 헛돌고 있어요. 그래서는 멍청한 질문 코너가 됩니다."

『바깥은 극락이라고 생각하기라도 하는 건가, 너희들은 여기에서 밖에 살 수 없어. 어떤 형태가 되어도.』

"어떨까요. 애초에 '우리'가 지금까지 한 도시에 머물러 있었던 게 더 부자연스럽게 생각되는데요. 옛 총괄 이사장 아레이스타는 도시를 떠났어요. '아키타이프 컨트롤러(원형제어)'를 이용한 바깥으로부터의 보강이 없어지면, '키하라'는 자연히 세계로 확산되지 않겠습니까?"

노인은 비즈니스 백에서 태블릿 단말기보다 더 큰 플로피디스크를 꺼냈다. 전용 리더기에 꽂고 나서, 일부러 광섬유로 시설의 대형 장치와 연결한다.

레이디버드는 무표정하게 고개를 갸웃거렸다.

『선생님, 더 고효율적인 방법이 있지 않아?』

"세상이 너무 편리해지면 1바이트의 가치를 잊어버리니까. 인간은 1메가만 있으면 무엇이든 할 수 있어. 이 기분을 잊으면 창의를 연구하는 감성이 죽고 말아."

『하아, 알 수 없는 평가 같아.』

"아아, 아아. 0과 1로 플로차트를 구축하는 네게는 조금 어려운 이야기일지도 모르지. 하지만 속박이 있으니까 활성화되는 거거든, 사람의 뇌는. 용량 무제한 따위는 그냥 마취에 절여진 거야."

실제로… 다.

드륵드륵드륵드륵!! 이상한 소리와 함께 무시무시한 변화가 생겼다. 통신 제어판을 통해 안티스킬(경비원) 종합 초소의 네트워크가 침범되고, 나아가 온라인에서 23개 학구 전체에 악영향을 퍼뜨리고 있는 것이다.

바깥에서 공격하기는 어려워도 안에서라면 다르다.

거기에 대형 기재 안에 고운 분말을 사락사락 부으면서, 노인은 작게 웃었다.

"'패러사이트 하드웨어(신호 기생)'."

또 하나, 악몽이 형태를 얻는다.

"광섬유 안을 흐르는 신호에 직접 달라붙어 이동하는 나노 디바이스란다. 빛도 물체를 미는 힘을 갖고 있으니까, 이 정도 사이즈가 되면 운반도 할 수 있지. 그리고 소프트웨어만 검색하는 백신 소프트웨어로는, 눈앞에 있는 하드웨어를 검출하지 못하고 그냥 지나쳐 보내고 말 수밖에 없어."

『악의 있는 프로그램의 검색 배제부터 방화벽, 거동 추정 탐지, 데이터 송수신량 관리 등을 포함하는 사이버 공격 전체에 대한 종합 방어 소프트웨어라면 시큐리티 소프트웨어 아니야?』

"…이런, 이런. 이 아저씨가 인터넷의 기반을 만들었을 무렵에는 아직 그런 세분화는 되어 있지 않았는데 말이다."

『알 수 없는 에러입니다.』

"레이디버드 군. 이래 봬도 나는 아저씨로 충분히 양보한 거니까 거기에서 일일이 고개를 갸웃거리지 말도록. 갑자기 존댓말 모드의 압력 같은 걸 부딪쳐와도 이 오빠는 정정 같은 건 하지 않을 거니까. 가까워, 가까워, 얼굴이 가깝다니까. 레이디버드 구… 운."

어쨌든 이것으로 행정 네트워크는 너덜너덜하다.

안티스킬(경비원)끼리의 통신이나 정보 공유, 도시 전체에 있는 카메라와 센서 등도.

(…뭐, 이런 장난으로 외벽을 뛰어넘을 수 있을 정도로 만만하지

는 않겠지만.)

물론 단 한 종류의 공격으로 모든 온라인 서비스가 다운될 거라고는 생각되지 않지만, 의혹을 불식하기 위해서는 프로그램적인 자동 검색이 아니라 하드웨어 전체를 전자 현미경 차원으로 총점검해야 한다. 독약은 한 방울이어도 상관없지만, 안전을 지키는 쪽은 댐을 밑바닥까지 전부 훑을 필요가 생기는 것이다. 1메가바이트의 플로피와는 정반대. 어설프게 대용량을 극한까지 추구하기 때문에 더더욱 점검 작업은 매우 어려워진다.

다음 방법을 생각하기 위한 시간은 벌었다.

지하에서 나오자 PHS로 이런 것이 왔다.

『증원은 늦었나?』

"포기하십시오."

『그럼 헛되이 죽게 될 텐데, 선물을 즐겨줘. 혐보성.』

통화가 끊겼다. 혀를 내밀며 PHS를 하얀 가운의 주머니에 도로 넣는 비쩍 마른 노인에게, 오렌지와 검정의 경기용 수영복을 걸친 소녀가 이렇게 속삭였다.

『선생님.』

벽과 천장이 동시에 찢겼다.

쳐들어온 것은 전신을 검은 장갑으로 덮은, 겹눈의 실루엣이었다. 지금까지의 안티스킬(경비원)과는 장비의 질이 다르다. 평범한 인간이 저런 거포를 연사하면 사격의 반동으로 등뼈가 부러질지도 모른다. 그런 중화기를 가볍게 움켜쥐고 있다.

그들은 한 마디도 없다. 다만 그 오른팔을 따라, 다른 것과 구별하기 위한 표시가 있었다.

안티스킬 어그레서.

본래 같으면 훈련 중에 적 측—즉 '어두운 부분'에 몸을 담근 화려한 색깔의 흉악범—의 움직임을 재현함으로써, 같은 편의 숙련도를 끌어올리기 위한 특수 요원이다. 선택된 안티스킬(경비원)이 극한의 단련과 바깥에 내보낼 수 없는 장비로 몸을 둘러쌈으로써 간신히 이루어낸 정예 중의 정예. 정의의 편이지만, 아슬아슬한 데까지 자신을 형태도 확실히 보이지 않는 '어두운 부분'에 가까이 가게 한… 작위적인 보더라인의 존재다.

이것이 총괄 이사의 비장의 패.

그것을 목격하고, '키하라'라고 불린 노인은 꿀꺽 목을 울린다.

"무슨 일이람…."

노인은 놀랐다. 진심으로 예상 밖이라는 표정으로, 조용히 중얼거렸다.


"어떤 비밀 병기일지 기대하고 있었는데, 이건 우리가 만든 장비잖아. 일반에 납품한 거라면 최소 2세대 이상은 뒤처졌다고."


?! 하고 주위가 술렁거렸다.

기를 꺾어 뭉개기 위한 적의나 살의가 반대로 잔물결처럼 노인에게서 멀어지는 것을 알 수 있다.

아니, 아니다. 삐걱, 뿌각 하는 둔한 소리와 함께, 여러 어그레서들이 억지로 밀려나는 것이다. 마치 보이지 않는 두꺼운 벽에 짓눌리듯이.

기잉!! 공간 자체의 비명과 함께 뒤로 젖혀진다. 중장갑의 최신

장비들이.

『이, 이 자식….』

침묵이 깨졌다.

항상 분위기를 지배해온 안티스킬 어그레서의 규칙이 무너진 순간이었다.

『이 잡동사니, 기계인 주제에 텔레키네시스(염동 능력)까지 휘두르는 건가?!』

"레이디버드 군."

노인은 신경 쓰지 않았다.

천이 엇갈린 것이 신경 쓰이는지 수영복의 어깨끈을 만지작거리고 있는 소녀에게 '키하라'는 말했다.

"2분 주지. 그들에게 1바이트의 가치를 가르쳐주렴."


조금 전부터 눈은 그쳤다.

싸늘하게 얼어붙은 공기를 더럽히듯이 쿨쩍 하는 끈적한 소리가 났다. 많은 무인 공장이 가동 중인 제17학구의, 아직 셔벗 같은 눈이 남아 있는 큰길이다.

방탄 내폭의 풀 페이스 헬멧으로 보호되는 안티스킬(경비원)이, 오히려 자기 쪽에서 두꺼운 헬멧에 양손의 손톱을 세운다. 득득, 득득. 그러나 초조함이 헛손질을 유발하는 것인지, 단순한 작업이 끝나지 않는다. 아무리 시간이 지나도 헬멧은 벗겨지지 않는다.

몸을 기역자로 꺾고, 눈으로 젖은 노면에 쓰러져 팔다리 끝을 움찔움찔 경련한다.

마치 방탄 장비 안에서 익사하고 있는 것 같았다.

"각자, 밀폐를 확인해!!"

"가스도, 세균도 경보 같은 건 없어…."

"눈에는 보이지 않을 뿐이고, 혐보성은 반드시 뭔가 테크놀로지를 사용하고 있을 거야. 실드만 철저하면, 그억?!"

부글부글부글부글, 오른손 끝에서 어깨에 걸쳐 거품이 이는 것 같은 감각이 덮쳐오고, 안티스킬(경비원) 중 한 명이 또 도로에 쓰러진다.

『소용없는데.』

여자가 서 있었다. 트윈 테일로 묶은 긴 금발에 연파란색의 나풀나풀한 실루엣. 보디라인이 또렷한 드레스 위로 그림책의 공주님 치마처럼 풍성한 얇은 천을 덧대어서, 아래로 늘어진 꽃과도 비슷하다. 전체적으로 보면 서양풍 인형 같은 여자지만, 스타일이 묘하게 육감적이어서 언밸런스하기도 했다.

프릴샌드#G.

개발 코드의 이름을 아는 입장에 있는 사람은, 이 중에는 없다.

『당신들이 다가오지 않으면, 이쪽에서 뿌리칠 이유도 없어지는데.』

단 한 명이었다.

그리고 한 시간 이상이나 교착 상태가 계속되었다. 상대는 편도 3차선의 넓은 도로 한가운데에 서 있고, 총탄으로부터 몸을 숨길 엄폐물 하나 확보하지 않았는데도… 그렇다.

『내가 뭔가 하고 있다거나, 제대로 피하면 살아남을 수 있다거나, 그런 차원이 아니야.』

오히려 가엾다는 듯한 목소리였다.

프릴샌드#G는 총기에 몸을 드러낸 채 이렇게 속삭였다.

『내가 보인다. 이미 그 시점에서 당신들의 목숨은 내가 쥐고 있는 거야.』

"조준이….".

아직 살아남은 안티스킬(경비원)이 헬멧 안에서 이를 갈았다.

"조준이 빗나간다! 맞지 않아!!"

표적이 격렬하게 움직이고 있는 것은 아니다. 어디까지나 프릴샌드#G는 우두커니 서 있다. 그런데도 맞지 않는다. 총을 들고 있는 것만으로도 양팔이 덜덜 떨리고, 방패 대신으로 사용하는 특수 차량의 보닛 등에 억지로 고정해도 흔들리는 것을 막을 수가 없다.

구궁! 둔한 소리와 함께 아스팔트 도로에 굵은 균열이 생겼다.

머리 위를 지나간 수송용 헬기에서 떨어져 나온 무인 무기가 지상에 착지한 것이다. 웬만한 화물 겸용 승용차를 뛰어넘는 크기의, 다리가 넷 달린 덩어리. 데인저러스 블루.

가스도, 세균도, 소 모양의 무인 무기라면 상관없다.

모두가 그렇게 생각했다.

그러나,

"우갸아… 악?!"

요란한 폭발음과 함께 절규한 것은 당사자인 안티스킬(경비원) 쪽이었다. 몸통이 좌우로 열리고 공격 헬기의 무장처럼 늘어선 로켓포와 미사일은, 그러나 발사되지 않는다. 무인 무기는 왠지 우두커니 서 있는 여자를 그냥 지나치더니, 여기저기에 흩어져 있던 안티스킬(경비원)을 아무렇게나 짓밟아버린다.

붉은색이 튀고, 방패로 삼고 있던 차까지 옆으로 미끄러져, 즉사하지 못한 안티스킬(경비원)의 신음만이 오래도록 울려 퍼진다.

"멈춰, 멈춰!!"

"우리가, 보이지…… 않아? 대인 식별은 어떻게 됐어, 얼굴 인식은?!"

연파란색 치마를 흔들며 프릴샌드#G는 가만히 중얼거렸다.

『소용없는데….』

탕!! 건조한 소리가 울렸다. 아마 정말로 우연이었을 것이다. 눈으로 젖은 노면에서 기어 일어나 떨리는 손으로 서브머신 건을 움켜쥔 안티스킬(경비원)의 한 발이, 이번의 이번에야말로 서양풍 인형 같은 여자의 미간에 빨려들고 만 것이다.

클린 히트.

헬멧 안쪽에서 웃음을 띠는 안티스킬(경비원)이었지만, 다음 순간에 절망한다.

프릴샌드#G의 이마에는 상처 하나 없었다. 한 방울의 출혈도 없다. 몸이 극단적으로 튼튼한 것도, 앞에서 배리어 같은 것으로 튕겨나간 것도 아니다.

그렇다, 빨려 들어간 것이다.

통과했다.

그림책의 공주님과 비슷한 실루엣의 여자 뒤에서 공장 벽에 불꽃이 튀는 것을 안티스킬(경비원)은 보고 말았다. 알고 싶지도 않은 진실, 그것은 물리적으로 그의 신경을 좀먹는 독소 같았다.

그리고 깨닫는다.

데인저러스 블루. 아군을 알아채지 못하고 짓밟아버린 무인기로부터의 영상을 태블릿 단말기로 보니, 상태가 이상하다. 오토 포커스가 이상한 위치에서 핀트를 맞추고, 오브라고 불리는 발광 물체로 가득 메워져 있는 것이다.

여자는 정면에 서 있을 텐데, 얼굴 인식 커서가 엉뚱한 장소에 켜져 있다.

먼저 쓰러진 동료는 화면 안에서는 얼굴이나 손이 기묘하게 사라지고 없었다. 마치 록 온 표시 같다.

렌즈를 통해 자신의 전신을 새삼 확인할 용기는 없었다.

"설… 마."

있을 수 없다.

이 과학의 도시에서 절대로 있을 수 없는 가정을, 저도 모르게 그는 부정했다.

"아니, 아니야, 그럴 리 없어. 이건 신기루라도 이용한 입체 영상이."

『아닌데.』

"그럼 가청 영역 바깥의 초음파를 사용한 뇌의 피폐와 오작동이, …!!"

『아니야.』

"입체감을 혼란시켜서 벽의 무늬가 떠올라."

『아니야.』

도리질을 하듯이, 헬멧을 쓴 안티스킬(경비원)이 고개를 가로저었다.

모든 과학적 접근은 부정되었다.

그는 이제 인정할 수밖에 없다.

"유려."

『긁어 부스럼 만들지 마.』

이중의 롱스커트 때문에 다리가 보이지 않는, 인형 같은 여자는 살며시 속삭였다.

『여기에서 돌아간다… 는 선택지도 있을 것 같은데. 당신 쪽에서 발을 들이지 않는다면, 이쪽도 불똥을 털어낼 필요도 없어지는 셈이고.』

미지… 였다. 그러나 뚜껑을 덮지 못하고, 반사적으로 그 미지에 도전하고 만 것은 역시 이곳이 과학 신앙이 만연한 학원도시이기 때문일까.

"켁."

순간 총구를 든 남자를 보고, 그 여자는 조용히 숨을 내쉬는 기색을 보였다.

"혐보성이이이이익!!"

『여보세요. 저는 프릴샌드인데….』

부자연스럽게, 총을 쥔 손이 딱 멈춘다. 생명을 갖지 않은 자의 기괴한 노래가 그 말로를 결정한다.

『…다음은 간 고기, 간 고기입니다.』

불쾌한 소리가 울렸다.

여자는 손끝 하나 대지 않았다. 그저 방탄 장비 안에서 인간의 실루엣이 무너진다.

천천히.

『'아이들'의 수송이 끝날 때까지 시간을 벌기로 약속했었지만, 이러면 안티스킬(경비원) 쪽이 버티지 못할 것 같네.』

이제 비명의 자유조차 없다. 끈적거리는 소리와 함께 자신의 피에 익사하는 안티스킬(경비원)을 바라보면서, 프릴샌드#G는 바람의 방향과는 상관없이 기나긴 트윈 테일을 나부끼며 입속으로 중얼거린다.

『그쪽은 무사해, 당신? 드렌처 키하라 리패트리.』

유령은 물건을 움켜쥘 수 없다. 때문에 통신 장비를 귀에 댈 수도 없다.

따라서 이것은 의미 없는 혼잣말이었다.

포함되어 있는 것은 어느 연구자 일족의 이름. '어두운 부분'의 연구에 조금이라도 손을 댄 적이 있는 자라면 그 이름은 누구나 알고 있다.


"히이, 히이."

제8학구.

크리스마스에도 반짝임이 부족한, 지저분한 거리였다. 몇 개나 되는 고서점이 늘어서 있는 좁은 골목길에서는, 길고 곱슬곱슬한 은발에 하카마(주6) 차림의 여학생이 궁지에 몰려 있었다. 안 그래도 좁은 길이 이어지는데, 삽으로 길가에 억지로 모아놓은 눈의 산이 지나치게 방해가 되는 것이다. 더러운 벽에 등을 바싹 댄 채 주르륵 엉덩방아를 찧고, 눈으로 젖은 지면도 신경 쓰지 않고 양손으로 머리를 보호하는 듯한 몸짓을 하고 있다.

가만히 있으면 멋대로 실금할 것 같은 엉덩방아 소녀는 말했다.

"아 아무 짓도 안 했어요 살려주세요 플리즈 죽이지 말아요…!!

주6) 하카마: 일본 전통 복식의 하의. 상의 자락을 집어넣어 입으며, 허리에서 다리까지 덮는 바지 형태이다.

헉, 헉. 왜 나는 이렇게 얻어터지는 인생인 거야?!"

둘러싸고 있는 것은 완전 무장한 안티스킬(경비원) 두 명. 그들도 그들대로 맥이 빠졌다는 듯이,

"이봐, 이 녀석은?"

"일단 '아웃랭크(괴멸 수배)'에 있어. 비바나 오니구마, '어두운 부분'의 연구자."

"그게 아니라, 어느 쪽이야? 온화한 호보성이야, 흉악한 혐보성이야?"

살짝 라이트를 향한 것만으로도, 레이저 공격이라도 뒤집어쓴 것처럼 하카마 차림의 소녀는 펄쩍 뛰어올랐다. 주전자를 사용해 머리부터 끓는 물을 부은 줄 알았는데 평범한 찬물이었음을 깨달은 것처럼, 뒤늦게 앞머리를 뭉쳐 두 개의 뿔 같은 장식을 만든 은발 소녀 쪽이 어리둥절해하고 있다.

안티스킬(경비원)은 헬멧 안에서 한숨을 쉬며,

"대체 뭘 한 거야, 당신?"

"아, 아니에요. 전부 오해라니까요오…."

훌쩍훌쩍, 코를 훌쩍이면서 비바나는 순순히 대답한다. 자세히 보니 기모노의 무늬는 마스코트인 것 같은데, 특별 주문이라면 그것은 그것대로 비쌀 것 같다. 옻칠을 한 기타나 스마트폰 케이스의 친척일까.

"호보인지 혐보인지는 모르겠지만… '어두운 부분'이라고 한마디로 말해도, 정말로 여러 가지가 있어서…. 제가 연구하고 있는 분야는, 에헤헤, 교육 관계자분들이 좀 쩨려봐서 정신이 들어보니 이런 곳까지 굴러떨어지고 말았지만, 별로 꺼림칙한 짓은 하지 않았고."

끝까지 저항을 계속하는 흉악범에게는 인정사정없는 안티스킬(경비원)들도, 엉덩방아를 찧은 채 전부 자백하는 인간에게는 손을 댈 수 없다. 몹시 멍청한 분위기가 떠돌아, 그들은 서로의 얼굴을 마주 보았다.

검은색과 복숭아색, 소녀 가까이에는 커다란 짐이 두 개나 떨어져 있었다. 그것도 슈트케이스나 스포츠백이 아니라 한껏 부푼 보자기다.

안티스킬(경비원) 중 한 명이 별생각 없이 복숭아색 쪽을 주워 들며,

"어쨌든 차에서 이야기를 듣지. 자, 이건 당신 짐이지?"

"앗."

"그건 그렇고, 꽤 무겁군…. 이건 뭐야, 옛날식 장정 책뿐이잖아. 으음, 춘g

"끼, 꺄앗…!!"

소녀는 허둥지둥 달려들어, 무심코 표지를 펼치려고 했던 안티스킬(경비원)로부터 두꺼운 책을 빼앗았다.

옆에서 보고 있던 다른 안티스킬(경비원) 쪽이 긴장한다.

"이봐!!"

"그만둬, 멍청이, 괜찮아! 총은 꺼내지 마!!"

뭔가 실랑이를 벌이기 시작했다. 비바나는 옛날식 장정의 책을 껴안은 채 움직이지 못한다. 그도 그럴 것이, 젖은 지면에 엉덩방아를 찧고 있다.

완전히 다리가 풀린 가운데, 흐름이 이상해지기 시작했다.

"이제 됐어. 역시 '어두운 부분'은 '어두운 부분'이야. 이 녀석은

혐보성이다. 죽이지 않으면 당해!!"

"무슨 소릴 하는 거야. 호보성이잖아. 그녀에게 저항할 의사는 없어!!"

"혐보성은 어디에 어떤 흉기를 숨기고 있을지 알 수 없어."

"호보성이라면 숨기고 있지 않아!"

"거기서 비켜!!"

"무슨 짓을?!"

탕타탕!! 건조한 소리가 연이었다.

"아….."

한동안 두 눈을 꼭 감고 두 개의 뿔을 움켜쥐는 듯한 자세로 머리를 감싼 은발의 하카마 소녀였지만,

"…어라?"

머뭇머뭇 눈을 떠보니, 이미 끝난 뒤였다.

안티스킬(경비원) 두 명. 권총을 둘러싸고 실랑이라도 벌이는 사이에 방아쇠를 당기고 만 것인지, 양쪽 다 검붉은 구멍이 뚫려 쓰러져 있다. 이상하게도, 살아 있는 인간과 죽은 인간은 전혀 달랐다. 한눈에 알 수 있다. 풍경 속에서 그곳만 색이 없어지는 것처럼, 명확하게 잘려 나뉘는 것이다.

지면에 퍼지는 붉은 얼룩이 자신의 보자기 쪽까지 다가오고 있는 것을 보고서 허둥지둥 비바나는 자신의 짐을 끌어안았다. 그 순간 두 개의 보자기의 매듭이 풀리고, 희귀한 춘화 책의 산은 물론이고 밧줄에 초에 끝이 갈라진 죽도에 두꺼운 바늘에 조립식 물레방아나

삼각 목마까지 얼굴을 내밀 뻔했지만, 전부 억지로 보자기 속에 밀어 넣었다.

(…우우….)

어깨 부근에서 흘러내린 상의 안쪽에서 얼핏 엿보인 것은 빨간 싸구려 비닐 테이프다. 말할 것까지도 없이, 밧줄이나 가죽보다 친숙한 구속 재료. 스포츠 의학에서 발달한 테이핑 기술은 망측하게 악용하면 이런 방향으로도 꽃피고 마는 것이다.

(어째서 이렇게, 이쪽 분야는 뭐든지 야한 걸로 보는 걸까. 고문이라든가 처형의 역사라든가, 대개의 나라는 연구에 방해가 들어온단 말이야. 아마 과거의 무고한 사건 같은 걸 휘젓는 게 싫어서겠지만. 이쪽은 성실하게 건전한 연구를 하고 싶을 뿐인데, 정신이 들고 보니까 이런 빈틈의 빈틈에 있는 '어두운 부분'에 떨어져 있다니……)

눈물 어린 눈으로 입술을 삐죽거리는 비바나 오니구마는, 좋아하는 책 한 권을 두 팔로 껴안으면서 어린애처럼 입술을 삐죽거렸다.

"…야한 게 아니라고."


"너…. 대체 어디까지 가 있었던 거야."

"뭐…? 오빠가 길을 잃었던 거잖아…!"

크리스마스의 거리에 그런 목소리가 울렸다. 미로처럼 복잡한 골목길에서 얼굴을 내민 여동생 쪽이, 자신보다도 무거워 보이는 대형견의 목을 끌어안았다. 그대로 말한다.

"이 애를 따라가니까 큰길이 나왔어. 멍멍아!!"

그리고 얄팍한 배낭을 짊어진 골든레트리버는 가만히 겨울 하늘을 올려다본다.

방금 전까지 내리던 눈은 그친 뒤였다.

담배가 고프지만, 지금은 아이들 앞이다. 참아야 한다.

(…그렇게 단물을 빨아온 총괄 이사들도, 표면적인 얼굴을 우선시해서 우리를 잘라낼 방침을 굳혔나. 아무리 소동을 일으켜도 결국 상층부는 꿈쩍도 하지 않아. 뭐, 세상일이 다 그렇지만.)

작은 손이 하는 대로 마구 쓰다듬어지면서… 다.

'그'는 분명히, 머릿속에 사람의 말을 떠올렸다.

(그래도, 만일 '어두운 부분' 측에 승산이 있다면….)

『길의 눈이라면 내일 아침까지 남아 있을 거야. 눈사람 만들기나 눈싸움은 그 후에 해도 되겠지. 오늘은 돌아가렴, 얘들아.』

""말을 했어?!""

두 눈을 휘둥그렇게 뜨는 어린 남매 쪽은 보지 않고, 그 대형견은 이렇게 말을 이었다.

키하라 노칸.

'키하라' 중에서도 이단 중의 이단. 그 존재 자체가 하나의 전설에 가까운 '연구자'는 합리성과 동시에 로망을 사랑하는 마음을 갖고 있다.

그는 정의의 히어로가 아니다. 스스로 나서서 어둠에 손을 집어넣고 이익을 탐하려고 하는 자는 남녀노소를 불문하고 사정없이 모르모트로 이용하지만, 한편으로 이쪽에서 평온한 가정에 구둣발로 쳐들어가는 일도 없는 정도의 존재다.

온화한 호보성이라고? 웃기지 마.

이쪽도 키하라의 일각. 비합리라는 것을 알고 있어도 스스로 멋대로 선을 긋는 것은 악인의 생각이라는 것 정도는 이해하고 있다.

『밤하늘의 달까지 두꺼운 어둠에 삼켜지기 전에.』

2

어두워지는 도시 한쪽 구석에서 철컥 하는 소리가 났다.

캡슐 호텔 옆에 놓여 있는 낡은 코인로커다. 외진 장소에 있어서, 아기나 위패가 발견될 때가 있다… 는 그럴듯한 소문도 끊이지 않는다.

"좋아…."

꺼낸 것은 의약품용의 작은 종이봉투.

일부러 붙잡혀서 안티스킬(경비원)의 종합 초소까지 들어갔지만, 전부 다 몰수되어버려서는 곤란하다. 특히 타키츠보의 약에 대해서는 반드시 안전을 확보해두고 싶었다.

(…하지만 굉장하군. 아넬리의 드론에 맡겨두는 것만으로, 지금은 이제 로커 안에 짐을 넣고 열쇠까지 잠가둘 수 있는 건가.)

『크리스마스의 밤은 다 함께 노래방!! 스튜디오 인조이 송은 크리스마스 노래만 해도 70만 곡 이상을 모아두었습니다. 그리고 간식도 충실. 모처럼의 25일은 치킨이 아니라 진짜 칠면조를 드셔보시지 않겠어요? 오븐에서 정성껏 구운 통칠면조 한 마리, SNS에서도 폼 나는 식사를 즐기고 싶으신 분은 스튜디오 인조이 송으로 망설이지 말고 고(go) 하세요!!』

캡슐 호텔 옥상에 펼쳐진 액정 간판이 요란했다. 하지만 노려봐 줄 수도 없다. 저런 느긋한 광고라도, 호감도 조사를 위한 얼굴 인식 카메라 정도는 달려 있는 것이다.

해가 지는 거리는 지금도 평화로운 듯했다.

'사고'의 목격 정보 등은 퍼지고 있겠지만, 많은 사람들에게는 매일의 생활에 활력을 주는 정도일 뿐이다. 그렇다, 남의 불행 따위는 스마트폰의 렌즈를 들이대어 SNS나 동영상 사이트의 재료로 삼는 정도의 일인 것이다.

지잉지잉 하고 주머니 안에서 이상한 소리가 들렸다.

하마즈라가 의아한 얼굴을 하고 손을 집어넣자, 스마트폰의 화면이 빛나고 있다.

방금 전에 껐을 전원이 켜져 있는 것이다.

"아넬리?"

분명, 위치 정보를 안티스킬(경비원)이나 저지먼트(선도위원) 측에 추적당하는 것을 피하기 위해 서포트 AI 아넬리 쪽에서 전원을 끄라고 재촉했을 것이다. 하마즈라는 빌린 두 번째 휴대전화도 그렇게 다루었다. 그 아넬리가 전원을 켰… 는 것은, 뭔가 대책이 생겼다는 뜻일까?

해킹이라든가 역탐지 방지 프로그램이라든가, 하마즈라 시아게는 모르는 논리를 이것저것 생각해서.

"다행이다…."

요란한 움직임은 아니었다.

하지만 서서히 왔다. 겨우 6인치의 네모난 화면이 빛나고 있을 뿐인데, 마치 밤의 겨울 산에서 조난당했을 때 멀리서 산장의 불빛이라도 발견한 것 같다.

…물론 그는 모른다.

아넬리가 온라인 리스크가 줄어들었다고 판단한 것은, '어두운 부분'의 유력자가 안티스킬(경비원)의 초소를 잇따라 덮친 끝에, 수사 기관을 연결하는 네트워크 내에 극악한 프로그램이나 나노 디바이스를 흘려 넣었기 때문이지만.

"아넬리가 있으면 괜찮아. 아넬리, 네가 조사해주었으면 하는 게 산더미처럼 많아! 부탁이야, 아넬리!!"

"하마즈라가 걱정이야."

입을 작은 삼각형 모양으로 만든 타키츠보 리코가 어쩐지 옆에서 물끄러미 시선을 향하고 있었다.

어쨌든, '전화 목소리'다. 놈도 놈대로 스마트폰을 가지고 있었지만, 하마즈라는 첫 번째 잠금 화면을 돌파하는 것조차 어렵다. 하물며 바깥에 네모난 아이콘 형태로 나와 있지 않은 데이터나 앱은 어떻게 불러내면 좋을지.

아넬리는 3초 만에 모든 것에 대답했다.

'전화 목소리'는 알고 있을 것이다. 진짜보다 고급스러운 위조 여권을 갖고 있었던 이상, 돈을 지불하고 상품을 받기 위해 조사해낸, 실력 좋은 위조 업자의 어드레스를.

통칭은 '퍼펙트 필름(공장 부정)'.

여권은 어쩌면 지폐보다도 복잡한 위조 방지 기구를 짜 넣은 특수한 인쇄물이다. 보통 같으면 위조할 수 있다는 말을 들어도 당장은 믿지 않는 편이 좋겠지만, 저 '전화 목소리'가 의지했다면 이야기는 다르다. 퀄리티는 보장되어 있다.

덧붙여 말하자면 국내선이라면 여권은 필요 없지 않느냐고 생각할지도 모른다. 그 말이 맞지만, 그쪽은 오히려 무엇이 필요하고 어떤 허들이 있는지 케이스 바이 케이스가 되기 쉽다. 확정을 원한다면, 오히려 여권이 있으면 일률적으로 안심해주는 국제선 쪽이 반응을 읽기 쉽다.

"돈, 충분할까…?"

하마즈라는 신음한다.

'전화 목소리'의 작은 보디백에는 고무줄로 아무렇게나 묶은 지폐 다발도 있었다. 바깥에 내놓을 수 없는 활동을 하려면 돈도 나름대로 필요해진다. 위조 여권의 시세는 모르지만, 이 부분은 벼룩시장과 마찬가지다. 부르는 대로 지불하려고 해봐야 이득을 보는 일은 없다.

하마즈라는 손안에 있는 황금의 반짝임에 시선을 떨어뜨린다. '니콜라우스의 금화'의 가장자리는 반짝임이 채워지고, 그림자 부분은 사라졌다. 도넛 모양의 원그래프는 한 바퀴 충전된 채 유지되고 있다. 이것 자체도 순금인 것 같지만, 돈을 위해 써버리는 것은 위험할 것 같다.

(…냉정하게 생각해보면, '이것'이 뭔지는 아무도 설명하지 못한단 말이지.)

무섭다.

기분 나쁘지만, 그것만으로 손에서 놓을 수 있을 정도로 만만한 상황도 아니다.

돈 외에도 문제는 있었다. 본래 같으면 직접 만나기 전에 인터넷으로 연락을 취하는 것이 맞겠지만, 지금은 이 상황이다. 섣불리 콘택트를 취하려고 하면, 그것이 계기가 되어 업자가 도망쳐버릴 위험도 있다. 무례하더라도 대뜸 찾아가 교섭해보는 편이 확실할 것이다.

어드레스만 알면 주소를 조사하는 것은 쉽다.

게다가, 외벽으로 둘러싸여 있다고는 해도 학원도시는 넓다. 도시의 구조 자체가 논스톱으로 목숨을 노려대고 있는 이상, 어슬렁어슬렁 걸어서 끝에서 끝까지 횡단하는 것은 좋은 방법이 아니다. 거기다. 언제까지 위조 업자 '퍼펙트 필름(공장 부정)'이 자신의 은거지에 머물러 있을지도 알 수 없다.

움직이려면 빠른 편이 좋다.

『곧 열차가 도착합니다. 승차하실 분은 안전문에 기대지 않도록 조심하시기 바랍니다….』

"전철이야, 하마즈라?"

"그렇지, 뭐."

여기저기 둘러보는 체육복 소녀 타키츠보 리코에게, 하마즈라는 앞을 본 채 작은 목소리로 대답했다.

"차를 훔치는 방법도 있지만, '유리가 쳐진 밀실'은 바깥에서 얼마든지 들여다볼 수 있어. 그렇다면 전철이든 버스든, 사람이 꽉 찬 공공 교통 기관 쪽이 나아. 자연스럽게 행동하고 있으면 주위 사람들이 우리를 숨겨줄 거야."

"평소대로 하는 게 제일 어려운 것 같은데…."

플랫폼에 들어온 전철에서 많은 사람이 토해져 나오고, 반대로 기다리고 있던 사람들을 삼킨다. 역시 25일이라서인지, 평일보다 혼잡한 것 같았다. 조금 전까지 내리던 눈 때문에 운행이 지연되지는 않을까 하는 걱정도 없을 것 같다. 하마즈라의 상의를 작게 움켜쥐는 손이 있었다. 타키츠보는 사람들에게 떠밀려 헤어지게 되는 것이 무서운지도 모른다.

"밀지 마, 밀지 마세요…! 오늘은 크리스마스 특별 운행이라 최종하교 시각 이후에도 열차는 운행됩니다. 무리하게 승차하지 마시고 다음 열차를 이용해주세요…!!"

플랫폼에서 강아지 계열의 역무원이 소리치면서 승객의 등을 밀어 차량 안에 쑤셔 넣었다. 보아하니 들킨 기색은 없다. 하기야 반쯤 공공이라도 회사 직원인 역무원에게는 목숨을 걸고 범죄 박멸에 협력할 의리도 없겠지만. 덕분에 안티스킬(경비원)만큼 톱니바퀴가 망가지지 않은 것인지도 모른다.

"우규우."

"참아, 타키츠보."

의미가 있는지는 수수께끼지만, 혼잡 속에서 우선 연인을 껴안아 보는 하마즈라.

타키츠보는 그가 하는 대로 가만히 있는 상태로,

"그건 그렇고 굉장하네…. 역시 모두 가는 곳은 똑같은 걸까."

두꺼운 자동문이 좌우에서 닫힌다. 우선 열차는 움직인다. 이렇게 혼잡하다면 각 차량 끝에서 끝까지 안티스킬(경비원)이 돌아다니며 눈을 빛낼 수도 없을 것이다.

덜컹 하고 열차가 크게 흔들리고, 움직이기 시작했을 때였다.

맞은편 플랫폼의 안내 방송이 들려왔다.

원래 열차나 역의 안내 방송은 평탄하고 특징적이지만, 그것과도 다르다. 마치 컴퓨터에 한 글자 한 글자 입력하고 나서 파선(波線)

의 흔들림으로 억양을 지정한, 음악 프로그램의 합성 음성 같다.

이랬다.

『다음 열차는 통근 쾌속 카타스역행, 카타스역행입니다. 승차하실 분께서는 노란 선 안쪽으로 물러나서 기다려주십시오.』

"?"

이 역은 이미 한참 전에 모든 라인의 안전문을 완비하지 않았던가? 하마즈라가 기묘하게 생각하고 눈썹을 찌푸린 직후였다.


파탕!!

강한 충격과 함께, 하마즈라가 기대어 있는 문의 유리가 한꺼번에 새빨갛게 물들었다.


옆을 달리고 있는 반대 선로에 열차가 달려 들어온 직후의 일이었다. 꺄아!! 히이?! 비명 소리가 맞은편 플랫폼에서 연속으로 나고 쇠와 쇠를 마찰시키는 것 같은 급브레이크 소리가 작렬하지만, 이쪽 열차는 막힘없이 가속을 계속해 역 플랫폼을 빠져나가고 만다.

『저게 뭐야… 사람이 떨어졌나?』

『머리가 날아갔어. 유리에 부딪힌 공 같은 거 그거 맞지?』

제대로 움직일 수도 없는 밀집한 차량 안에서, 벌레의 날갯소리와 비슷한 속삭이는 목소리가 하마즈라와 타키츠보를 서서히 에워쌌다.

혼잡의 의미가 달라진다.

『봤어. 저거 히가미잖아, SNS에서 사채하고 있는.』

『헐, 히가미 료고? 동영상 사이트에서 지폐 다발 부채에 불을 붙이거나 전당포에 이상한 금화를 팔아치우는 동영상을 올려서 핫했던 금발의….』

『자업자득이지. 아니, 어쩌다 떨어진 거야? 안전문 완비 아니었나???』

하마즈라 하는 작은 신음이 있었다. 또 '어두운 부분'의 누군가가 죽은… 모양이다. 하지만 주위의 술렁거림은 너무나 남의 일이고 얄팍했다.

『고리대금업자, 테케테케(주7)의 동료가 된 거야?』

『더 심하게 죽는 경우도 얼마든지 있어. 방과 후에 전철 안에서 졸고 있었더니 고릴라 전철에 태워지는 꿈을 꾸고….』

『커다란 역의 확장 공사가 아무리 시간이 지나도 안 끝나는 거, 역시 환상의 지하철 13번 플랫폼 개장으로 애를 먹고 있어서 그런 모양이야…. 생각 없이 계속 파는 바람에 지하수가 멈추지 않게 되어서 벌써 몇 년이나 바닥이 없는 연못 상태래. 시체든 권총이든 뭘 버려도 절대로 들키지 않아서 밤중에 몰래 숨어드는 사람이 끊이지 않는다지….』

실제로 어떻고 저떻다 따위는 상관없었다. 그들도 직접 '그 순간'을 목격했을 텐데, 벌써 밑도 끝도 없는 소문 이야기와 같은 선상으로 취급되어 리얼리티가 녹는다. 심심풀이 30초 동영상을 보는 것과 마찬가지다. 역시 같은 장소에 서 있어도 '세계'가 다른 것일까. 자신들이 죽어도 이 정도인가 하고 생각하면 하마즈라는 마음에 뻥 뚫린 작은 구멍이 서서히 넓어지는 것 같은 감각에 사로잡힌다.

(…그럴 수야… 없지.)

저도 모르게… 다.

주7) 테케테케: 하반신이 없는 모습으로 그려지는 망령이나 요괴의 이름. 두 팔로 이동할 때 '테케테케' 하는 소리가 나기 때문에 이렇게 불리게 되었다고 한다.

팔 안의 연인을 세게 껴안으면서 하마즈라는 어금니를 악물었다.

(남들 앞에 내놓을 수 없는 인생이라고 해도, 그래도 우리는 최선을 다해서 살고 있어. 안전한 장소에서 스낵을 먹으면서 스마트폰을 만지작거리는 놈들에게 소비될 수야 없지….)

문 위에 달려 있는 광고용 모니터에서는 인터넷 뉴스를 그대로 끌어온 듯한 조잡한 헤드라인이 몇 개인가 바뀌었다.

차라리 내일의 희생자라도 줄줄이 늘어놓았다면 좋았을 텐데, 톱뉴스에는 몽블랑이 쇼트케이크의 매상을 앞질렀다는 기사가 걸려 있었다. 마치 즐거운 25일에는 사건다운 사건은 아무것도 일어나지 않았습니다 하고 완전히 확정하듯이.

『곧 역에 도착합니다.』

차량 안에 남자의 평평한 안내 방송이 울려 퍼졌다.

이번에는 야미역인지 카타스역인지 하는 이상한 합성 음성은 아닌 것 같다.

『승차하신 분들은 갑작스러운 흔들림에 주의해주십시오. 다음은 종점, 제6학구 유원지 정면 게이트역. 역 구내에서는 혼잡이 예상되니 티켓을 사전에 구매하신 분들은 준비를 서두르시기 바랍니다.』

3

어쨌든 이곳에는 있을 수 없다.

시라이 쿠로코는 썩은 냄새투성이의 공기를 가르고 지하 주차장으로 향하면서,

"당신, 운전은 할 줄 알아요?"

"넷? 저 서포트 부차 면허밖에 없어요. 운전석에 앉기만 하고, 실제로는 자동 운전차에 핸들을 전부 맡겨둔다는 그거."

바코드 머리에 안경을 쓴 안티스킬(경비원) 라쿠오카 호우후의 말을 듣고서 트윈 테일의 여중생은 입술을 오물거렸다. 어른에 대한 이미지가 또 하나 무너진다.

"…그건 원동기 면허랑 똑같이 당일 교부되는 면허였죠. 하지만 신분증으로는 쓸 수 없었던 것 같은…. 그럼 평소에는 보험증이라도 사용하는 건가요?"

"하아, 보험료는 어디에 내는 건가요?"

"당신의 미래가 걱정되네요!!"

중학교 1학년생이 아저씨를 향해 소리쳤다. 덧붙여 말하자면 공무원은 월급에서 보험료가 자동으로 빠져나가고 있을 테지만, 자각이 없다면 이 녀석의 보험증은 대체 어디로 갔을까. 여기에 여권이나 마이넘버 카드라도 없으면 정말로 신분증이 없다. 단순하게 불편함은 생기지 않는 것일까?

같은 생존자, 요미카와 아이호가 몸짓으로 시라이 일행을 불렀다.

"너희들! 이쪽으로 와. 어차피 네 명 정도라면 같이 타도 다르지 않아!!"

"고맙습니다."

어깨에 닿는 머리카락을 한 손으로 걷으면서 시라이 쿠로코는 그렇게만 대답했다.

"그리고 저 자신에 대한 내부 감찰. 비상사태의 난장판으로 뒤로 미루시면 안 돼요!!"

텔레포트(공간 이동)가 있으면 웬만한 자동차 이상의 속도로 이동도 가능하지만, 아까 기습을 받은 직후다. 적이 아직 근처에 숨어 있거나, 선물로 웹 카메라나 드론을 설치해두고 갔을 가능성도 있다. 가능한 한 이쪽의 카드는 밝히고 싶지 않다는 것이 본심이었다.

거의 장갑차라고 하는 편이 맞을, 거대하고 두꺼운 사륜구동 차의 뒷좌석에 올라탄다. 정글이나 사막이 아니면 오히려 불편할 것 같은 대형차다.

당연하다는 듯이 라쿠오카는 시라이의 옆자리였다.

"어디로 가실 건가요?"

"여기에서라면 제7학구 북쪽보다 남쪽으로 내려가서 학구를 건너가는 게 가까워. 특히 화기나 차량 전문인 제2학구까지 가면, 초소에서 상당히 윤택한 장비 지원을 받을 수 있을 거야."

나미노였나, 조수석에 있는 갈색 머리의 안티스킬(경비원)이 그렇게 대답했다. 눈은 그친 후가 더 무섭다. 그러나 어른들은 딱딱하게 굳은 얼음을 두려워하는 기색도 없는 것 같다.

(언니, 어디에 계시는 거예요…?)

일몰이 되었다.

거대한 사륜구동 차가 지하 주차장에서 바깥으로 나간다. 저도 모르게 휴대전화를 의식하고 말지만, 미코토는 정말로 위험한 일이 있을 때에는 오히려 연락을 끊는 사람이다. 발전(發電) 계열에서는 최강의 능력자이니 앞지를 생각은 하지 않는 편이 좋다.

그 외에도 시라이에게는 신경 쓰이는 일이 있었다.

"'어두운 부분'을 망라한 '아웃랭크(괴멸 수배)'인지 뭔지는 어떻게 되었나요?"

"다른 쪽에서 데이터 링크에 미지의 사이버 공격이다. 공격이 있었다는 사실을 눈치챌 수 있었던 것만으로도 행운인 모양이야."

생각한 것보다도 큰일이 난 것 같다. 피해는 제7학구만이 아니라고는 들었지만. 애초에 '아웃랭크(괴멸 수배)'가 없으면 검거할 수가 없게 되는 것이다.

"그러니까 지금은 건물에 있는 고정 서버에는 의지할 수 없어. 긴급 수단으로, 작전 지휘 차량이나 항공기를 이용한 임시 네트워크를 재편하고 있지. 가늘고 가는 선이지만⋯."

쿠왕!! 폭음이 목소리를 가로막는다.

보니 시가지 어딘가에 항공기가 떨어진 모양이다.

틸트로터기(機)다 하는 고함 소리가 두꺼운 방탄유리를 뚫고 시라이의 귀까지 닿았다.

핸들을 쥔 요미카와 아이호가 신음하듯이 말했다.

"앞으로 하나⋯."

"⋯무선으로 데이터 링크를 지탱하고 있는 이상, 항상 강한 전파를 흩뿌리는 거야. 귀중하다고 해서 전파가 닿지 않는 지하 깊은 곳에 숨겨둘 수는 없어. 현장에 두지 않으면 네트워크가 끊어져버리고, 무엇보다도 기재가 있으면 장소는 들키게 돼."

"그럼 지금 틸트로터기가 떨어졌으니까, 이제 지상을 달리는 작전 지휘 차량뿐⋯? 여차하면 우, 우리가 이동식 서버를 지킬 수밖에 없게 된다는 거로군요."

나미노의 중얼거림에 라쿠오카 호우후가 꿀꺽 목을 울렸다. 종합 초소의 참사는 뇌리에서 떠나지 않는다. 시라이는 상상한다. 그것을, 사람의 몸으로 막게 된다면 얼마나 피해가 늘어날 것인지….

시라이 쿠로코는 앞좌석의 등받이, 그 주머니에 꽂혀 있던 노트북을 빼내고는 옆에 앉은 아저씨의 무릎에 던졌다.

"그 쌍둥이가 이기고 도망가는 건 용납하지 않겠어요. 라쿠오카 선생님은 제 구술을 문서로 정리해주세요. 어쨌든 여태까지 봤던 모든 걸 정리하죠. '어두운 부분'인지 뭔지 모르겠지만, 사용하는 건 테크놀로지나 능력 둘 중 하나예요. 그 쌍둥이도 정보를 쌓아 올려서 벌거숭이로 만들 수 있을 거예요. 이쪽은 빈손으로 도움을 청하는 몸이에요. 적어도 선물 정도는 가져가야죠."

"하아. 하지만 저, 컴퓨터 같은 거 못 쓰는데요?"

…안티스킬(경비원)은 학교 교사 중에서 지원해서 편제될 텐데, 이 녀석은 어떻게 수업 중에 쓸 자료를 정리하고 있는 것일까. 혹시 이런 시대가 되어서도 아직 만년필과 원고지라도 사용하고 있는 것일까.

"그럼 손으로 쓰든 뭐든 좋으니까 보고서를 정리하세요! 목숨을 깎으면서까지 손에 넣은 생생한 데이터가 머릿속에서 흐려져버리기 전에!!"

"읍, 그러고 싶은 마음은 굴뚝같지만… 저, 차의 흔들림과 방향제 냄새가 조합되면 멀미가 나는 체질이라서, 우에에…."

"대체 뭘 어떻게 해서 교직원 면허를 손에 넣은 거예요, 당신은?!"

마침내 눈을 부릅뜨며 시라이가 외쳤다.

새파란 얼굴을 한 아저씨에게 어이없다는 얼굴로 구토용 봉투를 건네면서,

"괜찮아요? 정말이지…."

"아니, 정말로, 죄송합니다. 웃, 이제 안 돼."

"근무 중의 구토라면 어엿한 산재네요. 제가 전자로 서류를 정리해둘 테니까…."

"견딘다!!!!!!"

참는 사람이 있었다.

시라이의 시선을 받으며 아저씨는 이 상황에서도 자조하듯이 웃었다.

"…후우, 후우, 하아…. 아니이, 교직을 선택한 것도 큰 이유는 없어요."

"네에."

"학교를 졸업하고도 학교라는 틀에서 떠나고 싶지 않았어요. 취업 활동에서 튕겨 나갔을 때 교직원 면허가 있어서 살았지만, 그래서 언제까지나 학교에 묶여 있는 건지도 모릅니다. 비뚤어진 걸 알고 있어도 저는 '졸업'할 수가 없어요."

"……."

"이 나이가 되어서도 독신이랍니다, 저."

대답하기 곤란한 커밍아웃이 있었다. 라쿠오카 호우후 본인이 말해버렸기 때문에 시라이 쪽에서 그 입을 막을 수도 없다.

"맞선도, 매칭 앱도 아무래도 찜찜해요. 아무리 시간이 지나도, 있는지 없는지도 알 수 없는 순애인지 뭔지를 추구하고 말아요. 하핫, 역시 뿌리에 있는 건 '학교'네요. 회사에 들어갔다면 또 달랐으려나…."

회사라는 틀에는 한 번도 들어가지 못했다. 결혼은 진심으로 노력하고 있다고도 생각되지 않는다.

저금은 5만 엔 이하고, 지금도 본가에서 살고 있다.

전 세계에 펼쳐져 있는 인터넷인데, SNS에서 연결해주는 사람은 열 명도 안 된다.

"하핫."

모조리 이야기하고, 아저씨는 작게 웃었다.

"그래도 어머니나 여동생이 가슴을 펴고 자랑할 수 있는 누군가가 될 수 있다면, 이렇게 생각해버리는 거죠. 덕분에 이런 곳에 있습니다. 그냥 선생이 아니라 안티스킬(경비원)이. 불순하죠, 이런 이유로 싸우고 있다니⋯."

"⋯별로요."

시라이 쿠로코는 가만히 한숨을 쉬었다.

깜짝 놀란 듯한 얼굴을 하는 바코드 안경 쪽을 보지 않고, 시라이 쿠로코는 이렇게 중얼거렸다.

흔들흔들, 자신의 휴대전화를 작게 흔들며.

별로 닮는 것도 아니고, SNS 정도는 연결해주겠다고 보여주면서.

"이유는 어찌 됐든, 당신은 자신의 의지로 바깥 세계를 걸고 그 힘으로 도움이 되려고 하고 있잖아요? 그렇다면 그건 그 시점에서 훌륭한 공공에 대한 봉사예요. 애초에 저나 우이하루도 대단한 이유를 내걸고 저지먼트(선도위원)를 하고 있는 건 아니고요."

룸미러를 통해, 운전석의 요미카와나 조수석의 안티스킬(경비원)도 작게 웃었다.

그들은 영웅이나 맹장(猛將)이 아니다.

일당천으로 모든 것을 해결한다는 것은 꿈의 또 꿈, 조직의 힘을 이용해 대(大)가 소(小)를 몰아넣는 것 같은 싸움을 하지 않으면 질서를 지키는 일도 뜻대로 되지 않는다.

하지만.

그래도… 다.

자신이 특별하다고 착각하고 있는 '어두운 부분' 따위에게 으깨질 수는 없다.

"아니이… 그건 그렇고 고마운 일이에요. 제 외진 계정에 새 친구라니 몇 달 만인지… 어라? 아니, 잠깐 기닷."

무언가를 떠올린 듯이 아저씨가 중얼거린 직후, 시라이의 손끝이 숫자투성이 링크를 건드렸다. 『친구가 되시겠습니까?』 기능이 많은 휴대전화의 작은 모니터에 그것이 가득 표시된다.

각오의 학교 수영복 승천 선생@거지같은 게임 거지같은 드라마는 전부 묘지로 보내겠습니다

시라이 쿠로코는 옆자리에 앉은 안경의 머리에 구토 봉투를 씌우고 주먹으로 구타했다.

"이 오물!!!!!! 뭔가 이거, 돌려줘!! 내 가슴에서 방출된 여러 가지 감정적인 것들을!!"

"보가부가부국. 나, 죽어….."

"'니콜라우스의 금화', 제발 이 녀석 다른 누군가와 바꿔주세요……!!"

"잠깐! 무슨 정체를 알 수 없는 의식을 시작하는 건가요. 그거 초

자연적인 힘이 작용해서 실현되어버리면 여기에서 나는 소멸이랄까, 엘프나 무용수나 엘프 무용수로 넘쳐나는 이세계로 날아가버렷, 앗, 그런 마음의 준비가, 하지만 드디어 내 차례, 용자 섬멸을 이룬 환생 마왕은 쩨쩨한 스킬을 극한까지 익혀서 시골에서 조용히 박복한 처녀를 줍고 싶다, 와라, 쿨병 계열 무쌍 두하아아아아앗……?!"

특별히 아무 일도 일어나지 않았다.

시라이는 실망의 한숨을 쉬었다.

수상한 주문이란 이런 것일까. 할 수 없는 일은 할 수 없다. 유행하는 도넛 가게의 줄에서 맨 앞에 설 수 있었다 해도, 가게가 쉬는 날이면 의미는 없다.

"읏읏, 역시 이세계의 문 따위 어디에도 없었어…."

그리고 비닐봉지를 머리에 뒤집어쓴 채, 비스듬히 기울어진 아저씨가 어두운 얼굴로 중얼거렸다.

자신의 취향을 전부 드러내고 무언가를 부정당한 바코드 안경이(봉지 안에서) 고함을 지른다.

"빌어먹으으을!! 시원찮은 아저씨한테도, 심야에 꽝꽝 얼린 일본주를 마시면서 할리우드 엘리트가 거금을 들여서 만든 빌어먹을 드라마나 서양 게임의 신랄한 리뷰로 겨루는 정도의 즐거움이 있어도 되잖아요옷…!!"

"이거 리뷰용이었어요?! 그럼 이 끔찍한 닉네임은?!"

"이런 건 임팩트가 생명, 적어도 인터넷에서만큼은 마음껏 날뛰게 해주세요!!"

# 4

학원도시의 제6학구는 학구 전체가 거대한 유원지로 되어 있는 특별 구역이다. 서비스업이나 어뮤즈먼트 분야를 철저하게 연구, 실험하기 위한 구획이고 그것을 위해 필요한 유원지, 수영장, 호텔, 극장 등 시설이 전부 모여 있다. 실은 지하에 비밀 카지노가 있다, 낯선 마스코트는 유괴범이 몰래 숨어들어와 있는 증거라느니 등등, 수상한 소문도 끊이지 않는 학구이기는 하지만.

어쨌거나 12월 25일, 크리스마스다.

오후 6시 반쯤 되면 이미 밤. 인파의 밀집률은 그야말로 학구 바깥까지 장사진이 이어져 있을지도 모른다. 그렇게 생각하고 (여차하면 빠져나갈 구멍이라도 찾아서 몰래 숨어 들어가려 하고 있었던) 하마즈라였지만, 실제로 일렬횡대로 늘어선 개찰구 바로 맞은편에 펼쳐져 있는 티켓 카운터는 그렇게까지 심하지는 않았다.

열혈 팬들은 티켓을 인터넷에서 구입하거나 연간 패스를 확보하고 있기 때문에, 일부러 25일 당일에 카운터로 뛰어가는 손님은 적은 모양이다. 게다가 음식점이나 찻집과 달리 자리에 앉는 서비스도 아니기 때문에 손님 회전도 빠르다.

"여기 있습니다. 커플 할인이라서 당일 요금에서 20퍼센트 정도 할인해드렸어요. 그럼 두 분 모두 즐거운 추억 만드세요."

두꺼운 아크릴판 너머에서 접수 아가씨가 웃는 얼굴로 말해서 하마즈라는 조금 부끄러워졌다. 새삼 다른 사람의 입으로 들으니 또 느낌이 다르다.

"그건 그렇고."

은색 회전문을 지나자 (하마즈라가) 미아가 되지 않도록 옆에서 타키츠보가 착 달라붙으면서,

"모두에게 꿈을 주는 기적의 나라잖아? 이런 곳에 위조 업자가 숨어 있다니….."

"반대로… 일지도. 불량학생이니까 뒷골목이라는 템플릿과 달리, 이런 장소에 숨어 있으면 수사의 손길이 미치기 어렵다고 생각하고 있다거나."

게이트를 지나자 세상이 바뀌었다.

전구에 LED, 야광 도료에 불꽃놀이까지. 어쨌든 해가 지고 캄캄해진 밤의 유원지를 수많은 빛의 바다가 가득 메우고 있었다. 조명 불빛을 받은 회전목마나 커피 잔은 아이들의 꿈에 그대로 형태를 준 것 같고, 커다란 관람차나 제트코스터의 레일은 하마즈라 일행의 머리 위에서 덮쳐올 것만 같았다. 학구 전체가 사유지로 취급되는 것인지, 공공 도로에서는 다룰 수 없는 전동 스틱 보드나 카트를 타고 다니며 넓은 부지를 횡단하는 아이들도 드물지 않다. 걸어 다니는 것만으로는 도저히 다 탈 수 없을 정도로 대량의 놀이기구로 넘쳐나고 있는 것이다.

이만한 부지라면 눈을 치우는 것도 큰일일 것이다.

그러나 눈은 방해가 되지 않는 한곳에 산처럼 모여 있고, 그쪽에서도 아이들이 신이 나서 떠들고 있었다. 저마다 눈사람이나 이글루를 만들며 놀고 있다. 담당자들에게는 돌발적인 날씨 사고에 대해서도 그만한 '여유'가 있었다.

"…모처럼의 크리스마스인데."

하얀 숨을 내쉬며 타키츠보가 뭐라고 말하고 있었다.

쳐다보니 하마즈라의 상의를 꼭 움켜쥔 채 체육복 소녀가 입술을 삐죽거리고 있다.

"사실은, 이런 사정 없이 오고 싶었는데…."

대체 무슨 마스코트인지, 신사 개구리와 우주인 같은 토끼의 싸움을 말리려던 피에로가 양쪽에서 얻어맞고 요란하게 넘어진다. 정의의 마음에 눈뜬 것인지 기운이 넘치는 아이가 태클을 걸었다. 기역자로 꺾인 개구리에게서 낮은 목소리가 새어 나온다.

『(…우구훗?! 이, 이 꼬마. 사람이 저자세로 나갔더니 신이 났나 본데.)』

『(언니, 참을 수는 없어? 오늘 밤은 세계에서 가장 작은 밀실에 틀어박혀서 보내는 거잖아?)』

"?"

타키츠보는 이상하다는 듯이 인형 옷들을 바라보며 물었다.

"하마즈라, 장소는?"

"이쪽."

전통적인 크리스마스 송을 브라스 밴드 형식으로 편곡한 음악이 요란하게 울려 퍼지고, 큰길을 여러 대의 수레가 천천히 나아가고 있었다. 뿔이 난 곰이 손을 흔들고 있다. 많은 구경꾼들이 손에 든 야광 도료를 칠한 풍선의 줄 옆을 그냥 지나치면서, 하마즈라는 연인을 데리고 어둠 속을 나아간다. 향하는 곳은 리조트 호텔과는 또다른 구역이다.

시크릿 레지던스.

도가 지나친 팬이 원내 고급 호텔에 장기 체재를 신청한다는 이야기는 자주 들었지만, 이쪽은 거기에서 더욱 발전했다. 말하자면 마법이 풀리는 것이 싫은 순수한 팬을 위해, 연간 패스와 함께 원내에서 별장이나 저택을 추천하는 특별 서비스다. 당연히, 근처 자판기에 다가가서 주스 하나의 가격을 보면 알 수 있다시피, 이런 구역에서 집을 사면 얼마나 값이 치솟을지는 말할 것까지도 없기는 하지만.

하마즈라 일행이 향한 곳은 '전화 목소리'의 스마트폰에 등록되어 있던 연락처에서 더듬어 갈 수 있는 주소다. 아무리 광대한 유원지 안이라도 명확하게 주거지로서의 건물이 구분되어 있는 것은 적다.

그래서 그들은 간접 조명으로 아래쪽에서 비추어지는 초고급 주택가로 발길을 옮긴다. 저택은 일본풍, 서양풍, 중국풍 등 여러 가지지만, 이쪽은 영화의 모티프가 된 동화의 무대라도 재현한 것이리라. 그중에서도 노리는 것은 빨간 벽돌의 화려한 서양식 저택이다.

엄밀하게는.

그 바로 옆, 정원을 구분하는 철책에 바싹 붙다시피 늘어선 몇 개의 텐트지만.

"…그렇다고 해도 의외네. 그런 업자는 온도나 습도 같은 거 엄청 신경 쓰는 성격일 거라고 생각하고 있었는데."

"여차할 때에 접고 당장 도망칠 수 있도록 하고 있는 건지도."

"겨울 산 사양의 텐트나 침낭일지도 모르지만, 단순히 괴롭지 않나? 만일 밤새도록 눈이 그치지 않으면 어떻게 할 생각이었던 거야."

"인간은 어떤 일이든 견딜 수 있는 생물이야. …더 무서운 걸 머리에 떠올리고 있는 한."

주거용에 연구소, 그 외에도 몇 개. 그것이 위조 업자 '퍼펙트 필름(공장 부정)'의 소굴이다. 연락처에 대해서는 대저택 부지 옆에 있는 금속 박스에 손을 써서 광파이버 망을 얌체 사용이라도 하고 있는 것이리라. 혹시 역탐지되어도 희생양에게 의혹을 떠넘기는 사이에 도망칠 수 있고, 게다가 그 미끼가 거대한 유원지나 특별대우 VIP님이라면 뒤쫓는 쪽도 손을 대기 어려워진다.

　다만, 이 방어는 맥시류나 기생재주나방의 가드다.

　누구에게도 들키지 않으니까 대미지를 받지 않는 것이고, 한 사람이라도 발견해버리면 총에 맞는 것을 피할 수 없다. 철벽의 방어도 기대할 수 없다. 어쨌거나 상대의 은거지는 연약한 합성 섬유 텐트다. '퍼펙트 필름(공장 부정)'이 협력을 거부하고 틀어박혀봐야, 바깥에서 무너뜨려버릴 수도 있다.

　운이 좋다.

　하마즈라는 억지로라도 그렇게 생각하기로 했다. 같은 '어두운 부분' 관계자라도, 안티스킬(경비원)의 초소에서 본 쌍둥이 같은 살상력의 화신은 아니다. 교섭에 애를 먹고 트러블이 생기는 경우에도 주위 손님들에게 폐를 끼치는 사태는 되지 않는다.

　"간다. 타키츠보. 목적은 2인분의 여권이야."

　하마즈라는 정면의 표적을 응시하며 작게 중얼거렸다.

　대답은 없었다.

　의아하게 생각하고 바로 옆을 보니, 체육복 소녀가 눈에 젖은 지면에 쓰러져 엎드려 있었다.


　이름을 부를 새도 없었다.

쿵!! 둔한 소리와 함께 하마즈라의 풍경이 1회전 이상 화려하게 돈다.

"…읏?!"

무슨 일이 일어난 것인지 이해할 수 없었다.

이해 불능 현상이 일어나고 있는데도, 숨이 막혀 비명을 지를 수조차 없다.

기괴한 무중력이 풀린 순간, 소년의 몸이 딱딱한 지면에 내동댕이쳐진다. 목이 막힌 것이 사라지기도 전에, 그 입이 손바닥으로 막힌다. 누군가가 위에 올라탄 것이다. 이해하고, 공포가 따라잡아도, 이미 체중은 완전히 눌려 있다. 상대는 젊은 여자일 텐데, 체격으로는 우위일 하마즈라가 아무리 몸을 움직이려고 해도 꼼짝도 하지 않는다. 불길한 예감이 들었다. 가끔 뒷골목에서도 보는, '소양이 있는' 움직임이다.

상대는 20대 초반 정도의 글래머 미녀였다. 그 자체가 헬멧처럼 착 붙는 딱딱한 흑발 단발을 화려한 카우보이모자로 장식하고 있는 한편, 몸에 걸치고 있는 것은 경량화해서 레이스 소재를 쓰고, 배꼽까지 비쳐 보이는 새빨간 차이나 드레스. 단 한 사람이 일본, 서양, 중국을 모두 망라했다. 그리고 대체 무엇이 들어 있는 것인지, 비스듬히 걸친 벨트로 두랄루민의 네모난 케이스를 매달고 있다.

슬릿이 전부 벌어진 차림으로 부끄러움도 없이 소년의 허리에 올라탄 채, 부츠를 신은 여자는 가볍게 말했다.

"어때, 어때, 어때. 그만둬, 모처럼 스탠바이하고 있는 사냥터를 흙발로 어지럽히다니. 이쪽은 행복한 크리스마스 예정을 전부 날리고 잠복하고 있었다고. 그러니까 여기는 들새 연구회에 양보해라……?"

사냥터. 그리고 잠복.

짧은 은유만으로, 하마즈라의 등줄기에 불쾌한 것이 스친다.

"뭐…… 얏?! 네놈, 안티스킬(경비원)이냐? 아니면 '어두운 부분'?!"

"하앙? 그만둬. 안티스킬(경비원)은 포스터의 현상금만은 크게 표시해도, 결국 여러 가지로 트집을 잡아서 지불 액수를 작게 하려고 할 뿐이잖아. 확실히 말해서, 안정적인 장사가 안 돼. '어두운 부분'은 더욱 이하 생략이야. 그런 놈들은 원하는 정보를 손에 넣으면 아무렇지도 않게 입을 막으러 오고!"

실실 웃으면서, 흑발 여자는 적절하게 허리의 위치를 바꾸어 하마즈라의 저항을 봉쇄한다. 옆에서 보면 어둠 속에서 부자연스럽게 굼실굼실 꿈틀거리면서 그녀는 이렇게 말을 이었다.

"역시 말이지, 굵은 건 옛날부터 내려오는 파이프야. 주간 심안(心眼)이든 광명(光明)이든 좋지만, 손에 넣은 한 장은 잡지사에 파는 게 제일 확실하다니까. 사모님들을 겨냥한 잔학 쇼의 소재로 삼는 게 말이지."

"……?"

슬슬 위화감이 머리를 들기 시작했다.

모자에 해파리인지 뭔지의 장식을 단 이 여자, 중요한 톱니바퀴가 몇 개나 빠져서 살인 머신이 된 안티스킬(경비원)들이나 단둘이서 초소를 통째로 괴멸시킨 쌍둥이 '어두운 부분'과는 무언가가 다르다.

꿀꺽 목을 울리고, 하마즈라는 머뭇머뭇 물어보았다. 예감이 틀렸다면 그는 살아남을 수 없다. 연인도 구할 수 없다. 그렇게 생각하니, 겨우 이것만으로도 심장이 파열해버릴 것 같았다.

"…당신, 뭐 하러 왔어?"

"사진을 찍으러."

카우보이모자의 챙 안쪽에서 한쪽 눈을 찡긋 감으며, 글래머 미녀는 선뜻 말한다.

그것만 들으면 밤의 유원지에 녹아들고 말 것 같은 이유지만,

"어쨌든 '어두운 부분'이라도 계층이 전혀 다른, 안쪽의 안쪽이잖아? 그만둬. 2주도 안 지나서 약발이 다하는 바보 같은 불륜 이야기하고는 차원이 달라, 마구 찍어대면 평생을 좌우하는 한 장이 될 거야. 하지만 그건 안티스킬(경비원)의 무선을 훔쳐 듣고 현장에 달려가는 것만으로는 늦어. 뒤쫓아가는 걸로는 안 된다고. 역시 특종이라는 건 미리 예상하고 잠복해야지."

"특종…?"

"그 위조 업자는 너무나 맛있는 먹이라는 뜻이야. 그만둬. 그 녀석 개인을 파인더에 담아도 큰돈은 안 돼. 하지만 지금 그쪽은 이것저것 잴 수 없는 상황이잖아? 카르네아데스의 판자를 찾아 빨려들어오는 '어두운 부분'은 분명 거물들일 거야."

"……."

"어라? 카르네아데스의 판자, 설마 모른다는 얘기는 아니지??? 그 왜, 바다에 떠 있는 한 장의 판자를 놓고 둘이서 다투다가 상대를 죽게 해버려도 죄를 묻지는 않는다는 그거. 그러니까 헤엄치게 놔두는 거야. 단 한 장으로 역사를 바꿀 특종을 확정적으로 잡기 위

해서, 응?"

"그, 그러니까."

지금이다.

지뢰의 신관을 제거하는 정도의 신중함으로 하마즈라는 그물을 친다.

"당신, '어두운 부분'을 노리는 파파라치… 야?"

"그만둬. 그렇게 부르는 건 취향이 아니야."

가만히 한숨을 내쉬고, 새빨간 차이나 드레스 차림의 미녀는 엉덩이를 들었다.

소년을 해방하면서도, 얼굴을 가까이 하며 그녀는 말한다.

"베니조메 젤리피시. 너희들은 아직 잔챙이인 것 같고. 기적의 한 장을 방해하지 않겠다고 약속한다면 못 본 척해주겠어☆"


5


하나츠유 카아이와 하나츠유 요우엔.

'분해자'에 '매개자', 흉악한 쌍둥이 자매였다.

그중 한쪽이 하얀 가운과 의료용 코르셋을 벗어던지고 알몸인 채로 커다란 욕조에 시선을 떨어뜨리고 있었다. 이쪽은 '분해자' 카아이다. 묶어도 발목 가까이까지 오는 검은 머리카락은 이미 완전히 바닥에 끌리는 형태였다.

뭔가 장수풍뎅이 냄새가 난다. 그도 그럴 것이, 제트 배스 안은 더운물이 아니라 대량의 톱밥으로 채워져 있었기 때문이다. 당연히 호텔 지배인에게는 아무런 양해도 구하지 않았다.

"자, 그럼."

시험관에서 고무 캡을 벗기고 내용물을 뿌린다.

부글부글부글!! 거품이 이는 것 같았다. 농담이 아니라 김이 넘쳐나고 있다. '반응'이 안정될 때까지, 작은 소녀는 스위트룸의 욕실에 있는 커다란 거울을 바라보고 있었다.

작은 오른손으로 아래에서 가슴을 살짝 들어 올려본다.

키에 비해서는 언밸런스하게 커다란 가슴. 그러나 카아이는 먹은 것이 가슴에만 모이는 체질이라는 도시 전설은 믿지 않았다. 몸에 골고루 퍼지는 지방은 평등하게 축적된다. 온몸이 살찌면 가슴도 커지고, 야위면 가슴까지 작아지고 만다. 그렇다면 '가슴만 크게 만들려면 어떻게 하면 좋을지'는 명백하다.

일단 온몸에 지방을 퍼지게 하고 나서, 방해되는 부분만 집중적으로 깎아낸다.

색다른 과학이 있으면 그것이 가능하다.

부글부글이 잦아들었다.

"됐다…☆"

그러나 정체를 알 수 없는 생물 무기의 배양은 아니다. 카아이는 가느다란 발끝부터 톱밥 속에 집어넣고 욕조 안에 몸을 가라앉혔다. 바닷가의 모래알보다 곱다고는 해도 더운물처럼 되지는 않기 때문에 스스로 자신의 몸에 끼얹을 필요가 있다.

발효의 힘으로 김을 내는 톱밥 덩어리.

효소 목욕이었다.

"흠, 흠, 흐흠."

딱 하는 단단한 감촉에 카아이는 눈썹을 찌푸린다.

"이런, 이상한 금화가 남아 있었어."

욕조에 잠긴 채 손끝으로 튕긴다. 떨어진 곳에 놓여 있는 수지로 된 쓰레기통에 던진다.

헝가리의 유명한 백작 부인은 피의 욕조로 아름다운 피부를 유지했던 모양이지만, 효율 면에서 말하면 '분해자'의 힘이 뛰어날 것이다. 말 그대로, 골수까지 사용하고 있다.

"…지금이라면 같이 놓아줄게… 라고 해도 말이지. 매시브한 남자의 정의는 싫단 말이야. 거만하게 말해봐야 이쪽에 도망칠 생각은 없고, 달갑지 않은 친절인걸."

어떻게 해도 손끝에 고운 톱밥이 달라붙지만, '분해자'는 신경 쓰지 않는다. 장수풍뎅이 유충 놀이를 하면서 욕조 가장자리에 둔 커다란 태블릿 단말기를 움켜쥐고는 전원을 켜고 각종 설정을 진행해 나간다. 태블릿 본체의 렌즈로는 앵글이 너무 넓어서 재미없기 때문에, 앵글감 강화를 위해 일부러 싸구려 웹 카메라와 링크하는 것도 잊지 않고.

어깨까지 대량의 톱밥에 잠겨 몸을 숨긴 채, 하나츠유 카아이는 웃는 얼굴로 중얼거렸다.

"그럼, 지금부터 방송 스타… 트☆자아, 모처럼의 크리스마스에까지 외로워하고 있는 오징어 냄새가 나는 여러분…? 화면 앞에는 모여주었냐옹."

이런 것은 좁은 앵글을 조정해 눈가는 가려두는 편이 주목을 끄는 것 같다.

당연한 일이지만, 그녀는 남에게는 말할 수 없는 '어두운 부분'의 인간이다. 그것도 철저한 혐보성. 그러므로 맨얼굴을 드러내는 것은 리스크일 뿐이다.

하지만 한편으로, 이렇게 생각할 수도 있다. 표면이든 이면이든, 시키는 대로 규칙을 잘 지킬 수 있는 인간이라면 '어두운 부분' 따위로 굴러떨어지지는 않는다고.

"그럼, 그럼 모두 주목. 몸의 어디부터 씻었으면 좋겠는지 말해 봐. 자, 자, 1년에 한 번인 크리스마스가 시작되었습니다. 후후후, 훌륭하게 내 의견과 싱크로한 사람의 리퀘스트에 응해줄게?"

그러나 그런 시간도 오래가지는 않았다. 무언가 시작하기 전에 갑자기 화면이 멈추었다.

통신이 끊긴 것이다.

소녀가 의아한 듯한 얼굴로 태블릿 단말기의 화면을 손끝으로 만지작거리고 있자니, 덜컹덜컹, 쾅…!!

가까운 곳에 떨어진 벼락보다도 무시무시한 문 여닫는 소리가 울려 퍼진다.

완전히 똑같은 얼굴을 한 소녀가 얼굴을 새빨갛게 붉힌 채 은거지로 사용하고 있는 고급 호텔의 스위트룸, 그 광대한 욕실에 들어왔다.

"거기서 뭐 하는 거야, 카아이!!"

"어어…? 뭐냐니, 요우엔, 보다시피 이런 날에도 외로운 여러분에게 카메라를 통해 약간 인생의 자극물을…."

"…이제 그만두겠다고 맹세했지?"

욕실에 무방비하게 펼쳐져 있는 머리카락을 묶어주면서도, 요우엔이 당부했다.

"옷을 전부 벗고 심야의 공원을 한 바퀴 산책한다거나, 옷을 전부 벗고 엘리베이터에 올라타서 중간층에서 누군가 들어오지 않는지 혼자서 멋대로 치킨 레이스를 한다거나, 옷을 전부 벗고 열차 화장실에 틀어박혀서 자물쇠는 끌러두고 누군가가 실수로 드르륵 문을 열어버리지 않을지 시험한다거나, 옷을 벗거나 벗거나 전부 벗거나 하는 건 그만두겠다고 내 눈을 보고 분명히 맹세해주었지!! 응?!"

"더러움이 부족하다고 생각한단 말이야⋯."

"더러워지고 싶은 모드라니, 사람으로서 틀림없이 이상하다고 생각해!!"

"괜찮아⋯ 요우엔, 그건 어려운 한자로 더러움(穢れ)이라고 쓰면 역사와 품격이 배어 나오거든?"

사람으로서의 상식에 대해서 이야기를 하고 있는데, 왠지 '분해자'나 카아이라고 불리는 소녀는 황홀하게 눈을 가늘게 뜨며 양손으로 자신의 뺨을 누르고 있었다.

감기도 아닌데 하아하아 하면서, 장수풍뎅이 냄새를 흩뿌리는 카아이는 말을 잇는다.

"이것저것 여러 가지 시험해봐도⋯ 결국 발견되지 않아, 들키지 않아, 심한 일은 일어나지 않아, 마지막에는 아무렇지도 않아. 의외로 세계는 질서로 가득 차 있어. 안 될 것 같단 말이지. 큰 도시의 더러움을 긁어모아서 몸 안에서 정화하는. 미움을 받으면서도 필수적인 존재인 '분해자'로서는, 그래서는!!"

그렇다.

분해자란 파리, 바퀴벌레, 쥐 등 도시의 잔반을 먹어치우는 것이다. 사람들의 미움을 받으면서도, 그들이 없으면 생태계의 피라미드는 '루프'하지 않고, 그저 상위가 하위에서 빨아올리기만 하는 일 방통행에 빠져 점차 소멸하고 만다.

필요한 것은 순환이고, 들판에 쓰러져 죽은 사자나 상어를 분해 해서 토양이나 물로 되돌리는 존재 또한 필수적이다. 소녀는 그런 연구자였다.

그러나 그런 것은 아무래도 좋다.

'매개자'―이쪽은 이쪽대로, 모든 병원균을 효과적으로 운반하기 위해 작은 동물을 이용하는 소녀―에게 있어서 가장 큰 문제는, 하 나츠유 카아이와 하나츠유 요우엔이 꼭 닮은 쌍둥이라는 점이다.

즉, '분해자' 카아이가 공중의 면전에서 멋대로 굴면 '매개자' 요 우엔까지 휘말린다.

…저 애, 전에 부티크에서 봤어. 어어… 얇은 커튼 한 장밖에 없 는 탈의실에 한 시간이나 틀어박혀서 대체 뭘 하고 있었던 걸까? 말하지 마, 앗핫하.

떠올리기만 해도 머릿속이 끓어오르는, 전혀 기억에 없는 저런 평가나 이런 평가!!

자신의 뇌내 물질에 푹 잠겨 있는 사람은 신경 쓰지 않고 말했다.

"그래서 생각했지. 엄청 엄청 생각했어. 웹 카메라로 중계 중에 큰 실수라니, 그럴싸하다는 느낌이라서 꼴리지 않아? 헤헤에헤헤, 이런 건 조금 위에서 베푼다는 느낌으로 시작하고 나서 카메라의 연동 실수라거나 유리의 반사라거나 하는 사소한 일로 맨얼굴이 들 켜서 전락하면 모두 가장 게걸스럽게 달려들 거라고 생각해. 분명 히 동영상이 확산에 이은 확산으로 전 세계에 퍼져서 어디를 걸어 도 쿡쿡 웃으면서 손가락질을 당하고, 불법 사이트에서는 스토커들이 우글우글 모여서 정보 교환을 거듭하다가 개인 정보가 다 털려서 언젠가 어디에서 창문을 전부 막은 봉고차에 납치되어버리는 거지. 우후우후후."

"그만 좀 해애!!"

반사적으로 무심결에 덜컥 목을 조르고 마는 요우엔이지만, 머리가 흔들흔들 흔들리고 있는 카아이는 여전히 황홀한 얼굴이다. 그것도 나쁘지 않은 모양이다.

"…아아, 더 더러움에 뒤범벅되고 싶어."

자신의 효소 욕조에 잠기면서, 유충 모드의 카아이가 웃는다.

"더 썩은 냄새를, 더 점성을, 더 진흙탕을, 더 말로 표현할 수 없는 흐물흐물을. 아아, 아아. 세계에 질서 따위 필요 없는걸, 질서는 일방적인 빨아올림에 의해서 소멸과 경화(硬化)를 부를 뿐. 정점이 쓰러져서 땅 밑바닥으로 굴러떨어지는, 질서 속에 짜 넣어진 흔들림은 반드시 필요한 거야. 그런 의미에서는… 지금의 학원도시는 굉장히 숨이 막혀."

"그럼 역시… 일까?"

"응. 더더, 휘저어주자. 반짝반짝 빛나는 열대어 여러분이 산소 부족으로 죽어버리지 않도록."

씩 웃는 '분해자'는 처음부터 흔들리지 않았다.

이 도시에서 실컷 논다. 따라서, 다른 놈들처럼 도망친다는 선택지는 처음부터 없다.

"학원도시 최대의 금기… 였던가? 그런 것에는 흥미가 없어."

성냥보다도 야윈 노인이었다. 파란색 점프슈트 위에 하얀 가운을 걸쳤을 뿐인 키하라 하스의 마른 가지 같은 팔에, 그러나 머리카락을 금색으로 염색한 튼튼한 젊은이는 거역하지 못한다.

"허억, 허억."

보통 같으면 그는 사냥하는 쪽이었다.

그는 그대로, '바쿰 피스(관광객 사냥꾼)'라고 불리는 어엿한 흉악범이기도 하다.

그가 크리스마스 밤에 유원지라는 장소에 있는 것은, 돈이 될 만한 것을 가지고 있는 인간이 그만큼 많기 때문이다. 돈을 내고 게이트를 통과하면 안전을 보장받을 수 있다… 는 들뜬 생각을 하고 있는 바보 커플을 집단으로 에워싸고 카메라의 사각 지대로 끌고 가는 것만큼 재미있는 일은 없다.

그럴 터였는데,

"이제 용서해줘. 부탁이야, 부탁이야. 뭐든지 할 테니까."

그는 혼자였다. 이유는 뻔하다. 누구보다도 잘 알고 있을 카메라의 사각 지대에서 나머지 동료들은 산산조각이 되어버렸기 때문이다. 이상하게도, 눈앞에서 두꺼운 산도(山刀)가 날뛰고 있는 동안 그들은 비명 하나 지를 수 없었다. 그것 자체가 사람을 꼼짝 못 하게 하는 주술이나 무언가인 것 같았다. 눈 깜짝할 사이에 작업은 끝나고, 음식물 쓰레기 오토메이션(자동 처리) 상자에 다진 고기가 채워 넣어져 있었다.

"여기가 그 장소인가?"

필사적인 목숨 구걸에 흥미를 보이는 기색도 없이 노인은 주위를 한 바퀴 둘러보았다.

젊은이는 몇 번이나 고개를 끄덕였다. 훌쩍훌쩍 우는 그 얼굴은 눈물은 물론이고 콧물로 더러워져 있다.

"그래, 맞아. 어쩌고라는 위조 업자라면 그 앞 텐트에 있을 테니까."

정해진 규칙 따위 없다는 정도는 젊은이도 깨닫고 있을 것이다.

모든 것은 노인의 변덕. 그렇기 때문에 더더욱, 순순히 따르면 놓아줄지도 모른다는 희박한 기대에 매달릴 수밖에 없었다.

"그렇다고 해도, 라이벌 팀을 걷어차 떨어뜨리기 위한 날조 증거의 발자국… 이라. 뛰어난 기술에는 경의를 표해야 해, 정말이지 저만한 실력을 가진 업자를 뭐라고 생각하는 건지."

"죄송합니다, 죄송합니다, 정말 죄송합니다…."

"됐어, 네 무지 덕분에 도움을 받은 건 사실이다."

상냥한 목소리가 오히려 무서웠다.

논조는 이리저리 바뀌고 감정의 파도도 불규칙. 언제 폭발할지 알 수 없다. 살아남기 위해서는 세심한 주의를 기울여야 한다.

이미 뒤에서 가해진 일격으로 머리가 잘려 날아가 있었다.

살아남는 데 필사적이었던 젊은이는 자신이 죽임을 당한 순간조차 깨닫지 못했을 것이다.

"레이디버드 군."

『네, 선생님.』

오렌지와 검정이었다. 보통 사람은 들어 올릴 수조차 없는 산도를 든 경기용 수영복 차림의 소녀가 뒤에서 쫓아와 나란히 서더니 옆에서 얼굴을 내밀었다. 맨발인 채로 차가운 눈을 밟고 있지만 정말로 눈썹 하나 까딱하지 않는다.

노인은 양손으로 잡은 사람 머리를 뚫어져라 바라보며,

"흠, 이건 '우' 계열의 입으로 멈춰 있군. 그는 뭐라고 말하고 싶었을 것 같나?"

『무의미한 생각이라고밖에.』

경기용 수영복의 가슴께를 손가락으로 집고 앞으로 잡아당겨 목 주변에 생긴 공동(空洞)에 질척한 방전 기계유를 콸콸 부으면서, 소녀는 무기질적으로 응답했다. 피부에 흡수되지 않은 기름은 평범하게 그대로 중력에 따라 떨어지기 때문에 허벅지 부근은 난리가 났다.

키하라 하스는 몹시 곤란하다는 얼굴을 하면서,

"…있잖나, 레이디버드 군, 뭔가 할 말은?"

『질문에 대한 대답을 출력. 영감탱이 힐끔힐끔 곁눈질로 훔쳐볼 정도라면 제대로 보고 싶다고 말하라고 할까 직접 만든 보디의 세부를 열심히 바라보는 게 뭐가 즐거워 신났군.』

"이봐, 누구야! 지금 사람 마음을 배려 없이 도려낸 아이는?! 자신은 나이를 먹지 않는 기계라고 해서 그렇게 몇 겹으로 푹푹!!"

『기계 부품은 시간이 지나면 열화되고 마모돼. 전자 데이터도 정기적인 조각 모음이 필수.』

양손으로 움켜쥔 질척질척한 머리 따위는 이미 의식에 없는 듯한 대화였다.

"뭐 상관없나. 시체는 부숴서 그 쓰레기통에라도 처넣어둬. 이런 거라도 비료가 되니까."

『뼈나 머리카락이 토양의 세균으로 분해될 거라고는 생각되지 않아. 특히 굵은 뼈인 두개골이 위험.』

"임시변통이면 돼. 끝나면 전방위를 경계."

하얀 숨을 내쉬며 노인은 어딘가 먼 곳에 시선을 보냈다.

"그 외에도 몇 팀 오고 있군. 발견하면 전부 죽여."


## 7


자신은 무엇을 하고 있는 것일까?

덤불 안쪽에서 하마즈라 시아게는 자문자답하지만, 실력으로 말하면 완전히 베니조메가 위다. 이런 일을 하고 있을 때가 아니지만, '그녀의 계획'을 무너뜨리면 어떻게 될지는 말할 것까지도 없다. 이곳은 '어두운 부분', 힘이 모든 것을 이기는 세계다.

"볼일이 끝나면 마음대로 해도 돼."

여기저기 경량화되어 배꼽까지 비쳐 보이는 빨간 차이나 드레스 차림의 미녀는 두랄루민 케이스의 뚜껑을 열고 익숙한 듯이 일안(一眼) 리플렉스 카메라에 바주카포 같은 렌즈나 삼각대를 달았다. 몸을 구부리면 안 그래도 위태로운 슬릿의 자기주장이 한계를 넘고 만다.

그러고 나서 그녀는 허벅지에서 꺼낸 한 닢의 금화에 입을 맞추었다.

'니콜라우스의 금화'. 그녀도 갖고 있었던 것일까.

"그러니까 그때까지 가만히 있어. '어두운 부분'의 슈퍼스타님은 반드시 이걸로 잡을 거야. 안티스킬(경비원)인지 저지먼트(선도위원)인지 모르겠지만, 그런 놈들을 이용해서 어둠에서 어둠으로 장사지내져서야 안 될 말이지. 그만둬. 그게 세상에 내보내야 할 정보인지 아닌지를 결정하는 건 선악이 아니야. 가격과 화제성이지."

"…당신, 놈들의 폭주에 대해서는 눈치채고 있었던 거야? 그렇다면…."

"사고야."

단호하게 가로막듯이 베니조메는 말했다.

"그건 사고. 어디에서 어떻게 파고들어가도 그렇게밖에 보이지 않도록 세부까지 조정되어 있어. 말했잖아, 가격과 화제성이라고. 싸워도 이익이 날 것 같지 않은 사진 따위 아무도 사주지 않는다고. 쫓아가봐야 소용없어."

"도, 도망치고 싶다고 생각하지 않는 거야?"

"어디로? 그만둬. 살아남고 싶다면 도전할 수밖에 없잖아. 시간은 한정되어 있다는 것 정도는 알고 있어. 그러니까 따라잡히기 전에 파멸 불가피한 한 장을 찍어서, 얼굴도 보이지 않는 윗분인가 하는 걸 협박해줄 거야."

"……."

"이런, 찍은 기삿거리로 당사자에게 직접 교섭을 강요하는 비즈니스도 있어. 블랙 저널리즘이라고 하지. 출판사에 팔고 말고의 판단은 이쪽에서 정해. 자신의 몸의 위험과 저울에 올려놓고 말이지. 평범하게 범죄고, 뒤가 캥기는 사람에게 협박을 하면 죽음의 리스크가 확 올라가니까 착한 아이는 흉내 내지 마☆"

어안이 벙벙하고 말았다. 일그러진 연구자, 사람의 목숨을 아무렇지도 않게 생각하는 고위 능력자, 상층부의 부대. '어두운 부분'이라고 해도 여러 가지가 있지만, 지금까지 봤던 인간들과는 분명히 다르다.

어른이니까 능력자는 아니다. 하지만 색다른 놈은 흉기를 번득이는 것도 아니다. 무기는 카메라라니, 어느 모로 보나 문명인이다. 오랜만에 이성이 있는 어른과 만난 기분이 들었다.

이것이 쌍둥이의 입에서 나온 호보성의 '어두운 부분'…? 아니면 아직 일반인의 영역에 있는 사람일지도 모른다.

싸울 필요 따위 없다.

싸운다 해도 폭력 이외에도 방법이 있다.

정말로 오랜만에 사람의 이성을 본 것 같은 기분으로 만들어주는 여자다.

"…이용해서."

체육복 소녀 타키츠보가 불쑥 끼어들었다.

"저런 놈들을 이용해서라고 말했지. 당신, 폭발의 장치를 이해하고 있는 거야?"

"하앙?"

바보 취급하는 듯한 맞장구였다.

다만 일방적인 부정은 아니다. 오히려, '어째서 그런 뻔한 것을'이라는 말투다.

"그만둬. 혹시 뭔가 시험하고 있는 거야? 그런 건 말할 것까지도 없이…."

대답하려다가, 베니조메가 자신의 카우보이모자 꼭대기를 한 손으로 눌렀다. 숨을 멈추고 안 그래도 낮추고 있던 머리를 더욱 내린다.

하마즈라도 눈을 끔벅거리며,

"(누군가 왔어?)"

"(그만둬. 뻔한 걸 일일이 입 밖에 내지 마. 방해돼!)"

애초에 대저택 뒤쪽이다. 보통의 관람객은 시크릿 레지던스라는 구획 자체에 볼일은 없고, 큰돈을 내고 원내에 저택을 둔 대부호라면 뒤쪽의 어두운 곳으로 발길을 옮길 이유가 없다.

즉, 핀 포인트로 텐트의 존재를 알고 있지 않은 한 그런 곳은 걸어 다니지 않는다.

…새삼 바깥에서 보니, 정말 눈에 띄는 루트일 거라는 생각에 하마즈라는 할 말을 잃었다. 잠복하고 있었던 것이 얕은 층에 있는 파파라치였으니 망정이지, 이것이 프로 스나이퍼였다면 하마즈라와 타키츠보는 둘이서 나란히 급소를 맞았을 것이다. 그런 가능성을 황당무계하다며 웃고 있을 수 없는 상황에 처해 있다는 것을 슬슬 깨달아야 했다.

실제로 걷고 있는 것은 노인이었다. 성냥개비처럼 야윈 할아버지. 점프슈트나 하얀 가운은 철사 같은 몸을 덮어 감추고 인간다운 실루엣을 위장하기 위한 것으로도 보인다.

"저건…?"

"키하라야."

질문하려다가 하마즈라는 당황했다.

저 베니조메 젤리피시가 희미하게 떨고 있었던 것이다.

"그런 연구자 일족이 있어. 위험햇. '어두운 부분'을 노리고 왔지만, 그만둬… 키하라 하스는 좀 지나치게 거물일지도!!"

"…하마즈라."

꾹꾹, 소년의 상의를 작게 움켜쥔 타키츠보가 뭔가 중얼거렸다.

이름을 부르고 있는데도 그녀는 하마즈라 쪽을 보고 있지 않다.

금속이 삐걱거리는 것 같은 소리가 났다.

끼이, 기이.

"하마즈라."

"……."

다시 한번, 아까보다도 강하게 이름을 불러서, 하마즈라 시아게는 타키츠보의 시선이 향한 곳을 눈으로 좇았다.

그곳. 방범이라기보다 장식의 의미가 강할 것이다. 키 큰 철책 너머는 날카로운 화살이나 창처럼 되어 있었다. 인간은 고사하고, 날쌔고 체중이 가벼운 들고양이나 들새도 앉을 수 없는 날카로운 가시 너머에서.


맨발인 채로 두 다리를 모으고.

몸을 굽힌 자세로 고개를 갸웃거리며, 조용히 하마즈라 일행을 내려다보는 소녀의 그림자가 기다리고 있었다.


일그러져 있었다.

저것이 정상적인 인간이라면 나이는 열세 살이나 열네 살 정도일까. 긴 머리에, 앞머리를 가지런히 깔끔하게 자른 자그마한 몸집의 소녀. 다만 하마즈라는 그런 당연한 부분에서 이미 즉시 대답을 할 수 없게 되어 있었다. 왜냐하면, 이상하니까.

눈의 깜박임도, 하얀 숨결도 지나치게 규칙적이다.

무음의 세계에 작게 뻗는 소리는 한밤중의 냉장고 같다.

입고 있는 것도 겨울밤에는 너무나 어울리지 않는, 오렌지색과 검정색의 해충처럼 독살스러운 색깔의 경기용 수영복과도 비슷한 복장. 분명히 하마즈라나 타키츠보의 옷과는 취급하는 기술이나 요구하는 목적이 다르다. 두 어깨의 밴드에는 스마트폰, 허벅지의 벨트에는 둥글게 만 실리콘 키보드나 무언가의 액체가 들어 있는 병. 크게 펼쳐진 검은 머리카락 또한 인간의 머리카락으로는 있을 수 없는 진홍색. 그리고 크게 뜬 두 눈 안에서는, 동공이 방범 카메라의 렌즈보다도 기계적으로 확대와 축소를 되풀이했다.

공기가 바뀐다.

상세한 테크놀로지 따위 몰라도 심장이 얼어붙는다. 자그마한 엉덩이에 올려놓듯이 해 옆으로 눕혀 고정한 흉악한 산도(山刀)를 볼 것까지도 없이, 본능으로 이미 이해할 수 있다.

저것은 '어두운 부분'이다. 그것도 아마 혐보성. 덫을 치고 기다리고 있었던 것은 파파라치 측만이 아니었던 것이다. '키하라'인가 하는 저 노인은 스스로를 먹이로 삼아, 안전을 위협하는 존재를 끌어내려고 했다. 그러기 위해 파견된 것이 정체불명의 소녀다.

상대는 스스로를 꾸밀 생각도 없는 모양이다.

이쪽을 내려다보는 기계적인 눈동자 안에서는 중지를 세우는 마크가 표시되고 있었다.

긱!! 기괴한 소리가 울려 퍼진다.

급격한 감정의 움직임을 갖고 있지 않은 소녀가 그 입으로 무언가를 말한 것은 아니다. 불안정하기 짝이 없는 발판을 차고 도약했기 때문에 철책 자체가 삐걱거리는 소리를 낸 것이다.

어디로?

일안 리플렉스 카메라를 들여다보고 있던 베니조메 젤리피시의 반응이 늦었다.

"왓."

부드러운 몸과 전문적인 광학 기재가 한꺼번에 지면에 쓰러지는 요란한 소리가 작렬한다.

하마즈라는 순간적으로 손을 내밀 수도 없었다.

"우와!! 야아! 아아아아아아아아아아아아아아아아아아아아아 아아아아아아아아아아앗?!"

어쨌든 타키츠보의 가느다란 손목만 움켜쥐고, 하마즈라는 거의 엉덩방아를 찧다시피 하며 거리를 벌린다. 1센티미터라도 멀리. 베니조메의 실력은 진짜였다. 그런 파파라치를 어렵지 않게 때려눕혔다는 것은, 저 녀석에게는 절대로 이길 수 없다. 붙잡히면 그냥 끝이다.

그러나, 오히려다.

덮쳐든 쪽인 안드로이드가 의아한 얼굴을 하고 있었다. 허리 뒤에서 뽑은 산도(山刀)가 쑥 빠졌다. 쿠웅 하는 커다란 바위라도 떨어뜨린 것 같은 소리와 진동이 울려 퍼진다.

"강자성(強磁性) 속건 도료, 256배 농축."

파파라치가 움켜쥐고 있는 것은 스프레이 캔이다. 다만 최루 가스는 아닌 것 같았다.

"아날로그 필름은 절멸 직전이지만, 그런 메이커는 약품이나 화장품에 머리를 집어넣고 막대한 부를 낳고 있거든. 몰라? 필름 회사에서 만든 건강 기능성 식품 같은 거. 세상에는 그런 하이파워 머신 계열만을 다짜고짜 부식시키는 약액도 존재한다고!!"

『탄소계 피부에는 상처를 내지 않고 합성 섬유로 된 옷이나 속옷만 녹이는 꿈의 약품이라는 뜻? 선생님이 기뻐할 것 같은 이야기인데.』

사랑스러운 목소리는 똑똑히 들렸다.

하지만 입술의 움직임과 실제의 음성이 일치하지 않는다. 일부러 그렇게 할 이유도 떠오르지 않는다.

『하지만 할 일을 한다. 선생님이 말한 대로, 방해하는 자는 반드시 나타나. 그래서 내가 여기에서 기다리고 있었어. 이야기는 그것뿐.』

"웃???!!!"

하마즈라는 순간적으로 타키츠보 리코를 떠밀었다.

부웅 하는 금속 방망이를 휘두르는 듯한 둔한 공기의 으르렁거림이 뒤늦게 하마즈라의 귀에 들어왔다.

베니조메였다.

맨발로 눈을 밟으며 정체불명의 소녀가 한 손으로 움켜쥐고 휘두른 중량은 40킬로일까, 50킬로일까. 여자의 체중이라는 말을 들으면 가볍고 부드러운 인상일지도 모른다.

하지만 전투용으로 개량한 도끼라 해도 고작해야 2킬로, 사슬에 연결한 가시 달린 쇠공도 3킬로나 나가면 많이 나가는 편이다. 40킬로라는 중량은 여자로서는 가벼울지도 모르지만, 타격 무기라는 관점에서 생각하면 '파격'이라고 부를 수 있다.

"가악?!"

미처 피하지 못해 제대로 몸통에 맞고, 차이나 드레스 차림의 파파라치와 한 덩어리가 되어 날아가는 하마즈라. 호흡이 막히고, 제대로 팔다리를 움직일 여유도 없는 채로 차가운 땅바닥을 몇 번이나 굴러간다. 한계다. 단 한 발에 한계를 넘어버렸다. 시야 끝을 서서히 검은 어둠이 잠식한다. 이제 이대로 의식을 놓으라는 유혹이 배어 나온다.

하지만,

"…북…."

의도치 않게, 하마즈라는 베니조메와 함께 '어두운 부분'으로부터 거리를 벌리고 말았다.

그렇게 되면.

놈이 보기에 가장 가까이에 있는 다음 사냥감은, 오직 혼자서 남겨진 타키츠보 리코밖에

"크, 으아악!!!!!!"

축 늘어진 채 위에 올라타 있던 베니조메 젤리피시를 옆으로 밀어젖히다시피 하며 하마즈라는 억지로라도 몸을 일으켰다.

가까운 사냥감에게 덤벼들려고 하기 직전에 무기질적인 소녀의 머리가 빙글 돌아 이쪽을 향한다.

천천히 고개가 움직이는 것은 본인의 의사라기보다 정확하게 하마즈라를 포착하고 있기 때문일까.

주의는 끌었다.

그렇다면 지금부터 어떻게 할까? 어떻게 하면 정체불명의 적으로부터 살아남을 수 있지?!

"정말이지, 그만둬. 이 생각 없는 놈이…."

목소리가 들렸다. 밀어젖혀진 줄 알았던 베니조메 젤리피시. 그

녀가 부자연스럽게 옆으로 쓰러진 채 슬릿 안쪽, 차이나 드레스의 허벅지에서 무언가를 뽑고 있는 참이었다.

권총… 은 아닌 것 같다.

압축가스로 전극을 날리는 스턴 샷이다.

"…생물적인 반응 없음, 이상한 완력, 어둠 속에서의 시력 보정. 아무래도 속까지 빽빽하게 기계인 것 같잖아, 저 녀석. 그렇다면 오히려 총알보다 이쪽이 효과가 있을지도…?"

구사일생이다. 하마즈라 시아게는 그렇게 생각했다.

하지만 그는 잊고 있었다. 지금 이곳이 '어두운 부분'이라고 불리는 세계에 삼켜져 있다는 사실을.


푹!!

망설임 없는 방아쇠와 함께, 전극이 타키츠보 리코에게 꽂힌 것이다.


"엣…?"

체육복 소녀는 놀란 얼굴을 하고, 그러고 나서 시선을 내렸다. 가슴 한가운데에 걸려 있는 전극이나 케이블을 보고도 아직 무슨 일이 일어났는지 이해할 수 없는 모양이었다.

그리고 베니조메 젤리피시는 웃고 있었다.

바지지지지지지지지지지지지지지지지지지직!! 건조한 것이 튀는 듯한 소리의 연속과 동시에, 연인의 등이 활처럼 휘었다.

"타키츠보?!"

"핫하하!!"

어디에 그런 힘이 남아 있었던 것일까.

옆으로 쓰러진 상태에서 크게 튕긴 듯이 베니조메의 몸이 튀어오른다. 스위치를 켠 채인 스턴 샷을 놓으면서 몸을 미끄러뜨려 거리를 벌고, 그녀는 풍만한 가슴에서 금속으로 만들어진 굵은 펜을 꺼낸다. 그립 위쪽에 2밀리의 구멍이 있었다. 아마 몰래 카메라, 전문적인 일안 리플렉스와 비교하면 뒤떨어지지만 그래도 스마트폰급의 화소 수는 갖추고 있을 것이다.

그렇다, 그녀의 목적은 처음부터 끝까지 일관적이었다.

차라리 상쾌할 정도로.

"기계적으로만 생각한다면 가장 약해진 사냥감부터 노리겠지?! 그렇다면 나는 도망칠 수 있어. 안전한 장소에서 촬영할 수 있어. '어두운 부분' 중의 '어두운 부분', 키하라 일족이 만든 비밀 무기야. 틀림없이 이건 역사를 뒤집을 한 장이 될 거야!! 안심해, 다진 고기가 된 당신들에게는 세계를 움직일 힘이 반드시 깃들 테니까…!!"

(빌어먹을, 빌어먹을이다! 이 녀석도 혐보성인가…?!)

생각으로 목숨을 빼앗을 수 있다면 저주해서 죽여버릴까 하는 마음으로 노려보는 하마즈라지만, 애초에 베니조메가 동료라는 이야기는 아무도 하지 않았다. 그녀는 하마즈라 일행을 봐주고 있었던 것이다. 거만하게 일방적으로. 베니조메가 잘라내려고 했을 경우, 하마즈라 일행에게는 막을 방법이 없다.

그리고 하마즈라에게는 더 확실한 힘이 있다. 사용하면 한 시간은 맨손이다. 어지간한 일이 없는 한 스톡은 계속 해두어야 하고, 사용한다 해도 달리 다른 방법은 있었을지도 모른다. 예를 들어 고압 전류로 괴롭히고 있는 연인을 구하기 위해서라든가.

하지만 이것은 이미 반사였다.

냉정하게 생각하고 있을 만한 여유가 없다. 머리는 끓어오르고 있었다. 어떻게 해도 하마즈라는 용납할 수 없었다. 혼자서 멋대로 타키츠보 리코를 소비하고 자신만 이득을 보려고 하는 베니조메 젤리피시를 이대로 도망치게 해버리는 것을.

주머니 안에 손을 넣어서 딱딱하고 차가운 금화를 세게 움켜쥔다. 인간이라는, 의지를 가진 존재의 행동까지 비틀 수 있을지는 미지수. 따라서 우선 무기물로 표적을 정한다.

그렇다면, 이렇게일까.

고함친다.


"베니조메의 신발을 미끄러뜨려, '니콜라우스의 금화'!!"
"절대 내 신발을 미끄러지게 하지 마, '니콜라우스의 금화'!!"


외친 순간, 하마즈라는 저도 모르게 얼굴을 찌푸렸다.

설마 했던 불발.

아니,

"아하하!! 그만둬. 시선이 다 보여. 카메라의 프로를 우습게 보는 거야?!"

웃음이.

사악한 원흉이 이번에야말로 유유히 덤불을 뛰어넘는다. 샷건에 대형 권총, 움켜쥔 은색 케이스에서 크고 작은 수많은 무기를 줄줄 흘리면서.

뭐가 이성 있는 어른이냐. 저런 걸 한순간이라도 믿은 스스로를 하마즈라는 저주하고 싶다.

어둠 안쪽에서 막말이 던져진다.

"하지만 이런 게 흩뿌려져 있다는 걸 알았을 때부터 틀림없이 이렇게 되지 않을까 생각하고 있었어! 그만둬. 나는 내 힘만으로 살아남을 수 있어. 그렇다면 용도는 하나, 상쇄밖에 없다는 거지!!"

"젠장!!"

분명히 하마즈라는 세세한 검증 따위는 하지 않았다. 하나의 현상에 대해 두 인간이 정면에서 금화의 힘을 부딪치면 어떻게 될지는 시험한 적도 없었다. 하지만 이것은 너무나 꼴사납다.

전혀 의미가 없는 한 시간의 충전.

이제 원한도 풀 수 없다.

뒤에 남겨진 것은 무력한 하마즈라와 지금도 고압 전류에 노출되어 있는 타키츠보, 그리고 이 추위 속에서도 담담하게 움직이는 건설 중장비 같은 소녀뿐이다. 한 손만으로 40~50킬로그램의 인간을 어렵지 않게 휘두를 수 있다면, 모든 체중을 실은 주먹을 내지르면 콘크리트 벽 정도는 뚫을 수 있을지도 모른다.

(어떡하지?)

타키츠보를 두고 도망친다는 선택지는 없다.

그녀를 살인 영화의 소재로 소비하게 만들다니, 그런 선택지는 절대로 용납하지 않는다.

하지만 그것은 '목적'이다.

이루기 위해서는, 현실에 실행 가능한 차원의 구체적인 '수단'이 필요하다.

(어떡하지?!)

그때였다.

스윽….
선풍기처럼 천천히 고개를 움직이는 중장비 소녀의 눈동자가 눈앞의 하마즈라를 그냥 지나쳤다.

의미를 알 수 없었다. 엄밀하게는 오른쪽에서 왼쪽으로 시선을 훑어 그냥 지나친 것과는 조금 사정이 달랐다. 한 번 옆으로 향했던 시선이 다시 되돌아온다. 고개를 좌우로 흔들고 있는 것을 보면… 설마 못 보고 있는 것일까?

정면에서 거친 숨을 내쉬는 하마즈라는 무슨 일이 일어나고 있는 것인지 이해할 수 없다.

이만큼이나 실력 차이가 있다면 일부러 허세나 페인트를 끼워 넣을 필요는 없다고 생각하지만, 원인 불명의 기회에 기뻐하는 것은 이미 그만두었다. 그런 것은 베니조메 젤리피시 건으로 실컷 앙갚음을 당했다.

『주워.』
들린 여자의 목소리에, 거의 반사적으로 하마즈라는 땅바닥으로 손을 뻗었다.

베니조메가 흩뿌리고 간 총기 중에서 펌프 액션식 샷건을.

『한 발.』
폭음과 함께 오히려 하마즈라 쪽이 뒤로 나자빠진다. 분명히 화약의 양이 너무 많다. 직접 개조한 것 같지만, 이런 것을 사용했다간 언제 폭발에 휘말릴지 알 수 없다.

경기용 수영복 차림의 소녀 또한 맨발인 채 엉덩방아를 찧었다.

흔해 빠진 죄책감 따위 따라잡을 여유도 없다.

무기질적인 소녀의 이마에 작은 상처가 나 있었다. 형식 정도로 붉은 액체를 흘리고 있지만, 겨우 몇 밀리의 작은 상처 너머로 보이는 것은 은색 다발이다. 분명히 인간의 상처가 아니다.

"노, 농담이지…. 강장탄(强裝彈)에, 게다가 맞은 느낌으로 보아하니 슬러그탄이라고?!"

『이틈에.』

"?"

귓가에 가만히 속삭이는 듯한 목소리에, 새삼스럽게 하마즈라 시아게는 허둥지둥 돌아보았다.

대체 언제부터 거기에 있었던 것일까. 한 여자가 서 있었다. 연파란색의 딱 맞는 드레스와 팔랑거리는 반투명한 롱스커트를 조합한 의상에 트윈 테일로 묶은 긴 금발. 다만 나이는 스무 살 정도고 몸매도 글래머라서 옷 갈아입히기 인형 같은 드레스는 몹시 언밸런스하게도 보인다.

기계적으로 눈알을 확대 및 축소시키는 소녀와는 또 다른 의미로, 인간미가 없었다.

실체가 없다고 할까.

섣불리 손을 뻗었다가 그냥 통과해버리면 어떡하지라고 할까.

그렇다.

이 과학 만능의 학원도시답지 않게, 하마즈라의 뇌리에는 이 단어가 떠올랐다.

(…유, 령…?)

딱 맞는 것과 팔랑거리는 것, 이중의 롱스커트로 다리를 감춘…  두 다리가 보이지 않는 여자.

그 녀석은 하마즈라가 아니라 목적을 놓친 괴물을 바라보고 있었다. 물론이다. 자신을 도와주었다고 해서 호보성이라는 보장은 없다. 총으로 쏘라고 망설임 없이 명령한 것도 이 여자다. 그 결단력이 언제 이쪽을 향할지 읽을 수 없다.

『스턴 샷을 주워. 연인을 구하고 싶다면. 나는 그 성질상 카메라나 센서 등 기계적인 오감을 피할 수 있어. 이렇게 프리로 동영상 편집 앱이 범람하는 시대가 되어도 심령사진이나 동영상이 절멸하지 않는 것과 마찬가지로, 괴기 사건 목격담으로는 먼저 스마트폰의 안테나가 통화권 이탈에 빠지고 위치 정보나 얼굴 인식 기능이 오작동을 일으키는 것과 마찬가지로 말이지.』

튕긴 듯이 하마즈라는 움직였다.

유령 여자의 말 따위 하나하나 스캔하고 있을 때가 아니다. 어쨌든 눈으로 젖은 지면에 떨어져 있던 스턴 샷을 주워 들고, 케이블로 연결된 본체에 있는 스위치를 껐다.

털썩.

그야말로 전원이 꺼진 것처럼, 활처럼 휘어 있던 타키츠보의 몸이 무릎부터 쓰러졌다.

하지만 타키츠보의 이변은 가라앉지 않는다. 애초에 안전 기준 따위 아무것도 없는 불법적인 고압 전류. 게다가 뺨이 빨갛고, 이마에서 진주 같은 땀을 흘리는 이 증상을 하마즈라는 본 적이 있다. 폭주 능력자의 체액을 이용해 추출된 약효 성분… '체정'으로 괴로워하던 무렵과 똑같다.

(큰일이다….)

하마즈라는 자신이 소중하게 안고 있던 종이봉투를 떠올린다.

bC-96/R. 이것을 건네준 '펫 브리더' 아오우미 카레이는 이렇게 말했을 것이다.

『기온이나 습도에 대해서는 냉장고에 넣어두면 문제없지만, 일단 누전은 조심해. 전기 분해로 쉽게 성분이 망가지고 마니까.』

망가졌다.

타키츠보 리코가 경구 섭취해서 몸속을 순환하고 있던 성분이, 지금의 일격으로.

"농담이지, 이봐!!"

하마즈라는 저도 모르게 외쳤다. 그 입술에 검지가 닿았다. 당사자인 타키츠보 리코였다. 온몸이 고열에 시달리면서도, 그녀는 있을까 말까 한 힘을 쥐어짜서 경고한 것이다.

그래, 그렇다.

그 습격자는 어떻게 되었을까?

"……."

순간적으로 머리가 공백으로 메워져 있었다. 정면의 적으로부터 눈을 떼고 있었던 시간은 20초는 족히 되었을 것이다. 그만큼만 있으면 얼마든지 살육할 수 있었을 것이다.

그런데 왜? 느릿느릿 일어선 맨발의 습격자, 오렌지색과 검정색의 경기용 수영복 비슷한 옷을 걸친 중장비 소녀는, 어찌 된 셈인지 가까이에 있는 표적을 포착하지 못하고 있는 것 같다.

오른쪽으로 왼쪽으로, 몇 번인가 천천히 고개를 흔들어 주위를 관찰한 후, 허벅지에서 병을 뽑아 입에 머금는다. 참 하는 소리를 내며 병 입구에서 입을 떼더니, 이어서 머리부터 투명한 점액을 뒤집어쓴다.

바직.

머리 꼭대기에서 발끝을 향해 번갯불이 도망치는 소리가 났다. 무언가가 일어나고 있는 것이다.

"저건…?"

『인간에게서 부품을 뽑아 기계를 다시 채워 나간 사이보그와는 다른 것.』

속삭이는 목소리에, 또 한 명이 있다는 것을 떠올린다.

정체불명의 유령 여자.

타키츠보를 껴안고 있지 않았다면 하마즈라는 그대로 벌렁 나자빠졌을 것이다.

『저 '키하라'가 관여할 정도니까 당연히, 그런 차원의 그로테스크(화려한 색채)에서 그치지는 않아.』

"……."

『인공 부품을 하나하나 쌓고 부풀려서 인간의 형태로 다듬은 존재겠지. 곁에서 보면 인간과 전혀 구분이 가지 않게 될 퀄리티로.』

결국은.

전체적으로 공주님 같은 실루엣의 유령 여자는 분명하게 말했다.

『안드로이드. 우선 이게 가장 적절하려나. 로봇이라고 해버리면, 인상으로는 거리에 넘쳐나는 드럼통 모양을 연상하고 말 테고.』

금속이 스치는 소리가 났다.

안드로이드라고 불린 소녀가 떨어진 지면에 꽂혀 있던 두툼한 산도(山刀)를 한 손으로 뽑은 것이다. 작은 엉덩이 위에 올려놓듯이,

옆으로 눕힌 상태로 수영복에 직접 고정되어 있는 검집에 집어넣는다. 탕! 하고 미성숙한 소녀는 맨발로 눈을 차고 뒤로 점프해 어둠 속으로 사라졌다. 무언가로부터 도망쳤다기보다 놓친 표적을 찾기 위해 달려 나갔다고 하는 편에 가깝다. 무언가가 일어나고 있었던 것을, 경기용 수영복 차림의 소녀 자신이 눈치채지 못한 것 같다.

살았다는 기분은 아무리 시간이 지나도 들지 않았다.

상상 이상이다.

'어두운 부분'이 얽히면 인간의 몸과 구분이 가지 않는 사이보그가 있다는 것 정도는 하마즈라도 알고 있었지만, 여기까지 오면 터부의 차원이 다르다. 유령 여자의 이야기가 옳다면, 그 '키하라'인지 뭔지는 기계를 만지작거린 끝에 생각이나 감정 같은 것을 조립한 것이 되지 않는가.

그리고.

그렇게 따지자면….

『연인을 데리고, 빨리 떠나.』

그런 환각이나 영상이라는 말을 들어버리면 그대로 납득하고 말 것 같을 정도로 희박한 유령 여자는 분명히 말했다.

『저건 놓쳤을 뿐. 다소는 연산 회로에 부하를 준 것 같지만, 기판이 손상될 정도는 아닐 테고. 언제 또 돌아올지는 미지수. 어디를 찾을지는 내가 컨트롤할 수 없고, 보이지 않아도 부딪친 것만으로도 인간의 몸 따위 산산이 부서질 거야.』

바람이 부는 방향과는 상관없이 금색 트윈 테일을 나부끼며.

'어두운 부분'의 깊이가 새삼 눈앞에 들이대어진 하마즈라에게, 유령 여자는 이렇게 말을 잇는다.

『탈출 수단은 하나가 아니야. 이곳은 이미 여러 '어두운 부분'이 눈독을 들인 초위험 지대야. 카르네아데스의 판자를 둘러싸고 상대를 계속 죽일 자신이 없다면 신속하게 다음 구멍을 찾아야지. 모든 걸 잃고 나서 후회하기 전에.』

8

거대한 사륜구동 차가 제2학구의 안티스킬(경비원) 종합 초소까지 왔다.

차가 주차장으로 들어가고 있는 사이에 시라이는 송신 버튼을 클릭해 자신이 정리한 보고서를 보내려고 했지만,

"…송신 에러?"

"헤에, 요즘 젊은이도 실패할 때가 있군요."

바코드 머리에 안경을 쓴 아저씨는 비꼬는 것이 아니라, 진심으로 신기한 것이라도 본 것 같은 목소리를 내고 있었다. 온라인상에서 무언가 트러블이라도 일어나고 있는 모양이지만, 어차피 이미 초소에 도착했다. 노트북째 직원에게 떠넘기면 충분하다.

시라이는 필요 이상으로 무식하게 큰 차에서 내리면서,

"'요즘 젊은이'라는 말을 의기양양하게 사용하게 되면 인생 전환점이에요. 그렇게 선을 긋고 살면 제자들도 싫어하지 않을까요?"

"엣, 저 아직 동정인데요."

"지금이야말로 커밍아웃할 필요가 있나요?! 중1 여자아이한테!!"

그리고 어째서 갑자기 그 선언이 나온 것일까? 제자라는 말에서 별로 링크하지 말아주었으면 하는 흐름이기는 하지만. 개인정보보

호법이 완전히 무의미하게 소녀에게 덮쳐든다. 이런 어떻게 할 수도 없는 일을 죽을 때까지 가슴에 품고 있어야 하는 것일까.

제2학구.

화약이나 차량에 대해 전문적으로 연구하는 이 학구라면 안티스킬(경비원)의 장비도 꽤 확충되어 있다. 이곳이 새로운 본거지였다.

거점을 하나 잃었다고 해서 그걸로 사건을 하청으로 넘길 수는 없다.

시라이로서도 발걸음은 무거웠다. 단순히 '어두운 부분'이 초래한 화려한 색채의 피해 규모도 그렇고, 대항하는 안티스킬(경비원) 측에도 쌍수를 들고 찬성할 수는 없다. 자신은 이단자일지도 모른다. 그렇게 생각하고 있던 시라이였지만, 안티스킬(경비원)들의 거점에 도착하니 분위기가 달랐다.

애초에 사람 수가 적다.

이가 빠진 빗처럼 남아 있는 어른들도 패기가 없었다. 벽에 기대거나 바닥에 주저앉아 있다. 대화가 없어서인지 공기도 무겁게 가라앉아 있었다.

"이건⋯."

"절반은 응답이 없어."

초소에서 기다리고 있던 안티스킬(경비원)은 그렇게 대답했다.

그는 아직 싸울 의지를 유지하고 있는 것 같지만,

"전부 다 '어두운 부분'에 당했다고는 생각하고 싶지 않지만. 그래도 '어두운 부분'의 괴물들의 힘은 절대적이었어. 서버 안쪽에 손이라도 쓴 건지, 올바른 피해 수를 카운트할 수 없는 것도 쓸데없이 상상을 부풀리고 있는 건지도 몰라."

"그러니까, 도망쳤다고…?"

"한심하게도. '어두운 부분'을 파헤친 건 잘못이었다고 생각하기 시작하는 안티스킬(경비원)도 적지 않아."

총력전의 전사(戰死) 따위 아무도 원하지 않았다.

뒤쫓는 쪽이 범죄자를 일방적으로 체포하는 것뿐이라고 믿어온 안티스킬(경비원)도 많이 있었을 것이다.

새삼 들이대어진 현실.

아무리 뛰어난 '어두운 부분'이라도 230만 명을 모두 죽이고 왕좌를 지킬 수 있을 거라고는 생각되지 않는다.

하지만 쌍방이 정면에서 서로를 깎아내던 중에 자신의 목숨을 빼앗긴다면 아무것도 남지 않는다. 설령 세계를 구할 수 있다 해도 자신이나 가족이 죽임을 당하고 만다면 의미가 없다고 생각하는 인간도 있을 것이다.

문제는 비율이다. 극히 소수라면 큰 문제는 되지 않는다. 하지만 이런 두려움이 안티스킬(경비원)의 과반수를 넘어버리거나, '어두운 부분'에 아첨을 떨어서 자신만 살려고 하는 자가 동료의 등을 노리게 된다면, 싸우기 전에 조직이 무너진다. 그리고 실제로 거점은 이가 빠진 상태다.

기운.

그게 꺾여버리면, 실제의 인원수 차이와는 다른 곳에서 피아의 밸런스가 붕괴할 수도 있다. 그리고 어느 모로 보나 범죄자가 즐겨할 것 같은 짓이기는 했다.

"상상 이상이네요…."

시라이는 무거운 숨을 내쉬었다.

'공격'은 이미 시작되었다. 소녀의 어깨에도 모르는 사이에 무겁게 덮쳐드는 무언가가 있다. 하지만 그녀도 이제 와서 뒤로 물러날 수는 없다.

썩을 대로 썩은 세계에서 웃는 어린 쌍둥이.

그것을 본 후에는.

다른 안티스킬(경비원)들과 합류하자 그들은 트윈 테일의 소녀를 옥상의 헬리포트로 안내한다.

"페이즈 1의 전과(戰果)는 예상보다 밑돌았지만, 그래도 '어두운 부분'의 은거지나 연구소에 일정한 대미지를 주는 데는 성공했어."

메인 로터가 만들어내는 인공적인 폭풍에 지지 않도록, 완전 무장한 안티스킬(경비원) 나미노는 그렇게 설명했다.

"페이즈 2에서는 도주 단계에 들어간 '어두운 부분'의 잔당을 단숨에 해치운다. 학원도시 전체를 빙 둘러싸는 외벽이나 게이트는 물론, 공항이나 헬리포트, 장거리 트럭의 화물 집하 기지 같은 곳도 수상하지. 우선은 흉악한 혐보성이지만, 비교적 온화한 호보성도 기회가 있으면 적극적으로 사냥하고 싶어. 어쨌든 잔당은 '인기 스폿'에 집중될 테니까 거기를 공격하면 일망타진할 수 있을 거야."

"…공격… 이라고요."

"무슨 불만이라도?"

직무에서 일탈한 과잉 폭력을 엿보이는 것치고 그 안티스킬(경비원)은 꽤 강경했다.

이쪽은 얼른 자기 자신에 대한 내부 감찰을 부탁하고 싶을 정도인데. 바코드 머리에 안경을 쓴 아저씨가 시라이의 뒤에서 교복을 슬쩍 잡아당긴다.

"(시, 시라이 씨. 지금은 따르기로 하죠. 현장에 나갈 수 없게 되면 아무것도 할 수 없게 돼버려요.)"

"……."

"(그 초소의 참상을 보면 용의자를 감싸는 건 누구나 어려워집니다. 결국은 현장에서 보여줄 수밖에 없어요. 용의자를 제대로 붙잡음으로써 그들의 목숨을 지키고 싶다면….)"

"알겠어요. 그리고 가까워!! 남자놈 배리어, 입 냄새 디스턴스!!"

그러저러하고 있는 사이에 헬기 준비는 끝난 모양이다.

확실하게 엔진을 데운 헬리콥터에 올라타면서 시라이는 정보를 하나하나 정리한다.

나미노를 비롯한 안티스킬(경비원)들의 의견은 이런 느낌이었다.

"기본적으로 공중 대기 상태고 응원 요청이 있으면 곧장 그쪽으로 가는 형태가 되지만, 어느 정도는 예측을 세워두는 편이 좋겠지. 특히 제23학구는 10분 사이에 5대 이상의 비행기가 교차하는 초과밀 공역이야. 긴급 사태라 해도 조정에 난항을 겪으면…."

"저어."

시라이는 성실하게 손을 들고 발언했다.

"페이즈 2는 기본적으로 '어두운 부분'인지 뭔지의 퇴로를 끊는 작전이죠?"

"맞아. 그게 왜?"

"그럼 이쪽은 뭔가요?"

트윈 테일의 소녀가 가리킨 것은 학원도시의 북동쪽이었다. 다만 외벽에 면해 있는 학구는 아니고 공항이나 헬리포트도 없다.

스스로도 눈썹을 찌푸리면서 시라이 쿠로코는 이렇게 질문을 더

한다.

"제6학구. 유원지에서 총성 같은 소리가 들렸다는, 이 소동은?"

## 9

하마즈라 시아게는 잠시 망연자실해 있었다.

실력은 완전히 부족했다. 자신이 어떻게 살아남을 수 있었던 것인지도 이해할 수 없었다.

다만.

거기에.

"……."

"하마즈라?"

그 부름 속에, 이미 하아하아 하는 부자연스럽게 뜨거운 호흡이 섞여 있었다.

이쪽을 올려다보는 소녀는 뺨이 홍조를 띠고 눈동자도 어딘가 멍하다.

불안해서 견딜 수가 없었다. 이럴 바에는 하마즈라의 목덜미에 맹독이라도 주입해주는 편이 그나마 낫다.

"야, 약은? '펫 브리더' 녀석한테서 받은 게 아직 일주일치는 있었을 텐데. 그걸 먹으면…!"

"하루에 한 번으로 처방은 정해져 있어. 즉 반대로 말하면, 효과가 강한 약일 거야. 문외한의 판단으로 간격을 당겨도 분명 독밖에 되지 않을 거야."

그러면 어떻게도 되지 않는다.

문외한의 판단은 전부 아웃이라면, 의사의 진찰을 받는 것 이외에 선택지는 없다. 하지만 그것은 쫓기는 쪽에 있어서는 치명적이라고 할 수 있다. 그도 불량소년이기 때문에 관행 정도는 알고 있다. 병원과 호텔은 사건이 일어나면 우선 제일 먼저 수배서가 도는 시설이다.

　"뒷골목 의사를 찾아가자…."

　"하마즈라."

　"돈이라면 있어. 보디백 안에 지폐 다발이! '체정'이 얽힌 문제라면 학원도시 안이 아니면 대처할 수 없어. 무리해서 벽 바깥으로 나가도 네가 낫지 않는다면…!!"

　"하마즈라."

　타키츠보는 다시 한번 강하게 불렀다. 열로 몽롱해졌어도, 온몸에서 뿜어 나오는 땀과 함께 체력을 빼앗겨도 그녀는 분명하게 말했다.

　"도망치는 건 좋아. 하지만 그건 뭘 위해서야? 희망에서 눈을 돌리기 위해서는 아니겠지."

　"……."

　"분명히 도시 안과 밖은 20~30년 정도 과학 기술의 격차가 있어. 하지만 환자인 내 몸과, 통상 치료에 사용하는 약이 세트로 갖추어져 있는걸. 바깥 세계에서도 이 두 가지가 있으면 공란을 메울 수 있을지도 몰라. 가능성은 제로가 아니야."

　타키츠보는 부러져버릴 것 같은 몸의 심지에 얼마만큼의 힘을 주고 있을까.

　"하지만 여기에서 꾸물거리다가 붙잡히면 이제 기회는 없어. 그 경우에는 제로가 돼. 하마즈라는 어느 쪽이 좋아? 뭘 위해서 도망치는 거야?"

보통, 환자는 마음이 약해져서 제멋대로 굴게 되는 법이다. 하물며 병명도, 치료법도 확실하지 않다면. 그런데도 그녀는 변함없이 하마즈라를 격려해주었다.

보답해, 그 용기에.

하마즈라 시아게는 마구 나아가고 싶은 것을 참고, 망설임 없이 왔던 길을 되돌아갔다.

그것이 유일한 정답이다.

"잠깐, 하마즈라. 어디로 가는 거야?"

"그 유령 여자는 우리를 도와줬어."

우선은 사실을 확인해야 한다. 토대를 다지고 나서 추측으로 옮겨간다.

"…하지만 어째서? 대가 없는 자원 봉사나 선의를 베푼다는 편리한 건 어디에도 없다는 것 정도는 베니조메 일로 확실해졌잖아. 우리를 도와준 이상은 도와주는 편이 이득인 일이 있는 거야. 그래서 유령 여자는 우리를 보내준 거야, 거만하게 일방적으로."

그렇달까… 다.

안드로이드는 그렇다 치고, 유령 여자는 언제부터 여기에 있었을까? 꽤 편리한 타이밍으로 도와주지 않았던가. 어쩌면 타키츠보가 스턴 샷에 맞을 때까지 가만히 기다리다가 참견했을 가능성도 있다. 본래 같으면 더 빨리 도와줄 수 있었을지도 모르는데, 착한 사람인 척하며 주도권을 빼앗기 위해.

"그럼…."

"유령 여자 덕분에 우리와 안드로이드는 무승부로 끝났어. 안드로이드를 호위로 달고 있던 '키하라'인가 하는 영감은 이변을 금방 눈치챌 거야. 덫을 쳤는데도 상대를 놓쳤다면 이번에는 자신이 사냥당할 차례야. 위험하다고 생각하고 도망칠 테지. 한편 우리는 유령 여자의 고마운 조언을 듣고서 물러나고. 그렇다면? …지금, 가장 가치 있는 위조 업자는 누가 확보하고 있을까."

"아."

"그런 거야. 쟁탈전을 벌이고 있던 두 진영이 동시에 물러난 거라고. 공백의 컷에 떨어져 있는 '퍼펙트 필름(공장 부정)'은 지금만은 자유야. 유령 여자는 참견당할 걱정도 없이, 안심하고 일을 의뢰할 수 있어."

…그렇게 인간미 없는 유령 여자가 안티스킬(경비원)이 사용하는 정상적인 총알 따위를 두려워할 거라고도 생각되지 않지만, 어쩌면 유령 여자도 유령 여자대로 무언가 지키고 싶은 것이 있는 것일지도 모른다. 자신을 개발한 연구자라든가, 유체 이탈로 떨어지게 된 자신의 본체라든가.

어쨌든.

확정한 장소에서 추측을 거듭해서 공란을 메워 크로스워드 퍼즐을 풀면… 이다.

"유령 여자도 방해는 받고 싶지 않은 거야."

걸음을 옮긴다.

보조를 빠르게 해간다.

"1대1 정면 승부라면 몰라도, 자신들의 싸움에 끌어들이고 싶지 않은 사람이 무대 위에 나올 거야. 그러니까 그렇게 되지 않도록 사람들을 떼어놓은 거지. 그렇다면 방법은 있을 거야. 패배한 개인 우리에게도."

이제 텐트는 바로 저기였다. 몇 개인가 늘어서 있는 텐트 중에서 불빛이 새어 나오고 있는 것을 골라, 하마즈라는 노크도 하지 않고 억지로 밀고 들어갔다.

위조 업자인 듯한 바위 같은 완고한 아저씨와 낯선 청년이 마주하고 있었다.

이쪽이 유령 여자의 지인일까.

수수한 색깔의 작업복과는 살짝 다르다. 반소매에 반바지인 그것은 아마 사파리 재킷이었을까. 몇 번이나 몇 번이나 리바이벌되는 오래된 TV 프로그램의 탐험대를 방불케 했다. 계절감에 맞추기 위해서인지 밑에 긴소매의 검은 래시가드 같은 것은 달았지만. 이마에 두르고 있는 것은 머리띠가 아니라, 머리 옆에 있는 아웃도어용 웹 카메라를 고정하고 있는 것 같다.

이 텐트는 주거용이 아니라 연구실 같았다. 누군가가 무슨 말을 하기도 전에, 하마즈라는 공구 상자 안에 손을 집어넣어 못질 기계를 뽑아 들었다.

청년은 신경 쓰지 않았다.

"이런, 이런. 프릴샌드 군은 뭘 하고 있는 겁니까."

"닥쳐."

"한 가지 질문을 하죠. 하나에 2엔짜리 쇠못으로 과학적으로 만들어진 유령을 제령할 수 있을 거라고 생각합니까?"

그런 것으로 승부는 하지 않는다.

하마즈라 시아게가 주저 없이 못질 기계를 들이댄 것은, '퍼펙트 필름(공장 부정)' 쪽이었다.

"이봐…."

눈을 부릅뜬 완고한 아저씨지만 일일이 불평을 접수하고 있을 여유는 없다. 이곳은 '어두운 부분', 누구나 살아남기 위해 한계까지 생각하고, 자신의 목숨을 맡기고서 선택지를 고른다.

확약할 수 없는 약속이나 사정에 몸을 맡기는 것은 이제 그만두었다.

"거기 느끼한 아저씨는 나한테도, 당신한테도 반드시 필요한 인간이야. 눈앞에서 죽임을 당하면 곤란하겠지? 그러니까 진정해. 냉정하게 이야기해볼까. 학원도시 탈출. 바로 눈앞에 있는 카르네아데스의 판자를 뻔히 보면서 부수고 싶지 않다면!!"

"알았어, 알았어. 알겠습니다."

청년은 가볍게 양손을 들었다.

이쪽이 우위에 서 있을 텐데 놈의 여유는 무너지지 않는다. 자신이 세운 작전인데, 흔들린다. 이게 정답일까 하고 하마즈라는 불안해진다.

"어차피 원하는 건 똑같잖아요?"

"진짜보다도 잘 만들어진 여권."

"맞았어요. 하지만 서로 시간은 없습니다. 어쨌든 보아하니 그쪽은 2인분이 필요한 것 같고요. 참고로 저는 한 장의 판자 조각을 위해 500이나 내야 했어요."

"……."

500만. 대체 어느 정도의 두께가 되는 것일까? '전화 목소리'의 보디백에는 고무줄로 아무렇게나 묶은 지폐 다발도 있었지만, 아무리 생각해도 부족하다.

실실 웃으며 청년은 말한다.

베어 들어온다.

"아직 학생인 애송이, 당신은 튜브 대신인 판자 조각에 얼마나 낼 수 있습니까? 아아, 이건 물론 1인당의 이야기입니다. 참고로 손끝의 감각이 생명인 업자는 목숨을 위협받는 상태로는 손가락이 떨려서 제대로 일을 할 수 없을 테죠. 그 무기를 내려놓을 때까지 과연 협력을 요구할 수 있…."

그 말은 끝까지 이어지지 않았다. 다음 움직임은 이미 시작되었다.

두구바!!!!!!

무언가가 바람을 가르는가 싶더니, 위조 업자의 바위 같은 얼굴이 갑자기 부서져 흩어졌다.

텐트 안쪽이 전부 새빨갛게 물들고, 하마즈라는 저도 모르게 엉덩방아를 찧는다. 물론 그가 한 것은 아니다. 못질 기계는 어디까지나 나무판자에 못을 박기 위한 도구. 설령 실수로 방아쇠를 당겨버렸다고 해도, 두개골이 부서져 날아갈 정도의 파괴력은 생기지 않는다.

그렇다면,

"아아, 프릴샌드 군은 정말로 뭘 하고 있는 겁니까…."

청년이 한탄한다.

방금 사 온 전구가 갑자기 꺼져버린 것 같은 목소리였다.

그렇다, 유령 여자는 잊고 있었다.

하마즈라 타키츠보와 키하라 안드로이드 진영을 각각 물러나게 하면 '퍼펙트 필름(공장 부정)'은 자유로워지니까, 자신들만이 안전하게 거래할 수 있다. 그렇게 생각했을지도 모르지만, 한 사람을 잊고 있지 않은가.

정신이 들고 보니 하마즈라는 하나의 이름을 중얼거리고 있었다.

"…시…."

전자선이나 테라헤르츠파 등 특수한 촬영 기재를 사용해 텐트의 천 너머에서도 표적을 정확하게 노릴 수 있고, 강력한 무기를 휴대하며, 스나이퍼와 완전히 같은 기술을 이용하고 목적을 위해서라면 얼마든지 잠복을 계속할 수 있는 여자가.

'어두운 부분', 그중에서도 빌어먹을 혐보성.


"베니조메 젤리피시!!!!!!"


세계 전체의 운명도, 인간 개인의 인생도 알 바 아니다.

완전히 윤리가 망가진 프리 카메라맨. 카우보이모자에 차이나 드레스 차림의 미녀는 최고의 한 장을 찍기 위해서라면 얼마든지 판을 휘젓는다.

## 제2학구 경비원 종합 초소

시라이 쿠로코
（저지먼트）（선도위원）

라호우후오카쿠
（안티스킬）（경비원）

## 제8학구 모처

오니구마
비바나
호보성

## 제7학구 모처

키노하칸라
호보성

## 제15학구 고급 호텔

카아이
하나츠유
혐보성

요우엔
하나츠유
혐보성

List of OP."Hand_Cuffs"

# List of
# OP."Hand_ Cuffs"

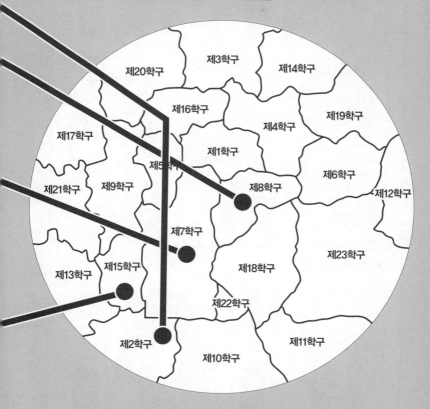

# 제6학구 유원지

시아게 하마즈라

호보성

타키코 리츠보

호보성

드렌처 키하라 리패트리

호보성

프릴샌드 #G

호보성

베니조메 젤리피시

혐보성

# 제18학구 모처

키하라 하스

혐보성

레이디버드

혐보성

List of OP."Hand_Cuffs"

# List of OP."Hand_Cuffs"

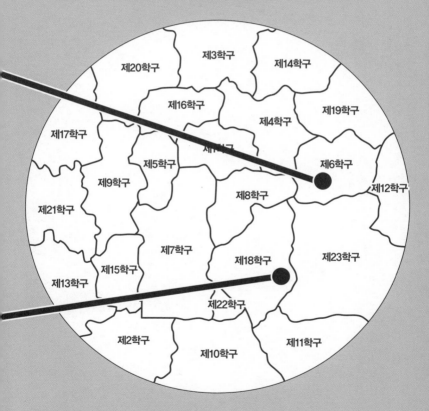

# 행간 2

"여러 가지 기능이 있어서 편리하지."

차가운 쇠창살에 몸을 기대며, 겉모습만 보면 열 살 정도의 어린 소녀가 살며시 속삭였다.

기나긴 머리카락에서 장미 향기를 흩뿌리면서, 옆방을 향해.

"뭐냐 하면, 스마트폰 이야기야. 물론 컴퓨터도 가전 제품 가게에 줄지어 있는 건 처음부터 상당히 많은 프로그램이 깔려 있겠지. 귀찮을 정도로 말이야. 그래, 스마트폰과 컴퓨터의 명암은 결국 그거라는 생각이 들어. 하나하나 매뉴얼을 제대로 읽지 않으면 사용법도 알 수 없는 컴퓨터에 비해, 스마트폰은 그냥 만져보기만 해도 쉽게 조작할 수 있거든. 이건 당연한 것 같지만 실제로는 굉장히 어려운 일이란 말이야. 고생을 보이지 않는 게 서비스를 보급시키는 요령인데."

상대 쪽에서 대답은 없다.

그러나 안나 슈프렝겔 측에 기분 상한 기색은 없었다.

그녀는 조용히 듣는 청중에 대해서는 환영한다. 참을 수 없는 것은, 이해도 하지 못하는 주제에 다 안다는 얼굴로 가로막으며 질문을 거듭하는 어리석은 자다.

자칭뿐인 유식자는 세계 전체에 있어서 암세포다.

자신이 망가진 것은 어쩔 수 없지만, 그것을 주위에 확산하는 만큼 질이 나쁘다.

"어머나. 당신한테도 남의 일은 아닐 것 같은데. 왜냐하면 당신은 물려받았잖아, 학원도시를. 여러 번 우린 차처럼 힘을 다 쓴 옛 총괄 이사장한테서 '코드' 다발을 받아 드는 형태로. 그건 어떤 하드웨어의 형태를 하고 있었을까. 후후후, 스마트폰이 아닐까?"

천천히 숨을 들이쉬고 내쉰다. 그리고 안나는 이렇게 말을 꺼냈다.

"하지만 인간의 심리란 이상하지."

아마 안나 슈프렝겔 자신도 이것만은 대답이 나오지 않을 것이다.

사람의 마음.

비합리적이고 불가사의한 움직임을 완전히 장악할 수 있었다면, 애초에 이런 짓은 하지 않았다.

"편리하고 쾌적한 것을 접하면 무심코 만만하게 보고 마는 일은 없을까? 노(no)라고는 말하지 못할 거야. 이건 통계가 실증하고 있어. 'R&C 오컬틱스'가 어째서 이만큼이나 폭발적인 유행을 이루었는지… 라든가?"

군중으로서의 덩어리를 컨트롤할 수는 있어도.

'괴물'이라는 틀에 집어넣어 인식만 할 수 있으면 얼마든지 고삐를 쥘 수 있다고 해도.

안나는 잔혹하게 웃는다.

"다만 그건 정답일까? 당신, 자신의 손안에 있는 스마트폰의 구조를 얼마나 이해하고 있어? 어째서 전화 요금과 달리 인터넷은 정액인 걸까. 바다에서도, 산에서도 그냥 연결되는 구조는? 옛날의 전화는 혼선이 있었던 모양인데, 지금은 일어나지 않는 건 어째서? 카드 사이즈의 케이스 안에서 무슨 일이 일어나고 있는 건지 아마 전부 다 이해할 수 있는 사람은 없을 거야. 인터넷 안에는 자칭 유식자가 버글거리고 있겠지. 하지만 진짜의 진짜로 '그것'을 할 수 있다면 엄청난 부를 독점할 수 있을 거야. 오히려 그런 인간은 돈이 되는 나무를 결코 겉으로 드러내거나 하지 않지."

왠지 스마트폰 한자 변환에 어느새 등록되어 있다고 하는, 키라라자카[주8].

AI 어시스턴트에게 질문하면 우주인 관련 대답에 나오는, 졸탁시안(zoltaxian)[주9].

단순한 입력 실수인지, 개발자의 소소한 장난기인지, 아니면 명확한 목적에 따라 몰래 심어놓은 기능인지. 친숙한 디바이스 내에도 이해할 수 없는 사각 지대는 존재한다.

"당신은 스마트폰의 형태로 이 도시의 모든 걸 계승했어. 하지만 기능은 몇 퍼센트 정도 장악할 수 있었을까. 뭐, 평범한 유저라면 30퍼센트만 사용해도 칭찬받을 만하지만."

새삼스러운 질문이었다.

거기에 어떤 의미가 있을까.

듣는 사람을 악몽의 세계로 끌어들이는 새까만 자장가.

가만히, 안나 슈프렝겔은 이렇게 베어 들어왔다.

"방심하고 있다간 다리가 걸린다… 는 일도 있을지도 몰라. 의외

주8) 키라라자카: 雲母坂 아이폰이나 아이패드에서 가끔 발생하는 한자 변환 버그.
주9) 졸탁시안: siri에게 '우주인은 있나요?' 라고 질문하면 나온다는 의미 불명의 단어.

로, 당신도 모르는 '미발견의 허약성'은 여기저기 굴러다니고 있을
지도 모르고."

# 제3장 학원도시 최대의 금기
## Safety_Zero, Control_Free

1

찍는다.

어떤 수단을 사용해서라도, 반드시 세기의 한 장을 이 손으로 촬영한다.

그걸 위해서는 동면 중인 곰이 계속 자고만 있어서는 재미가 없다. 벌집이 조용해서는 시시하다. 곰을 깨우고 벌집을 땅바닥에 떨어뜨려 쌍방이 힘껏 날뛰어주지 않으면 자극적인 한 장은 되어주지 않는다.

그것뿐이지만, 너무나 잘 알고 있다.

안티스킬(경비원)이나 저지먼트(선도위원)는 찾을 수 없는 사인이나 의례까지도 정확하게.

같은 냄새를 두르고, 누구도 의문을 품지 못하게 될 정도로.

베니조메 젤리피시가 지극히 뛰어난 카메라 기술을 가지고 있어도, 아무리 한결같이 특종 사진을 제공해도, 그래도 출판사에 고용되지 못하는 이유가 여기에 있었다.

도저히 바깥에 내놓을 수 없는 재능인 것이다. 그리고 그런 세계에서 살아가는 방법을 배워 나가는 사이, 그녀 자신도 이렇게 불리게 되었다. 즉, '어두운 부분'이라고.

(…이런 방식으로밖에 살 수 없는 거지, 유감스럽게도.)

단단한 눈이 달라붙은 덤불 뒤에 숨어 조립식 저격 총을 들여다보면서도, 의식을 집중시키고 있는 것은 그것과는 별개로 움켜쥐고 있는 펜 모양의 비밀 카메라다. 직업 도구인 일안 리플렉스 카메라가 망가진 것은 통한이지만, 사용하는 기술은 스마트폰의 카메라와 같기 때문에 잡지 게재가 가능할 정도의 화소 수는 확보할 수 있다. 어쨌거나 지상파 TV가 동영상 사이트에 굴러다니는 동물 영상을 그대로 끄집어내서 이어 붙여 두 시간짜리 특별 프로그램을 만들 수 있는 시대이니까.

이것이 가장 효율적인 돈벌이 방법이라고는 생각하지 않는다.

연예인, 운동선수, 정치가, 기업가. 바깥 무대의 정점에 서 있는 셀럽들이라면 지금까지도 실컷 먹잇감으로 삼았다. 돈을 버는 것만이라면 카메라 이외에도 얼마든지 방법은 있을 것이다.

(굳이 말하자면 도벽이 있는 아가씨라는 느낌일까? 사람의 인생을 전락시킨다는 스릴을 참을 수가 없어. 저쪽도 그렇게 되고 싶지 않을 테니까, 발각되면 죽기 살기로 저항할지도 모른다는 리스크도 오싹오싹하지….)

무선 엿듣기, 미행, 지도상에 그리는 표적의 행동반경 추측, 그리고 현장 잠복. 프리 카메라맨이 사용하는 기술은 도시형 스나이퍼와 비슷한 데가 있다. 카메라냐, 총이냐. 도구를 바꾸는 것만으로 쉽게 이직할 수 있다.

베니조메가 스나이퍼가 되지 않는 이유는 명백하다.

경험이 말하고 있다. 한 발의 총알 따위보다도, 한 장의 사진에 세계는 떨기 때문이다.

상층부가 두려워하는 한 장을 촬영하면 길은 열린다. 지금은 닥치는 대로 외벽을 기어오르거나 위조 여권을 손에 넣는 것보다도, 도시의 중심을 찬찬히 노려야 한다. 거기에 유일하게 안전한 '출구'가 있다.

"…그러니까 걱정하지 마, 학생 커플 두 분."

밥상은 차려졌다. 텐트에 모인 두 쌍은 서로 남남이다. 그것도 꺼림칙한 이유를 안고 위조 여권을 원하는 놈들이다. 믿었던 위조 업자가 죽어버리면 임시 균형 따위는 무너진다. 그렇게 되면 돌발적인 '폭발'의 가능성은 확 올라간다.

펜 형태의 카메라와 연동시킨 스마트폰 화면을 옆으로 눕히며 안전지대에서 입술을 핥고,

"너희들의 비극은 내가 프레임에 담겠어. 특별히, 편집장과의 거래는 끈질기게 해주지. 최대 가격으로 확실하게 팔아넘길 수 있도록 말이야☆"

모든 출판사가 프리 카메라맨으로서 멀리 떨어뜨려두고 싶은, 그러면서도 결코 배척할 수 없는 기술을 가진 카메라맨은 그 순간을 기다린다.


"어머나. 이렇게 요란하게 화약 냄새를 흩뿌려놓고서, 몸을 숨기고 자시고도 없지 않나 생각하는데요."


바로 뒤에서 들린 목소리.

해파리 비슷한 장식을 단 카우보이모자 안쪽에서 소리도 없이 눈

썹을 찌푸린다.

베니조메 젤리피시의 기술은 확실한 것이다. 그런 그녀가 손에 든 펜 형태의 비밀 카메라에 의식을 집중했다고는 해도, 그렇게 쉽게 뒤를 빼앗길 거라고는 생각할 수 없다. 정상적인 수단으로 가까이 왔다면, 이렇게 되기 전에 풀잎이나 눈을 밟는 희미한 소리를 들었을 것이다.

그것이 없었다는 것은, 상대는 애초에 정상적인 이동 수단을 사용하지 않았다는 뜻이다.

연동시킨 스마트폰의 작은 화면을 들여다본 채, 베니조메는 뒤쪽을 향해 속삭였다.

"…그만둬. '텔레포트(공간 이동)'… 야?"

"저지먼트(선도위원)예요."

찢을 듯이 서늘한 목소리가 겨울의 밤공기를 지배한다. 모든 범죄자에게 치명적인 선고가.

"레일건(초전자포)과 달리 엘레강스함이 부족하죠, 화약의 흉기는. 주위에 떠도는 화약 연기 냄새에 대해서 자세한 이야기를 여쭤도 될까요? 특히, 거기에 조립한 채 방치되어 있는 고도로 전문적인 총기와의 관련성에 대해서 말이에요."


2


탕!! 타당!! 요란한 총성이 텐트 밖에서 울려 퍼졌다.

의외일 정도로 가깝다.

"우와앗!!"

"하마즈라, 도망치자."

체육복 소녀 타키츠보가 팔을 꽉 움켜쥐었지만, 한심하게도 하마즈라는 엉덩방아를 찧은 채 다리가 풀려 있었다. 오히려 반대로, 하마즈라를 끌고 가려던 타키츠보 쪽이 되레 끌려와 쓰러지고 만다.

이렇게도 가볍다.

그리고 체육복 너머로도 알 수 있을 정도로, 부자연스럽게 뜨겁다.

"젠장⋯."

하마즈라는 눈초리에 눈물이 고이는 기분이었다.

허둥지둥 보디백을 뒤진다. '전화 목소리'는 도주용으로 여러 가지 도구를 모아두었다. 돈에 위조 여권, 그리고 응급 키트도.

"뭔가, 뭔가 조금이라도 도움이 되는 건 없는 거야?! 해열 시트든, 진통제든 좋으니까!!"

"괜찮아. 갈 길은 멀어, 약은 하마즈라를 위해서 남겨두자⋯?"

한편⋯ 이다. 도망치지도, 뒤지지도 않고, 사파리 재킷에 래시가드 등 방한 이너를 겹쳐 입은 청년은 잠시 그런 두 사람을 바라보고 있었다. '어두운 부분'의 인간이 무엇을 생각하고 있는지 하마즈라로서는 읽어낼 수 없다. 일일이 상관하고 있을 수도 없다.

그때,

『당신.』

피투성이가 된 합성 섬유의 벽 안쪽에서 무언가가 불쑥 얼굴을 내밀었다. 긴 금발을 트윈 테일로 묶은, 딱 맞는 드레스와 나풀나풀한 롱스커트 같은 얇은 천을 조합한 유령 여자. 역시 물리적인 제약따위는 없는 것인지, 방수 텐트 따위는 신경 쓰는 기색조차 없다.

『빨리 나가죠. 여기는 이제 위험해요.』

"누구 때문이라고 생각하는 겁니까, 프릴샌드 군…."

『적어도 총격전을 하고 있는 건 내가 아니에요.』

다만, 유령 여자는 그렇다 치고 청년 쪽은 물리적으로 출구를 준비해야 하는 모양이다. 하나밖에 없는 지퍼 주위는 엉덩방아를 찧은 하마즈라가 막아버렸기 때문에, 그는 그 자리에서 몸을 숙이고 텐트를 지탱하는 금속 말뚝을 하나 지면에서 뽑았다. 피투성이 천을 억지로 걷어 올리고, 청년은 이쪽을 돌아본다.

"학원도시 최대의 금기입니다."

"뭐라고…?"

"제23학구의 공항 루트를 쓸 수 없게 된다면 그쪽에 의지할 수밖에 없겠죠. 있는지 없는지도 확실하지 않은 둥실둥실한 소문이지만요. 당연히, 살아남은 '어두운 부분'은 모두 그쪽으로 몰려들 겁니다. 학원도시를 무사히 탈출하고 싶다면 조심해서 덤벼야 할 거예요."

질문밖에 할 수 없는 하마즈라에게는 청년을 붙들 만한 매력은 없었던 모양이다.

그가 텐트를 빠져나가고, 유령 여자가 피투성이 합성 섬유의 벽을 통과해 빠져나간다.

"하마즈라…."

"……."

'어두운 부분'에 한해서, 무상의 자원 봉사나 선의를 베푸는 일은 있을 수 없다. 일부러 정보를 쏟아부은 이상, 놈은 말로 하마즈라를 컨트롤하고 싶을 것이다.

하지만 그것은 무엇일까? 무엇인지 모르면 경계도 할 수 없다.

결단을 내릴 때였다.

"빌어먹을!"

"하마즈라, 왜 그래?!"

불량소년은 굳이 안전한 길에 등을 돌린다. 도망쳐 나가는 것이 아니라 텐트 쪽으로 돌아간 것이다. 생각해보면 이상했다. 위조 업자 '퍼펙트 필름(공장 부정)'은 어째서 여기에 머물러 있었던 것일까? 하마즈라에게는 하늘에서 내려온 은혜 같은 존재였지만, 그는 그대로 자신의 여권을 만들어서 얼른 비행기를 타고 도시를 나가버리면 되지 않았을까.

그렇게 하지 않은 이유는?

초조함에 쫓겨 행동하지 않아도 될 만한 '보험'이라도 있다는 것일까?

학원도시 최대의 금기.

사람, 물건, 일, 모든 것이 불명. 다만 무시할 수는 없다. 모르는 것은 정보의 정확도가 낮기 때문이 아니라, 하마즈라 측의 조사가 부족하기 때문이다.

안티스킬(경비원)과 '어두운 부분'이 충돌하는 가운데, 아무래도 하마즈라 일행에게는 아직 보이지 않는 특수 규칙의 존재가 냄새를 풍기기 시작했다. 이것은 대부호라서 혁명의 존재를 모르는 것과도 같다. 이용하느냐 이용당하느냐 이전의 이야기로, 모르는 것만으로도 치명적이 될 수 있다. 그런 기분이 든다.

리스크를 짊어지고라도 먼저 규칙을 완성해야 한다.

원하는 것은 정보.

머리가 깨진 시체가 뒹구는, 피에 젖은 텐트. 많은 공구가 있는 것으로 보아 이곳은 '일터'인 것 같지만, 여기저기 조사해보아도 가죽 수첩이나 립스틱보다 작은 메모리 같은 것은 눈에 띄지 않았다. 얼굴을 찌푸리며 시체와 마주하려고 하지만, 아무래도 구역질이 나고 만다.

옆에서 체육복 소녀가 슥 앞으로 나섰다.

타키츠보 리코는 몸을 숙이고는 옷의 주머니를 신속하게 조사하기 시작한다.

이런 부분은, 무해해도 '어두운 부분'으로서의 공기가 배어 있는 것일까.

"주머니에는 지갑 정도밖에 없는 것 같아. 어떡할 거야, 하마즈라?"

"앗, 아아…."

당연히 '체정' 관련에 듣는 특효약 따위는 없다.

있다면 '펫 브리더'에게 의지하지도 않았다.

새삼 검은 불안이 하마즈라의 가슴속에서 소용돌이친다. 신경 쓰인다. 확실히 신경 쓰이지만, 이것은 연인의 수명을 깎아가면서까지 조사할 일일까? 좀 더 달리 해야 할 일이 있지 않을까.

(…안 돼. 결정했잖아, 타키츠보의 용기를 헛되이 하지는 않겠다고. 도망치는 건 좋아. 하지만 도망치는 이유를 잊지 마! 행복해지기 위해서 도전한다. 방침은 하나야. 이것도 저것도 하면서 왔다 갔다 하다가 모든 걸 잃을 수는 없어!!)

불량소년은 고개를 가로저어 정체를 알 수 없는 현기증을 떨쳐내면서 간신히 말한다.

"텐트는 이것만이 아니야. 다른 곳도 조사해보자."

그대로 텐트의 출구로 향했다. 합리적인 한편, 쇠 비린내가 심한 밀폐 공간에 오래 있고 싶지 않다는 기분 문제도 분명히 있었던 것 같다.

그때,

"풋?!"

출구를 지나려고 하마즈라가 머리를 숙였을 때, 무언가 부드러운 것에 부딪혔다.

그것은 여자의 가슴이었다.

불량소년이 엉덩방아를 찧고 올려다보니, 긴 은발에 하카마 차림의 소녀가 왠지 양손을 허리에 대고 있었다.

"부탁한다!!"

곱슬머리는 평범하게 일본어였다.

"네가 유명한 위조 업자? 연구소가 있는 장소는 전부터 파악하고 있었어. 이쪽은 '퍼펙트 필름(공장 부정)'이 세공한 가짜 문서를 붙잡혀서 크게 손해를 봤다고. 말하자면 선불, 나는 여권을 만들어달라고 할 정당한 권리가 있어!!"

"멍청이, 저기에서 팡팡 울리고 있는 총소리가 안 들려?! 저기 있는 아저씨라면 벌써 한참 전에 죽었어!!"

"엣, 아, 꺄아아아아?! 뇌수, 머리 흐물흐물. 어째서 뜬금도 없이 나는 이렇게 호러하고 스플래터한 시공에 던져지는 거야아아?!"

맥락도 없이 찾아온 건 네 쪽이다. 하마즈라는 목구멍까지 올라온 말을 눌러두었다. 바보인데 의외로 커다란 아까운 가슴을 잘 대접받았기 때문… 만은 아니다.

…이 타이밍에 초고정밀도의 위조 여권이 필요해서 여기까지 온 인간.

마스코트 무늬의 기모노로 몸을 감싼 이 여자, 어떻게 생각해도 '어두운 부분' 쪽이다. 뒤떨어지고 멍청해도 섣불리 멱살을 잡거나 하지는 않는 편이 좋다.

"하마즈라."

"앗, 아아. 그렇지. 누가 와도 할 일은 달라지지 않아. 어쨌거나 학원도시 최대의 금기인가 하는 말에 대해서 조사해야지."

음…? 하고, 왠지 앞머리를 뭉쳐서 만든 뿔을 손끝으로 만지작거리며 하카마 소녀가 묘한 목소리를 냈다. 그게, 타키츠보의 얼굴을 응시하고 있다.

"…저기, 괜찮아? 얼굴은 빨갛고, 땀도 흘리고 있고… 그쪽 너, 상태가 이상하지 않아?"

"아니, 그건."

"잠깐 실례. 아니이… 한번 신경 쓰여버리면 안 되거든, 나는."

말하자마자였다.

말릴 새도 없었다. 처음에는 프로레슬링 기술인가 하고 하마즈라는 착각했다. 털썩 쓰러진 타키츠보의 다리에 달라붙은 하카마 소녀가 신발을 벗기고는 발바닥을 엄지로 주물럭주물럭하기 시작한 것이다.

"아갸가가가가가각?!"

"흐음, 간이나 신장은 아니군. 가슴 주변? 호흡기라기보다 순환기 계통인가…???"

대충 말한 곱슬머리 은발 소녀가 품에서 무언가 꺼냈다.

청진기였다. 하마즈라는 놀란 얼굴로,

"알아?"

"대체 뭘. 그리고 앞을 열고 가슴을 볼 건데 그쪽에 있는 저 사람은 같이 있어도 오케이인 사람이야? 안 되는 사람이야?"

"물론 오케이인 사람, 아얏?!"

움찔움찔 떠는 타키츠보에게 걷어차여 텐트 밖으로 쫓겨났다.

출입구가 샥 닫힌다.

『그럼 우선 상의를 벗고 가슴을 보여줘. 오, 의외로 섹시 계열.』

『거, 거기는 상관없잖아….』

『전문가 앞에서 괜히 센 척할 때야? 자, 숨을 들이쉬고… 내쉬고 ….』

『하아, 후우.』

『자, 댄다, 청진기. 차갑다면 미안해.』

『힝?!』

…궁금해 죽겠다. 텐트 안에서는 대체 무엇이 전개되고 있는 거지?! 안에서는 피투성이에 머리 없는 영감의 시체가 뒹굴고 있을 테지만, 이제 핑크색으로밖에 생각할 수 없어! 이거나 저거나 머릿속에서 합성되어서, 이상한 취향으로 변해버리지 않을지 불안해질 정도로 말이야!!

저 하카마 소녀는 '어두운 부분' 안에서도 호보성인 것일까.

아니아니 하고 하마즈라는 고개를 가로젓는다. 조금 상냥하게 대해주었다고 얽매이지 마, 불량의 나쁜 점이야. 바로 조금 전, 베니조메나 유령 여자한테서 무슨 일을 당했는지 벌써 잊었n

『힝. 뜨, 거워…!!』

"대체 뭘 어떻게 하면 청진기로 뜨거운 리액션이 나오는 거야 변태 의사 부에?!"

눈을 부릅뜨고 텐트 안으로 들어가니 타키츠보가 공구 상자를 집어 던졌다.

(오.)

하마즈라의 시야가 뒤집히는 가운데, 체육복을 벗고 등을 보인 연인의 등에 무언가 올라가 있는 것이 보였다. 뭉게뭉게, 담배와는 비슷하면서도 다른 불꽃이 연기를 내고 있는 것도.

(…뜸???)

잠시 후,

"우…."

밖으로 나온 타키츠보는 무표정했지만 부드러워 보이는 뺨은 펄펄 열을 띠고 있는 것 같았다. 입을 오물거리는 연인은 아무 말도 하지 않는다. 하마즈라와는 눈도 마주쳐주지 않았다.

다만, 자신의 감정에 신경을 쓸 만큼의 '여유'를 느끼게 하는 행동거지다.

"사, 살아난, 거야?"

그 하카마 소녀는 부풀어 오른 검은 보자기에 도구를 집어넣으면서 가만히 숨을 내쉬고,

"열로 혈류를 촉진해서 신경의 과잉 흥분을 차단했을 뿐이야. 근본적으로 원인을 치료한 건 아니야. 기분은 편해졌을지도 모르지만, 위험의 시그널을 차단한 거니까 무리는 하지 말도록. 한계를 착

각하면 몸은 망가질 뿐이니까."

"당신은… 대체…?"

"고문 전문가인데. 앗, 일본 쪽의. 그래서 뜸을 뜨는 것 외에 침이나 한방도 가능하거든?"

태연하게 터무니없는 말이 나왔다. 의사가 아닌 거냐?! 하마즈라는 말도 나오지 않았다. 그것도 전부 끝나고 나서… 다. 이런 점은 어디까지나 '어두운 부분'인가.

"뜸은 열을 이용해서 혈관이나 근육을 자극해 바깥에서 장기의 움직임을 컨트롤하는 학문이니까 말이지. 핏속에 있는 독소를 직접 제거하는 건 아니야. 살고 싶으면, 글쎄, 우선 인공 투석이라도 권하겠어."

투석. 몸 밖에 있는 여과 장치로 혈액을 깨끗하게 해서 다시 돌려보내는 치료법이다. 정밀도는 제쳐두고, 치료법 자체라면 도시 바깥에도 평범하게 존재하는 기술이다.

학원도시에도 있는 기술이지만, 시큐리티가 엄격해서 합법적인 병원에는 의지할 수 없다. 그렇다고 해서 뒷골목 의사에게 연인의 몸까지 맡기는 것도 내키지 않는다. 도시 바깥이라면 그럴싸하게 꾸며서 합법적인 병원을 찾아갈 수 있다.

찾았다.

변변찮은 실이지만, 연인이 살기 위한 길을.

"하마즈라, 아직 조사할 게 남아 있는 거지? 그, 아까는, 으음 변칙 때문에 중단되어버렸지만."

"앗, 아아."

"여자끼리 가슴을 드러낸 정도로 무슨 말을 하는 건지. 나보다 큰 주제에."

"한 번 더 말하면 힘껏 때릴 거야!"

그렇다, 위조 업자의 텐트는 그 외에도 몇 개 더 있었다. 주거나 창고 등 카테고리별로 나눈 것이겠지만, 바깥에서 보아도 문외한의 눈으로는 기준을 읽을 수가 없다. 닥치는 대로 열다 보니, 둥글게 뭉친 침낭 옆에 자물쇠가 달린 찬장 같은 것을 발견했다. 약간 호화로운 낚시 도구 케이스… 같은 느낌이지만 수지로 만들어진 서랍은 의외로 튼튼하다. 같은 텐트에 있던 금속제 주전자로 내리친 정도로는 부서지지 않는다.

열쇠는 어디 있을까 하는 느긋한 말을 하고 있을 수는 없었다. 총성은 지금도 계속 나고 있다. 누구와 누가 싸우고 있는지는 확증이 없고, 얇은 텐트에 유탄이 한 발이라도 날아오면 목숨이 위험하다.

하마즈라 시아게는 금속 클립을 두 개 정도 열쇠 구멍에 밀어 넣어보았지만 거기에서 얼굴을 찌푸렸다. 핀을 맞혔다는 느낌이 없다. 겉보기에는 싸구려 같은 것과 달리 상당히 특수한 아날로그 자물쇠다.

(젠장, '니콜라우스의 금화'라도 있으면….)

그 파파라치와 '상쇄'로 헛되이 쓴 것이 후회된다. 역시 생각 없이 사용하지 말았어야 했다.

그리고, 거기에서 깨달았다.

"어이, 가슴 큰 사람."

""왜?""

왠지 같이 있던 소녀가 둘 다 돌아보고 말았지만, 지금은 묘하게 경쟁하고 있는 타키츠보에게는 참아달라고 할 수밖에 없다. 하마즈라가 묻고 싶었던 것은 하카마 소녀 쪽이다.

"당신, '금화'는 갖고 있어?"

"하아, 뭐."

이야기를 하고 있자니 하마즈라 옆에서 체육복 소녀가 몸을 바싹 기댔다. 말없이 뺨이 부루퉁해져 있다. 대항하지 마! 그쪽을 선택하지 않은 게 아니니까! 하마즈라는 하마터면 집중이 끊길 뻔했다. 하카마 소녀보다 큰 듯한 체육복 소녀의 파괴력은 어마어마하다.

정신력으로 극복하는 마음으로 하마즈라는 수수께끼의 하카마 소녀와의 목숨을 건 거래에 전념한다.

"그건 쓸 수 있는 상태야?"

"헷헷헤, 나는 착실하게 절약하는 성실한 A형이니까 보시다시피… 햐아아?! 잠깐 기다려 빼앗아가지 마 내 '니콜라우스의 금화'……!!"

"이 열쇠를 열어, '니콜라우스의 금화'!!"

뭔가 우당탕퉁탕하는 사이에 여러 가지로 옷깃이 벌어진 하카마 소녀를 밀쳐내고, 하마즈라 시아게는 소리 높여 고함쳤다.

찰칵 하는 소리와 함께 하마즈라는 서랍을 기세 좋게 연다.

안에 있던 것은 카드 사이즈의 하드디스크다. 물론 이것만으로는 내용물은 볼 수 없다. 의외로 인터넷에서 주운 야한 동영상이나 링크를 모아놓은 것인지도 모른다. 다만 하마즈라는 플라스틱 표면에 붙어 있던 글자 테이프의 임팩트를 믿기로 했다. 글자는 딱 세 개다.

『목숨줄』.

"이건가…!!"

아무것도 없는 것보다 낫다. 우선 움켜쥔다. 타당!! 총성이 아까보다도 가까이에서 들려왔다.

이쯤이 한계다.

"하마즈라, 도망치자."

"그래!!"

그때.

왠지 기모노 안쪽에서 붉은 비닐 테이프? 의 광택을 번득이면서, 두 개의 뿔이 달렸는데도 조금도 박력이 없는 은발 소녀가 훌쩍거렸다.

"후에엣…. 나는 지금까지 이렇게 참아왔는데, 어째서 빼앗길 때에는 늘 한순간인 거야아…???"

웃 하고 하마즈라의 움직임이 잠시 멈춘다. 엄청 거북하다. 그녀에게는 타키츠보의 괴로움을 완화해주었다는 빚도 있다. '어두운 부분'이라면 버리고 도망치는 것이 정설일 것이다. 하지만 그래도 되는 것일까, 베니조메나 유령 여자를 보아도 '남의 말은 할 수 없는' 위치까지 스스로를 떨어뜨리는 것이 정말로 정답일까.

옆에 선 연인에게 얼굴을 들 수 있을까?

"하마즈라."

"에에엣!! 어쩔 수 없잖아. 하드디스크도 포함해서 두 번이나 '빚'을 져버렸으니까!! 이봐, 당신, 빨리 이리 와! 죽고 싶지 않으면!!"

"뭐…… 어어? 이번에는 어떤 덤불로 끌려들어가는 거야, 나아아?!"

엉뚱한 우는소리를 하는 소녀와 타키츠보 리코의 말없는 시선 사이에 끼어, 하마즈라는 텐트들로부터 조심조심 멀어진다.

위조 여권이나 제23학구의 공항은 가능성이 끊겼다.

마지막 희망은 하나.

학원도시 최대의 금기인지 뭔지뿐이다.


3


시라이 쿠로코는 짧게 텔레포트(공간 이동)를 되풀이한다.

그러나 공격의 정신이 아니라 견제를 위해서다. 지금도 눈이 따끔거렸다.

(설마, 돌아보는 것과 동시에 카메라의 플래시를 사용할 줄이야….)

부끄러운 생각이지만, 얼굴에 드러내어서 이득을 볼 일은 없다. 냉정하게 회복될 때까지의 시간을 계산한다.

(앞으로 5초!!)

시야가 원래대로 돌아온다.

연속적으로 텔레포트(공간 이동)를 사용하는 시라이 쿠로코는, 자락 하는 소리로 발치의 감촉이 바뀐 것을 눈치채고 있었다. 반쯤 굳은 눈만으로 이런 소리는 나지 않는다.

원래 구역 전체가 거대한 유원지로 되어 있는 제6학구 안에서도 시크릿 레지던스라는 일그러진 고급 주택가다. 줄줄이 늘어선 대저택은 어느 것이나 영화나 동화의 무대를 그대로 재현하고 있는 듯하고, 부지를 넘을 때마다 풍경이 완전히 바뀐다.

자갈에 대나무 숲, 찻집의 긴 의자에 커다란 붉은 우산. 그러나 아무래도 단순한 일본풍 저택이라는 것도 아닌 것 같다. 가장 눈에 띄는 것은 너덜너덜한 도리이(주10)와 지붕도 없는 무인 역. 자갈이나 잡초로 녹슨 선로가 메워져버린 역의 플랫폼에는 녹슨 간판이서 있다. 거기에는 이렇게 적혀 있었다.

경이계역(京異界驛).

(대체 어떤 영화의 무대인 건지.)

마스코트계 3D 영화라면 의외로 미코토가 잘 알 것 같은데. 시라이 쿠로코가 다른 좌표로 날아간 직후, 바콩!! 금속질의 이상한 소리가 울려 퍼졌다. 녹슨 간판에 엄지보다 굵은 구멍이 생긴다. 애초에 3차원적인 제약을 무시하고 자유자재로 암기를 쏘는 시라이가 이렇게까지 장시간 싸우고 있는 것 자체가 이질적이기는 했다. 시라이 쿠로코는 상대가 어떤 그늘에 숨어 직선적인 사선(射線)을 차단해도 공간을 가르고 직접 금속 화살을 박아 넣고, 게다가 필살의 일격은 모든 장갑(裝甲)의 강도를 무시하고 확실한 대미지를 준다.

그럼에도 불구하고… 다.

"하핫."

들린다. 카우보이모자에 차이나 드레스. 카메라를 저격 총으로 바꾸어 든, 어둠에 삼켜진 언론인의 어두운 웃음이.

"하하아하하!! 굉장해. 굉장해. 필살이라는 건 거리와 각도를 타이밍으로 확정하지. 그만둬. 벌써 세 번은 세팅이 완료되었는데 이 내가 아직 결정적인 순간을 포착하지 못하다니, 너, 재능이 있어. 하지만 조심해. 도망치는 사냥감을 보면 뒤쫓고 싶어지는 건 들개만이 아니거든!!"

"당신…!!"

"유감이네. 내가 뒤쫓는 쪽이고, 네가 쫓기는 쪽. 그 뛰어난 재능

주10) 도리이: 신사 입구의 문. 좌우 두 개의 기둥에 나무를 얹어 기둥을 연결하는 형태로, 이 문을 지나면 신의 영역에 들어서는 것이라고 한다.

인지 뭔지는 결국 이 구도를 무너뜨릴 정도는 아니야."

짧게 텔레포트(공간 이동)를 되풀이하는 시라이 쿠로코와 일정한 거리를 두고 그 그림자는 나란히 달렸다.

트윈 테일의 소녀는 아슬아슬한 슬릿에서 튀어나온 가느다란 다리를 노리고 여러 개의 금속 화살을 한꺼번에 쏘지만,

"안이해."

"큭!!"

바치치치치치칙!! 낙뢰 같은 섬광이 1초 동안 수십 번이나 이어졌다. 오감이 흐트러지고, 올바른 좌표를 놓친다.

카메라의 플래시 장치다.

여기저기 경량화되어 배꼽까지 비쳐 보이는 차이나 드레스지만, 의외일 정도로 도구를 숨기고 있다. 이것도 볼트 액션식 저격 총과 조합하면 무시할 수 없다. 페인트로 타이밍이 어긋나면 끝장, 텔레포트(공간 이동)를 할 새도 없이 공기를 찢는 탄환에 급소를 맞고 만다. 게다가 광원을 향해 반격하면 맞힐 수 있는 것도 아니다. 놈은 접고 있던 반사판을 여기저기로 던져 빛의 반사까지 이용하고 있다.

자연히 엉거주춤한 태도가 되는 시라이지만, 이유는 그것만이 아니었다.

(어떻게든 해서….)

이를 간다. 이 초조함은 절대로 용의자 측에 알려져서는 안 되는 감정이다.

(어떻게든 해서, 톱니바퀴가 망가지기 전에 이 녀석을 붙잡아야 해요. '어두운 부분'인지 뭔지 모르겠지만, 이대로는 또 피의자 사망

으로 서류 송검이라는 결과가 될지도 몰라요! 그러면 언니한테 얼굴을 들 수가 없어요!!)

화려한 붉은색 차이나 드레스가 오래된 나무 가로등에 철사로 비끄러매어진, '행방불명된 사람을 찾고 있습니다'라는 세로로 된 길쭉한 금속 간판 뒤로 뛰어들었다.

자연히 시라이의 시선은 놈이 나올, 간판의 반대쪽 끝으로 미끄러지지만,

(당했….)

깨달은 직후, 요란한 총성이 작렬했다.

얇은 간판을 뒤에서 관통하고 라이플 탄이 돌진한 것이다.

순간적으로 몸을 비틀어 피하려고 한 시라이였지만, 타이밍이 어긋난 이상은 이미 늦었다. 교복 천이 터지고 옆구리에 타는 듯한 아픔이 뚫고 지나간다.

"우우욱?!"

"체엣. 그만둬. 부푼 교복을 찢은 정도인가. 6.7밀리고 직격했다면 피부에 스친 것만으로 내장 정도는 한꺼번에 뜯겨 나갔을 텐데."

간판 뒤에서 카우보이모자를 쓴 여자가 천천히 나왔다. 엄폐물 뒤에서 쏜 일격이었는데도 엄청나게 정확하고 인정사정이 없었다. 아무래도 마이크로파나 테라헤르츠파나, 어쨌든 보통의 빛과는 다른 방법으로 피사체를 포착하는 렌즈나 장치를 병용하고 있었던 모양이다. 쓰러진 채 금속 화살을 날리려고 하는 시라이 쿠로코를 향해, 여자는 방심하지 않고 거리 측정용 레이저로 눈을 못 쓰게 만들면서,

"너랑 똑같아☆ 저지먼트(선도위원)가 수갑을 사용해서 정의의

마음을 채우는 것과 마찬가지로, 나는 카메라의 매력에 충동질당하고 있어."

"당신…."

"단 한 장의 사진이 세상을 바꿨어."

맞지 않는다.

똑바로 이쪽으로 걸어오고 있을 텐데, 플래시나 레이저 때문에 시라이의 망막에 몇 개나 되는 강렬한 잔상이 달라붙어 있다. 그 때문에 금속 화살의 조준이 빗나가고 만다.

"SNS의 임시 계정에 살짝 올린 정도로, 눈앞에 펼쳐진 잘못은 정화되었지. 방금 전까지 중심에 서서 영문을 알 수 없는 말을 외치고 어떤 폭력이라도 허용된다는 낯짝을 하고 있던 누군가는, 전 세계에서 얻어맞고 목을 맸어. 빠져들 만도 하지, 그런 거. 때려도 걷어차도 꿈쩍도 하지 않는 벽을 부수는 방법이 있다는 걸 알면, 셔터 버튼에서 손가락을 뗄 수 없게 되는 게 당연하잖아."

달칵 하는 금속음이 있었다. 카우보이모자에 차이나 드레스 차림의 여자는 쓰러진 시라이 쿠로코의 코끝에 저격 총의 총구를 들이대고 있었다.

"…당신의 그건, 정의의 마음을 채운다고는 말할 수 없어요."

"헤에."

"인터넷에서 핫해지고 SNS에서 얼굴도 모르는 동료에게 둘러싸이면 그게 정의라고요? 그런 건 작은 괴롭힘의 틀을 큰 괴롭힘의 틀로 바꾼 것뿐이에요. 생각했던 것보다 편하게 복수가 성공해버려서 필요 없는 행복감에라도 휩싸였나요? 하지만 당신의 기쁨은, 당신이 미워한 사람과 같은 기쁨일 뿐이에요…."

"너, 재미없네. 그만둬. 어디에서 잘라도 청렴결백하다니 그런 건 인간이 아니야. 마네킹 이하의 무기물이지."

그래서 리얼리티를 느끼지 않는 것일까.

방아쇠에 걸린 손가락에 망설임이 있는 것처럼은 보이지 않았다.

삐걱 하는 소리가 난다.

다만 의아하다는 얼굴을 한 것은 카우보이모자의 단발 여자였다. 삐걱. 어떻게 생각해도 지금 그것은 방아쇠를 당기는 소리가 아니다. 애초에 여자는 아직 방아쇠를 당기지 않았다.

"?"

그럼 지금 그 작은 소리의 정체는 무엇이었을까.

저격 총을 들이댄 채 여자가 눈알만 옆으로 움직이자.

바로 옆의 흙벽이 기세 좋게 뚫렸다.

어깨로 돌진한 것은 중량 100킬로그램을 가뿐히 넘는 근육 덩어리였다.

팔등신을 훌쩍 뛰어넘었다.

여기저기에 깊이 고랑이 새겨진 두툼한 근육 덩어리는 그 자체가 무거운 갑옷 같았다.

얼굴만 바코드 머리에 안경이었다.

"오⋯."

카메라맨과 스나이퍼는, 사용하는 기술은 동일하다.

풍경을 이용해 녹아들기 위해 최적화된 극악 파파라치는, 그렇기 때문에 더더욱 지형 전체를 무너뜨리며 덮쳐드는 적대자에게는 무방비했던 것인지도 모른다.

"오오오오오오오오오오오오오오오오오오오오오오오오오오오오
오오오오오오오오오오오오오오오오오오오오오오오오오오오오
오오오오오오오오오오오오오오오오오오오오오오오오오오오오
오오오오오오오오오오오오오오오오오오오오오오오오오오오오
오오오오오!!!!!!"

아저씨의 기관차 같은 고함과 함께, 무언가가 찌그러지는 소리가 작렬했다.

여자가 순간적으로 저격 총을 치켜든 것은 라이플 탄으로 영격할 생각이었던 것일까. 아니면 단순히 단단한 금속으로 자신의 몸을 지키려고 한 것일까.

기역자로 꺾인 저격 총이 안쪽에서 폭발했지만, 라쿠오카 호우후는 신경 쓰지 않았다.

그대로 어깨부터 쑤셔박는다.

대형 덤프에라도 치여 날아간 것 같았다. 카우보이모자에 차이나 드레스 차림의 여자는 5미터 이상 허공에 내던져진다. 장식물인 벽에 등부터 격돌해, 그대로 움직이지 않게 되었다.

"괘, 괜찮으세요, 시라이 씨?! 이 사람 '어두운 부분'이에요. 베니조메 젤리피시. 본인에게 자각은 없고, 정의의 편에서 '어두운 부분'을 뒤쫓고 있다고 생각하는 것 같지만요."

"그게, 누구?! 뭐예요, 이거. 빨간색 도깨비???!!!"

"아, 이거요?"

한순간 일본풍 호러 역에 설치되어 있는 전기 구동 종이인형인가 하고 의심까지 한 시라이 쿠로코였지만, 머리 부분은 어떻게 보아도 그 아저씨다.

그리고 보고 있는 앞에서 울퉁불퉁한 몸이 쪼그라들었다. 풍선의 입을 벌린 것 같았다. 순식간에 평소의 아저씨로 돌아간다. 옷은 갈 기갈기 찢어져 있었지만 조금도 기쁘지는 않았다.

"일종의 소화 효소를 이용해서 근섬유 다발을 늘린 거예요. 뭐, 겉모습상의 문제고, 실제로는 지금 있는 다발을 세로로 찢은 것에 지나지 않지만요. 근육의 총량은 다르지 않을 테지만, 섬세하게 움 직일 수 있는 만큼 낭비가 없어지는 모양이더라고요."

"……."

"학원도시의 기술이라면 인공적인 지방을 주입해서 자유롭게 체 형을 바꾸는 데까지는 실용화되었으니까요. 요즘은 근필라멘트 연 구까지 발을 들여놓은 모양이에요. 아아, 하지만 이거 할 때마다 방 탄복이 찢어져버리네요. 또 비품 관리 아주머니한테 혼나겠어…."

"그 회사의 노예 같은 생각…. 저, 정말 라쿠오카 선생님인 것 같 군요. 하지만 이건 대체…."

시라이는 자신의 상처를 확인하는 것조차 잊고 있었다. 근필라멘 트의 분할 관리 기술. 어떻게 생각해도 평범한 안티스킬(경비원)에 게 지급되는 장비라고는 생각할 수 없다. 그에 대해 아저씨는 수줍 은 듯이 자신의 머리를 긁적이고 나서, 허둥지둥 바코드 머리를 손 질하기 시작했다.

"안티스킬 어그레서."

전투의 엘리트.

누구에게서도 동경받는 일이 없었던 중년 남자는, 누구나 될 수 있는 것이 아닌 장소에 서 있었던 것이다.

"으음… 본래 같으면 '흉악범 역할'로 훈련소를 뛰어다니는 역할이에요, 저."

4

독살스러운 화학 약품 얼룩으로 채색된 하얀 가운을 입고 나서 두꺼운 의료용 코르셋으로 허리를 조이자, 하나츠유 카아이의 어린 소녀치고는 언밸런스하게 커다란 가슴이 코르셋 위에 얹혔다. 그리고 머리 옆에 건 가스마스크. 전체적으로 축제일을 즐기는 유카타 차림 같은 실루엣을 만든 소녀는 양손을 치켜들고서 등을 폈다. 풍만한 덩어리가 디용디용 흔들린다.

"응우… 웃…!!"

쌍둥이는 말한다.

"온몸 구석구석까지 한껏 더러워지고 싶은데, 효소 목욕으로 피부는 매끈매끈해져버린단 말이지이…. 아아, 세상이란 마음대로 안 돼."

"머리가 아파…."

'매개자'가 자신의 손끝으로 관자놀이를 꾹꾹 누르는 가운데, '분해자'는 제멋대로 제안한다.

"그럼 슬슬 시작할까, 요우엔."

"그러게, 카아이."

'매개자' 또한 처음부터 학원도시 최대의 금기인지 뭔지에는 흥미가 없다.

다가오는 자는 모두 뭉갠다.

'어두운 부분'이라는 웅덩이 속에 몸을 두면서, 모든 것을 끊임없이 변화시키기 위해 행동한다. 안티스킬(경비원)이나 저지먼트(선도위원)가 어둠의 밑바닥으로 뛰어든다면, 갈아 으깨서 비료로 바꿀 뿐.

틀림없는 혐보성은, 도망치는 것이 아니라 자신이 있을 곳을 지킨다. 학원도시를 파괴하고 너덜너덜한 균열투성이로 만들어서라도 자신이 숨을 어둠을 만든다.

"어디서부터 하지이?"

"눈에 띈 곳부터."

5

어쨌든 제6학구를 나가자.

이야기는 그렇게 되었지만, 하마즈라 시아게는 슬슬 거친 숨을 내쉬고 있었다. 달리기 위해 움직이고 있던 다리가 마침내 멈추고 만다.

숨이 가쁜 주제에 고함칠 기운은 있는 모양이다.

"히이, 하아. 너, 너무 넓어, 제6학구!!"

"어쨌든 작은 도시만큼은 되니까, 이 유원지. 역시 카트라도 빌리는 게 좋았으려나아?"

반쯤 굳은 눈 때문에 평소 같은 컨디션이 안 나오는 건지도… 라고도 생각했다. 다만 하마즈라와 타키츠보보다 훨씬 달리기 어려워 보이는 옷차림을 하고 있는 하카마 소녀 쪽이 태연하다.

"하마즈라."

연인이 그렇게 불러서, 하마즈라는 순간 구석 쪽으로 바싹 붙었다. 바로 옆을 몇 명의 안티스킬(경비원)이 가로지른 참이었다. 크리스마스의 인파가 없었다면 눈과 눈이 마주쳤을지도 모른다.

체육복 너머로도 알 수 있을 정도로 타키츠보의 체온은 높다. 너무 높다. 아픔이나 고통에 대해서는 뜸으로 어느 정도는 억누를 수 있다고 해도 역시 근본적인 치료는 되지 않은 것이다.

그리고 그들이 몸을 숨긴 곳은 큰길 좌우에 늘어서 있는 노점상인 것 같았다.

영업용 미소가 의아함으로 바뀌려 하고 있는 점원이 신고하지 않도록, 하마즈라는 무엇을 팔고 있는지도 보지 않고서 지갑을 꺼내고 만다. 나온 것은 종이 접시 위에 쓰러뜨린 튜브 같은 도넛에 생크림을 산더미처럼 얹은 과자. 그 유행하는 도넛이었다. 게다가 유원지 가격. 가능한 한 지출은 줄이고 싶었던 하마즈라지만 3인조가 도넛 하나뿐이라면 너무나 부자연스럽다. 결국 울며 겨자 먹기로 세 개나 구입하는 처지가.

"아아… 몸에 스며든다아…. 확실히 몸에 나쁜 짓을 하고 있겠지만, 지친 몸에는 못 참겠어☆"

하카마 소녀가 스푼을 이용해 생크림의 산을 무너뜨리면서 그렇게 웃었다.

역시 이 녀석은 호보성인 것일까?

하마즈라로서는, 등산가가 가당 연유 튜브를 즐겨 가지고 다니는 것과 같은 거라 믿기로 했다. 그러지 않으면 달콤함의 극치 같은 과자에 맞설 수 없다.

"후우…."

가끔 무거운 숨을 내쉬고 있지만 타키츠보도 입맛 자체는 있는 모양이다. 인공 투석. 바깥의 병원에서도 가능한 기술로 완화시킬 수 있을지도 모른다. 여기에서 포기할 수는 없다.

『어어… 거짓말이지이? 그런 마스코트 본 적 없다고.』

『거, 거짓말 아니야. 나, 하얀 장수풍뎅이를 탄 금발 여자를 봤는 걸! 틀림없이 크리스마스만의 비밀이 있는 거야!!』

살짝 신경 쓰이는 말도 있었지만, 하마즈라가 고개를 돌려도 목소리의 주인은 혼잡에 섞여들고 말아서 이미 보이지 않는다.

"그런데 지금부터 어떻게 할 거야…?"

"도망칠 건데."

단호하게 잘라 말한 마스코트 무늬 기모노 차림의 소녀는 낙천가일지도 모른다.

하마즈라는 가만히 숨을 내쉬고,

"그러니까 구체적으로 어디까지? 학원도시 최대의 금기였나. 그것도 구체적으로 뭔지 모르잖아."

주머니 안에는 '퍼펙트 필름(공장 부정)'의 텐트에 있었던 카드 사이즈의 하드디스크가 있다. '목숨줄'이라는 글자 테이프가 붙어 있는 것이다. 다만 데이터 전송이나 암호 해독에 대해서 서포트 AI 아넬리의 의견은 부정적이었다. 스마트폰 화면에 엄청 마이너한 공작 사이트를 표시한다.

"특수한 드라이버???"

새삼 하드디스크를 뒤집어서 보니 확실히. 알기 어려운 측면에 몇 개인가 작은 나사가 끼워져 있다. 십자나 일자가 아닌, 눈의 결정을 일그러뜨린 것 같은 상당히 특수한 디자인이다.

게다가 손으로 돌리는 것이 아니라 미세한 초음파 진동을 쬐어서 나사를 푸는 방식인 모양이다.

과연 이것은 본 적도 없다.

"…시판되는 스마트폰 정도라면 뒷골목에서도 여는 놈이 있었지만, 그런 차원이 아니라고. 이건…."

해독을 하려면 우선 이것을 열어야 하는 모양이다. 기판에 특수한 물리 스위치가 있어서, 스위치를 바꾸지 않고 해석 작업을 시작하면 내용물인 데이터가 복구 불능 형태로 통째로 삭제되고 마는 모양이다. 당연히 공구는 아무 데서나 파는 것도 아니다. 쉽게 손에 들어오지 않는다는 것은, 갖고 있는 사람에게도 보물일 것이다. 숨어 들어가서 빌리려고 하면 틀림없이 싸움이 날 것이다.

"제23학구로 가보면?"

메이플 시럽에 절어버린 도넛 본체를 스푼 가장자리로 가르면서 곱슬머리 은발의 하카마 소녀는 쉽게 말했다.

믿을 수 없는 얼굴로 하마즈라는 은발 소녀의 얼굴을 다시 보았다.

"아까 그거 못 봤어…? 위조 업자는 베니조메인가 하는 파파라치한테 한 발 맞고 머리가 날아갔잖아?! 이제 여권은 손에 넣을 수 없어, 여객기에는 가까이 가기만 해도 안티스킬(경비원) 대군단에게 붙잡히고 말 거야!!"

"별로 비행기가 목적은 아니라니까."

앞머리를 뭉쳐서 만든 두 개의 뿔을 흔들다시피 하며 하카마 소녀는 어깨를 으쓱했다.

"학원도시는 대량 소비형 커뮤니티야. 재활용에 대해서도 상당히 힘을 쏟고 있지만 그래도 100.0퍼센트는 될 수 없어. 그럼 쓸 수 없게 되는 부분에 대해서는? 설마 벽으로 둘러싸인 제한된 토지 안에서 매립하고 있다고는 생각하지 않겠지."

"아."

"하늘길인 제23학구와 육로인 제11학구, 두 개의 현관은 인접해 있어. 그 경계에 걸치듯이 거대한 임시 보관고가 있지. 즉 쓰레기의 산. 도시 광산이던가? 어쨌든 전자계 쓰레기의 산을 노리고 주워서 돈으로 바꾸는 사람들이 꽤 드나드는 모양이던데. 들은 이야기로는 버려진 컴퓨터에서 데이터를 뽑아내는 놈들도 드물지 않은 것 같고. 하드웨어를 비틀어 열기 위한 특수한 공구에 대해서도 잘 알 것 같은데."

"……"

"그래, 그래. 상상하는 대로. 물론 십중팔구 싸움이 날 거야. '고물장수'의 입장에서 보자면, 그런 장사를 하고 있다는 게 알려져버린 것만으로도 디메리트니까. 다만, 그들은 비즈니스니까 군자금에 따라서는 원만하게 끝낼 수 있을지도. 고마운 손님으로서 말이지?"

6

회색의 쇠로 된 산이었다.

같은 눈높이에 있는 창은, 실제로는 3층 이상의 높이일 것이다. 본래의 공사용 철판으로 만들어진 칸막이는 무너지고, 아스팔트 도로에까지 대량의 고철이 쏟아져 나왔다. 그런데도 방대한 장애물은 철거되지 않을 뿐만 아니라, 차례차례 덤프카가 들어온다.

몰락한 모습… 이었다.

학원도시에서 생겨난 쓰레기는 주로 제23학구의 공항이나 제11학구의 트럭 기지에서 밖으로 흘러나가도록 구조는 만들어져 있지만, 당연히 테크놀로지의 유출을 피하기 위해 '조치'는 이루어져야 한다. 쓸모없는 쓰레기를 버리기 위해 더욱 막대한 비용을 투입하는 현자가 얼마나 있을까? 보류 중이라고 하고 끊임없이 방치되는 쓰레기는 날이 갈수록 늘어나고 있었다.

그렇기 때문에 더더욱… 이다.

『선생님.』

사막처럼 크게 넘실거리는 쓰레기의 산 속에, 그런 소녀의 목소리가 있었다.

기나긴 진홍색 머리카락에 오렌지색과 검정색이라는 해충 같은 색깔을 한 경기용 수영복 비슷한 복장. 양쪽 어깨에는 스마트폰, 허벅지의 벨트에도 돌돌 만 실리콘 키보드나 방전 기계유 병이 꽂혀 있었다. 둔하고, 날카롭고, 여러 가지 금속이 튀어나와 있는 쓰레기의 산 안에서도 그녀는 맨발이었다.

레이디버드라고 불리는 안드로이드였다.

이마에는 작은 상처가 있었다. 몇 밀리 정도의 것이지만, 인간과 달리 자연 치유는 되지 않는다.

『이쪽 루트를 통과하면 산은 무너지지 않아. 하지만 오늘은 눈이 있으니까 주의해.』

"이런 이런, 자신의 은거지인데 오가는 것만으로도 목숨을 거는군. 그건 그렇고 오늘은 춥구나. 늙은 몸에는 힘들어."

『냉각 효율은 좋아졌어.』

허벅지에서 병을 뽑아 입에 머금으면서 소녀는 무표정하게 중얼거렸다.

레이디버드의 의류는 공기 저항이나 내폭(耐爆) 성능 등은 2차적이다. 반대로 말하자면, 2차인데도 그만큼 한다는 뜻이기도 하지만. 가장 큰 역할은 기체의 방열 성능을 돕는 것이다. 입어서 식힌다는 사고방식 자체가, 애초에 인간이 의복을 추구하는 목적과는 크게 다르다.

성냥개비처럼 야윈 노인이 자신의 허리 뒤를 두드리면서 말했다.

"너는 조금만 더 애교를 배우는 게 좋겠구나."

『애교.』

파직 하고 레이디버드의 기계적인 눈동자 안에서 별이 춤추었다. 노인은 가만히 숨을 내쉬며,

"눈 속에 별은 좋아. 하지만 입가에서 침을 흘리는 건 그만둬."

『불가사의한 평가, 불필요한 기능이라면 처음부터 장착하지 않으면 돼. 응… 우….』

기계치고는 드물게 목소리가 늘어진 것은 귀에 이상이라도 있기 때문일까. 마치 수영장에서 놀고 난 여자아이처럼 머리를 옆으로 기울이고 귀에 손을 댄 채 한쪽 발로 콩콩 뛴다.

주르륵. 귓구멍에서 검은 점액이 흘러나왔다.

"레이디버드 군, 유지 보수는 연구실에 돌아가고 나서 하지."

『알았어.』

"인공적인 유령… 이라. 생각한 것 이상으로 궁합 문제가 생기는군…."

자기 진영의 대미지를 이해하면서도 노인은 어딘가 즐거워 보인

다.

레이디버드는 어딘가 먼 곳으로 시선을 보내, 가스마스크에 레인코트를 입은 남자들을 바라본다. 옆으로 눕혀서 자그마한 엉덩이 위에 고정한 산도(山刀)를 검집에서 뺄 정도는 아닌지.

『또 '고물장수'가 왔어.』

이렇게 되면, 그들은 호보성이냐 혐보성이냐 하는 이야기는 나오지 않는다.

애초에 그런 분류에 의미는 없다.

키하라는 키하라로 완성되어 있다. 그런 것도 모르는 바깥 세계의 인간이 멋대로 정한 카테고리에서 얻을 수 있는 것은 아무것도 없다.

최근에는 '어두운 부분' 근방까지 이런 용어가 침투해 있는 모양이지만, 아마 위험한 약물이나 보이스피싱과 마찬가지로 뒤쫓는 쪽이 차례차례 바꾸는 이름에 쫓기는 쪽까지 성실하게 개명해주는 현상과 비슷할 것이다.

"냉장고든 세탁기든, 그들은 산속에서 필요한 것만 손에 넣으면 위해는 가하지 않아. 괜히 큰 사건이 일어나버리면 오히려 순찰이 강화되고 마니까. 자신의 비즈니스를 지키기 위해서 영역도 지켜주지."

『……』

안드로이드는 어렵다는 얼굴을 하고 주위를 둘러보았다. 산이 하나 무너진 것만으로 인간 정도는 통째로 삼켜질지도 모르는 고철의 집합체. 도저히 케어받고 있는 것처럼은 보이지 않는다. 대체 어디에서 뽑아 온 것인지, 노란색 마름모에 『!』의 도로 표식이 비스듬하게 꽂혀 있는 정도였다. 소위 말하는, 그 외의 위험이 있으니 주의.

하지만 거기에 가치가 있다. 얼핏 보면, 설령 빈틈이 있어도 무턱대고 몸을 끼워 넣고 싶다고는 생각하지 않을 것이다. 쓰레기의 산은 위장으로 기능하고 있다. 레이디버드는 단단해진 눈을 치우고, 가까이에 있던 손잡이를 움켜쥐고 난폭하게 열어젖혔다.

그것은 문이었다.

엄밀하게 말하면 금속 컨테이너의. 가전 쓰레기의 산에 묻혀 있어서, 바깥에서 보아도 네모난 상자가 있는 것을 눈치채는 사람은 없다. 안쪽에는 내려가는 계단이 있고, 내려가면 복잡하게 얽힌 비밀 기지가 기다리고 있다.

"레이디버드 군, 발."

『발 닦는 매트 정도로는 유효한 세정 효과를 얻을 수 있을 거라고는 생각하지 않아.』

불평은 있었지만, 소녀는 맨발의 발바닥을 두꺼운 천에 문질렀다.

자.

피라미드처럼 여러 개의 컨테이너를 쌓아 올린데다 금속 벽을 도려내 거대한 연구실을 구축했다는 것을 누가 알 수 있을까? 쓰레기의 산을 파 들어가 컨테이너를 하나하나 메워 넣다 보니, 어느새 광대한 미로가 생겨나고 만 것이다. 마치 쇠로 된 개미집 같다.

"레이디버드 군."

『이거.』

소녀가 한 손으로 가지런히 자른 앞머리를 들고 이마의 상처를 보여주자, 노인은 튜브를 짜서 손끝에 얹었다. 그것으로 피부의 상처를 문질러 칠하고 나서, 벌어지지 않도록 가느다란 종이테이프를 붙인다.

산도를 허리 뒤의 겹집째 풀고는 두꺼운 칼날을 전용 스탠드에 꽂고, 내용물이 줄어든 방전 기계유 병을 사이드 테이블에 놓고서, 레이디버드는 조정용 진찰대에 엎드려 눕는다. 쇠 비린내 나는 공기를 크게 들이마신다. 본래 같으면 호흡도, 눈 깜박임도 필요 없지만 그대로 눈을 감는다.

『…편안해져.』

"여기는 전파가 차단되어 있으니까. TV에 라디오, 휴대전화에 전자레인지, 정체를 알 수 없는 도청기나 리모컨식 장난감까지. 도시는 온갖 다양한 전파가 날아다니고 있으니까 너한테는 숨이 막히겠지."

노인은 대충 말하면서 소녀의 경기용 수영복을 입은 등에 손을 댔다.

X자로 교차하는 밴드의 중앙에 쇠로 된 잠금 장치가 있었다. 주름진 손가락 하나로 잠금쇠가 풀리고 가냘픈 소녀의 등 전체가 드러나지만, 레이디버드는 꼼짝도 하지 않는다.

"끙차."

실내에 들어왔기 때문인지 엔지니어용 장갑을 벗은 노인은 눈부신 피부에 무선 전극을 몇 개 붙였다.

이어서 마른 나뭇가지 같은 손이 양쪽 겨드랑이에서 아무렇게나 수영복 같은 섬유 속으로 들어가 배나 얄팍한 가슴에까지 뻗는다. 안색 하나 바꾸지 않고 유지 보수를 계속하면서도, 키하라라고 불리는 노인 쪽은 가만히 한숨을 쉬었다.

질척질척한 혐보성인 주제에.

아니, 바깥 세계의 인간이 바깥에서 바라보며 결정한 구분에 의미 따위는 없을까.

'키하라'는 말한다.

"…내가 해놓고 뭣하지만, 역시 여자 직원을 고용해야 해."

『의미가 없어.』

빠른 말투로 가로막혔다.

그쪽의 흐름에 끌려 들어가고 싶지 않다. 그런 거부 의사가 느껴지는 레이디버드의 말이다.

"여러 가지가 손끝에 닿아서 진정이 안 되는데."

『불필요한 부품이라면 장착하지 않으면 될 텐데.』

처음 하는 논의는 아니었다.

『기계제품을 인간처럼 다뤄봐야 퍼포먼스가 떨어질 뿐. 나는 제로부터 조립된 안드로이드니까. 유지 보수 요원은 기계로 취급해주는 인재 쪽이 고마워. 그리고 실제로, 개발자인 선생님 이상의 인재는 존재하지 않는다고 판단할 수 있어.』

"상관은 없지만."

『위조 여권은 구하지 못했어. 그렇다면 다음은 긴 여정이 될 거야. 선생님, 꼼꼼하게 보수 점검을.』

노인은 소녀의 수영복에서 양손을 빼내고는, 오른쪽 어깨의 밴드에 장착하고 있던 스마트폰을 뽑아 작은 화면을 조작해 실내의 커다란 액정 모니터로 전송한다. 소녀의 허벅지 벨트에 꽂혀 있던 원통을 움켜쥐고, 실리콘 키보드를 펼쳐 데이터 검증에 들어간다.

정확하게, 노인은 기계제품으로서 최적의 취급을 하면서도…

다.

"하지만 말이지, 레이디버드 군. 애초에 안드로이드라는 건 공학적 접근에 의해 구축된 인공적인 인간을 가리키는 거야."

『새삼스럽게 무슨?』

"수업이지. 즉 나로서는, 완성된 안드로이드는 인간으로서 행동해도 상관없다고 생각하는데. 천연인지 인공인지는 제쳐두고, 구동하고 있는 건 '평범한 인간'이라는 사실에 차이는 없으니까."

레이디버드는 잠시 침묵했다.

진찰대에 엎드려 누운 채, 소녀는 이윽고 고개를 갸웃거렸다.

『알 수 없는 에러입니다.』

"…그래?"

『나는, 선생님 이외에는 나를 만지는 게 싫어.』

벌을 받으려나 하고 노인은 생각했다.

설령 옳은 답이라고 해도, 이 신뢰를 밀쳐내버리는 것은.

『애정 표현.』

"레이디버드 군, 눈동자를 반짝거리는 건 좋아. 하지만 입가의 침은 그만둬."


조립된 소녀는 매우 정교했다.

다만 지나치게 영리하기 때문에, 소녀의 세계는 너무나 좁다.


7


몇 개의 대형 트레일러였다. 비상용 운반 수단이 아닌, 자동 운전으로 움직이는 대형 차량들은 평소부터 먹고 자는 '작은 마을'로 기능하고 있다.

"아… 역시 소다테가 공을 가져갔네에."

"모르고! 내가 아니고!!"

슬럼가로도 알려져 있는 제10학구의 무너진 경기장이었다. 지금은 운동장 안은 골판지 상자나 폐자재의 오두막이 빼곡하게 깔려 있어서 발 디딜 틈도 없는 정크 거리로 변해 있지만, 의외로 바깥둘레 부분은 그대로 방치되어 있다.

예를 들어, 악기나 트레이닝 기재를 가지고 들어가기 위한 업무용 주차장 등. 이런 것은 기다리는 팬이 들어올 수 없도록, 구석진 장소에 몰래 숨겨져 있을 때가 많다.

여러 대의 트레일러가 멈추자 곧장 컨테이너 안에서 소란스러운 목소리가 들려왔다.

문을 열고 나온 것은 열 살 정도의 아이들이다.

흔히 '차일드 에러(버려진 아이)'라고 불리는 틀에 들어가 있다. 어떠한 이유로 학원도시에 버려져 양육되고 있는 아이들. 그것뿐이라면 별로 드물지도 않지만, 거기에 '어두운 부분'이 얽히면 대개 변변치 못한 일이 일어난다. 특히, 바깥에 내놓을 수 없는 연구 기관의 그림자가 어른거리면.

그들은 아무런 의문도 품고 있지 않았다. 자신들이 반소매 체조복을 입고 있는 것도, 그 팔다리나 목둘레에 모션 캡처용 실험 기구가 달려 있는 것도.

『자, 자, 여러분.』

둥실 하고 무게가 느껴지지 않는 여자가 가슴 앞에서 두 손바닥을 마주쳤다.

소리는 울리지 않았다.

기나긴 금발의 트윈 테일에, 딱 맞는 연한 파란색 드레스 위에 얇은 천의 롱스커트를 크게 부풀린, 인공적으로 만들어진 유령. 프릴샌드#G는 그 자체가 매력적인 악기 같은 목소리로 속삭인다.

독일의 한 지방에서 대량의 아이들을 사라지게 한, 전설의 피리 부는 사람처럼.

『모처럼의 크리스마스에 시시한 싸움을 해봐야 소용없잖아요? 공은 내가 찾아둘게요. 여러분, 손은 씻었어요? 준비가 되면 밥을 먹죠.』

"씻었어!! 나 벌써 배고파 죽겠고!!"

"아… 그럼 역시 소다테가 약용 비누를 훔친 거야!"

차례차례 손을 들며 아이들이 큰 소리를 질렀다.

만질 수도 없는 유령 여자에게 위화감을 느끼지도 않고.

생명도, 몸도 없는 유령이 아이들을 보살핀다는 것도 스스로 생각해도 기묘한 상황이라고 프릴샌드#G는 생각했지만, 실제로 가능한지 어떤지는 덮어놓고, 문화적으로는 드물지도 않은 사고방식인 모양이다.

이 나라에도 밤에 우는 돌(주11)이나 아이 키우는 유령의 전설 정도는 얼마든지 있고.

대형 트레일러는 몇 개나 있었지만 그중 한 대가 아이들로부터 가장 인기를 독점했다. 통째로 키친 카로 개조된 것이다.

프릴샌드#G가 스테인리스제 벽을 직접 통과해 안을 들여다보니,

---

주11) 말을 하거나 울음소리를 내는 돌에 대해서는 일본 각지에 여러 전설이 있으나, 시즈오카현 카케가와시에 전해지는 것으로는 아이를 가진 채 살해된 어머니가 돌에 씌어 아이를 생각하며 운다는 것이 있다. 그 외, 나가노현 이다시에는 수해 때 아이들이 많이 죽어 밤이 되면 돌에서 울음소리가 난다는 것도 있다.

원통형 냄비 안을 휘젓고 있는 청년 드렌처 키하라 리패트리는 땀투성이였다. 이곳은 마치 사우나 같다.

서양풍 인형 같은 유령 여자는 눈썹을 찌푸렸다.

『비위생.』

"히이, 하아. 대, 대체 레인지가 몇 개나 불이 켜져 있다고 생각하는 겁니까…. 50명 이상이나 식사를 준비하는 건 전쟁이에요. 나는 급식 아줌마를 표창하고 싶어요."

『도움이 필요하면 이 손으로 물건을 움켜쥘 수 있게 해야죠.』

그러나 프릴샌드#G는 특별히 나가려고 하지 않았다.

손으로 만지는 것만이 유대는 아니라고 말하는 것처럼.

역시 크리스마스라서인지 메뉴는 양식이 많다. 빵과 밥은 취향에 따라 나뉜다 치고, 원통형 냄비에서는 비프스튜, 오븐에서는 칠면조에 로스트비프, 그 외에도 따뜻한 채소와 마카로니를 곁들인 샐러드와 감자튀김까지 준비되어 있었다.

다만, 돌보고 있는 아이 쪽의 시점에서 프릴샌드#G는 이렇게 평가한다.

『역시 케이크가 없으면 모자라 보이네요. 몇 개 남겨두어야 했던 건 아닐까요.』

"아이들은 정직해요. 어차피 남은 케이크를 그대로 내놓아도 싫증을 낼걸요. 그보다 25일을 위한 비밀 무기를 준비해두었고요."

『?』

"짠…!! 푸아그라입니다. 이걸 프라이팬에 소테로 해드리죠."

그 유령 여자가 코멘트하기 곤란해했다.

프릴샌드#G는 숙녀이기 때문에, 당연히 푸아그라가 어떤 것인지는 알고 있다.

미리 조달한 거위를 목까지 땅에 묻어 움직이지 못하게 한 후, 한계까지 음식을 먹여 간을 부풀리는 진미다.

바깥에서 들리는 아이들의 떠들어대는 목소리를 들으면서, 프릴샌드#G는 가만히 한숨을 쉰다.

유령이라는 분야에까지 메스를 넣은 연구자, 드렌처 키하라 리패트리를 향해.

『…잘하네요.』

"뭐, 필요하다면 어떤 일이든."

방해가 들어온 탓에 위조 여권은 구하지 못했다. '최선'의 루트에서는 벗어났지만, 그걸로 '우승 후보' 전체가 무너진 것은 아니다.

마지막에 웃는 것은 이쪽이다.

아이들에게 줄 냄비 안 내용물을 천천히 휘저으면서, 청년은 희미하게 웃는다.

"…호보성이냐 혐보성이냐로 말한다면, 우리는 어느 쪽일까요?"

8

"네, 네. 피의자 확보, 일단 살아는 있지만 의식 불명의 중태라서 이야기를 들을 수 있는 상황은 아니네요. 구급차를 한 대 부탁드려요."

손끝으로 긴 머플러를 만지작거리면서 시라이 쿠로코는 휴대전화에 귀를 기울이며 시선을 돌렸다.

(…그렇다 해도, '어두운 부분'은 정말로 어디에나 숨어 있군요.

게코타⋯ 였던가요. 이런 유원지를 피투성이로 만들었다는 게 알려지면 언니가 열받겠어요.)

"그리고 같은 현장에 텐트가 몇 개 있어요. 눈 위에는 여러 개의 젖은 발자국이 있고. 그 외에 텐트 중 하나에 저격당한 시체가 한 명. 현장 봉쇄는 안티스킬(경비원) 쪽에 맡길 테니 서둘러 감식반을 데려와주세요. 십중팔구 제가 확보한 피의자의 저격 총에 의한 것이겠지만, 어째서 이렇게 된 건지 과정 쪽에 수수께끼가 남아 있어요. 이야기를 들을 수 있다면 빨랐겠지만요."

거기에서 시라이는 눈썹을 찌푸리며 말을 끊었다.

전화 맞은편에서 용의자를 향해, 작은 목소리가 들린 것 같았기 때문이다.

⋯죽었으면 좋았을 텐데.

"⋯⋯."

횡횡횡횡!! 바람을 가르는 연속적인 소리가 들려온 것은 그때였다. 심호흡을 하고 의식을 전환하자 수송용 대형 헬기가 현장 근처로 내려오는 참이었다.

맹렬한 돌풍에 지면의 눈뿐만 아니라 텐트까지 뜯겨 나갈 것 같았다.

양손으로 머리를 끌어안으며 시라이가 외친다.

"감식반이 조사하기 전이에요?! 현장을 모조리 쓸어버릴 생각인가요?!"

"자, 진정해요. 진정해. 그만큼 믿어주고 계시다는 뜻 아닐까요?"

소녀 자신이 사람의 죽음에 익숙해진 것일까, 아니면 지나친 쇼크에 마비된 것일까.

지면은 처참하다. 대형 권총에 스나이퍼 라이플, 샷건에는 발포한 듯한 연기 냄새가 달라붙어 있다. 물론 얼굴이나 치형이 없는 정도로 수사가 멈추는 일도 없지만.

"위조 업자 '퍼펙트 필름(공장 부정)'. 코타와라 소타와 98퍼센트 이상으로 일치… 라. 그건 그렇고, 설마 '아웃랭크(괴멸 수배)'에 들어 있던 '어두운 부분'의 범죄자가 이런 메르헨풍의 유원지에서 발견되다니."

"어중간하게 고정된 주소가 없어서 서치가 어려웠던 것 같지만, 대체 무슨 일이 있었던 걸까요…."

그리고 또 하나. 누가 떨어뜨리고 간 것일까. 피투성이 텐트 안에 떨어져 있는 응급 처치용 약과 붕대는 눈에 익은 것이었다.

시라이 쿠로코 자신이 몸에 감고 있는 것과 똑같다.

이곳의 '주민'—머리가 부서진 아저씨—의 것으로 생각되는 구급상자는 따로 있다. 그쪽에는 약도, 붕대도 한 세트 갖추어져 있고 빠진 것은 없었다. 게다가 흩어져 있는 의약품은 단일 메이커로 통일된 구급상자와도 제약 회사가 다르다.

즉, 이 구급상자 이외의 출처가 있다.

(…설마, 나를 치료한 사람이 이곳에도 나타났나?)

생각에 잠기지만, 언제까지나 여기에 있을 수는 없다. 시라이나 라쿠오카의 역할은 상공 대기. 그리고 '어두운 부분'을 확인하는 대로 곧장 현장으로 향하는 어태커다.

슬라이드 도어를 열고, 메인 로터의 폭음에 지지 않도록 요미카와 아이호가 외쳤다.

"타!! 이미 사태는 진행되고 있어!!"

목적지가 확실하다. 이미 그 시점에서 '다음 사건'이 일어나고 있다는 증거다. 시라이와 라쿠오카를 태운 대형 헬기는 곧바로 날아오른다.

입을 열자마자 트윈 테일의 소녀는 이렇게 물었다.

"장소는?!"

"제18학구 서부에 있는 안티스킬(경비원) 화학 분석 센터. 지문, 혈액, 베인 상처, 화재 현장의 휘발유 흔적. 어쨌든 학원도시의 과학 수사가 전부 이곳에 집약되어 있어. 목격된 건 그 쌍둥이야."

"큰일이다. 혐보성이군요."

아저씨의 말에 요미카와는 잠시 말을 멈추었다.

제자를 향해 할 말이 아니라고 생각하는 것일까.

"어쨌든 이곳이 당하면 근대적인 수사 활동은 계속할 수 없게 돼."

바로 옆에서 아저씨가 신음했다.

시라이 쿠로코 또한 무거운 한숨을 쉰다.

"…이제 와서 습격 자체는 막을 수 없겠죠."

"그래. 연구실에 대한 공격은 확정이고, 엄청나게 무겁고 섬세한 분석 기재는 지금부터 대피시킬 수도 없어. 사람을 물리는 게 고작이야. 그렇다면 최소한, 불행 중 다행 정도는 세팅해야지."

마음이 무거운 것은 이런 일이었다. 제18학구라면, 육로의 제11학구나 하늘길의 제23학구와 인접해 있다. 즉 '바깥'으로 빠져나갈 리스크가 높아진다. 그쪽에 '어두운 부분'이 몰려들지 않은 것만으로도 다행… 이라는 것이겠지만….

"이쪽에서 범죄 계기를 만들어버리는 건 화가 치밀긴 하지만요."

"그만한 테크놀로지가 시가지에서 휘둘러지는 것보다는 나아."

열린 슬라이드 도어 맞은편에 펼쳐진 야경을 내려다보면서, 요미카와 아이호는 이렇게 중얼거렸다.

이 상황에서, 안이한 총이 아니라 성실하게 방탄 수지로 된 투명한 방패를 움켜쥐면서.

"총공격이다. 최소한 한 명은 여기에서 반드시 다운시키는 거야."

9

처음부터 경계심은 있었다. 허리의 의료용 코르셋에 한 손을 댄하나츠유 요우엔은 즐겁지 않다. 안티스킬(경비원) 화학 분석 센터는 트윈타워 구조였다. 중요 거점을 하나 습격해서 추격하는 어른들을 엉망으로 만들 생각이었는데, 표적이 둘로 나뉘어 있다는 것을 깨달은 것이다.

"어떡할 거야, 카아이."

"나 왼… 쪽, 먼저 찜했는걸☆"

할 말만 하고는, 쌍둥이의 반쪽 '분해자'는 디용디용 하고 몸집에 비해 언밸런스하게 큰 가슴을 흔들며 빈손으로 한쪽 건물로 가버린다. 잠시 떨떠름해하고 있던 '매개자'지만, 이윽고 하나츠유 요우엔도 반대쪽 건물에 발을 들여놓은 것 같다.

(자.)

건물에 들어가자마자 카아이는 가만히 숨을 내쉬었다.

술렁.

천장이 뚫려 있는 커다란 로비에는 역 개찰구처럼 탐지기 게이트가 줄줄이 늘어서 있었다. 그런 것은 뛰어넘어버리면 된다. 새삼스럽게 멍청한 전자음 경보가 울려 퍼진 정도로 뭐가 어떻다는 건가.

문제는 그 안쪽. 기업 같은 접수 카운터나, 옆에 바싹 붙어 있는 경비용 모니터실만이 아니다. 공간 전체가 살아 있는 것처럼 무수한 살기가 꽂힌다. 안티스킬(경비원) 측도 겉만 번드르르한 말을 늘어놓고 있을 만한 여유는 전부 깎여 나갔을 것이다. 그러나, 그것으로 '분해자'는 자신의 예측이 맞았다는 것을 깨달았다.

트윈타워의 구조를 이용해 쌍둥이를 나눠 놓은 후, 한쪽에 전력을 집중해서 단숨에 쳐부순다. 예측이 맞았다면, '매개자'가 향한 반대쪽 빌딩은 텅 비어 있을 것이다.

그래서 하나츠유 카아이는 가만히 숨을 내쉬었다.

안심한 것이다.

그러고서, 하얀 가운의 소매에서 알록달록한 액체가 들어 있는 시험관을 몇 개나 꺼낸다.


"그럼 '어두운 부분'의 그로테스크, 실컷 보여주지!!"


우선 자신이 들어온 출입구를 봉쇄하듯이, 기둥 뒤에서 완전 무장한 안티스킬(경비원) 두 명이 얼굴을 내밀었다.

이어서 정면 카운터에 부대가 줄줄이 늘어서고, 위층을 둘러싼 회랑에서는 다리가 넷 달린 무인기가 차례차례 나타난다.

총 100개 이상의 총구가 단 한 명의 소녀에게 들이대어졌다.

그게 어쨌다는 걸까.

혐보성의 '어두운 부분'은 도망치는 것도, 투항도 생각하지 않는다. 자신의 자유가 최우선이다.

'분해자'의 손에는 시험관이 있지만 그 자체는 무기가 아니다. 그녀는 안티스킬(경비원)과는 달리, 무기나 방어구를 들고 이동하는 것이 아니다.

가지고 다닐 것까지도 없다.

시험관의 고무 캡을 엄지로 튕기고, 내용물을 바닥에 뿌리는 것만으로도 충분하다.

ㅈㅈㅈㅈㅈㅈㅈㅈㅈㅈㅈㅈㅈㅈㅈㅈㅈㅈㅈㅈㅈㅈㅈㅈㅈㅈㅈㅈㅈ
ㅈㅈㅈㅈㅈㅈㅈㅈㅈㅈㅈㅈㅈㅈㅈㅈㅈㅈㅈㅈㅈㅈㅈㅈㅈㅈㅈㅈㅈ
ㅈㅈㅈㅈㅈㅈㅈㅈㅈㅈㅈㅈㅈㅈㅈㅈㅈㅈㅈㅈㅈㅈㅈㅈㅈㅈㅈㅈ
ㅈㅈㅈㅈㅈㅈㅈㅈㅈㅈㅈㅈㅈㅈㅈㅈㅈㅈㅈㅈㅈㅈㅈㅈㅈㅈ!!

어둠이 움직였다.

이 경우는 수만 단위의 쥐 떼다.

우선 제일 먼저 강화 유리로 만들어진 외벽이 깨지고 출입구를 막은 안티스킬(경비원)이 쓰러져 쥐의 바다에 가라앉았다. 폭발하듯이 서브머신 건이 난사되지만 쥐 떼는 신경도 쓰지 않는다.

그히이!! 우와하?! 고함이 바다 속에서 울려 퍼진다.

요란한 폭발이 있었다. 수류탄의 핀을 뽑은 것은 쥐의 작은 앞발일까, 아니면 헬멧이나 방탄 장비 틈으로 쥐들이 파고드는 공포를 견디지 못하고, 한 방에 역전을 노린 안티스킬(경비원) 자신일까.

"유인 물질."

순수한 약품.

그런 연구자.

카운터 쪽의 안티스킬(경비원)들도 거품을 물고 총격을 시작하지만, 하나츠유 카아이는 몸을 움츠리는 기색조차 보이지 않는다. 그 자리에서 빙글 도는 그녀를 총알로부터 지키듯이, 대량의 쥐들이 서로 얽혀 회색의 벽을 만들어낸다. 한 마리 한 마리는 작아도, 두께가 미터를 넘어버리면 피와 살과 모피의 벽이 총알을 막아낸다.

"'그들'은 어디에나 있어. 그리고 구조가 단순한 만큼 컨트롤도 쉽지. 이런 건 살충제 메이커도 매일 연구하고 있는걸. 쥐나 바퀴벌레용 후리카케(주12)는 굉장하니까."

당연히, 단순히 모으는 '것만'은 아니다.

가슴이 커다란 어린 소녀가 또 여러 개의 시험관을 기울이자, 성질이 다른 약액이 공기 중에 해방되어 섞이고, 바람을 타고 눈에는 보이지 않는 마블 무늬의 미궁을 구축한다. 마치 복잡한 레일을 바꾸어 여러 종류의 분업을 빠른 속도로 해내는 주스 공장 같았다. 인간은 읽어낼 수 없는 규칙에 따라, 수많은 쥐들이 세계를 회색으로 짜 넣는다.

눈 깜짝할 사이였다.

카운터 너머가 모피의 바다에 삼켜지고, 다른 루트를 타고 덕트에서 눈사태처럼 떨어져 내린 쥐 떼가 위층의 네발 달린 무인기를 뒤덮는다.

쿡쿡.

자신의 가냘픈 몸을 껴안고, 커다란 가슴을 뭉개면서 카아이는 웃는다.

"그리고, 알고 있어? 옛날에 있었던 겨울 전쟁 때에는, 예상치 못

주12) 후리카케: 생선가루, 김, 소금, 깨 등을 섞어서 밥에 뿌려 먹는 조미 식품.

했던 전차의 고장이 끊이지 않았대. 따뜻한 잠자리를 찾던 쥐들이 모여들어서 전열선을 물어뜯은 탓에 말이지?"

지상, 1층 플로어를 수만 단위의 쥐의 융단으로 가득 메우자 카아이는 슬쩍 시선을 들었다. 위층에 남겨진 안티스킬(경비원)들에게는 황산의 바다로라도 보일지도 모른다. 도망칠 곳을 잃은 잔존 세력을 쳐부수기 위해, '분해자' 소녀는 천천히 걸어서 계단을 찾는다.

쥐는 이곳에 남겨둔다.

만에 하나라도, 사태를 눈치챈 '매개자' 하나츠유 요우엔이 이쪽 건물로 들어올 수 없도록.

딱히 '분해자'는 이것밖에 못 하는 것은 아니다. 벼룩, 진드기, 파리, 모기, 거머리, 민달팽이, 지네, 바퀴벌레, 까마귀, 들고양이. 무책임한 사람들에게 기피되면서도 먹이 연쇄로서 필수적인 존재라면, 대개 무엇이든 자신의 무기로 삼을 수 있다.

(자, 어디까지 하면 목표 지점이라고 칠까.)

'분해자'는 안쪽에 좁은 계단이 있는 것을 발견하자,

(전부 죽이는 건 의외로 피곤하거든. 컴플리트를 목표로 한다면, 그늘을 하나하나 들여다보아야 하고….)

파파팡!! 짧은 연사가 머리 위에서 울려 퍼졌다. 그러나 총알은 맞지 않는다. 도중에 부자연스럽게 궤도가 어긋났다. 대량의 날벌레가 밀집해 있었다. 그 안을 가로지른 총알은 물속에 꽂힌 것처럼 부자연스러운 저항력을 받아 탄도가 일그러지고 만 것이다.

웃으면서 소녀는 커다란 가슴에서 새로운 시험관을 꺼내 엄지로 고무 캡을 튕긴다. 흩뿌린다. 융단이라는 융단마다 들끓은 진드기

떼에게 사냥감을 덮치게 한다. 그것은 이미 사람의 모습을 한 모래 덩어리 같았다.

안에서 목을 찢는 듯한 절규가 울려 퍼졌다.

"훗후후. 스스로는 청소를 하고 있다고 생각해도, 의외로 많이 있지? 하지만 이건, 당신들 자칭 청결 엘리트가 생각 없이 자원을 소비해서 세상을 더럽힌 결과인걸."

아비규환의 계단에서 검은 덩어리가 굴러떨어졌지만, 카아이는 한 번 묶고 나서 늘어뜨려도 발목 가까이까지 닿는 검은 머리카락을 한 손으로 쳐내며 끝 쪽으로 다가가 지켜보았을 뿐이었다. 자신의 갸름한 턱에 검지를 대고,

(그렇지… 여기는 '발골'이면 될까. 왠지 상대는 나를 가둬두고 싶은 모양이고, 역으로 이용한다는 느낌으로. 벽이란 벽, 바닥이란 바닥, 천장이란 천장. 상해서 너덜너덜, 전부 뽑아내서 이 빌딩을 정글짐처럼 만들어버릴까. 어떤 셸터에 틀어박혀도 절대로 살아날 수 없어. 산 하나만큼의 목숨을 빼앗는 것보다도, 훨씬 부자들의 마음에 여운이 남을 테고.)

표적은 설정되었다. 구체적으로 이쪽에 총구를 향하는 튼튼한 남자들보다도, 건물의 구조 자체에 눈이 가는 상황. 하지만 그렇다고 해서 사람의 목숨을 빼앗지 않는다는 보장은 없다.

분류해서 정확하게 죽이는 편이, 동요는 알기 쉽게 퍼진다. 그편이 이득이다.

다만 그것은 곁다리 추가 서비스이지, 절대 준수의 최소 조건은 아니다. '분해자'에게 있어서 생명의 가치 따위는 그 정도다.

공포는 극복할 수 있다. 절망은 뛰어넘을 수 있다.

하지만 악취미만은 어떻게도 되지 않는다. 애초에 '이해할 수 없다'는 감정이 앞서기 때문에, 마음속에서 처리하기 위한 기구가 작동하지 않는다. 말하자면, 파손된 필름을 억지로 읽어들이게 하려는 것이나 마찬가지다. 이것이 가장 효과적이라는 것을, 하나츠유 카아이는 경험에서 배웠다.

"아하하."

이쪽은 파손된 것에서 의미를 찾아낸다.

유연하게 읽혀버리면, 그 시점에서 이점이 사라지고 만다.

"하하하하!! 아하핫!! 와하하하하하하하아하하아하하하하하하하하하하하하하하!!"

대량의 지네에 삼켜지는 팔과 다리가 있었다. 늑대거북의 입에 벽과 함께 갉아먹히는 안티스킬(경비원)이 있었다. 거기에 사람이 있었는지 어떤지도 확실하지 않은 얼룩만이 녹인 치즈처럼 퍼져 있었다.

(…응, 좋은 느낌.)

반응이 있었다.

가느다란 허리를 숙이고, 자신의 무릎에 양손을 대고 바깥쪽에서 커다란 가슴을 눌러 뭉개면서, 몸을 앞으로 숙이고 관찰을 계속하는 카아이가 자신의 감을 믿는 바에 따르면… 이다.

(스스로도 뭘 하고 있는지 모르게 되었어. 좋아, 좋아. 이런 방향으로 부풀리면 당장이라도 상황이 임계점을 넘을 거야. 그렇지이. 누구도 읽을 수 없는 파손 파일까지 가지 않으면 의미가 없는걸. 스스로 이해(利害)를 계산할 수 있고 이해할 수 있는 정도의 파손으로는 '어두운 부분'이라고 부를 수 없지이!!)

그때였다. 지직 하는 작은 노이즈가 스치는 것 같았다. 더러워진 탁류가 부분적으로 끊긴 감각에, '분해자'는 눈썹을 찌푸린다.

방금 전까지 거기에는 아무도 없었다. 하지만 통로 한가운데에 한 소녀가 서 있었다. 밤색 머리카락을 트윈 테일로 묶은 저지먼트(선도위원)는 분명히 말했다.

"그 얼굴은, 전에도 봤어요⋯."

"기억 안 나?"

그것이 가장 망가져 있다고 생각했기 때문에, 그렇게 말했다.

선택하고 나서, 카아이의 움직임이 잠시 멈추었다.

⋯생각하고 선택한 정도의 행동의 어디에 '어두운 부분'이 깃들까? 그런 것은 잘 만들어진 괴담과 마찬가지로, 제대로 된 순서를 밟아 납득할 수 있는 결말이 나기 때문에 더더욱, 오히려 진짜 같지 않다.

이해할 수 없는 공포에 조리 따위 있을까. 마음을 부러뜨리는 절망에 결론 따위 있을까. 악취미란, 그렇기 때문에 더더욱 난폭하게 뭉텅뭉텅 썰어야 하는 것인데.

"당신, 뭘 했지?"

자신의 레벨이 내려갔다. 마치 끓어 넘치는 것을 피하기 위해 냄비 속에 질그릇 조각이라도 넣는 것처럼. 그렇다면 질척질척한 세계에 내던져진 이 트윈 테일은 대체 뭐지?

의문에, 저지먼트(선도위원)는 웃으며 즉시 대답했다.


"글쎄요? 기억나지 않아요."

그리고 두 소녀의 격돌이 시작되었다.

10

꺅꺅 떠들어대는 목소리가 대형 트레일러 바깥까지 울렸다. 이 시간이면 저녁밥을 다 먹고 다 같이 목욕을 하고 있을 시간이다.

그런 가운데,

"역시 소다테가 공을 훔친 거야…."

아직 단단해진 눈이 남아 있는 경기장의 주차장에서는 그런 목소리가 낮게 들렸다.

다른 아이와 다름없는 체조복을 입은 여자아이, 리사코다. 목욕 시간이지만, 트레일러를 빠져나와 캔디처럼 빨간 머리카락을 묶은 소녀는 차 밑을 들여다보고 있다. 오히려 목욕을 한 후에는 외출하기 힘들다. 목욕으로 따뜻해진 몸이 식으면서 한기가 들기 때문에 모험을 할 수 없게 되고 만다.

지금 생활에 불만은 없지만, 무엇이든 부탁하면 사주는 것은 아니다. 밤중에 일어나 화장실로 향하던 도중에, 오빠와 유령 언니가 소곤소곤 이야기를 나누는 것을 리사코는 가끔 본 적이 있었다. 왠지 모르게 돈 이야기일 거라는 것은 상상이 간다. 리사코와 다른 아이들에게 들려주고 싶지 않은 이야기이니 별로 좋은 이야기도 아닐 것이다. 그러니까 하나하나의 도구는 소중하게 사용해야 한다.

그런데 함께 사는 소다테는 아무 생각도 없는지, 자주 물건을 훔치고 마는 버릇이 있었다. 나중에 돌려주면 상관없지만, 비밀 기지에 물건을 숨긴 채 자신도 잊어버리는 것이 문제였다. 트레일러의 행렬은 늘 이동하기 때문에 어영부영하는 사이에 없어져버릴 때가 많다.

여자아이가 차 밑을 들여다보고 있는 것도 리사코 나름대로의 경험치가 작용했다.

자신의 감을 믿는다면… 이다.

(…소다테는 비밀 기지에 전리품을 숨기고 싶어 할 거야.)

탁 하고 LED 조명을 켠다. 크림색 같은 전구와는 다른, 정말로 새하얗고 눈이 아픈 빛이 어둠을 찢었다. 아이들 하나하나가 스마트폰을 가질 수 있을 정도로 유복한 환경은 아니다. 하지만 오빠는 반드시 전원 몫의 방범 버저를 준비해주었다. 그쪽에 붙어 있는 조명 기능이다. 콩알 같은 LED가 하나 붙어 있을 뿐이지만, 있는 것과 없는 것은 큰 차이다.

어른들이 들어올 수 없는 장소. 하지만 우리한테는 유령 언니가 있기 때문에 어떤 벽이나 천장도 자유자재로 통과해버린다. 즉, 비밀 기지에 필요한 첫 번째 조건은 두꺼운 벽이나 잠겨 있는 문이 아니었다. 아무리 뭐라고 해도 거기까지는. 그런, 발상의 단계부터 어른들이 생각도 하지 않을 장소에 폐자재나 골판지 상자를 모으지 않으면 의미가 없다.

그렇게 되면… 이다.

리사코의 후각은 말하고 있었다.

"남자아이의 기지라면 지하지, 틀림없이."

특대 트레일러는 차고가 높다. 리사코만 한 여자아이라면 엎드려서 길 것까지도 없이 허리를 숙이면 그대로 들어갈 수 있었다. 이것만으로도 유령 언니에게 들키면 심한 꾸중을 듣고 말겠지만, 그렇기 때문에 더더욱이다. 달걀 모양의 열쇠 고리 같은 방범 버저의 조명에만 의지해, 호랑이굴에 들어가지 않으면 호랑이 새끼를 잡을 수 없다는 정신으로 돌진한다.

수확은 있었다. 금속으로 된 둥근 맨홀 뚜껑을 발견한 것이다.

옆으로 쓰러뜨린 어니언 링처럼 늘어서 있는 커다란 타이어 옆에 주저앉아 확인한다.

"으… 음…."

작은 구멍은 뚫려 있는 것 같지만, 손가락을 걸어서 열 만한 것은 아닌 것 같다. 바벨처럼 꼼짝도 하지 않았다. 뭔가 전용 도구가 필요한 것일지도 모른다.

그럼.

보통이라면 여기에서 끝이었을 것이다. 체조복을 입은 여자아이가 혼자서 맨홀 뚜껑을 열고 안으로 들어간다는 전개는 절대로 있을 수 없다. 리사코가 무거운 뚜껑을 앞에 두고 포기해버린 뒤 다른 아이들이 있는 곳으로 터덜터덜 되돌아가는 것이 옳은 길일 것이다.

그러나,

"도구…."

중얼거리다가 무언가 생각난 모양이다.

여자아이는 체조복 안에 작은 손을 집어넣고는, 무언가 단단하고 둥근 것을 꺼냈다.

금색 반짝임이 있었다.

"그렇지, 산타한테서 받은 선물!! 이게 있으면."

연결이 바뀐다.

절대로 있을 수 없는 길이… 이어지고 만다.

"부탁이야, '니콜라우스의 금화', 저기 있는 뚜껑을 열어줘!!"

직 하고 금속이 스치는 낮은 소리가 들렸다. 바벨처럼 무거울 맨홀 뚜껑이 낚싯줄로 묶어 잡아당긴 것처럼 옆으로 천천히 미끄러진 것이다. 소리에 깜짝 놀라 조명을 들이대봐도, '무엇이' 뚜껑을 움직인 것인지는 보이지 않았다.

뻥 뚫린 둥근 구멍.

LED의 하얀 빛으로 비추며 리사코는 잠시 안쪽을 들여다보다가,

"비밀 기지의 입구야…."

낮게 중얼거린다. 사다리 대신인지, 활처럼 굽은 콘크리트의 벽에는 강철로 만든 가로봉이 같은 간격으로 늘어서 있었다. 안으로 안으로, 바닥으로 바닥으로. 머뭇머뭇 손끝으로 가로봉을 만지고, 움켜쥐고, 세게 잡아당겨봐도 꼼짝도 하지 않는다. 움켜쥔 순간 녹슨 근원부터 뽀각… 이라는 일도 없을 것 같다.

무섭다는 생각은 있었다.

하지만,

"앗!"

손안에서 무언가가 미끄러져 떨어졌다. 그것은 하나밖에 없는 광원이었다. 맨홀 안쪽까지 떨어진 LED 조명은, 어느 한 점에서 튀어올라 움직임을 멈춘다. 아무래도 거기가 어둠의 밑바닥인 것 같았다.

그렇다, 이 어둠에는 바닥이 있다. 무슨 지옥까지 이어져 있는 것은 아니다.

소다테의 비밀 기지를 찾아내고 그가 숨긴 공이나 약용 비누도

찾아야 한다. 이 트레일러가 이동을 시작해버리기 전에.

게다가….

돈이 없는데, 오빠가 무리해서 전원 몫을 모아준 방범 버저였다. 잃어버렸다고는 절대로 말하고 싶지 않다. '니콜라우스의 금화'는 이미 써버렸다. 금화에 빌어도 버저를 주워줄 수도 없다.

이제, 작은 가슴에 있을까 말까 한 용기를 긁어모을 수밖에 없었다.

"이 앞에 소다테가 숨긴 공이 있어!"

아마 리사코는 모를 것이다.

어째서 유령 언니는 트레일러 밑에 아이들이 들어가면 열화와 같이 화를 내는지. 거기에 사람이 들어가 있는 것을 알아채지 못했을 경우, 큰 참사로 이어질지도 모르기 때문이라는 것을.

11

오싹.

형광 같은 얼룩이 몇 개나 남아 있는 하얀 가운을 입은 소녀가 천천히 양손을 펼치자 안티스킬(경비원) 화학 분석 센터, 그 자리의 공간 전체가 흔들린 것 같은 착각이 시라이 쿠로코의 온몸을 감쌌다.

공기… 와는 미묘하게 다르다.

깔끔한 사무실과도 비슷한 복도의 풍경이 무너진다. 구체적으로는 급격하게 풍화하듯이 바닥이 빠져 떨어지고, 벽이 무너지고, 느슨해진 천장이 떨어져 내렸다. 일단 이곳도 분류는 연구실이다. 과잉일 정도로 가스나 약품에 대한 센서는 장치되어 있을 텐데, 더 이상 반응도 없었다. 이미 한참 전에 손상돼서 기능을 멈추었다.

"쿡."

"칫!!"

(이게 레벨 0(무능력자)?! 타인의 개인 정보로 몸을 감싸고 있거나, '뱅크(서고)'의 데이터가 수정되었다는 이야기는 없었죠!)

능력이 아니라 테크놀로지의 위협.

저도 모르게 혀를 차며 시라이 쿠로코는 텔레포트(공간 이동)로 도약한다. 3차원적인 제약을 무시하고 순간적으로 이동하는 그녀의 능력은 다루기에 따라서는 '총의 시대'를 뒤집을 정도의 전과(戰果)를 올릴 수도 있지만, 규칙이 소용없다는 것도 아니다.

한 번 목표를 정하고 한 번 도약이 기본.

즉 자신의 몸을 날리는 회피와, 금속 화살을 쏘는 공격을 동시에 펼칠 수는 없다. 그런 의미에서는, 자신의 의사로 결정하는 것이 아니라 상대에게 눌려 능력을 사용당한다는 상황은 별로 재미가 없다. 벌써 나쁜 징후다.

붕괴에 휘말리지 않으려고 50미터 정도 뒤로 날고, 거기에서 다시 허벅지에서 금속 화살을 뽑아 '분해자' 하나츠유 카아이의 어깨에 쏘아 넣는다. 회피를 우선시한 만큼, 한 박자 어긋났다. 그만큼만 있으면,

"흐음."

"?!"

미끈거리는 기묘한 움직임이었다. 두 다리의 움직임과는 상관없이 카아이의 몸이 오른쪽으로 슬라이드한 것이다. 총알보다도 빠르다는 것이 아니다. 결코 속도는 빌지 않았다. 하지만 인간으로서는 있을 수 없는 예상 밖의 움직임에, 시라이의 눈대중이 빗나간다.

예를 들자면, 전후좌우로밖에 움직일 수 없을 장기말이 갑자기 대각선으로 움직인 것 같은 위화감.

멀리서 쏘아 넣는 한 실수를 해도 치명상은 되지 않는다. 그보다 실수를 거듭해도 좋으니, 우선은 원인 규명을 우선시한다. 시라이 쿠로코는 '유의의한 총알 낭비'를 연달아 날린다.

정체를 알 수 없는 꿈틀거림이 이어졌다.

다섯 발 이상 금속 화살을 쏘았는데도 반응다운 반응이 없다. 물 속에서 춤추는 나뭇잎처럼 '분해자'는 빠져나가고, 그저 공중에 남겨진 금속 화살이 바닥으로 떨어진다.

그러나 거기에서 이변의 끝자락을 잡았다.

금속 화살이 바닥에 떨어지는 소리가 부드럽게 흡수된 것이다.

"그건…!"

"쥐인데. 중량을 분산시키지 않으면 내 무게 때문에 뭉개져버리니까 상당한 수를 모으지 않으면 안 되지만. 하지만 3만 마리 정도 모으면 융단과 구분이 가지 않게 돼버리지?"

(이건, 더더욱 언니한테는 보여줄 수 없겠네요…!!)

하나츠유 카아이는 시라이 쿠로코와 달리 일일이 무기를 휘두를 필요도 없다.

둔한 소리와 함께 파괴가 펼쳐졌다.

근대 건축의 바닥이 개미지옥처럼 가라앉고, 아래층으로 상한 벽이나 천장이 삼켜진다. 이제 한계였다. 트윈 테일의 소녀는 텔레포트(공간 이동)를 사용해 위층으로 도약한다.

날고 나서 깨달았다.

아래에서 올려다보는 '분해자' 소녀와 직접 눈이 마주친 것을.

이미 위층의 바닥도 빠진 뒤였다. 벽이나 천장도 풍화되어 치사의 지상으로 내동댕이쳐진다. 뒤에 남아 있는 것은 열십자로 교차하는 굵은 철골뿐이었다. 마치 거대한 정글짐 같다.

"빨리 하는 게 좋을 거야."

하나츠유 카하이가 커다란 가슴의 계곡에서 소중히 아껴두었던 듯한 시험관을 뽑아내 작은 엄지로 고무 캡을 튕긴 순간이었다.

철썩 하고 공기를 때리는 소리가 있었다.

하얀 가운을 입은 소녀의 등에서 한 쌍의 새까만 날개가 튀어나왔다.

칠흑의 깃털이 춤춘다.

"박애주의인 척하면서 안티스킬(경비원)을 구하고 싶다면. 썩어무너져서 아래로 떨어지는 거, 무기물뿐일 거라고 생각해? '어두운 부분'의 악당이 열심히 쓰레기 분리 같은 걸 할 것 같아?"

"이 자식!!"

"아하하!!"

싸움터의 규칙이 또 바뀌었다. 마치 유사(流砂)나 거대한 개미지옥처럼, 건물의 인테리어가 차례차례 낙하한다. 음성 해석 기기, 세포 배양기, 전자 현미경까지. 하나하나가 수천만에서 억 단위나 하는 분석 기기가 폭포처럼 떨어지는 것이다. 가끔 들리는 새된 소리의 정체는, 유리가 깨지는 소리만은 아닐 것이다. 더 생생하고, 고막에 남는 비명이다.

　손을 뻗으려 해도, 너무나 대량의 건물 잔해가 쏟아지는 탓에 사람의 위치는 파악도 할 수 없다. 그러저러하고 있는 사이에 실시간으로 중력 낙하가 진행된다.

　강철의 골조에서 골조로, 차례차례 짧게 도약해 위층으로 이동하는 시라이 쿠로코와 나란히 달리는 그림자가 있었다. 믿을 수 없게도 그것은 하나츠유 카이아이다. 박쥐라기보다 까마귀에 가까운 거대한 새 같은 날개를 퍼덕이며 중력을 끊어낸다. 혀를 차면서 시라이가 금속 화살을 쏘아도 그 미끈거리는 듯한 움직임으로 피하고 만다.

　그러다가 시라이 쿠로코도 깨달았다.

　같은… 이 아니다. '분해자' 소녀의 등에 무언가 커다란 생물이 달라붙어 있었던 것이다.

　"이번에는 까마귀인가요?!"

　"하하하, 기생 비대라고 부르고 있는데. 어떤 종류의 벌레는 숙주의 몸의 일부분을 크게 부풀릴 때가 있어. 나는 그걸 이용했을 뿐인걸."

　수직으로 달리는 철골의 측면을 두 발로 짚고, 자신의 것처럼 검은 날개를 휘둘러 단숨에 위로 향하면서 카이아이는 웃는다.

　"그리고 동물적인 본능만이라면, 쥐든 까마귀든 우리들 인간 따위보다 훨씬 예민한걸. 당신이 어떤 계산을 해도 나는 맞힐 수 없어. 문명에 닳아서 퇴화한 당신의 사고로는, 그들의 본능에까지는 육박할 수 없어."

　마침내 추월했다.

연속적으로 텔레포트(공간 이동)를 되풀이하면 웬만한 스포츠카를 능가하는 속도를 낼 수 있는 시라이 쿠로코도, 순수한 항공 분야는 따라잡을 수 없었던 것이다. 안티스킬(경비원) 화학 분석 센터, 트윈타워의 옥상 자체가 썩어 떨어진다. 달을 등진 '분해자'는 까마귀의 검은 깃털을 일그러진 눈처럼 흩뿌린다.

"'어두운 부분'은 보는 사람에 따라 색깔이나 형태를 바꿔."

공중에서 정지해, 위에서 내려다보면서 범죄자가 말한다.

"사람에 따라서는 이상적인 연구 환경이라고 생각하는 사람도 있어. 사람에 따라서는 바닥이 없는 뒤쪽 세계라고 생각하는 사람도 있어. 사람에 따라서는 상처 입은 자의 대피소라고 생각하는 사람도 있어. 애초에 '어두운 부분'의 인간은 같은 장소에 있어도 교차하지 않고, '어두운 부분'끼리 대립해도 의문으로 생각하지 않아. 그런 예측 불능의 지리멸렬이 바로 '어두운 부분'이니까."

"……."

"다만 그건 존재하고, 다만 그건 지켜야 해. 우후후, 무모하게도 이런 장난감 상자를 선악 둘만으로 나눌 수 있다고 생각한 시점에서 당신은 아무것도 보지 못한 거야."

덜컹 하고 시라이의 무릎에서 힘이 빠졌다. 텔레포트(공간 이동)의 좌표가 약간 어긋난다. 그녀는 카아이와 달리 중력을 극복한 것이 아니다. 체중을 실은 오른쪽 발이 건물 철골에서 겨우 10센티미터 옆으로 벗어난 것만으로도 심장이 움츠러들었다. 허둥지둥 양손으로 세로로 달리는 다른 철골을 껴안는다.

이변을… 뒤늦게 깨달았다.

"…이것, 은…."

"까마귀의 깃털."

황홀한 얼굴의 '분해자'는 가냘픈 두 팔로 자신의 몸을 껴안고 불규칙하게 떨면서,

"빠진 쥐 털과 진드기나 벼룩의 시체도 있지만, 그 외에도 듣고 싶어? 더 끔찍한 건 공기 중에 얼마든지 떠돌고 있었지만. 나는 '분해자', 하지만 딱히 동물을 전문으로 다루는 테이머인 건 아니야. 효소든 습기든, 곰팡이, 약품, 세균, 어쨌든 적절하게 분해 원인을 전할 수만 있으면 전달 경로는 하나가 아니어도 상관없는걸."

애초에, 설령 쥐나 바퀴벌레를 얼마든지 끌어 모을 수 있다고 해도, 그걸로 강화 유리나 철근 콘크리트로 된 두꺼운 벽을 눈 깜짝할 사이에 먹어치울 수 있느냐고 한다면 미심쩍다. 즉, 하나츠유 카아이의 특성은 작은 이빨이나 발톱이 아니다. 거기에 깃들어 있는, 눈에는 보이지 않는 무언가다.

"하지만, 그건."

흔들리는 몸을 움직여, 필사적으로 자신의 발을 가느다란 철골 위에 다시 올려놓으면서 시라이는 중얼거렸다.

이마에는 몇 개나 되는 땀방울이 배어 있었다.

"본래 같으면 또 한 사람의… '매개자'인가 하는 여자애의 역할이 아닌가요?"

'분해자' 소녀는 희미하게 웃고 있었다.

무엇이든 다 대답할 생각도 없는 모양이다.

"당신은 죽어. 죽음은 시작되었어."

"…그럴지도 모르죠."

(언니….)

"포도를 덩어리째 톡톡 씹어 뭉개는 것 같은 느낌이 가까울까. 세포가 터지는 소리는 들려? 극증형 살인 박테리아는 이러고 있는 지금도 안쪽부터 세포막을 먹어치우고 있는걸. 당신은 살 수 없어."

두 눈을 한계까지 크게 뜨며 카아이가 말했다.

"방해하는 자를 죽이는 게 아니야. 우리들 '어두운 부분'의 연구자에게 벽은 뛰어넘는 것이고, 제약은 자극일 뿐인걸. 아아, 그런 의미로는 당신은 재미있는 자극이었어. 골수까지 즐길 수 있을 정도로."

"그렇다고 해도, 내가 당신을 쓰러뜨리는 쪽이 빨라요."

끼잉!! 이질적인 소리가 울려 퍼졌다.

시라이 쿠로코가 금속 화살을 텔레포트(공간 이동)로 날린 것이지만, 노린 곳은 '분해자' 소녀가 아니다. 꿰뚫은 곳은, 바닥이나 천장도 무너져 떨어져서 이제 한 개의 통이 된 건물의 유리창 부분이었다.

"당신은 딱히 동물이나 곤충과 말을 나누는 게 아니에요. 개나 고양이 같은 신뢰도 없어. 밝음보다는 어둠, 건조보다는 습함, 소금보다는 설탕. 그런 식으로 화학 약품을 사용해서 '좋고 싫음' '예스 노'의 양자택일을 바깥에서 조종하고 있을 뿐이에요."

그렇다, 빌딩의 내부를 흐물흐물하게 무너뜨리던 공격은 확실히 강렬했지만, 왜 그렇게 해야 했을까? 단순히 시라이 쿠로코 한 사람을 처치하는 것뿐이라면 좀 더 핀 포인트로 집중 공격하는 방법도 있었을 것이다.

만일, 그것이 절대적으로 필요하다면?

게다가 그 이유가 무슨 일이 있어도 알려져서는 안 되는 것이라면?

"통풍."

휘잉!! 잡아 찢는 듯한 소리가 뒤따랐다.

트윈 테일의 소녀는 한 손으로 자신의 머리카락을 누르며 그렇게 선고했다.

"마블 무늬의 미로는 사람의 눈에는 보이지 않아서 불가사의하게 생각되지만, 알고 보면 쉬워요. 미로를 무너뜨리면 안전지대는 없어지죠. 당신도 사냥감 중 하나일 뿐이게 돼요!!"

풍경이 흔들렸다.

다시 무언가가 무너지고, 위에서 회색 폭포가 쏟아졌다.

아니, 하나츠유 카아이의 오른쪽 어깨부터 얼굴의 절반을 덮은 것의 정체는, 대량의 쥐였다.

"긱."

비명을 지르려고 한 것 같지만, 이미 늦었다.

애초에 '분해자'의 몸을 들어 올리고 있던 거대한 까마귀 자신이 이미 그녀의 제어에서 떠났다. 바깥도, 안도. 몸을 가득 메우는 쥐들은 소녀의 소매나 가슴께까지 사정없이 파고든다.

"그으아아아아아아아아아아아아아아아아아아아아아아아아아아아아아아아아아아아아아아아아아아아아아아아아아아아아아아아아아아아아아아아아아아아아아아아아아아아아아아아아아아아아아아아아아아아아아아아아아아아아아아아아아아아???!!!"

소녀에게는 어울리지 않는 굵은 비명이 작렬했다.

붉은 것이 흩어진다.

하지만 안티스킬(경비원)과는 달리 움직임은 쉽게 멈추지 않았다. 작은 동물을 컨트롤하는 데 사용하는 약품이 있기 때문인지, 알록달록한 색깔의 액체가 들어 있는 시험관이 저항하듯이 몇 개나 허공에서 춤춘다.

쥐들의 모피 안쪽에서 무언가가 시라이를 날카롭게 노려보았다.

끼익끼익 하는 울음소리의 홍수 속에서도 그 작은 목소리는 트윈 테일의 소녀의 고막을 때렸다. '분해자' 하나츠유 카아이는 분명히 이렇게 말했다.

아 · 직 · 끝 · 이 · 아 · 니 · 야.

"!!"

마지막 힘을 쥐어짜, 시라이 쿠로코는 한 번에 세 대나 금속 화살을 쏘았다.

붉은 피가 흩어지지만, 트윈 테일의 소녀는 얼굴을 찌푸린다.

수천수만이나 되는 쥐들이 뿔뿔이 흩어지고 덩어리가 형태를 잃는다. 도려낸 것은 쥐들뿐이었던 것 같다. 거기에는 이미 하얀 가운 차림의 소녀는 없었다.

원형을 유지하지 못할 정도로 먹힌 것일까.

아니,

"…스테인리스, 싱크…."

거대한 정글짐처럼 열십자로 교차하는 철골과 철골 사이에 무언가 은색 반짝임이 있었다. 원래는 급탕실이었을까, 스테인리스로 된 개수대 밑에서 금속관이 수직으로 뻗어 있었던 것이다. 길고 길게, 지상까지.

당연히 배수구의 굵기는 시라이의 팔보다 가늘다. 하지만 트윈 테일의 소녀는 있을 수 없는 가능성을 결코 버리지 않았다. 고무 캡을 벗긴 시험관이 몇 개나 싱크대에 떨어져 있었던 것도 그렇다. 그리고 골수까지 '어두운 부분'이 배어 있던 소녀의 통칭을 떠올린다.

'분해자'.

'어두운 부분', 그중에서도 혐보성인 카아이라면 할 수도 있다. 자신의 뼈 200개 이상을 녹이는 정도는.

"큭…."

거기까지였다.

시라이 쿠로코의 몸이 크게 흔들리는가 싶더니, 이번에야말로 철골에서 발을 헛디딘다.

12

가볍게 어림잡아도 10층은 넘었을 것이다.

따라서 균형을 잃은 시라이 쿠로코가 살아날 길은 없었다. 설령 바로 밑에서 어른들이 두꺼운 매트를 들고서 기다리고 있었어도 힘들었을 것이다.

그럼에도 불구하고, 철벅 하는 물 같은 소리가 그녀의 몸을 감쌌다.

'분해자'가 철저하게 파괴한, 완전히 썩은 건축 자재의 말로다. 이 솜이나 먼지의 산 같은 무언가가 원래는 철근 콘크리트나 강화 유리였다고 하면 대체 어느 정도의 인간이 믿어줄까.

"시라이 씨이!!"

소녀의 몸이 깊고 깊게 가라앉기 전에, 목소리가 있었다.

바코드 머리에 안경을 쓴 안티스킬(경비원), 라쿠오카 호우후가 손을 뻗은 것이다. 마치 수많은 작은 손에 끌려 들어가는 것처럼 저항은 강했지만, 거기에서 아저씨의 팔이 부자연스럽게 부풀었다. 근육의 힘으로 억지로 끌어올린다.

마치 열병에라도 걸린 것 같았다. 목숨을 건졌을 터인 시라이 쿠로코는, 일어서기는커녕 땀으로 달라붙은 앞머리를 손끝으로 걷어낼 정도의 힘도 남아 있지 않은 모양이다.

그래도 그녀는 말했다. 떨리는 입술을 움직여서.

"…직…."

"?"

"아직 '분해자'는 자유를 구가하고 있어요…. 빨리, 하수도를 조사하세요!!"

"하, 하지만 시라이 씨, 빨리 처치를 해야 해요. 지금 병원을 수배하겠습니다. 뭣하면 안티스킬(경비원)의 헬기를 이용해서라도……."

시라이 쿠로코는 축 늘어진 채, 그래도 라쿠오카의 멱살을 잡았다.

자신도 목숨을 맡긴다면 미사카 미코토가 좋다. 이렇게까지 노력해도 꼬리도 잡지 못하다니 어떻게 된 일일까. 하지만 지금은 등을 떠밀지 않으면 안 된다. 무난하고 타당하고 소극적. 그래서는 선물 상자도 열지 않은 채 아저씨가 썩어버린다. 그것을 알아버린다.

핏덩어리라도 토해낼 것 같은 얼굴로 그녀가 외친다.

"가족이 자랑할 수 있는 누군가가 되고 싶다. 그걸 위해서 학교 선생이 되었고, 거기에서 더 위험한 안티스킬(경비원)에 지원한 거잖아요…!"

"……"

"그렇다면, 여기서 놓치지 말아요…. 다음 희생을 막고, 가슴을 펼 수 있는 자신이 되세요. 그러니까 빨리!!"

아저씨는 여기저기로 시선을 던지고, 입술을 깨물고, 고개를 숙였다.

그러고 나서 시라이 쿠로코의 몸을 조심스럽게 눕히고는 튕긴 듯이 달리기 시작한다.

누구에게서도 존경 따위 받지 못한다.

그래도 치안을 지키는 자로서, 한 사람의 교사로서 자신의 책무를 관철하기 위해.

13

학원도시 최대의 금기.

하마즈라 일행은 이 말에 매달릴 수밖에 없었다.

위조 업자의 텐트에 있던 카드 사이즈의 하드디스크. 암호화된 이 저장 장치 안에 답이 숨겨져 있으면 좋겠지만….

"지하에서 갈 거야, 하마즈라?"

타키츠보는 손끝으로 앞머리를 만지작거리면서 그렇게 말했다.

이마의 땀으로 머리카락이 달라붙는 것이 신경 쓰이는 모양이다. 뜸으로 어느 정도 완화했던 아픔과 고통이 조금씩 뚜껑을 자극하고 있는 것이다. 어차피 오래 버틸 것 같지는 않다.

언급하는 것은 무서웠다.

거기부터 모든 것이 와해될 것 같아서.

"아, 응. 어디고 다 감시투성이겠지만. 적어도 위성에서 감시당할 걱정은 없어지잖아."

그들이 걷고 있는 곳은 역 지하지만, 과밀 경향인 학원도시라면 통로를 걷고 있는 사이에 다른 역까지 도착해버리는 일도 드물지 않다. 제11학구와 제23학구 사이라면 공항으로 가는 터미널 역이 가까이에 있을 것이다. 지하를 따라 그대로 목적지까지 다다를 수 있을 터.

『…처음부터 소년원에 있는 그 애들은 안티스킬(경비원)이라도 수사 중의 사고라는 상황은 만들 수 없을 거야.』

뭔가 중얼중얼 말하는 여자와 스쳐 지나갔다.

자신의 말로 머릿속을 정리하고 있는 것일까. 긴 머리를 양 갈래로 묶고 배꼽을 드러낸 여고생은 군용인 듯한 손전등을 배턴처럼 빙글빙글 돌리면서,

『즉 나만 죽지 않으면 구출할 길은 있어. 그 페ㅇ필리아 이사장, 이렇게 요란하게 해놓고 옛 친구의 의리라도 다하고 있다고 생각하는 걸까? 등대 밑이 어둡네. 그럼 안티스킬(경비원) 측의 감찰의가 사용하는 시체 안치소의 빈방이라도 빌릴까….』

육로냐 하늘길이냐는 덮어놓고, 도시 바깥까지 옮겨야 하는 쓰레기의 산.

가전 쓰레기에서 개인 정보 등의 데이터를 뽑아내는 놈들로부터 특수한 드라이버를 빌리면, '목숨줄'이라는 글자 테이프가 붙어 있

는 하드디스크의 내용물을 들여다볼 수 있을지도 모른다.

(…그놈들이 지금도 살아 있다면 말이지만.)

안티스킬(경비원)이 상당히 요란하게 움직이는 것 같다는 사실은 하마즈라도 안다. 평소의 규칙은 통하지 않는다. '어두운 부분'의 안쪽의 안쪽이 어디까지 싸울지는 덮어놓고. 말단 부분에 대해서는 너덜너덜해지고 말았다고 생각하는 편이 좋을 것 같다. 일찌감치 격파당했든, 허둥지둥 도망쳤든, 평소의 비즈니스를 할 수 있을 거라는 보장은 없다.

그게,

"어라? 하카마 녀석 어디로 갔어?"

"몰라."

돌아보아도 인파밖에 없었다.

신경 쓰인다. 어쨌거나 대증 요법이라고는 해도 하카마 소녀가 없으면 타키츠보의 치료를 받을 수 없다. 하마즈라는 본격적인 침뜸은 놓을 수 없다. 그게, 본래는 자격이 필요했던 것 같은? 그러나 한편으로, 상대가 마지막까지 하마즈라 일행과 함께해줄 의리도 없을 것이다.

환자와 도움이 되지 않는 레벨 0(무능력자).

변덕으로 짊어지기에는 역시 너무 무거웠을까.

"…내버려두자. 말없이 사라진 건 그녀 나름대로 신경을 써준 건지도 모르고."

"응…."

이렇게 되면 추가 치료는 기대할 수 없다.

타키츠보의 고열이 도지기 전에 도시 바깥으로 나가야 한다.

"슬슬 제23학구야, 하마즈라."

"역시 지하가 정답이군…. 지금이라면 학구의 경계에 검문 정도는 깔려 있어도 이상하지 않고."

올라가는 계단을 찾아 지상으로 향한다.

평소에는 의식하지 않았지만 쓰레기의 산은 엄청났다. 멀리서 보아도 회색 파도가 보인다. 가전 쓰레기나 자동차의 고철 등 금속 부품이 많은 것 같지만, 주위에 있는 건물의 3층 정도까지 메워져 있다. 저 정도라면 도로도 메우고 있지 않을까.

그러나… 다. 실제로 가까이 가서 보니,

"…'고물장수'라는 건?"

"크리스마스 정도는 일을 쉬는 건지도."

손전등 등의 불빛은 보이지 않는다. 산은 어디에서 무너질지 예측도 되지 않는다. 올라가보는 것은 상당히 꺼려졌지만, 지상에서 보이는 범위에는 한계가 있다. 튀어나온 금속이나 유리 파편에 주의하면서, 하마즈라는 먼저 나아가 타키츠보가 안전하게 나아갈 수 있는 루트를 찾는다.

정적이었다.

산 위에서 둘러보니 마치 은색 사막 같다.

'고물장수'인지 뭔지와 갑자기 싸우게 되는 것은 물론 싫었지만, 아무도 없으면 없는 대로 불안해진다. 그들 또한 '어두운 부분'이었던 것일까, 이미 안티스킬(경비원)이 전부 제압했고 이 근처에서 잠복하고 있는 것은 아닐까? 그런 상상까지 머릿속에서 빙글빙글 돈다.

"어떡할 거야…?"

"멈춰 서 있을 수도 없어. 어쨌든 뭔가를 찾자."

이럴 때, 타키츠보의 냉정 침착함이 든든하다. 뜸 따위는 잠시 숨을 돌리는 것에 불과하다. 언제 껍데기를 찢고 몸 안쪽에서 고열의 고통이 되살아날지 파악할 수 없는 상태. 1초의 가치는 누구보다도 무겁게 이해하고 있을 텐데.

"'고물장수'인가 하는 게 드나들고 있다면, 절대로 빈손은 아닐 거야. 차가 필요해. 그대로 한 대가 서 있으면 번호판 같은 걸로 소유자를 알 수 있을지도 몰라. 그게 아니어도, 예를 들어 타이어 흔적 같은 걸로도…."

다만, 지시는 정확해도 구체적으로 어떻게 하면 좋을지가 연결되지 않는다. 불량소년은 무료한 듯이 가까이에 묻혀 있던 냉장고의 뚜껑을 덜컹덜컹 열었다.

"……."

거기에서 얼굴을 찌푸린다.

갈색 오물로 가득 찬 냉장고를 닫고 가만히 심호흡한다.

(주워서 돈으로 바꾼다는 건 그런 건가….)

짐작이 빗나갔다. 그렇게 되면 아무것도 할 수 없다. 적어도 뭔가 없을까. 이만한 쓰레기의 산이다. 쓸 만한 것이 하나 정도는.

하마즈라는 주머니 안에서 단단한 감촉을 움켜쥐고, 그리고 꺼냈다.

"특수한 드라이버가 있는 장소를 가르쳐줘, '니콜라우스의 금화'."

쿵.

금속판을 걷어차는 것 같은 소리가 울려 퍼졌다.

"왓."

연인인 타키츠보 리코가 소리를 질렀다. 둘이서 머뭇머뭇 쳐다보니 무언가 비스듬히 꽂혀 있었다. 노란색 마름모꼴에 『!』의 도로 표식. 의미는 그 외의 위험이 있으니 주의. 그러나, 특별히 보조 표식으로 주석이 없는 경우… 풍문으로는, 비과학적인 존재에 의한 위해도 포함한다던가.

(…다만 무섭게도, 실제로 뭔가 유령 같은 게 주위를 배회하고 있지.)

덜컹 하고 소리를 낸 것은 그 표식인 모양이다. 문제는 그 근원, 쓰레기 속에 무언가가 묻혀 있다는 것이었다. 철판, 아니, 문이었다. 양쪽으로 열리는 철문.

"하마즈라, 이건…."

"금속 컨테이너?"

평범한… 이 아닌 것 같다.

쓰레기의 산에 꽂힌 컨테이너는 마치 터널처럼 자유로운 공간을 점령하고 있었다. 게다가 그 바닥은 네모나게 도려내어져, 아래로 향하는 계단이 입을 벌리고 있었다.

14

가까이 있던 맨홀의 뚜껑을 팔 하나의 힘으로 튕겨 올리고, 라쿠오카 호우후는 어둡고 어두운 지하로 뛰어들었다.

이상한 냄새가 코를 찌른다.

장비품 중에서 경봉으로도 쓸 수 있는 튼튼한 손전등을 꺼내 확인해보니 안은 의외일 정도로 넓다. 하수라고 해도 여러 가지 형식이 있겠지만, 이곳은 오수(汚水)가 흐르는 강의 좌우에 콘크리트로 된 좁은 통로를 마련한 것 같은 구조로 되어 있었다.

물이 흐르는 소리 외에 기계음 같은 것도 섞여 있다.

부… 웅… 하는 낮은 으르렁거림은 심야의 냉장고 같은 울림과 비슷했다.

"?"

그리고 불빛을 반사하는 것이 있었다.

벽과 통로의 바닥에 투명한 무언가가 있다. 점액을 끌고 간 것 같은 흔적이었다. 바코드에 안경을 쓴 아저씨는 손전등을 든 채 흔적을 더듬는다.

어둠 안쪽에서 무언가가 꿈틀거렸다.

처음에, 라쿠오카는 자그마한 몸집의 인간이 머리부터 모포라도 뒤집어쓴 건가 생각했다.

"누, 누구냐?!"

고함치며 손전등의 불빛을 들이댄다.

절반 이상은 공포에 충동질당하고 있었다. 그렇다면 그 행위는 잘못이었을지도 모른다. 어둠 안쪽을 들여다보아도 불안이 씻겨 나갈 거라는 보장은 없기 때문이다.

『어라…?』

살색… 으로 보였다. 그러나 실제로는 산이다. 이제 가냘픈 허리도, 언밸런스하게 큰 가슴도 없다. 녹은 아이스크림 같은 덩어리가 있었다. 1~2미터 정도의 산. 다만, 그 표면에 일그러진 얼굴이 붙어 있었다. 하기야, 좌우 눈의 높이도 맞지 않지만. 그냥 살이라면 괴물이나 음식물 쓰레기였을 텐데, 뭉텅 빠진 검은 머리카락 다발이 묘하게 요염하다.

『어라, 어라어라. 이상하네. 원래대로 돌아가지 않아….』

힉 하는 소리가 아저씨의 목에서 넘쳐난다.

사실은 절규할 생각이었다. 그러나 목구멍이 경련이라도 하는 것인지, 제대로 된 목소리도 나오지 않는다.

덩어리는 불빛의 광원을 돌아보았다. 어느 쪽이 정면인지도 알 수 없는 질척질척한 덩어리인데도 이상하게 몸짓은 인간 같다.

딱, 딱 하고 무언가 단단한 것이 부딪치는 소리가 났다.

치아나 뼈 같은 기분 나쁜 것인가 싶었던 라쿠오카 호우후였지만, 자세히 보니 불빛을 튕겨내고 있는 것은 좀 더 무기질적이다. 크림색 덩어리에 삼켜지고 있는 것은 알록달록한 액체가 들어 있는 시험관이다. 다른 시험관과는 다르게 파란색 고무 캡으로 마개가 되어 있었다.

아까부터 그것을 뒤집어쓰고 있지만, 그래도 '돌아가지 않는' 모양이다.

(무언가의 치료약? 저게 있으면 시라이 씨도…!!)

『뭐 좋아.』

이만한 참상인데도, 덩어리는 무뚝뚝하게 말하며 몇 개나 되는 시험관을 옆으로 집어 던졌다.

저도 모르게 그쪽으로 시선이 빨려 들어갈 뻔했지만 라쿠오카는 필사적으로 참는다.

이런 꼴이어도, 틀림없이 '어두운 부분'.

조금이라도 틈을 보이면 즉시 당한다. 그런 예감이 두꺼운 벽처럼 덮쳐든다.

『힛, 히. 자신의 박테리아를 뒤집어쓰고 자신의 몸을 망치다니, 어느 모로 보나 불쌍하다는 느낌이 들지 않아? 더러워. 더러워졌어. 세포가 뭉개지는 소리가 들리는걸. 질척질척 하고. 히히, 히히 히히. 이렇게 불쌍한 여자애는 또 없겠지.』

몸을 꿈틀거리며.

마침내는 그런 동작에 무슨 의미가 있는 것인지도 잊어버릴, 소녀의 목소리가 있었다.

『응? 불쌍하다고 말해. 입으로는 비참하다며 얼굴을 찌푸리면서 속으로는 비웃어. 그러면 나는 분명히 '어두운 부분'의 전설로 영원히 살아갈 수 있을 거야…. 괜찮아, 목숨 따위 오컬트인걸. 없어져도 괜찮아. 나는 '어두운 부분'과 하나가 될 거니까….』

아아 하고 바코드에 안경을 쓴 아저씨는 한숨을 쉬었다.

그러고 나서 새삼 마주한다.

솔직하게 말했다.


"시간의 흐름도 신경 쓰지 않고 세상의 문제를 전부 내던지고 영원히 떠 있을 수 있다니. 얼마나 마음 편하고 부러운 인생인가요."


힉.

살색을 한 덩어리가 한층 쪼그라들었다.

『히이이익!! 잠깐, 그만둬. 나는 이제 여기에서 움직일 수 없어. 이걸로 인생 끝장이라고! 이제 절대로 살아날 수 없으니까. 그렇다면 적어도 경멸해주지 않으면 영원히 어중간한 곳에 걸려 있기만 할 뿐인걸. 누구의 기억에도 남지 않는 평균점 따위 질색이야. 그럴 바에는 실컷 더러워지는 편이 그나마 나은데에!!』

질척거리는 물소리가 있었다. 발을 헛디딘 것일까, 아니면 스스로의 의지로 뛰어든 것일까. 살색을 띤 산 같은 덩어리는 더러운 물에 몸을 던지고, 그리고 보이지 않게 되었다. 단순히 가라앉았다기보다 녹았다고 하는 편에 가깝다.

라쿠오카 호우후는 가만히 숨을 내쉬었다.

자신은 이제 살아날 수 없다고 말했던 소녀. 하지만 왠지 모르게 그녀는 영원히 저대로가 아닐까 하고 아저씨는 생각했다. 모든 속박에서 해방된 소녀는 수명이라는 굴레조차 존재하지 않게 된 것이 아닐까.

그것이 행복인지 어떤지는 덮어놓고.

라쿠오카는 투명한 점액 줄기가 남아 있는 통로 바닥에 떨어져 있던 몇 개의 시험관을 줍는다. 알록달록한 액체 중 어느 것이 해독제인지는 알 수 없지만, 일부러 파란색 고무 캡으로 색깔을 구분한 시험관이다. 안전의 파란색, 소녀가 마지막에 매달린 파란색. 성분분석을 의뢰해도 손해는 없을 것이다.

그리고.

그때였다.

『히히.』

더러운 물이 목소리를 냈다.

움찔 떨며 손전등의 빛을 비추지만, 탁한 강에서 무언가가 머리를 내미는 기색은 없었다. 그럼에도 불구하고 소녀의 목소리는 이어진다. 도시의 더러움에 뒤범벅되고 싶다고 바랐던 소녀가, 오수 그 자체에 엷고 넓게 확산된 것 같았다.

『그러고 보니 묻는 걸 잊고 있었는데, 당신은 호보성, 아니면 혐보성? '어두운 부분'의 어디쯤의 계층에 있는 사람?』

"…하?"

이것만은 진심으로 의미를 파악할 수 없었다. 철벅 하고 오수가 희미하게 파도쳤다.

『어라아, 이런 몰골이 되어서까지 이상한 밀당 따위를 할 것 같아? 나는 지금 모든 것에서 해방되어 가득 차 있는걸. 응, 응. 당신이 말하는 대로 나는 모든 것에서 해방된 존재가 될 수 있었어. …쌍둥이라는 건 말이지, 언제나 함께면 의외로 답답하거든. 사실은 나는 혼자서 뭐든지 할 수 있었어. 기능의 일부를 나눠서 요우엔에게 맡기고 있었지만, 도시의 더러움을 분해하는 것만이라면 혼자서 할 수 있었다고.』

찰박찰박 하는 소리는 커진다.

안 그래도 심했던 악취가 투명하고 두꺼운 벽처럼 느껴졌다.

『나는 모든 걸 분해하고 싶었어. 쌍둥이의 유대라는 환상도, 자기 자신도. 해방되고 싶었어.』

아저씨의 호흡이 무너진다. 이마와 머리에서 땀방울이 몇 개나 뿜어 나온다.

소녀는 아랑곳하지 않았다.

『그런 지금의 나라면 거짓말은 하지 않아, 왜냐하면 이유가 없는 걸. 그래서 묻고 있는 거야. 당신은 '어두운 부분'의 어디쯤에 있는 사람이냐고. 지금까지 마주치지 않았던 걸 보면 다른 층일 것 같은데.』

"잠깐, 기다려주세요…."

이상한 설득력이 있는 울림이었다.

사형을 기다리는 죄수의 결벽함. 잃을 것이 없어진 존재는 지키기 위해 거짓말을 할 필요가 없다.

그렇다면?

"저는 안티스킬(경비원)이에요. 그 이상도, 이하도 아니에요. 그야, 뭐, 어그레서로서도 일하고 있습니다. 훈련을 위해 흉악범이 되어 싸우거나 하기는 해요. 하지만 그것뿐이잖아요. 저는 당신들과는 달라요. 다른 존재예요."

『무리야. 그 변명은 너무 구차한걸. 당신, 여기가 어디인지 모르는 거야? 봐, 기계가 으르렁거리는 소리가 안 들려? 부… 웅 하는 저 소리는 뭘 위해서지? 정답은 이쪽, 여기는 발자국을 지우는 장소야. 카메라에서 카메라로 연결되어 끝없이 추적당하지 않도록. 죄를 저지르기 전에 지하로 숨어들어서 발자국을 지우고, 추적할 수 없는 형태로 만들고 나서 현장으로 향한다. 기계 소리는 자장(磁場)을 만들기 위해서지. 하이테크 제거.』

"……"

『그러니까, 악의적으로 만들어진 하수 미로를 그냥 걸어가도 다다를 수 있을 리가 없는걸. 이곳을 알고 있는 건 '어두운 부분'의 인간뿐. 당신, 틀림없이 사용한 적이 있을 거야, 이곳의 설비를.』

"……………………………………………………………………………………………………………………………………………………………………………………………………………………………………………………………………………………………………………………………………………………………………………………………………………………………………."

아니야 하고 입술은 움직였다. 그러나 목소리는 나오지 않았다.

축축하고 기분 나쁜 습기의 착각과 함께 시야가 천천히 하얘진다. 라쿠오카 호우후는 필사적으로 의식을 붙들려고 한다. 짐작 가는 데는 없다. 뻔하다. 시시한 인생이었다. 플러스도, 마이너스도 없고, 그저 그저 나이를 먹었을 뿐인 인생이었다. 그래도 같은 집에서 사는 어머니와 여동생이 가슴을 펴고 자랑할 수 있는 누군가가 되고 싶다고 생각하고, 그것만 생각하며 학교 선생, 나아가서는 안티스킬(경비원)이 된 것이다. 그러니까 인연이 없다. 상관없다. '어두운 부분'이라는 말에 짐작 가는 데는,

『아아.』

끈적거리는 웃음이 가로막았다.

불빛에 비치는 것은 거무칙칙한 오수밖에 없을 텐데.

확실하게.

『당신은 정말로 선량했군. 하지만, 그렇기 때문에 더더욱 절대로 못 본 척할 수가 없었어.』

영원해진 누군가가.

심심풀이로, 무너뜨리러 온다.

『왜냐하면 당신, 일단 여기에서 발자국을 지우고 나서 시체를 버리러 갔잖아? 장소는 산, 아니면 그 역 지하라든가? 누군가의 죄가 밝혀져서, 작은 세계가 망가져버리는 걸 어떻게 해서라도 막기 위해서 말이야.』

어머니　　　　　　　　　　　　점착

　　　여동생

　소중한 가족　　　　빨강　　　스타킹

야비한 웃음 얼굴 없는      궁지에 몰려        죽는 게 당연
　정신이 들어 보니 이렇게 되어 있었어
아무도 잘못하지 않았어　　　　　　멍하니 서 있는 그림자
　　　　　　　　　　살

　껴안고, 모두가 떨고, 선과 악에 대해서 서로 확인하고, 그 후에
는 이것을 어떻게 할지를 생각하고, 생각하고, 생각하고, 이불 압착
팩에 담아서 re 청소기의 kagu 를 연결해 슈트케이스 hieub 아서
눌 ebhn 장에 넣어 meb 지만 이상한 냄새가 떠돌 nhrn 서 날벌레
의 유충 he 해서 선택을 강 ggu 욕실에 끌고 ofbn 손도끼를 휘둘러
tu 소분 hrnp 자루에 ut 어서 nhepgnansdipjgnmd, jnpigvnp.
sdf
　"아, 아아. 우구오오오아아아아아아아아아아아아아아아아아아
아아아아아아아아아아아아아아아아아아아아아아아아아아아아아
아아아아아아아아아아아아아아아아아아아아아아아아아아아아아
아아아아아아아아아아아아아아아아아아아아아아아아아아아아아
아아아아아아아!!!!!!"
　출구도 없는 고이고 숨 막히는 지하에서 라쿠오카 호우후는 짐
승처럼 하늘을 향해 포효했다. 찰박찰박 하고 언제까지나 시끄러운
오수를 걷어차려다가, 오히려 그대로 하수의 강으로 떨어지고 만
다.
　수면으로 얼굴을 내밀었지만 질척거리는 이상한 냄새의 원천이
팩처럼 달라붙는다. 불쾌하기만 한 것이 아니라 오히려 기분 나빴
다. 사람의 맨살 같은 온기가 뇌에 꽂힌다. 물론 그런 경험 따위 없

지만, 만일 거인의 가슴에 온몸이 감싸이면 이런 감촉이 들까.

귓가에서 속삭이듯이, 또는 귓속에 직접 소녀의 숨결이 닿는 것 같았다.

『아하하. 아하하하하하하, 아하아하하하하아하아하하.』

"콜록. 닥쳐."

『뭔가 거동이 이상하다고 생각하고 있었는걸. 미각이 어린아이랄 까, 어른으로서의 관행이 빠져 있달까… 아저씨인 것치고는 세계가 좁은 것 같았는데, 그런 거였군. 밀어닥치는 '사회'의 책임이 무서워 서 '학교'에서 나갈 수 없었다. …후후후. 당신도, 어엿한, 혐보성이 잖아.』

"닥쳐어어어어어어어!!!!!!"

힉 하는 작은 비명이 있었다.

오수의 강에 빠진 채, 라쿠오카 호우후는 충혈된 눈을 향한다. 손 전등을 들이댄 곳에 열 살 정도의 작은 여자아이가 있었다. 더러워 질 대로 더러워진 하수와 청결한 체조복은 너무나 어울리지 않아서 합성 사진처럼 붕 떠 보였다.

몸을 움츠리고 있는 여자아이는 얼핏 보면 겁먹은 작은 동물처럼 도 여겨진다.

그러나 얼굴 표면에서 미끈미끈한 존재가 속삭였다.

『잊었어?』

목소리가.

웃음소리가 들린다.

『평범한 사람은, 단순한 우연으로 이런 곳까지 다다를 수 없어.』

"……."

찰박 하는 물을 가르는 소리가 울렸다.

바코드 머리에 안경을 쓴 경비원이 오수의 강에서 통로로 몸을 끌어올린 소리다.

"나는….."

비스듬히 기울어 있었다. 어깨의 좌우 높이가 맞지 않았다.

"나는 안티스킬(경비원)이야. 가족이 자랑스럽게 생각해주는, 그런 누군가."

그것뿐이라면 간절한 소원이었을지도 모른다. 실제로 어머니와 여동생은 그에게 감사해주었을지도 모른다.

하지만 그런 감사가 있었던 것을 인정해버리면….

"…읏!!"

흔들린다.

무너진다.

진실은 어째서 이렇게 무거운 것일까. 사람을 짓눌러도 짓눌러도 질리지 않고, 위에서 꾹꾹 덮치는 것일까.

하지만 약속했다.

숨도 제대로 쉬지 못하는 시라이 쿠로코에게서 '어두운 부분'을 뒤쫓으라는 말을 들었다. 여기에서 손에 넣은 시험관이 있으면, 그녀는 아직 살 수 있을지도 모른다.

그러니까, 자신은 이미 틀렸지만.

힘이 남아 있는 한은 '어두운 부분'을 걷어차고, 어떻게 해서라도 이것을 전해주자.

"가아아아아아아아아아아아아아아아아아아아아아아아아 아아아아아아아아아아아아아아아아아아아아아아아아아아아아

아아아아아아아아아아아아아아아아아아아아아아아아아아아아아
아아아아아아아아아아아아아아아아아아아아아아아아아아아아아
아아아아아아아!!!!!!"

주박(呪縛)이 풀리고, 등을 돌리는 작은 여자아이.

경비원으로부터 도망치는 것은 꺼림칙한 이유가 있기 때문이다.
그렇게 판단했다.

도망치는 사냥감을 뒤쫓는 그림자는, 눈 깜박할 사이에 실루엣이
무너진다. 안쪽에서 안티스킬(경비원)의 제복을 찢고 근육이 울퉁
불퉁한 거구가 바깥으로 드러난다.

싸우는 것을 선택해버린 누군가가 팔다리를 휘두르며 쫓아간다.

15

어디를 어떻게 걸었는지 기억도 나지 않았다.

체조복 차림의 여자아이, 리사코는 캄캄한 하수도인데도 시야의
절반 이상이 새하얗게 메워질 것만 같았다. 숨이 거칠고 가슴이 괴
롭다. 두 눈 끝에서 눈물이 뚝뚝 흐르고 있었다. 방범 버저에 달려
있는 작은 LED 조명의 빛이 벽이나 천장에 부딪칠 때마다 눈부신
반사 때문에 눈 속이 아파 견딜 수가 없다. 오빠가 건네준 것이 아
니라면 유일한 광원이라는 것도 잊고 내던졌을지도 모른다.

달린다.

어쨌든 달린다.

와서는 안 되는 장소에 잘못 들어왔다. 아무리 시간이 지나도 소
다테의 비밀 기지에 다다르지 못한 시점에서 그렇게 생각해야 했을

지도 모른다. 하지만 어디까지 하면 포기하고 되돌아갈지를 결정하지 않은 것이 문제였다. 앞으로 조금, 조금만 더. 안으로 안으로 나아가다 보니 어느새 밟은 것만으로도 몸과 마음이 너덜너덜해지고 말 것 같은 장소까지 들어오고 말았다.

무언가가 계기가 되어 이렇게 되었다.

본래 같으면 절대로 다다를 일이 없는 장소까지 레일이 이어지고 만 것이다.

(뭘까, 저거…?)

무서워서 돌아볼 수는 없었다. 좁은 통로를 달리고, 굵은 파이프 사이로 몸을 밀어 넣고, 어쨌든 조금이라도 멀어지려고 한다. 뒤에서 무언가 무서운 것이 쫓아오고 있다.

붙잡히면 안 된다. 분명히 심한 일이 일어날 것이다.

(저 아저씨, 아무것도 없는 곳에서 중얼중얼 말하고 있었어!!)

"앗!"

크게 튀어나온 것이 있었던 것도 아닌데 리사코는 요란하게 넘어졌다. 무릎의 아픔에 울음을 터뜨리는 것조차 잊었다.

훅.

있을까 말까 하던 빛이 꺼지고 만 것이다. 검은색이 모든 것을 가득 메운다.

(조명, 불빛이 없으면….)

달걀 모양의 방범 버저의 감각이 손바닥 안에서 사라지고 없었다. 넘어졌을 때 바닥에 미끄러진 모양이다. 스위치가 꺼진 것인지, 장치가 고장나버린 것인지 알 수 없었다. 영화관 같은 캄캄한 어둠이다. 빛이 없으면 앞으로 나아갈 수 없다. 찰박찰박 하는 하수의 강 소리는 지금도 들리고 있으니, 무턱대고 나아가기만 하면 떨어져버릴지도 모른다.

엎드린 채 작은 손바닥으로 여기저기 더듬지만, 버저 같은 감각은 잡히지 않는다.

오빠한테서 받은 소중한 방범 버저였다. 돈에 대해서 곤란해 보이는 모습은 종종 봤다. 잃어버렸다고는 절대로 말하고 싶지 않았다.

그런데 아무리 시간이 지나도 방범 버저가 보이지 않는다. 이렇게 열심히 찾고 있는데 찾을 수가 없다.

훅.

악취가 심해졌다. 뒤에서다.

그 '괴물'은 손전등을 들고 있었던 것 같은데, 불을 끈 것일까. 이 어둠 속에서, 빛이 없어도 이쪽의 등이 보이는 것일까. 하지만 어떻게?

사실은 지금 당장 도망쳐야 했을지도 모른다. 여기저기 몸을 부딪쳐도 좋으니, 어둠 속을 달리는 편이 좋았을지도. 하지만 어떻게 해도 리사코는 방범 버저를 포기할 수 없었다. 자신의 입술을 깨물고, 눈초리에 눈물이 고인 채 작은 손으로 더러운 바닥을 찰박찰박 더듬는다.

(싫어….)

찾을 수 없다.

찾을 수 없다.

어떻게 해도 오빠한테서 받은 방범 버저는 찾을 수 없다.

(이제 싫어. 어디에 있는 거야아?)

무언가 천장이 낮아진 것 같은 압박감이 있었다.

엎드려서 방범 버저를 찾는 소녀의 위에서 무언가가 덮친 것인지도 모른다.

처음부터 아무것도 보이지 않았던 어둠 속에서 리사코가 두 눈을 꼭 감았을 때였다.

무언가가 찌그러지는 소리가 있었다.

그리고 두꺼운 벽 같은 압력이 겁먹은 듯이 뒤로 물러났다.

깜짝 놀란 듯이 눈을 뜨는 리사코였지만 당연히 어둠 속에서는 아무것도 보이지 않는다.

그럴 터… 였다.

무언가를 문지르는 소리가 울렸다. 생일 케이크의 초보다도 조금 커다란 빛이 있었다. 도깨비불은 아닌 것 같다. 오빠가 불꽃놀이를 할 때 가져다주는 라이터의 불꽃이다 하고 깨달았을 때, 지금까지와는 다른 짐승 냄새가 리사코의 코를 찔렀다.

『엇차, 어린애 앞이었나.』

무언가를 꺼내 입에 물려던 덩어리가 리사코 쪽을 보고 그 움직임을 멈추었다.

믿을 수가 없었다.

사람의 목소리로 말을 걸어온 것은 어떻게 생각해도 커다란 개로밖에 보이지 않았다.

"인면견…?"

『이런이런, 이래 봬도 조금 더 로망이 넘치는 존재라고 자부하고 있는데 말이지. 뭐, 대중적으로는 비슷한 것이려나. 어차피 테크놀로지잖아… 보다는 나을 테고.』

보통 같으면, 커다란 개가 다가온 것만으로도 무서울 것이다. 특히, 주인이 목줄을 잡고 있지 않은 개는. 하지만 그 커다란 골든레트리버는 주저앉은 리사코 옆을 슬쩍 지나갔다. 마치 뒤에서 밀어닥치는 '괴물'을 막으려는 듯이.

빛을 가진 자는 말했다.

『빨리 가, 아가씨. 사이에 있는 샛길, 녹슨 철문, 여러 가지로 신경 쓰이겠지만 전부 무시하고 똑바로 통로를 나아가는 거야. 만일 스스로의 망설임에 휘둘리는 일이 없다면, 기나긴 길 끝에 올라가는 계단과 마주칠 거야. 기회는 주지. 하지만 살리느냐 죽이느냐는 네게 맡기마.』

"하지만, 오빠의 방범 버저가…."

끝까지 대답할 시간도 없었다.

무언가 작은 것이 던져졌다. 작은 양손으로 받아 들자, 그것은 아무리 찾아도 발견할 수 없었던 달걀 모양의 기계였다.

대체, 개가 어떻게 던진 것일까? 저 라이터도….

의문으로 생각하기 전에 골든레트리버는 다시 한번 말했다.

이번에는 강하게.

『빨리.』

허둥지둥 체조복 차림의 여자아이는 달리기 시작하고, 그러나 곧 멈추어 섰다.

위험하다는 말을 들었는데도 그만 돌아보고 만다.

"멍멍이는…?"

안 오는 거냐는 뜻이 아니다. 이름을 묻는 거라는 데 생각이 미쳤는지, 골든레트리버는 작게 숨을 내쉬었다.

만일 개에게 웃는 기능이 있었다면 그는 웃고 있었을지도 모른다.

『'어두운 부분'이야. 키하라 노칸. …이런 놈들을 처리하기 위한.』

징!! 어둠 안쪽이 진동했다.

이번의 이번에야말로 긴 통로를 달려가는 작은 등을 확인하고 나서, 어둠의 색으로 물든 골든레트리버는 천천히 정면을 돌아보았다.

기계로 만들어진 가느다란 암(arm)으로 고급 담배를 만지작거리며, 그 끝에 오일 라이터의 불을 가까이 댄다.

『이제, 상관없겠지.』

변한다.

완전히.

『이제부터 죽으러 가는 자에게 건강에 대한 영향 따위 신경 쓸 필요도 없으니까.』

검은 벽이 꿈틀거렸다. 한 번은 갑작스러운 아픔에 움츠러들었던 어둠이 다시 압력을 늘린다.

압력이 사람의 목소리로 말했다.

"…당신도 '어두운 부분'입니까?"

『그렇다. '어두운 부분'을 죽이면 자신은 문제를 보류할 수 있다는 수수께끼의 이론에 따른다면, 굳이 저 애한테 집착할 필요는 없겠지?』

느긋하게 담배 연기를 내뿜으며 골든레트리버가 말한다.

『그런 의미에서는 나는 훌륭한 사냥감이라고. 어쨌거나 '키하라' 중에서도 비밀 중의 비밀이기는 할 테니까.』

"닥쳐."

한 발짝.

사정없이 내디뎌 들어온 거구가 오일 라이터의 불안한 불빛 아래에 드러난다.

"지금 그게 전력(全力)이라면, 당신은 이길 수 없어요. 저는 이미 출혈조차 없어요."

『…뭐, A.A.A.는 오리지널도 포함해서 계집애들의 장난감이 되어버렸고, 있으나 마나 한 스페어도 이번 핸드커프스로 모조리 부서지고 말았으니까.』

지금의 골든레트리버가 할 수 있는 일은, 예전의 최강 장비 운반에 사용했던 컨테이너나 케이스를 사출하는 것뿐이다. 내용물은 비어 있기 때문에 대단한 위력도 없다. 아니, 화약을 가득 담아 기폭해도 이 괴물은 자신의 근육으로 막아낼 것이다.

"지금부터는 갖은 고통을 주다가 죽일 거예요. 저는 '어두운 부분'을 용서하지 않아요. 어떤 형태를 취하고 있어도."

기묘하게 일그러져 있었다. 그것 자체가 갑옷 같은 두꺼운 근육에 감싸여, 하지만 얼굴 부분만이 평소와 똑같다. 바코드 머리에 안경을 쓴 안티스킬(경비원)은, 배낭을 짊어진 골든레트리버를 보면서 그 이외의 무언가를 향해 중얼중얼 뇌까린다.

"그리고 당신 자신도 그렇게 될 걸 알고 있는 것 같은 기색이 엿보이는군요. 그렇다면 목숨을 던지면서까지 도주시킨 저 소녀가 신경 쓰여요. 분명 커다란 '어두운 부분'일 거예요. 절대로 그냥 보내줄 수는 없어요. 뒤를 쫓아가면 더 많은 어둠을 줄줄이 끌어올릴 수 있을 터. 그렇지 않으면 이상하잖아요. '어두운 부분'도 아닌 평범한 어린애가 저런 장소까지 들어올 수 있을 리가 없잖아요⋯."

『이봐, 어이.』

슬슬 지긋지긋해진 모양이었다.

좋아하는 브랜드의 담배에 폐를 맡겨도 없앨 수 없었던 모양이다. 키하라 노칸은 불쾌한 듯이 가로막았다.

『슬픈 소식이지만, 아까부터 네놈, 대체 어디의 누구와 이야기를 하고 있지? '분해자'? 아아, 확실히 하나츠유 카아이라면 지금도 그 근처를 떠돌고는 있고, 어떤 의미로 영원히 죽을 수 없는 존재가 되었을지도 몰라. 언젠가의 야쿠미 히사코처럼. 하지만 저게 공기를 진동시켜 육성을 만들어낼 수 있는 상태라고 생각하기라도 하는 건가? 저, 오수 속에 희석될 대로 희석된 몸으로 어떻게?』

"⋯⋯."

『'어두운 부분'인지 아닌지에 상관없이, 이런 통로는 누구나 다다를 수 있어. 그게 시시한 진실이다. 저 애가 겁먹고 있었던 건, 머리가 벗겨진 느끼한 안경 아저씨가 악취투성이 오수에 어깨까지 잠겨서 혼자 중얼중얼 뇌까리면서 황홀한 표정을 띠고 있었기 때문이겠지. 그런 목소리는 없었어. 네놈은 이 장소에서 뭔가 안 좋은 일을 떠올렸지만, 자기 혼자 멋대로 지뢰를 밟았다고는 인정하고 싶지 않았던 거다. 어차피 파멸하려면 단순한 사고가 아니라, 적어도 장대한 계획을 좌우하는 교활한 덫이기를 바란 거야. 그래서 악의 있는 웃음소리라도 몽상 속에 떠올린 거겠지. 질척거리는 오수가 파도치는, 찰박찰박하는 물소리와 겹쳐서 말이야.』

"……………………………………………………………………………………
…………………………………………………………………………………………
…………………………………………………………………………………………
…………………………………………………………… ."

라쿠오카 호우후는 정지해 있었다.

그의 안에서 무엇이 어떻게 처리되고 있는지는 키하라 노칸도 파악할 수 없다. 그다지 흥미도 없다.

"…앞을 향할수록… 비참해진다, 그렇게 생각하고 있는 시점에서 저도 물든 거겠죠."

『뭐가?』

"하지만 저 애가 여기에 있었던 이유의 설명은 되지 않는다고 생각합니다. 복장도 좀 이상했어요. 무언가의 센서를 팔다리에 차고 있었고, 저건 상당히 고도의 기술이었어요. 역시 그녀는 '어두운 부분'의 인간입니다."

『뭐, 이렇게 되나. 참고로 나는 특별히 거짓말을 하고 있다고는 생각하지 않지만.』

라쿠오카는 가까이 있던 강관(鋼管)에 손을 댔다. 평범한 인간의 몸통보다도 굵은 파이프를 한 손으로 뜯어낸다.

체중이나 근섬유 다발을 보면 종합적인 근력은 외부에서 계산할 수 있다. 놈의 손에 걸리면 둔기라기보다 엿이나 채찍처럼 휘두를 것이다. 가느다란 나뭇가지를 그냥 휘둘러 내리느냐, 손목 힘을 써서 휘게 하느냐의 차이를 떠올리면 된다. 통상 위력의 다섯 배에서

열 배는 각오해야 한다.

그러나 개는 뒤로 물러나지 않았다.

그런 것보다 담배의 맛을 즐기는 게 더 중요하다는 듯이 눈을 가늘게 뜬다.

『…키하라를 죽이고 방해되는 시체까지 완벽하게 버린 가정인가. 어쩌면 너와는 함께 싸울 수 있었을지도 몰랐는데.』

가만히 숨을 내쉬며 대형견은 속삭였다. 중대한 의미를 갖는 말이었다.

『키하라 헤이킨. 심리학적 접근의 일환이라고는 해도, 놈의 나쁜 버릇은 완전히 공사가 혼동되어 있었어. 같은 기술이라도 일로 사용하면 잠복, 취미로 사용하면 스토킹이라고 그렇게 강하게 타일렀는데 말이야.』

무언가를 떠올리듯이.

또는 유감스러워하듯이.

『가족을 지킨다, 그것뿐이라면 나는 너를 존경했겠지. 네 용기 있는 행동은 옳다고는 말할 수 없었을지도 모르지만, 거기에서는 강한 로망의 반짝임이 느껴졌어. 설령 선한 길에서 튕겨 나간다 하더라도 나라는 '어두운 부분'이 너의 도래를 환영했겠지.』

그러나… 다.

골든레트리버는 딱딱하게 내뱉었다.

『하지만 이유도 없이 어린아이를 쫓아다니는 지금의 네게는 아무것도 없어. 자신의 사정으로 적당한 약자를 악이라고 결정짓고 먹잇감으로 삼으려고 한 네게는. 나라는 '어두운 부분'은 너를 거부한다. 미안하지만 이건 내가 처리해야 할 안건이야.』

공기가 바뀐다. 말의 딱딱함이 기체(氣體)의 밀도나 점도에까지 영향력을 넓히는 것처럼.

그래도 삼켜지지 않은 라쿠오카 호우후는, 역시 썩어서 떨어져버렸다 해도 키하라 살해자의 편린 정도는 남기고 있었던 것일까.

…일그러져서 원래대로 돌아오지 않게 된 선인은 그냥 악인보다도 더 나쁘다. 키하라 노칸은 솔직하게 평가했다. 나쁜 방향으로.

그렇다, 본래 '어두운 부분'은 어디에나 있다. 아파트의 옆집에도, 근처 마트에도, TV 속의 연예계에도, 평화를 지키는 안티스킬(경비원)에도. 일소란, 즉 아름다워지기 위해 마음에 들지 않는 얼룩이나 주름을 칼로 피부째 벗겨내는 행위라는 것을 지금의 루키(총괄 이사장)는 이해하고 있었을까.

"당신은 질문에 대답하지 않았어요."

『흠.』

"아까 그게 전력(全力)이라면, 만에 하나라도 이길 수 없어요. 그런데 어떻게 할 생각입니까?"

흠 하고 키하라 노칸은 한 박자 쯤을 들였다. 모른 척하는 얼굴로 귀를 기울이지만, 이미 작은 발소리는 들리지 않았다. 아무래도 체조복 차림의 소녀는 조언대로, 곁눈질도 하지 않고 기나긴 직선을 달려갔을 것이다. 아마 지상으로 나갔을 무렵이다.

『로망이란 무엇인가. 뭐, 지금의 네게 물어도 제대로 된 답이 돌아올 거라고는 생각하지 않지만.』

이쪽에 무기는 없다.

한편으로, 아무리 폭주했어도, 아니, 어떤 의미로 폭주했기 때문에 더더욱일까. 라쿠오카 호우후의 실력만은 진짜고, 게다가 몸의 형태가 바뀔 정도로 부스트했다. '어두운 부분'의 싸움에 규칙은 필요 없다. 지면 어떻게 될지는 상상하지 않는 편이 좋다.

그래도 맛있다는 듯이 담배를 피우며 대형견은 말했다.

『효율이나 합리성이 아니야. 낭비를 즐기는 마음, 이게 들개와 나를 분리하는 정의(定義)지.』

16

"어째서어…?"

반쯤 울상을 짓고 있었다.

곱슬곱슬하고 긴 은발과 언밸런스한 하카마의 조합. '어두운 부분' 중에서도 호보성 중의 호보성, 비바나 오니구마는 그다지 익숙하지 않은 역의 지하에서 완벽하게 미아가 되었다.

지구의 전 인류는 두 종류로 나눌 수 있다고 한다. 처음 가는 지하철역에서 망설이지 않고 목적하는 출구를 찾을 수 있는 인간과, 정신이 들고 보니 전혀 다른 역의 지하까지 터벅터벅 걷고 있는 인간이다.

원해서 된 것은 아니지만, 그녀도 '어두운 부분' 측의 인간이다. 안티스킬(경비원)에게 들키면 곤란하다. 살아서 인생을 구가하려면 학원도시 밖으로 나갈 수밖에 없고, 그러기 위해서는 학원도시 최대의 금기인가 하는 비밀에 다가갈 필요가 있다.

하마즈라인지 타키츠보인지, 놈들은 대체 어디로 갔을까?

설마 미리 짜고 따돌린 것은 아닐까. 그런 불길한 상상조차 머릿속을 빙글빙글 돈다. 어쨌든 제23학구다. 뭣하면 일단 지상으로 나가서 현재 위치를 확인해도 된다. 위는 위대로 위험한 모양이지만, 이대로 영원히 미아가 되는 것보다는 나을지도 모른다.

그렇게 생각했다.

결단이 10초만 더 빨랐다면, 분명히 이 교차는 없었을 것이다.

"무규!!"

갑자기 가까운 문이 열렸다. 어느 모로 보나 스태프용 같은 철문에서 뛰쳐나온 누군가가 비바나에게 부딪친 것이다. 키가 너무 작기 때문인지 허리 부근에 충격이 스친다.

상대는 체조복을 입은 여자아이였다.

그리고 일일이 사정을 묻고 있을 여유도 없었다.

벽이… 맞은편부터 크게 부풀기 시작했다. 철문째 풍선처럼 폭발해서 대량의 파편이 옆에서 후려치듯 덮쳐든다. 순간적으로 비바나는 검은색과 복숭아색, 두 개의 보자기를 바닥에 떨어뜨려 개방했다. 일본풍 고문 굿즈 중에서 끝이 갈라진 죽도를 움켜쥐고는 공기를 찢어 나간다.

많은 머리를 가진 뱀 같았다.

"흠."

덮쳐드는 산탄을 어렵지 않게 전부 쳐서 떨어뜨리자 분진 맞은편에서 무언가가 꿈틀거리는 기척이 있었다.

일그러진 모양으로 잔뜩 부푼 근육 덩어리 위에 연약한 샐러리맨 같은 머리가 놓인 특이한 실루엣이었다. 가까스로 남은 천 조각에서 회사원이 아니라 안티스킬(경비원)이라는 것을 알 수 있다.

그 녀석은 피투성이였다.

이쪽의 허리에 매달린 여자아이는 덜덜 떨고 있었다.

꺄아!! 히이이?! 하고 주위에서 소란이 확산되는 가운데… 다.

"아아…."

여자아이의 눈이 크게 뜨여 있었다.

다만, 단순한 공포와는 다른 것 같다. 튄 피의 붉은색을 보고서 떨고 있었다.

"멍멍이는? 아아, 아아, 그런…. 그럼 나를 구해준 그 골든레트리버는 어떻게 된 거야?!"

덜컹 하는 무거운 소리가 있었다. 대체 어떤 부하(負荷)를 가하면 저렇게 되는 것일까. 열차의 레일보다 커다란 쇳덩어리가 엿가락처럼 늘어나 있다. 고문이나 처형의 역사를 전문으로 연구하는 비바나이기 때문에 더더욱 알 수 있다. 만일 저것이 둔기가 아니라 '채찍'이라면 한 번 휘둘러서 중형 트럭 정도는 링처럼 자를 수 있을 것이다.

"겨우… 발견했어. 발견했어요…."

낮고 낮은, 저주 같은 목소리였다.

하수 아래에서 기어 나온 것인지, 입을 벌리기만 해도 악취의 벽이 밀려오는 것 같다. 한 걸음 더 내디디려고 하는 근육 덩어리였지만, 거기에서 비바나가 끝이 갈라진 죽도를 들이댔다.

호보성의 고문 마니아와 혐보성의 근육 덩어리가 정면에서 마주한다.

"만일, 그게 채찍이라면."

"?"

"화가 치밀지만, 방치해둬도 변변한 일은 일어나지 않겠지, 역시.

이쪽은 진지하게 즐겁게 고문이나 처형의 문화를 연구하고 있다고. 너 같은 갑툭튀가 적당히 도구만 꺼내서 이상한 사건을 일으키면, 굉장히 곤란해. 아주 귀찮단 말이야."

터무니없는 꽝을 뽑았다.

이쪽이 앞으로 나선 틈이라도 뚫고 체조복 차림의 소녀가 도망치지 않았을까 생각했지만, 그런 것은 아닌 모양이다. 꾹. 허리 부근에 압박이 느껴진다. 시선을 내려서 보니 그 여자아이가 작은 양손을 둘러 매달렸다.

"싫어…."

그저 다리의 힘이 빠진 것은 아닌 모양이다.

두 눈을 꼭 감은 채 그녀는 입속에서 이렇게 중얼거렸다.

"이제 싫어. 아무도 두고 가지 마."

가만히 숨을 내쉬고, 비바나는 비어 있는 손으로 작은 머리를 툭툭 쓰다듬었다.

그때였다. 그곳만 빈상인 아저씨의 머리가 천천히 꿈틀거렸다.

"당신."

"?"

"도. '어두운 부분'입니… 까?"


쿠웅!!!!!!

단순한 둔기만으로도 금속 셔터를 뚫을 정도로 무겁고, 게다가 거기에 채찍의 유연함을 더한 일격이 세로로 덮쳤다.


꽉 하고 허리에 달라붙은 여자아이의 힘이 세어진다.

그러나 그녀는 의문으로 생각했을 것이다. 왜냐하면 아무리 시간이 지나도 격통이나 충격이 덮치지 않았기 때문이다.

머뭇머뭇 체조복 차림의 작은 소녀가 눈을 떠보니,

"동서양을 막론하고, 널리 공개되는 처형은 일종의 쇼이기도 했어."

가로로.

앞머리로 두 개의 뿔을 만든 고문 마니아에게는 자신의 허리에 달라붙은 아이를 한 손으로 떠받치고 함께 이동할 만한 여유가 있었다.

"가장 자료에 많은 건 역시 마녀 사냥 부분이지만. 흥분한 민중은 죄인의 죽음을 바랐고, 집행인이 실패하면 폭동마저 일으킬지도 몰랐을 정도였어. 그래서 형장에서 죄인으로부터 반격을 당하거나 죄인이 도망친다는 건 당치도 않은 일이었지. …그런 의미에서는, 강고한 울타리로 형장을 둘러치는 건 안전 확보를 위해서 매우 큰 의의가 있었어."

두카카!! 둔한 소리가 연속으로 났다.

딱딱한 바닥에 몇 개나 되는 나무 말뚝이 꽂힌 소리다. 그것들은 가위나 삼각대처럼 밧줄에 묶여, 바닥을 격렬하게 내리친 강관의 채찍을 위에서 누르고 있었다.

"울짱이라고 해. 본래는 형장을 빙 둘러싸는 통나무나 대나무 울타리를 말하지만, 최소 단위라면 두 개나 세 개일까…? 그건 그렇고 이 나라 사람들은 정말로 나무를 교묘하게 사용한다니까."

슈루룩 하는 소리가 뒤를 이었다.

의류가 스치는 것과 비슷하지만, 실제로는 꼼짝 못 하게 붙들린

강관에 굵은 밧줄이 감기는 소리였다.

"결박, 구타, 중압. 모든 고문의 기본에는 '하중의 분산'이 있어."

"……"

"어쨌든 필요한 정보를 들을 때까지는 섣불리 죽게 할 수는 없으니까. 그러니까 밧줄로 묶어서 천장에 매다는 경우에도, 바늘이나 가시가 빼곡히 난 의자에 앉히는 경우에도, 항상 평균화를 의식해서 무게가 한 점에 집중되지 않도록 특히 신경을 쓰지. 인간이란 의외로 튼튼하거든. 아픔에 내성이 생긴다는 것도 있었던 것 같지만, 중량 200킬로그램 이상의 추를 얹어도 버텼다는 기록도 있다고 고."

물론, 상대도 예의 바르게 듣고만 있는 것은 아니다.

긴 이야기에 부아가 치밀었는지 이제 힘으로 밀어붙였다. 울짱에 밧줄. 근육 덩어리는 어중간한 구속을 한꺼번에 끊어내기 위해, 엿처럼 휘어진 쇠에 힘을 주어 파도치게 한 것이다.

하지만 그것조차도 달콤한 냄새가 나는 두 개의 뿔을 흔드는 소녀의 생각대로였던 것일까.

"하지만, 한편으로."

은발에 하카마를 입은 소녀는 흐트러진 기모노 안쪽에서 빨간 비닐 테이프를 얼핏 엿보이며 속삭였다.

"이 배분을 조금이라도 틀리면 하중은 한 곳에 집중되고, 슬픈 사고가 일어나. 거북 묶기 같은 건 코미디 관련 덕분에 멍청한 이미지가 따라다니지만, 그건 프로레슬링 기술과 마찬가지로 초보가 눈대중으로 흉내 내려고 해도 되는 게 아니야. 결박사는 원래 무술의 달인을 가리키는 말이었고, 밧줄은 그만큼 위험한 물건이었거든. 어중간하게 기웃거리다가 실패하면, 이렇게 되지!!"

보킹 하는 둔한 소리가 울려 퍼졌다. 상대의 기세를 이용했다고는 해도, 밧줄에 묶인 강철 채찍에 어떤 힘이 가해진 것일까. 인간의 몸통보다도 굵은 덩어리가 갑자기 중간에서 부러진 것이다.

헛발을 짚은 근육 덩어리를 보며 비바나는 입술마저 핥았다.

그녀가 원래 들고 있던 것은 끝이 갈라진 죽도. 애초에 안전한 연습 기구였던 죽도를 개조해서 위험성을 더한, 때리든 찢든 자유자재인 고문 도구다.

노리는 것은 오른팔, 팔꿈치의 바깥쪽.

웬만한 어린애라도 아는 급소다.

찢는다기보다는 거대한 줄로 갈아대는 것 같은 이상한 소리가 작렬했다.

"인간은."

시간이 멈춘다. 씩 웃으며 비바나는 말했다.

"한 번에 허용할 수 있는 아픔에 한도가 설정되어 있는 생물이야. 목적을 위해 아픔이나 고통을 작위적으로 길게 끄는 고문에서는 어떻게 아슬아슬한 상한에서 유지시킬지에 무게를 두지. 그럼 상한을 넘어버린 경우에는 어떻게 될까. …이것만은 아무리 몸을 단련했다고 해도 어떻게든 되는 게 아니지이."

근육 덩어리가 옆으로 크게 흔들렸다.

애초에 더러워진 안경 안쪽에서 두 개의 안구는 뒤집혀 있었다.

비명 따위는 없다. 그대로 거구가 무너져 쓰러진다.

"…뭐, 동서고금의 처형이 '도를 지나칠' 정도로 가열하게 아픔을 주는 건, 마취가 없었던 시대에 가능한 한 빨리 의식을 잃게 해준다는 배려도 있었다는 드문 설도 있는 것 같지만?"

바닥에 양쪽 무릎을 꿇고 앞으로 쓰러지려고 한 괴물에게,

"영차."

가벼운 한 마디. 그리고 채찍보다도 단단한 지팡이가 옆으로 휘둘러졌다. 굉음과 함께 거구를 타격해, 그 자신이 뚫은 벽의 커다란 구멍 안쪽까지 날려 보낸다.

지나친 파괴력으로 중간에서 부러진 지팡이를 빙글빙글 돌리는 비바나.

"괴, 굉장해….."

꿀꺽 목을 울리고.

그러고 나서 여자아이는 그 자리에서 팔짝팔짝 뛰었다.

"저렇게 울끈불끈한 덩어리였는데, 깨끗이 해치워버렸어!"

"네, 네. 이런 처절한 고문 장면을 보면서 눈동자를 빛내지 말도록. 언니는 네 미래가 걱정되는데. 그리고 여기 어디야?"

"앗, 맞다. 빨리 집에 돌아가야지!"

"여기 어디야…???"

웃는 얼굴이었다.

흐트러진 상의를 바로 하고, 체조복 차림의 여자아이가 완전히 보이지 않게 될 때까지 손을 흔들고 나서… 다.

몸을 기역자로 꺾었다.

비바나 오니구마는 성대하게 핏덩어리를 토해냈다.

(뭐….)

주위가 다시 소란스러워지는 가운데, 곱슬머리 은발 소녀는 손수건으로 입가를 닦는다.

(하중은 분산시키는 거지, 완전히 없앨 수 있는 건 아니니까. 평균화해도 죽는다는 경우는 방어 불가. 처음의 콘크리트 산탄을 튕겨낸 시점에서 고깃덩이가 되지 않은 것만으로도 감지덕지… 인가.)

그건 그렇고, 꽤나 몸 안쪽까지 박박 당했다.

고문 마니아 소녀는, 그렇기 때문에 더더욱 상처의 깊이에 대해서도 소양이 있다.

곤란해졌다. 당장 학원도시에서 나가지 않으면 안티스킬(경비원)에게 몰이를 당하겠지만, 이 상처라면 '바깥'의 의료 수준으로 깨끗이 아물지, 어떨지 파악할 수가 없다.

"그래도, 나쁜 기분은 들지 않지만."

비틀거리면서도 비바나는 비바나대로 다시 걸음을 옮긴다.

오랜만에 남에게 도움이 될 수 있었던 것 같다.

고문이나 처형 같은 위험한 연구를 시작한 것도 비슷한 동기였다. 이 나라에서 밉상으로 여겨지고 있던 연구 자료를 주워 모아, 잠자코 있으면 사라져버릴 역사나 문화를 다음 세대에 전한다면 누군가가 감사히 여길지도 모른다고 생각했다.

누구든 좋다.

자신의 행동으로 작은 웃음을 만들어주길 바랐다.

고맙다고 말해주면 최고다.

"……."

어쨌든 제23학구다.

하지만 비바나 오니구마가 정말로 목표로 해야 할 곳은 어디일까.

17

"구급차는 안 됩니다! 연락은 했지만, 어디나 환자 수송에 사용하고 있어서 이쪽에 보낼 몫을 확보할 수 없다고….."

"오늘 하루 안에 사건이 너무 많이 일어났잖아, 젠장!!"

동료 안티스킬(경비원)의 말에 요미카와 아이호는 혀를 찼다.

시라이 쿠로코는 대충 눈을 치웠을 뿐인 지면에 눕혀진 채 얕은 호흡을 되풀이하고 있다. 12월 말의 살을 에는 듯한 밤공기에 노출되어 있는데도 온몸에서 부자연스러운 땀이 배어 나오고 있었다.

변화는 표면상에만 그친다는 보장은 없다.

요미카와는 차 열쇠를 꺼냈다.

"알았어. 병원 침대만 확보해. 비어 있는 곳에 내가 밀어 넣지!!"

그리고, 그때였다.

제18학구 서부, 안티스킬(경비원) 화학 분석 센터. 트윈타워의 다른 한쪽에서 변화가 있었다.

"아."

목소리다.

세계를 흔드는 진원이 정면의 출입구에서 휘청휘청 밖으로 나온다.

"아아아아아아아아아아아아아아아아아아아아아아아아아아아아아아아아아아아아아아아아아아아아아아아아아아아아아아아아아아아아아아아

아아아아아아아아아아아아아아아아아아아아아아아아아아아아아아아아
아아아아아아아아아아아아아아아아아아아아아아아아아아아아아아아아
아아아아아???!!!"

비스듬히 걸친 가스마스크로 장식된 발목까지 오는 긴 흑발, 유
카타처럼 앞을 여민 하얀 가운, 언밸런스하게 커다란 가슴을 올려
놓은 의료용 코르셋. 열 살 정도의 소녀였다.

"웃, 쌍둥이 중 한쪽인가?!"

요미카와가 외친다. 본래 트윈타워의 구조를 살려 쌍둥이를 분리
하고 한쪽만 집중 공격해서 전력(戰力)을 깎는다는 작전이었다. '분
해자'의 안부는 확실하지 않지만, 남겨진 '매개자'가 어떻게 움직일
지도 미지수다.

불리하다고 생각하고 재빨리 도주로 옮겨 갈지, 분노한 대로 덮
칠지.

철컹철컹! 차량 그늘에 뛰어들어 총기를 겨누는 안티스킬(경비
원)들은, 아마 직업의식 때문이라기보다 공포에 쫓겨 그랬다는 쪽
이 가까울 것이다. 제7학구 남쪽의 전말은 누구나 알고 있었을 것
이다.

단 한 사람, 순간적으로 허리의 총으로 손이 움직이려다가 혼신
의 힘으로 멈추는 안티스킬(경비원)이 있었다.

요미카와 아이호다.

"기다려! 총은 쏘지 마!"

제지를 촉구할 필요는 없었다. 그 자리에서 털썩 무릎을 꿇은 하
나츠유 요우엔은 양손으로 자신의 머리를 누르고 있었던 것이다.
적어도 지금 당장 공격하는 것은 아닌 모양이다.

뭐랄까, 보이는 것일까.

소리를 지르고는 있지만, 그것도 자신을 둘러싼 안티스킬(경비원)을 향한 것이라고는 생각되지 않는다.

"어째서어…?! 어째서어째서어째서, 방범 버저가 빠져 있는 거야? 그건 확실하게 카아이한테 줘서 언제든 GPS로 어디 있는지 알 수 있도록 24시간 지켜보기 위해 절대 떼어놓지 말라고 배에 꿰매서 묻어놓았을 텐데에!!"

이쪽을 향한 말은 아닐 터였다.

그럼에도 불구하고, 찌릿찌릿한 아픔을 요미카와는 온몸에 뒤집어썼다. 마치 눈에는 보이지 않는 두꺼운 벽으로 천천히 짓눌리는 것 같은, 터무니없는 동떨어짐을 느낀다.

"…녹았어."

무릇 인간의 상태를 가리키는 말로는 있을 수 없는 조합이 튀어나왔지만, 그녀들 사이에서만은 이야기가 다르다.

우선 제일 먼저, 이런 가능성이 입에서 나오고 있었다. 그런 세계에 살고 있었다.

"녹인 거야. 카아이가 자기 자신까지!! 아아, 아아. 흘러가. 분해. 빨리 하지 않으면 서두르지 않으면 '분해자' 나의 나의 카아이가 흘러가아?!"

슈욱 하는 탄산보다도 불길한 소리가 났다. 누군가가 겁을 먹고 돌발적으로 방아쇠를 당기고 만 모양이지만, 아무도 발포음이 난 곳은 보고 있지 않았다.

탄환의 궤도는 공중에서 비틀려 엉뚱한 방향에 있던 유리를 깨부수었다.

공기를 찰과한 것만으로도 납으로 된 탄환을 녹이고 저항을 어긋나게 할 정도의 무언가가 '매개자'의 주위에 떠 있었다.

"아우이에얏!!"

지면을 물어 찢은 것은 엄청난 양의 지렁이나 집게벌레… 가 아니었다.

요우엔은 무언가 단단한 것을 꽉 움켜쥐고 있었다.

손가락과 손가락 사이에서 넘치는 빛은… 금색.

"한시라도 빨리 이 지면을 비틀어 열어, '니콜라우스의 금화'!!"

있을 수 없는 레일의 연결이 바뀌었다.

두콰앙!! 지면에서 수직으로 튀어나온 것은 너무나 거대한 인간의 주먹이었다.

"아, 음."

그것은 근육 덩어리, 안티스킬(경비원)의 몰락한 모습이었다.

라쿠오카 호우후. 질펀질펀하게 더러워질 대로 더러워진 옷 조각과 얼굴에 걸려 있는 안경으로, 가까스로 흔적을 알 수 있는 정도의.

"아아아앗!!"

"방해돼!!"

일축.

열 살 정도의 소녀가, 약해졌다고는 해도 안티스킬 어그레서를 상대로 대체 무엇을 어떻게 한 것일까. 한 손으로 근육 덩어리를 옆으로 쓸어내고서, 하나츠유 요우엔은 검은 오수 쪽으로 시선을 돌렸다.

상식 따위는 이미 옛날에 벗어났다.

마치 간헐천처럼 아스팔트의 균열에서 시커먼 점액이 뿜어 나오고 있었다. 하수 특유의 터무니없는 악취를 내뿜는 액체다.

무릎을 꿇은 채 '매개자'는 양팔을 벌렸다.

올려다보며 크게 입을 벌린다.

믿을 수 없는 일이 일어났다.

"응, 응, 응, 응후우!!"

"마셨… 어…?"

요미카와 아이호는 말릴 수조차 없었다.

부정해주기를 바라고 한 말에, 그러나 요우엔은 황홀함마저 띠며 대답한다.

한계 이상까지 벌어진 입으로 차례차례 오수를 맞아들이고, 다 받아내지 못한 몫은 언밸런스하게 커다란 가슴께에 모으듯이 하면서,

"생물 농축…. 아무리 카아이가 엷고 넓게 희석되었다고 해도, 다시 내 안에 긁어모으면, 전부, 할 수 있다면, 성분은 절대로… 간이나 심장이나, 어쨌든 배 속에서 응축되어서, 카아이는 틀림없이 원래의 웃는 얼굴을 보여주, 읍."

의미 모를 수수께끼의 이론이 뚝 끊겼다.

붉은색이 흩어진다.

대체 무엇이 함유되어 있었던 것인지, 몸을 기역자로 꺾으며 기침을 한 요우엔의 입에서 엄청난 양의 피가 뿜어 나온 것이다. 그래도 소녀는 포기하지 않는다. 엎드려 쓰러진 채 경련하는 두 팔을 움직여, 자신이 토한 붉은색과 검은색을 필사적으로 긁어모은다.

다시 입으로 가져가지는 않았다. 그럴 힘은 남아 있지 않았다. 마

치 살충제를 집요하고 집요하게 뿌려댄 해충처럼, '매개자'의 손끝만이 움찔움찔 떨렸다.

"니코."

그래도 목소리가 있었다.

마치 공회전을 계속하는 장난감처럼 같은 곳에서 중얼중얼 되풀이하고 있다.

"…니콜라우스. 빨리, 농축. 내, 안에서 카아이를, 빨리, 금화…."

(니콜라우스의….)

악몽 같은 크리스마스 중, 안티스킬(경비원)로서 범죄자를 뒤쫓는 과정에서 요미카와 아이호도 종종 불가사의한 현상을 목격했다. 지도를 노려보며 모든 길을 봉쇄했을 텐데, 왠지 상대가 포위망을 빠져나간다. 정체를 알 수 없는 능력이나 테크놀로지 때문인가도 생각했지만, 그것만으로는 설명이 되지 않는다.

부럽다고는 생각되지 않았다. 이 비장의 카드는 양날의 검이다.

"니코, 니콜, 라, 니콜라, 우스. 빨리 내게 힘을, 충전이 부족한 거야? 용도를 틀렸어… 나는 안 돼. 실패했어???"

이런 동전이 없었다면, '매개자'는 무모한 도전 따위 하지 않았을 것이다.

실패했다는 것을 안 후에도 재빨리 도망칠 수 있었을지도 몰랐다.

'니콜라우스의 금화'의 사용법을 실패했기 때문에, 이제 길은 없다. 그렇게 스스로 자신의 가능성을 닫아버렸다.

인간이 도구를 사용하고 있는 것일까, 도구가 인간을 휘두르고 있는 것일까.

이미 저주다.

(…그리고 보니.)

오싹, 등줄기에 무언가 불쾌한 것이 스친다.

(그 금화, 시라이 녀석도 갖고 있었던 것 같은데. 설마, '니콜라우스의 금화'는 범죄자뿐만 아니라 이쪽에도 뿌려졌나? 부자연스럽게 규칙을 일탈한 사고사가 많았던 건, 우리들 중 누군가가 몰래 기도했기 때문???)

의혹은 의혹이다.

물론 단순히 자신들의 수사 실수였을 가능성도 있다. 그쪽을 조사하기 전에 원인을 다른 데서 찾는 것은, 책임에서 도망치려는 마음의 움직임도 있을지도 모른다. 주의가 필요했다.

게다가….

요미카와 아이호는 부자연스럽게 무릎을 꿇고 엎드린 것 같은 자세를 한 채 침묵한 요우엔에게 머뭇머뭇 다가간다. 그 가느다란 어깨를 붙잡고 몸을 뒤집었다. 자신의 토사물에 질식하게 내버려둘 수는 없다.

이가 녹아 있었다.

주위에서 굳은 눈이 슈욱슈욱 소리를 내고 있는 것은 온도의 문제는 아닌 것 같다. 이상하게도 머리카락이나 피부는 무사한 것이 오히려 요미카와의 상식을 뛰어넘고 있었다. 단순한 강산(强酸)도 아닌 모양이다.

"…한 명 확보. 아직 숨이 붙어 있어. 누가 이 녀석의 수송처도 수배해줘."

"우…."

신음 소리가 있었다. 반쯤 얼어붙은 길에 쓰러져 있는 라쿠오카 호우후였다. 정확한 대미지는 불명. 어쨌거나 인간의 이를 녹이는 오수 속에 몸을 담그고 여기까지 흘러온 것이다.

근육 덩어리는 풍선처럼 급격하게 쪼그라들면서, 그래도 요미카와에게 빈약한 손을 뻗고 있었다.

모두가 경계했지만, 그 손에는 시험관이 있었다.

파란색 고무 캡으로 마개가 된 시험관은 질퍽질퍽하게 더러워져 있었지만, 밀폐 자체는 잘 이뤄지고 있는 것 같다.

"시라이… 씨한테."

요미카와가 받아 든 직후였다.

슥 하고 지나치게 커다란 손바닥이 지면에 떨어졌다.

"…어떤 약품인지 모르겠지만, 해독제일지도 몰라. 시라이는 아직 살 수 있을지도 모르잖아. 분자생물학이나 초미량화학 연구실에 보내서…."

탕!! 건조한 소리가 가로막았다.

저도 모르게 몸을 낮추고 그쪽을 돌아보는 요미카와. 공포에 사로잡힌 안티스킬(경비원)이 무저항 상태 용의자에게 발포한… 것이 아니다.

축 늘어져 있었다. 화약 연기 냄새가 나는 총을 쥔 채, 안티스킬(경비원) 한 사람이 차의 보닛에 몸을 싣고 있었다. 헬멧은 깨지고 검붉은 액체가 흐른다. 분명히 스스로 자신의 머리를 쏜 것이었다.

"싫… 어."

게다가 한 사람만이 아니었다.

"이제 싫어!! 이런, 이런 거…. 안티스킬(경비원)은, 욱, 우리는

이런 일을 하기 위한 조직이, 아니야. 용서해줘. 부탁이야. 용서해
주세요. 용서해애….”

　뒤를 따르는 형태로 자신의 턱을 밑에서 밀어 올리듯이 권총을
들이대는 안티스킬(경비원)이 있었다. 헬멧을 지면에 내팽개치고,
등을 돌리고 어둠 속으로 달려가는 어른이 있었다. 무릎을 꿇고 양
손을 모으고, 수갑을 채워달라는 듯한 몸짓을 하는 교사가 있었다.

　모두 선생이었다.

　죄의식이 없었을 리가 없다. 아무리 톱니바퀴가 어긋나고 부자연
스러운 사고가 자주 일어나는 상황이었다고 해도. ‘어두운 부분’에
몸을 담근 아이들이 한 사람 한 사람 눈앞에서 격파될 때마다 그들
의 마음속에 조금씩 검은 것이 고였다.


　아이들을 지키고 싶다.


　의지할 수 있는 선생님이 되어서, 웃는 얼굴에 둘러싸이고 싶다.


　이 도시를 평화롭게 만들고, 모두가 안심할 수 있는 장소를 만들
고 싶다.


　부서진다.

　보이지 않는 무언가가 부서진다.

　마지막 한 방울이었던 것이다. 마침내 더러운 진흙탕은 컵 가장
자리로 넘쳐났다.

　그것은 집단 심리라는 보이지 않는 연결을 거쳐, 개인에서 조직

전체로 눈 깜짝할 사이에 파급된다. 마치 폭발적인 유행 같았다. 이 현장에만 한정된 이야기가 아니다. 어디에서 어떻게 전염되었는지, 무전기 너머에서도 의미를 알 수 없는 고함이나 총성 같은 건조한 파열음이 들려온다.

"잠깐, 진정해!! 이제 끝났어, 심호흡을 해!!"

요미카와의 외침 따위 누구에게도 닿지 않았다.

'니콜라우스의 금화'를 기도하듯이 양손으로 움켜쥔 채, 무너져 쓰러지며 거품을 뿜는 자도 있었다.

도망칠 곳이 필요하다, 이런 무거운 책임은 짊어질 수 없다, 그 무렵으로 돌아가고 싶다, 언제까지나 평온하고 싶다, 그런 마음의 움직임이 차례차례 뿜어 나온다.

…물론, 요미카와 아이호에게는 깨달을 만한 근거가 부족하다.

회귀, 또는 퇴행.

이 움직임은 하수도에 가라앉은 라쿠오카 호우후에게서도 보인 징후였던 것을.

가가끼잉!! 기계적인 노이즈가 요미카와의 고막을 뚫었다. 얼굴을 찌푸리며 소리가 난 쪽에 손을 대자, 자신의 스마트폰이었다.

표시가 망가진 상태였다. 아무리 터치해도 목적하는 자료가 나오지 않는다.

"'아웃랭크(괴멸 수배)'는 어떻게 됐지?"

무전기에 외쳐도 대답 따위 없었다.

"그게 없으면 '어두운 부분'을 뒤쫓을 수 없어! 아무도, 아무도 대답하지 못하는 건가?!"

폭발음에 몸을 움츠린다. 쳐다보니, 현장 한 모퉁이에서 무언가가 불타고 있었다.

대형 관광버스 크기의, 모든 창을 장갑판으로 막은 작전 지휘 차량이다. 보통의 호송차나 장갑차와 비교하면 매우 안테나가 많기 때문에 금방 알 수 있다.

가늘고 가느다란 데이터 링크였다. 마지막 희망도 끊겼다. 아마도 내부의 폭주로.

'매개자'.

혐보성, 최후의 일격. 매개라는 말의 의미를 마지막의 마지막까지 관철했다. 그녀는 자신의 육체의 파괴로 무질서하게 퍼뜨린 것이다. '어두운 부분'이 안고 있던 화려한 색채의 파멸을.

사전에 준비해두었던 '아웃랭크(괴멸 수배)'는 완전히 사라지고, 과학 수사 연구소가 망가짐으로써 감식반이 모은 증거를 꼼꼼하게 살펴볼 수도 없다. 무엇보다도, 어른들은 이제 한계였다. 자신의 면역이 과잉 반응을 일으켜 몸이 망가지는 것처럼, 자신의 양심에 짓눌려 뭉개진다.

(조직이 무너지는 걸 알 수 있어. 이제 안티스킬(경비원)은 끝장이야. '핸드커프스'도 지속할 수 없잖아….)

자신 안에서 무언가가 부러지는 것을 요미카와 아이호도 이해할 수 있었다.

천천히 무릎을 꿇으며 그녀는 생각한다.

분명 누군가가 그렇게 바꾸었다.

(우리는… 결말에는 관여할 수 없어.)

## 18

이상한 공간이었다.

굳어진 눈으로 장식된 쓰레기의 산 안은 거대한 개미집으로 되어 있었던 것이다. 몇 개나 되는 금속 컨테이너를 묻어 자유로운 공간을 확보한 후, 인접한 컨테이너와 컨테이너에 구멍을 뚫어 연결했다. 전모는 파악할 수 없지만 마치 금속 미로 같다.

'니콜라우스의 금화'가 옳다면 여기에 하드디스크를 열기 위한 특수한 드라이버가 있는 모양이다. 하지만 이변은 한 번뿐이었다. 아무래도 '5분마다 1억 엔을 내놔, 영원히' 같은 요구에는 응할 수 없는 모양이다.

그래도 여기저기 보고 다니는 동안 알게 된 것도 있었다.

하마즈라 시아게는 중얼거린다.

"…뭔가 연구실 같은 느낌이네."

"기계공학이나 그쪽 계열일까."

'고물장수'의 그림자는 눈에 띄지 않았지만 생각지 못한 수확이었다. 더욱 조사해보니, 냉장고보다 커다란 컴퓨터가 줄줄이 늘어서 있는 곳이 있었다.

무슨 연구실인지 알 수 없는 것이 불안하지만, 문제는 그게 아니다. 책상 위에는 전문적인 공구 세트가 펼쳐져 있었다. 꽤 아무렇게나.

"아넬리!"

서포트 AI에게서 비… 잉 하는 긴 진동이 있었다. 부정의 빙빙과는 다르다.

철문을 손끝으로 건드려 정전기를 확인하고 나서 드라이버를 움켜쥐었다. 그렇다고 해도 물건 자체는 주유소의 급유기 같았다. 나사를 돌리는 부분은 안경용보다도 작은데, 본체는 대형 권총보다 튼튼하고, 게다가 전기인지 공기의 굵은 튜브가 달려 있다. 굵은 방아쇠를 당겨보아도 헤드는 회전하지 않는다. 그립을 움켜쥐고 있지 않았다면 가늘게 진동하고 있는 것조차 깨닫지 못했을 것이다. 수조에 넣으면 거품투성이가 될지도 모르지만.

머뭇머뭇 하드디스크의 나사에 맞춰 누르고, 다시 방아쇠를 당긴다.

그러자.

"돌아간다. 열려, 이거!"

너무나 작아서 평범하게 돌리면 나사 머리가 뭉개져버릴 것인가. 아니면 일종의 암호처럼 특정 진폭 패턴이 아니면 열리지 않는 장치라도 짜 넣어놓은 것일까.

어쨌거나, 카드 사이즈의 플라스틱 커버가 미끄러졌다.

안에는 어느 모로 보나 섬세해 보이는 전자 기판. 어쨌든 여기에 들어 있는 데이터가 날아가면 끝이다. 손끝으로 만지는 것도 무섭지만, 구석 쪽에 작은 스위치가 있었다.

무섭다.

무섭지만 얼굴을 돌리면서 검지를 뻗는다.

파칭 하는 작은 소리가 났다.

그 이상은 없었다. 하마즈라는 스마트폰과 하드디스크를 케이블로 연결하고, 그대로 두 발짝 뒤로 물러난다. 숨을 내쉴 때에도, 저도 모르게 드러난 기판에서 얼굴을 돌렸다.

"뭔가 스마트폰 화면이 스크롤하고 있어. 시작된 것 같아, 하마즈라."

체육복 소녀가 그렇게 말했다. 대략적인 종료 시각이 표시되어 있었지만, 이쪽은 숫자가 왔다 갔다 하고 있어서 믿을 수가 없다.

둘이서 살며시 긴 의자에 걸터앉았다.

잠시 기다린다.

"후훗."

옆에서 작게 웃은 체육복 소녀가 곁에서 가만히 체중을 기대었다.

"왜 그래?"

"왠지 오랜만인 것 같아서. 이렇게 느긋하게 있는 거…."

지금은 크리스마스 날 밤이다. 많은 사람들로 소란스럽게 지내는 것도 아니고, 단둘이 느긋하게 보내는 것도 아니고, 이런 쓰레기 산에 파묻힌 연구실에서 암호 해석을 기다리고 있다니 분명 이상하다.

그럼에도 불구하고 하마즈라도 어깨의 힘을 빼고 말았다.

시간만이 지나간다.

이쪽의 어깨에 머리를 올려놓은 타키츠보는 조용히 눈을 감고 있는 것 같았다. 물론 힘이 빠진 것은 긴장을 풀고 있어서가 아니라 컨디션이 좋지 않기 때문일 것이다. 지금 그녀의 몸 안에서 무엇이 얼마나 파괴되고 있는지 하마즈라는 상상도 할 수 없었다. 다만 그래도, 타키츠보는 이 조용한 시간에 몸을 맡기고 흥분한 신경을 진정시키려고 하는 것 같았다.

아무리 정체를 알 수 없는 약보다도 이러는 편이 효과가 있다는 듯이.

하마즈라는 어깨를 흔들지 않도록 조심하면서 바지 주머니에 손을 집어넣었다.

꺼낸 금화는 깨끗하게 반짝이고 있다. 피자 같은 빠진 조각도 없다.

충전은 끝난 모양이다.

"있지, 하마즈라, 해독이 끝나면 알 수 있을까? 학원도시 최대의 금기였던가…?"

"그렇다면 고맙겠지만…."

물론 확증은 없다. 알았다고 해도, 하마즈라 일행이 바라는 것 같은 형태는 아닐지도 모른다. 어쨌든 '어두운 부분'의 이야기다. 이쪽의 안이한 기대 따위 간단히 부서질 거라고 생각하는 편이 좋다.

그때였다.

달칵 하는 작은 소리가 들렸다. 그들이 있는 '방'의 바깥이다.

체육복 소녀가 이쪽으로 몸을 붙였다.

"…하마즈라."

"아직 시간이 더 걸릴 것 같아."

드륵드륵, 손톱을 세우는 것 같은 작동음을 들으면서 하마즈라는 꿀꺽 목을 울렸다.

"누가 있는지 모르겠지만, 어떻게든 이 방에서 다른 데로 주의를 돌리자. 뭔가 반짝반짝 점멸하고 있고, 지금 하드디스크를 케이블에서 뽑는 건 곤란해."

스마트폰도, 하드디스크도 작지만, 그렇다고 주머니에 쑤셔 넣을 수도 없다. 하드디스크 쪽은 플라스틱 커버를 벗긴 채이고 기판이 드러나 있다. 주머니나 가방 안에서 천과 스쳐 정전기 같은 게 일어나면 한 방에 데이터가 날아간다.

물건으로 넘치고 있는 것 같지만, 무기라면 의외로 적다. 공구 세트도 안경 손질 용품처럼 섬세하다.

우선 파이프 의자를 양손으로 움켜쥐고, 하마즈라는 천천히 방의 출구로 향했다.

고개만 내밀어 통로의 상황을 살피자….


툭.

무 잎이라도 잘라내는 정도의 가벼움으로, 하마즈라의 머리가 떨어졌다.


아니.

아무것도 하지 않았다면 그렇게 되었을 터였다.

"하마즈라!!"

순간적으로 타키츠보가 불량소년의 손을 잡아당겨, 온 체중을 싣고 방 안으로 끌어들인 것이다. 그 탓에 재질을 알 수 없는 엄청나게 두꺼운 산도(山刀)는 허공을 갈랐다.

쑥 하고 진홍색 머리카락의 소녀가 무기질적인 얼굴을 내비친다.

오렌지색과 검정. 독살스러운 해충 같은 무늬의 경기용 수영복을 걸친 그녀의 정체는….

"안드로이드?! 그럼 뭐야, 여기는 혐보성 중의 혐보성, 그 베니조메도 쫄았던 '키하라'인가 하는 놈의 연구실이었던 거냐!!"

『도둑 주제에 자신이 세계의 중심인 것 같은 말을 하는군. 폐허 탐험이나 뭐 그런 거랑 착각했어?』

삐걱, 끼익 하는 금속의 삐걱거림이 있었다.

얼마나 무거운 무기를 움켜쥐고 있는 것인지, 작은 맨발로 옮기는 한 발짝 한 발짝에 금속 컨테이너가 일그러지는 것 같다. 그리고 좋지 않은 위치 선정이었다. 대형 컴퓨터가 늘어서 있는 방에는 출입구가 하나밖에 없다. 안드로이드가 들어오면 하마즈라 일행은 도망칠 수 없다. 그것 자체도 문제고, 지금은 섬세한 암호 해석이 한창 진행 중이다. 여기에서 안드로이드가 날뛰어서 스마트폰이나 기판이 드러나 있는 하드디스크가 망가지면, 학원도시 최대의 금기인지 뭔지로 이어지는 선이 끊기고 말 우려까지 있다.

그때.

방에 들어오려고 하던 안드로이드의 안구만이 갑자기 옆으로 향했다.

징!!

가볍게 휘두른 초중량의 산도(山刀)가, 끝이 갈라진 죽도를 둘로 찢는다.

갑작스러운 난입자는 신경도 쓰지 않았다.

"오오오오옷!!"

곱슬거리는 은발을 나부끼며 기모노의 커다란 소매로 공기를 담고. 다음 고문 도구로 바꾸어 든 비바나 오니구마가 그대로 안드로이드의 품으로 뛰어든다.

그 손바닥 전체로 안드로이드의 안면을 강하게 움켜쥔다.

아니.

"일본의 고문은 독자적인 진화를 이루어서 말이지."

억지로 비틀어 넣은 것이다.

자신의 손이 화상을 입는 것도 아랑곳하지 않고, 그 입안에.

"불을 붙인 향신료나 솔잎 연기로 눈동자나 코의 점막을 그슬린다는 건 이 나라 정도의 것이리라고 생각해. 뭐 탈주한 기생에게 벌을 주기 위한 방법이라서, 장사 도구인 몸에 상처를 내서는 안 된다는 사정이 있었지만. 다만 당신 같은 정밀 기기라면 치명상이 되지 않을까?"

그 이상은 없었다.

쿵!!

자기 자신마저 끌어들일 수도 있을 정도로 거대한 불꽃 덩어리가, 안드로이드에게서 하카마 소녀에게 덮쳐들었다. 열로 만들어진 두꺼운 벽 같은 것에 얻어맞고, 비바나의 몸이 허공에서 춤춘다.

"?!"

하마즈라는 의미도 없이 절규했다.

화염 방사기인가? 아니, 어쩌면 그런 발화 능력이라도 사용한 것인지도 모른다.

다만… 이다.

『……?』

기기기, 기. 진홍색 머리카락을 나부끼는 안드로이드의 상태가 이상하다. 목의 삐걱거림이 현저하고, 장애를 배제했을 텐데도 방 안에 있는 하마즈라 일행 쪽을 돌아보지 못하고 있다.

기계 안까지 들어간 특수한 연기가 효과를 발휘한 것인지도 모른다.

주르륵.

거무칙칙한 액체를 눈초리와 코에서 흘리면서, 오렌지색과 검정색의 경기용 수영복을 입은 소녀는 고개를 갸웃거렸다. 그것마저 그녀의 의사였는지 어떤지도 알 수 없다.

떨리는 손가락을 허벅지의 병으로 뻗지만, 입구에 입술이 닿는 일도 없었다. 그보다 먼저 손에서 투명한 병이 미끄러져 떨어진다.

고개를 갸웃거리고, 그러고 나서 소녀의 두 눈 안에서 별이 춤춘다. 그런 표시였다.

『선… 생님..』

탕!! 둔한 소리가 있었다.

안드로이드는 하마즈라 일행의 처분보다도 자신의 이변을 우선시한 모양이다. 오도 가도 못 하게 되는 것을 피하기 위해서인지, 어디론가 달려갔다.

잠시 꼼짝도 할 수 없었던 하마즈라와 타키츠보였지만,

"…우….."

방 바깥에서 들리는 작은 신음 소리에 제정신으로 돌아왔다. 그녀의 참견이 없었다면 하마즈라 일행은 살아남지 못했을 것이다.

"괜찮아? 이봐!!"

허둥지둥 통로로 달려 나가자, 하카마 차림의 소녀가 쓰러져 있었다. 이제는 옷과 피부의 경계도 알 수 없는 상태지만. 앞머리를 뭉쳐서 만든 두 개의 뿔도 한쪽이 없어진 상태였다. 하마즈라 시아게는 얼굴을 찌푸리지 않으려고 노력할 필요가 있었다.

"하, 하하. 뭐, 여기는 '어두운 부분'이고, 일일이 신경 써주지 않아도 상관없지만."

"너, 어째서…?"

"어차피, 여기에 오기 전에 실수를 해버려서. 가만히 있어도 오래는 가지 못했을 거고. 아니, 정말, 어린애 앞이라고 해서 폼 잡는 게 아니었어어…."

호흡이 얕다.

비바나 자신도 이미 자신의 상태를 깨닫고 있을 것이다.

"게다가, 뭐."

그래도 그녀는 웃고 있었다.

"학원도시 최대의 금기였나? 어떤 건지, 기왕이면 나도 알아두고 싶었는데."

소녀는 이쪽의 얼굴을 올려다보고 있을 터였다. 그러나 이미 하마즈라나 타키츠보 따위는 보이지 않는 것일지도 모른다. 어딘가 목소리가 안쪽을 향해 틀어박혀 있는 것처럼 느껴졌다.

"아니, 아닌가?"

"……."

"어차피 이걸로 끝이라면, 들어보고 싶었는지도. 고맙다고, 그런 한 마디 정도…."

"시끄러워."

하마즈라는 고개를 저었다. 그리고 바지 주머니에서 한 닢의 금화를 뽑아 들었다.

"시끄러워! 닥쳐! 어떻게든 할 거야. 내가 어떻게든 할 테니까! 이봐, 빌어먹을 금화!! 이 녀석의 상처를 지금 당장 전부 고쳐, '니콜라우스의 금화'!!"

바깥 둘레의 반짝임은 사라졌다.

하지만 아무 일도 일어나지 않았다. 금화는 만능이 아니다. 금고를 열 수는 있어도 안이 텅 비어 있으면 아무것도 손에 들어오지 않는다. 할 수 없는 일은 이루어줄 수 없는 것이다.

"이미, 시험해봤어…. 쓸데없이 쓰게 만들어버려서 미안하네, 타하하."

그렇다, 금화 자체는 비바나도 갖고 있었을 것이다. 그녀도 자신의 금화로 해보고, 그리고 알았을 것이다. 자신의 상처는 이제 고칠 수 없다는 것을.

그래도 그녀는 여기까지 왔다. 자신 이외의 누군가를 지키기 위해.

"이거, 맡길게."

하카마 소녀는 바닥에 있는 두 개의 보따리를 가리켰다.

"내용물은, 뭐, 보통 사람이 보면 부끄러울 고문 도구나 춘화 책더미겠지만… 그, 뜸도 들어 있으니까. 사실은 침뜸도 시술에는 자격이 필요하지만, '어두운 부분'이고 딱딱한 말은 하지 마. 옛날식 장정의 전문서에 있는 그림만 보면, 누구나 할 수 있는 정도의 일일 뿐이야…."

이것을 건네기 위해. 마지막 순간을 어떻게 사용할지로, 그녀는 이렇게 선택했다.

하마즈라는 고개를 숙이고 이를 악물었다.

"고마…!!"

말하려다가.

얼굴을 든 소년은 거기에서 깨닫는다. 비바나 오니구마. 그녀는 이미 눈을 감고, 숨을 쉬고 있지 않았다.

뭔가… 고맙다고 말해주길 바랐어… 냐.

무사히 가져다준 시점에서 만족한 소녀는, 역시 기브 앤드 테이크 따위 요구하지 않았다. 자신의 행동으로 상대의 행복을 확인하면 거기에서 만족해버리는 여자아이였던 것이다.

이 녀석은 '어두운 부분'의 인간이었을까.

무엇을 잘못하면 이런 내리막길에서 굴러떨어지고 마는 것일까. 어째서 이 도시는 다시 시작할 기회를 주지 않았던 것일까.

왜.

정말로 도망치는 것이 정답일까?

삐… 삐… 하는 가벼운 전자음이 울려 퍼졌다. 책상에 놓인 스마트폰에서였다.

"하마즈라."

"으음, 알고 있어."

방 쪽에서다.

"알고 있어, 빌어먹을!!"

이런 상황에서도 도망치지 않고 은거지에 머물러 있던 '퍼펙트 필름(공장 부정)'이 텐트 안에 숨겨 가지고 있던 카드 사이즈의 하드디스크. 저쪽의 해석이 끝난 모양이다. 적어도 뭔가 수확이 있어주길. 하마즈라는 의미도 없이 그런 것을 바라고 만다.


이제부터다.

소년들은… 드디어 학원도시 최대의 금기에 닿는다.

## 제18학구 경비원 화학 분석 센터

시라이 쿠로코
저지먼트 (선도위원)

하나츠유 요우엔
혐보성

## 지하수도

라쿠오카 호우후
혐보성

하나츠유 카아이
혐보성

키하라 노칸
호보성

## 이동 거점(제10학구 정차 중)

키하라 리패트리 드렌처
호보성

#G 프릴샌드
호보성

# List of
# OP."Hand_ Cuffs"

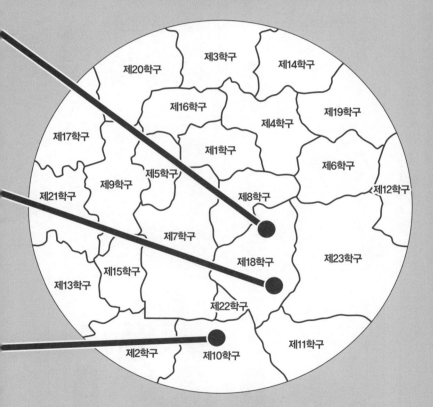

## 제23학구
## 키하라 하스의 연구실

시아게 하마즈라

호보성

## 제6학구 유원지

젤리피시 베니조메

혐보성

타키츠보리코

호보성

오니구마 비바나

호보성

키하라 하스

혐보성

레이디버드

혐보성

**List of OP."Hand_Cuffs"**

# List of OP."Hand_ Cuffs"

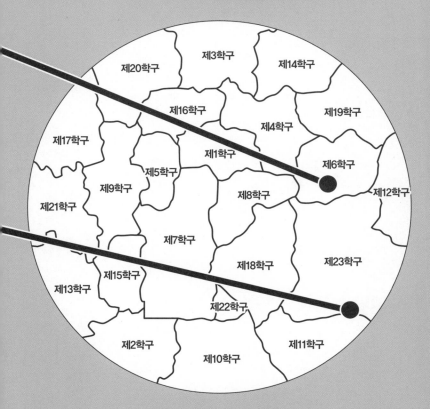

# 행간 3

"가장 무서운 위정자는 어떤 사람일까."

차가운 쇠창살에서는 여전히 안나의 목소리가 부드럽게 나고 있었다.

"단순히 무능한 권력자? 아니면 차별 애호가? 스스로 생각하지 않고 기계에 재하청을 준다는 것도 무섭다고 생각하지만."

탕! 커다란 문 여닫는 소리가 그런 수다를 가로막았다.

어깨에 힘을 주고 들어온 것은 덩치가 좋은 남자였다. 너무 좋다. 질 좋은 슈트 밑에 그런 방탄 장비라도 껴입은 건지 의심하고 싶어질 정도지만, 이게 원래의 체형이다.

동그란 나무통 같은 체형에 회색이 섞이기 시작한 검은 수염을 기른 남자, 발라트 시그널의 흥미는 'R&C 오컬틱스'의 CEO가 아니었던 모양이다.

그대로 감옥 앞을 지나쳐 옆방과 마주한다.

즉 새 총괄 이사장 액셀러레이터(일방통행)의 정면에.

본래 같으면 학원도시에서도 열두 명밖에 없는 VIP 중 하나는, 어지간히 남에게 들려주고 싶지 않은 이야기를 가져왔나 보다. 아니면 호위 따위 데려와도 의미가 없다는 정도의 계산은 할 수 있는 남자일까.

"뭘 생각하고 있지, 루키?"

"어머나, 어머나. 그런 싸구려 도발에 넘어가줄 애로는 보이지 않는데. 나도 이렇게 속삭이고 있는데도 효과 쪽은….'"

"닥쳐.'"

삐걱.

둔한 소리의 정체를, 과연 발라트는 눈치챌 수 있었을까.

그 전설적인 인물은, 자신 안에서 말을 알기 쉽게 만드는 노력도 하지 않고 안이하게 가로막으려고 하는 놈들을 가장 싫어한다.

어리석은 자는 때로 용감하게 행동할 수 있다.

발라트는 자신이 어디에 서 있는지도 깨닫지 못한 채, 안나 쪽은 보려고도 하지 않았다.

"'핸드커프스'? 네놈이 내건 오퍼레이션은 명백하게 실패했어. 딱히 '어두운 부분'의 놈들을 감쌀 생각은 없지만, 방식에서 실수한 거다. 겉도 안도 너덜너덜해. 최소한의 치안 유지 기능을 되찾는 것만으로도 얼마나 걸릴지…. 이 손실은 어떻게 메울 거지? 윤택한 연구 환경을 무너뜨려버리면 이 도시의 이점은 통째로 사라져. 네놈의 감정은 어쨌든, 실제로 그 능력이 거기까지 개화한 이유 중 하나도 '어두운 부분'이잖아. 경제적으로 고립되면 자원 부족이라는 현실에 목이 졸릴 뿐이라고!!"

잠시 동안 대답은 없었다.

대답이 막혔다기보다는, 일일이 대답해줄지 말지의 시점에서 선택지가 흔들리고 있는 것 같은, 그런 불쾌한 침묵이었다.

초조해진 발라트가 참지 못하고 입을 열어,

"네…."

"'어두운 부분'의 놈들을 감쌀 생각은 없다는 건."

천천히.

그러나 잰 듯한 타이밍으로, 액셀러레이터(일방통행)의 말이 뭉개기 시작했다.

당황한 발라트의 얼굴을 보고, 쇠창살에 기대면서 안나 슈프렝겔이 깔깔 웃고 있었다. 잘 알 것이다, 그 불쾌함을.

아랑곳하지 않고 정점은 말했다.

"너 자신이, 뭘 어떻게 당하든 '어두운 부분'과의 연결은 발각되지 않을 거라는 자부심이라도 있기 때문인가?"

"……."

"총괄 이사… 라. '어두운 부분'을 뭉개는 데 있어서, 누가 적이고 누가 아군이 될지 생각하고 있었지."

질문은 질문이 아니었다.

액셀러레이터(일방통행)는 즉시 대답했다.

"뭐 물론, 전원이 적이라는 걸로 답은 정해져 있지만 말이야. 대체로 '어두운 부분'과 관련되지 않은 인간은 없어. 어차피 다들 움찔움찔 떨면서 앞에서 뒤에서 정보 수집이라도 했겠지. 어디까지 손을 집어넣어 휘저어댈까, 자신의 품까지 그 손은 닿을까 하고…. 그러고서, 나는 누가 제일 먼저 물어뜯을지를 알고 싶었어."

특별히 실망하지도, 공포에 휘둘리지도 않는다.

그 총괄 이사장에게 있어서 적을 아는 것과 광명은 같은 뜻이었다. 어둠 속에서 출구의 빛을 보는 것과 같은 것이었다. 쓰러뜨려야 할 적이 보이는 것은 그것만으로도 다행이다. 왜냐하면 제1위는 오랫동안 그것조차 보이지 않아 어둠 속에서 버둥거렸으니까.

"아까도 말했지? 너희들은 전원 적이다. 하지만 사용하는 방식에 따라서는 유효하게 이용할 수 있어. 배수구의 마개와 마찬가지야. 나쁜 쪽으로 영향이 강한 누군가를 뽑아내면, 탁한 물은 멋대로 한 방향으로 흘러가지. 그렇게는 되고 싶지 않다는 생각이 만연할 거야."

'어두운 부분'이라고 해도 여러 가지가 있다.

그것은 실로 여러 가지 요인이 얽혀서 화려한 색채의 어둠을 구축하고 있다. 부품은 제각각이다. 정체를 알 수 없는 약품, 본 적도 없는 기계제품, 대량 소비되는 실험체들, 모럴이 망가진 가설들, 시뮬레이션을 지탱하는 대형 전자 기기….

그런 가운데… 다.

특히 커다란 영향력을 차지하고 있는 것은, 그러고 보니 이 분야였다.

"정체를 알 수 없는 빌딩이나 지하 시설이 지나치게 많다고 생각하고 있었어, 이 도시는."

내뱉듯이 액셀러레이터(일방통행)는 말했다.

"발라트 시그널. 총괄 이사 중에서도 건설 분야를 좌지우지함으로써 독자적인 색채를 주장하는 빌어먹을 놈이지. 처음부터 알고 있었지? '키하라'니 뭐니에 비밀 기지를 제공하기 위해 굴을 파거나 콘크리트를 흘리거나 한 건 네 부서였어. 아닌가?"

그렇다면, 얼마나 달콤한 즙을 빨아왔을까.

다양한 연구 분야에 대해서 차별 없이 잘 아는 것도 당연하다. 연구에는 어두워도 의뢰받은 도면을 꼼꼼히 살핌으로써 '무엇을 하기 위한 시설인가' 하는 짐작을 할 수 있다.

그리고 비밀 기지의 장소에 대해서도.

이 녀석은 새로 취임한 총괄 이사장 이상으로 매장금을 잘 안다.

"말해. 학원도시 최대의 금기인지 뭔지는, 네 목숨을 지켜주나? 그렇게까지 자랑스러운 비밀을 안고 있다고 생각한다면, 왜 망설임 없이 그쪽으로 가지 않는 거지?"

"…나는 과학 만능의 세계를 만들기 위해 분골쇄신의 정신으로 매진했어."

이제 와서 요령은 부리지 않았다.

오히려 발라트르는 도전하듯이 입을 열었다.

"아아, 아아. 사욕이 전혀 들어가지 않았다고 하면 거짓말이지. 어쨌든 오컬트인가 하는 밑도 끝도 없는 개념은, 내가 관리하는 부동산의 가치를 부당하게 폭락시키니까. …'유령이 나오는 집'이라니. 동네 꼬마가 반쯤 재미로 인터넷에서 중얼거린 것만으로도 근거도 없이 파산 위기가 닥쳐오는 거야. 내 가족은 모두 한 번 자살할 뻔한 적이 있어. 나는 거기에서 기어 올라왔어, 여기까지. 무슨 일이 있어도 나는 가족을 행복하게 해줘야 해, 반드시."

"……."

"그러니까 모호한 건 전부 뭉갠다. 그걸 위해서라면 얼마든지 돈을 뿌려주지. 필요하다면 아무리 위험한 놈들이라도. 예를 들어 그 일족, 인공적으로 유령을 만든다는 바보 같은 연구라 해도 말이야."

누구에게나 이유는 있다.

그것을 채우기 위해 '어두운 부분'은 이용할 수 있을 것인가, 방해가 될 것인가. 정점에 있는 그들 사이에서 의견이 나뉜 것은 그것뿐이다.

어느 쪽도 자신이 정의라고는 말하지 않는다.

그런 자격에 얽매여 있으면 여기까지 올라올 수는 없다.

"…다만 말이지, 그건 나도 몰라. 철저하게 부정하고 싶기 때문에 더더욱, 알고 싶지도 않은데 보고 마는 것도 있어. 학원도시 최대의 금기… 그래. '카키키에'만은, 내가 아는 이론으로는 설명을 할 수가 없었어."

고개를 가로젓는다.

수염을 기른 남자는 그리고 나서 새삼 무능한 장(長)을 노려보았다. 강하게.

"네놈은 부주의하게 '어두운 부분'을 너무 몰아세웠어. 지금까지 놈들은 과학이라는 상자 안에 스스로 들어가고 싶어 했던 것 같지만, 이제부터는 달라."

"'R&C 오컬틱스'도 있고 말이지☆"

쿡쿡 웃으며 안나가 속삭였지만, 발라트는 그 의미를 파악하지 못한 것 같았다.

"어떻게 될지 모른다고. 놈들 중 누군가가 학원도시 최대의 금기를 건드린 경우, 아마 이 도시도 무사하지는 못할 거다."

"그렇다면 뭐?"

아무렇기도 않게… 였다.

액셀러레이터(일방통행)가 한 말의 뜻을, 과연 발라트는 이해할 수 있었을까.

"이야기를 듣지 않았나, 이봐. 나는 '어두운 부분'을 없앨 거야. 어째서 거기에, 무사할지 어떨지 하는 얘기가 나오는 거지?"

그리고 상당히 뒤늦게… 다.

간신히 엇갈림 같은 것을 총괄 이사는 인식했다. 핀트가 맞자, 그는 미간에 깊은 주름을 새긴다. 알고 싶지도 않은 무언가가 떠올랐다. 아니면 진짜 유령을 보는 것보다도 불쾌함으로 가득 찬 표정이 기다리고 있었다.

"설마…."

권력 덩어리는… 거기에서 분명히 보았을 것이다.

차가운 쇠창살 맞은편. 바닥에 앉은 하얀 머리에 붉은 눈을 한 괴물을 뒤에서 지탱하듯이, 희미하게 다른 무언가가 바싹 기대어 있는 것을. 영자 신문을 기워 붙여 만든 드레스를 걸친, 박쥐와 해양 생물을 합해 둘로 나눈 것 같은 '악마 소녀'다.

그 굵은 꼬리가 꿈틀 흔들린다.

도무지 과학의 도시답지 않은 반칙. 그것도 톱인 총괄 이사장 자신이 금기를 범한다.

발라트는 중얼거린다.

그렇다, 가장 무서운 위정자란….


"네놈… 취임한 그 순간부터, 학원도시의 존속 따위 생각하지 않은 거냐?!"

# 제4장 마왕의 아이 the_LIGHT

1

"앗, 리사코, 어디 가 있었어?!"

"오빠…. 리사코 돌아왔어…!!"

체조복 차림의 여자아이는 모여든 아이들을 보며 이렇게 웃었다.

"에헤헷, 멍멍이랑 언니가 구해줬어."

또 어딘가로 이동할 생각일까. 몇 개나 늘어선 대형 트레일러는 시동이 걸려 있었다. 그래도 사탕처럼 빨간 머리카락을 묶은 리사코가 발견될 때까지는 기다려준다. 여자아이는 안심했다. 돌아올 장소가 있다는 건 멋지다.

『…멍멍이… 라.』

"……."

인공적으로 만들어진 유령, 프릴샌드#G의 말에 청년 연구자는 잠시 침묵했다.

드렌처 키하라 리패트리.

호보성이니 혐보성이니, 갖다 붙인 분류보다 훨씬 강고한. '어두운 부분' 일대에서는 너무나 유명한 일족의 이름을 가진 남자는 가만히 숨을 내쉰다. 스스로 기분을 전환하기 시작한다.

"포착되었을 위험은 있지만, 지금 이대로라면 이쪽이 빨라. 따라잡히기 전에 움직이면 아무 일도 없이 학원도시 최대의 금기까지 다다를 수 있을 겁니다."

『'아무 일도 없이'라는 얘기가 통할 거라고 생각하나요? 이쪽 세계에서.』

"무리라도 준비하는 게 우리가 할 일이에요."

신이 나서 떠드는 아이들에게는 들리지 않는 목소리로, 어른들은 의견을 나누었다.

따라서 그 남자아이의 목소리가 낮았던 것은 다른 이유 때문이다.

"리사코…."

"앗, 소다테."

왠지 같은 체조복을 입은 키 큰 남자아이는 곤란하다는 얼굴을 하고 있었다. 아니, 차라리 울음을 터뜨릴 것 같은 분위기마저 있었다. 공이나 약용 비누에 대해 이런저런 말을 들을 거라고 생각한 것일까. 그렇게 생각하며 고개를 갸웃거리는 리사코였지만, 아니었다.

소다테는 이렇게 말했던 것이다.

"돌아와버렸구나, 너."

"어?"

"혹시, 그대로 사라졌다면…."

그런 것을 바라고 있었던 것일까, 그렇게까지 미움을 받고 만 것일까. 얼굴을 흐리는 리사코였지만, 역시 아니다. 고개를 가로저으며 체조복 차림의 남자아이는 분명히 말했다.

유일하게.

아이들 중에서, 모션 센서라는 자신이 달고 있는 실험 기구에 위화감을 갖기 시작한 남자아이가.

"…그랬으면, 너만은 살 수 있었을지도 몰랐는데."

2

무서워서, 우선 수성펜으로 등에 표시를 했다.

"하마즈라, 간지러워."

"움직이지 마…."

옛날식 장정의 책은 원근법도, 입체감도 없는 붓 그림이고, 게다가 내장의 배치가 분명히 이상하다. 구름의 항공사진과 일기 예보의 등압선의 차이… 라고나 할까. 전통 의학이란 이런 건가 하고 생각하면서 속옷까지 벗기고, 양손으로 가슴께를 감싼 채 매끄러운 등을 보이고 있는 연인의 몸에 하마즈라는 가위표를 해나간다. 간지러운 듯이 몸을 비틀 때마다 하마즈라의 심장이 파열할 것 같았다. 진중하지 못하다는 것을 알고 있어도, 전부 끝나면 드디어다. 컨테이너 연구실의 작업용 테이블 위에서 일광욕처럼 엎드려 누운 소녀의 맨살과 마주한다.

뜸. 보슬보슬한 솜털 같은 뜸쑥이지만, 다루는 것은 '불'이다.

소녀의 부드러운 피부와 분명히 맞지 않는, 자칫하면 평생 갈 상처를 남기게 될 어려운 일.

"읏."

여기에 와서 공포 쪽이 앞섰다. 하지만 고열로 괴로워하는 연인을 구하려면 이것밖에 없다.

저도 모르게 눈을 감을 뻔한 것을 견디면서, 천천히 부드러운 피부 위에 '연료'의 작은 산을 놓는다. 떨리는 손으로 라이터를 켜지만, 실패가 계속된다. 겨우 작은 불이 붙자 천천히 가까이 댄다.

"응큭."

"괘, 괜찮아? 타키츠보."

"아무렇지도 않아."

이어서 몇 개 더. 센 척하는 건가 생각했지만, 매끄러운 등 여기저기에 뜸을 올려놓은 타키츠보가 손수건으로 이마의 땀을 닦자, 그 이상 땀방울은 솟아나지 않았다. 역시 어느 정도의 효과는 있는 모양이다.

하카마 소녀에게는 아무리 감사해도 모자란다.

절대로 헛되이 하지는 않을 것이다. 그러기 위해, 학원도시 최대의 금기에 다가간다.


『목숨줄』.

그렇게 글자 테이프가 붙어 있던, 카드 사이즈의 하드디스크였다.


스마트폰에서 연구실의 슬림 모니터로 전송된 것은, 줄줄이 늘어선 숫자들이었다. 그렇게 하지 않으면 너무 작아서 읽을 수 없다…는 아넬리 나름대로의 배려였을지도 모른다.

소위 말하는 계산표 프로그램의 계산 시트 같은데, 불량소년은 이것만 봐도 머리가 아프다. 중요한 데이터일지도 모르지만, 애초에 어디에 주목해야 할지도 알 수 없었다.

옆에서 들여다본 타키츠보 리코가 이렇게 중얼거렸다.

"이거, 자재 데이터 같아."

"자재?"

"호보성이든 혐보성이든, '어두운 부분'은 여러 가지 연구를 하고 있지."

타키츠보는 숫자 중 하나를 가리키며,

"군용 무기도 엄청 많이 만들고 있어. …하지만 생각해보면 이상하지 않아? 벽으로 둘러싸인 학원도시는 대량 소비형이고, 땅은 한정돼 있어. 스스로 도시의 땅을 파서 석유나 철광석을 긁어모을 수 있는 건 아니잖아. 재료는 어디에서 손에 넣고 있었던 걸까."

"어디에서라니… 그야, 전 세계에 '협력 기관' 같은 게 있잖아? 그렇다면 거기에서 융통을 받는다거나."

"기록에 남길 수 없는데 어떻게?"

타키츠보는 다른 숫자를 가리켰다.

시민 단체가 돈이나 물건의 흐름을 감시하는 정도로 떠오를 정도의 비밀이라면, 그런 것은 '어두운 부분'이라고 부를 수 없다.

"이걸 봐. 학원도시 전체가 바깥에서 들여오는 자재의 양과 비교해서 '어두운 부분'에서 사용하는 자재가 너무 많아. 필요 없는 비계 부분을 잘라내고 몰래 할당하는 정도로는 도저히 충분치 않아. 왜냐하면 '어두운 부분'이 사용하고 있는 양이 몇 배 단위로 많은걸. 이래서는 어떻게 해도 기록 속에서 드러나버려. 총괄 이사나 총괄 이사장 같은 높은 사람이 뭉개려고 해도 한도라는 게 있을 거야. 이건… 무리야. 서류를 바꿔 쓰는 것만으로 어떻게든 할 수 있는 상한선을 훌쩍 넘었어."

"하지만, 그럼⋯."

하마즈라가 말하려고 했을 때였다. 서포트 AI 아넬리가 다른 창을 표시했다. 학원도시의 지도 중 한 점이 붉게 구분되어 있었다. 비밀이 있었다.

"애초에 기록에 남지 않는 출납이 있어."

체육복 소녀는 화면을 보면서 그렇게 말했다.

게시판이나 SNS의 페이지를 저장한 것으로 보이는 파일이 몇 개나 있었다. 글씨를 눈으로 좇으니, 어떤 공통점으로 정리되어 있는 것을 알 수 있다.

4시와 30분 사이에 있는 열차를 타면 이세계로 끌려가고 만다.

그런 의미 모를 이야기를 가리키면서 타키츠보 리코는 이렇게 중얼거렸다.

"그걸 위한 창구가 있어. 도시의 소문 속에서도 몇 개인가 어른거리고는 있었을 거야. 『!』 표식, 관련되면 죽는 전철이 있다거나, 유원지에서 사람이 납치되는 것이나 아기를 넣는 코인로커, 어떻게 해도 버리고 싶은 게 있으면 역 지하의 공사 구획에 가라앉히라는 것도. 하지만 진실은 그렇지 않아."

"설마⋯."

"학원도시가 몇 번이나 몇 번이나 재활용을 추진하는 것도, 딱히 한정된 자원을 조금이라도 유효하게 쓰고 싶기 때문이 아니었던 거야. 빙글빙글 돌림으로써 자재의 총량을 알기 힘들게 하는 게 목적. 왜냐하면 바깥에서 가지고 들어온 재료보다도 안에서 토해내는 쓰레기 쪽이 몇 배나 많다는 조사 결과가 나오면 곤란하잖아? 질량 보존의 법칙에 어긋나는 셈이고. 그래서 언뜻 봐서는 출납의 양을 비교할 수 없도록 신경을 쓸 필요가 있었어. 세탁이었던 거야."

　어째서 그런 궁리를 해야 하는 것일까. 원재료보다 폐기물이 더 많은, 있어서는 안 되는 결과가 나오고 마는 것일까. 모두가 숨기고 싶어 했던 비밀이란 무엇이었을까.

　학원도시 최대의 금기.

　몇 번이나 몇 번이나 이름만 나왔던, 그 정체는.


　"닫혀 있지… 않았어? 학원도시를 빙 둘러싼 외벽 어딘가에, 아무도 모르는 '구멍'이라도 있었다는 거야?!"


　그것은 절대로 있어서는 안 되는 일이었다. 학원도시는 좋게도, 나쁘게도 바깥 세계로부터 격리되어 있다. 그 두꺼운 벽으로 테크놀로지의 확산을 막고, 무질서한 혼란이 발생하는 것을 억누르고 있었을 것이다.

　예전에 하마즈라는 스킬아웃(무장 무능력자 집단)이라고 불렸다. 그들은 본래 학원도시 안에서 낙오되고, 하지만 도시 밖으로 나갈 수도 없어서 갈 곳을 잃은 소년과 소녀의 무리였다.

　갈 곳 따위 없었다. 학교에서는 낙오되고, 하지만 벽에 둘러싸인 도시에서 나갈 수도 없다. 어쨌거나 겨우 며칠 밖에 나가는 것만으로도 수많은 신청 서류나 나노 디바이스 주입 등을 요구할 정도다. 게이트를 피해 외벽에 무리하게 도전해도 정보 누설 대책으로 살해조차 마다하지 않는 전개가 기다리고 있는 것은 알고 있었다. 뒷골목에는 빈집털이도, 강도도 있었다. 그런 프로 도둑도 외벽에만은 가까이 가지 않았다.

만일 내키는 대로 오갈 '자유'가 있었다면 그렇게 궁지에 몰리는 일도 없었을지 모른다. 스스로 자신이 있을 곳을 만들었다면.

코마바 리토쿠.

예전의 리더도… 싸우다가 죽는 일은 없었을지도 모른다.

"…읏."

그런데.

몹시 쉽게, 그들은 무너뜨린다. 가장 큰 전제를.

위조 업자는 카드 사이즈의 하드디스크에 '목숨줄'이라는 글자 테이프를 붙여 자물쇠가 달린 찬장에 소중하게 보관하고 있었다. 비밀을 긁어모으고 있었던 것은, 여차하면 이걸로 '어두운 부분'의 중진에게서 도움을 받을 수 있을 거라고 생각하기라도 한 것일까.

파파라치의 방편이 되어 머리가 날아갈 거라고는 예상하지 않았겠지만. 결국 그것이 계획적이었는지 돌발적이었는지, 당사자인 하마즈라도 단언은 할 수 없었다.

"학원도시의 대심도(大深度) 지하."

타키츠보 리코는 냉정하게 읽어 나갔다. 다른 차원, 아공간. 그 편이 훨씬 현실감이 있을 것 같은, 그런 스케일의 이야기를.

"원형으로 도시를 둘러싸고 있는 외벽 바로 아래는 세계 최대의 가속기로 되어 있기도 해. 섣불리 파고들어가면 원형 장치의 밀폐를 부수게 되고, 방사선을 비롯해서 갖가지 리스크에 노출될 거야. …그러니까, 아무리 그래도 그런 바보 같은 짓은 하지 않겠지. 그런 심리를 이용하고 있었던 거야."

도면을 보니 마치 지혜의 고리(주13) 같았다. 꼼꼼하게 원형 가속기 시설을 피하고 있는 것 같지만, 어차피 '어두운 부분'이 강행하는

주13) 지혜의 고리: 가지 모양의 고리를 끼웠다 뺐다 하며 노는 장난감.

공사다. 엄밀한 안전 기준 따위 어디에도 없을 것이다.

이것이 '어두운 부분'의 생명선.

바깥에 내놓을 수 없는 연구가 끊이지 않도록 연료를 계속 붓기 위해서만 구축된, 그것을 위해서라면 세계 전체의 질서가 어떻게 되어도 상관없다는, 실로 최대의 금기. 이 한 점이 조여지면 '키하라'든 뭐든 무조건 절멸할 암흑의 탯줄이다.

"이건 안티스킬(경비원) 측은 모르는 정보일 거야."

타키츠보는 그렇게 말했다.

"즉 그들은 막을 수 없어. 여기를 통과하면 안전하게 도시 바깥으로 도망칠 수 있어."

"……."

아넬리가 붉은 광점으로 강조하고 있는 것은 학원도시 제10학구였다. 가장 슬럼가. 모두가 버린 도시의 지하에 모두가 원하는 금기가 잠들어 있다.

처음부터 그런 이름이 붙어 있었는지 어떤지는 모른다. 어쩌면 정기적으로 이름을 바꿈으로써 진실을 덮어 가리려고 했는지도 모른다. 흩뿌려진 정보의 어디까지가 단편적인 목격담이고, 어디부터가 작위적인 유언비어일까.

하지만 그 금기는 계속 지하 깊은 곳에서 입을 벌리고 있었다.

악몽 같은 자유의 상징으로서.

작은 화면에 표시된 지도의 광점. 거기에는 이런 이름이 있었다.

카키키에 터널.

그것이 마지막 표적의 이름이다. 살아서 다다른 자에게는 이세계로 떠날 권리가 주어진다.

3

제10학구.

그 깊고 깊은 지하였다.

본래 도시 밑을 지하철 터널이 어떻게 지나고 있는지 신경 쓰는 사람은 적을 것이다. 그 노선은 부자연스러운 커브를 그리고 있는 것으로 알려져 있었지만, 확장 공사를 진행하다가 무언가의 유적과 부딪히고 말았다… 는 인터넷 뉴스에 일부러 의문을 갖는 사람은 없었다.

차가운 콘크리트로 둘러싸여, 같은 간격으로 기둥이 늘어서 있는 지하 통로.

벽 쪽의 듬성듬성한 형광등만으로는 도저히 어둠은 씻을 수 없을 것 같다.

이 아무도 모르는 지하의 사각 지대가 세계에서 가장 뜨거운 장소가 되었다. 실제로 많은 인간이 이곳에 모여들었다. 전원이 같은 길을 더듬어 온 것은 아니다. 각자가 학원도시의 여기저기에 있는 힌트를 주우며, 가장 큰 전제 조건에 의문을 갖기에 이르렀을 것이다. 두꺼운 벽으로 에워싸인 학원도시는, 그러나 실은 밀폐되어 있지 않다고.

작업복을 입은 튼튼한 남자들은 운반업 그룹 '시크릿 익스프레스'. 예복을 입은 남녀는 범죄자에게서 의뢰받은 대로의 은거지를 제공하는 '콘시어지'. 수수한 복장과 선글라스와 사냥 모자로 이목

구비를 숨기고 있는 소녀들은 인기 절정의 아이돌 그룹일까. 쓰레기 중의 쓰레기, 개인 정보나 가공 청구로 옴짝달싹 못 하게 만들어 노리던 소녀들을 리모트로 사슬에 묶는 '컨트롤러'나, 수사를 교란하기 위해 진짜와 꼭 닮은 무해한 가루를 흩뿌리는 '플레어'까지 있다.

뒷골목의 왕도.

대기업의 고문 변호사도.

대학 학장도.

연예계의 거물 프로듀서도.

…그리고 각 업종에 깊숙이 파고든 '키하라'가 몇 명.

정말로 다양한 사람들로 넘치고 있었다. 하층이라서, 가난해서, 머리가 나빠서, 죄를 저질러서 '어두운 부분'이 되는 것이 아니다. 위도 아래도 없었다. '어두운 부분'은 모든 계층에 평등하게 침투해 있다. 아무도 모르는 세계부터 모두가 부러워하는 직업까지.

이곳에 다다르기 전에 쓰러진 자도 있고, 다른 루트를 찾아 달려간 자도 있을 것이다. 어떤 의미에서, 이 터널을 발견하고 발을 들여놓은 것은 선택된 자들이었다.

그리고.

그 전원이.


단 하나의 그림자에 가로막혀 갈려 나간다.


연파란색의 딱 맞는 드레스에 풍성한 얇은 천의 롱스커트를 겹쳐 입은, 긴 금발을 트윈 테일로 묶은 숙녀.

프릴샌드#G는 실로 절벽이었다.

도전하는 자는 도전하는 기세가 강할수록 벽에 격돌해 찌그러진다. 몇 개의 살덩어리와 피 분수를 보고 그런 망상에라도 사로잡힌 것인지, 그만한 '어두운 부분'이 하나같이 앞으로 나아가지 못하게 되어 있었다. 상대는 한 발짝도 움직이지 않는데, 서서히 눌려 뒤로 물러난다.

물론.

이제 와서 포기해봐야 용서해줄 유령도 아니지만.

『다음은 꼬챙이 꿰기, 꼬챙이 꿰기입니다.』

규욱!!!!!!

젖은 이상한 소리와 함께, 튼튼한 검은 옷이 사타구니부터 머리까지 단숨에 파멸한다. 그래도 그는 그나마 행복했을지도 모른다. 자신에게 무슨 일이 일어났는지 알기 전에 스위치가 꺼졌으니까.

이어서 유령은 말한다.

『굽기, 자르기를 주의하세요.』

꺄아!! 우와악?! 비통한 외침이 이어진다. 그러다가 프릴샌드#G가 아니라 '어두운 부분'끼리 싸움이 시작되었다. 방패로 삼을 수 있는 콘크리트 기둥을 둘러싸고 추한 싸움을 계속하고 있는 것 같지만,

『곧 도려내기가 옵니다.』

소리도 없이, 조용히 유령이 기둥 뒤쪽으로 돌아 들어감과 동시에, 축축한 소리가 폭발했다. 승자도 패자도 한데 섞어 똑같은 다진 고기로 바꾸면서도, 프릴샌드#G는 흥미가 없는 것 같았다.

"아, 가가."

신음 소리가 있었다.

아이돌 소녀 중 한 명이었다. 이미 하반신은 없다. 몸통의 단면이 민달팽이처럼 바닥에 달라붙어 있었다.

"어, 째서어? 금기, 발견했다면, 우리는 같은 '어두운 부분'이잖아요? 빠져나갈 길은, 모두 함께 사용해도…."

『아이를 다루고 있는 몸이라서요. 그것도 많이.』

프릴샌드#G는 시선을 향하지도 않았다.

『같은 현장에 당신들을 불렀다가 이상한 유탄 같은 걸 맞아도 곤란하거든요.』

"마…."

이제 와서 어떻게도 되지 않는다. 그래도 드르륵 하는 소리가 들렸다. 상반신만 남은 소녀의 손톱이 콘크리트 바닥을 긁는 소리였다.

"만약을 위해? 원한도, 미움도 없는, 그런 이유로 사람의 목숨을 …!!"

『다음은 치어 죽이기, 치어 죽이기입니다.』

축축한 소리와 함께 원망의 말조차 사라졌다.

유령 자신이, 원념 따위에 사람을 죽이는 힘은 깃들지 않는다고 부정하고 있는 것 같다.

『…최후방은 중요한 일.』

노래하듯이 속삭이며,

『하지만 이건, 그 울보한테는 보여줄 수 없죠. 아는 것과 보는 건 큰 차이….』

문득 인공적인 유령이 어딘가로 시선을 보냈다.

그러나 크게 집착하지는 않고, 그대로 몸을 돌려 어둠 안쪽으로 사라진다.

그 겨우 10미터 앞이었다.

하마즈라 시아게는 기둥에 몸을 숨긴 채, 필사적으로 체육복 소녀의 입을 손바닥으로 막고 있었다.

들키면 끝이다. 자신의 심장도, 호흡도, 체취도, 옷의 희미한 정전기도, 모든 것이 사인(死因)으로 생각된다. 뺨을 타고 흐르는 기분 나쁜 땀을 닦지도 못한 채, 하마즈라는 필사적으로 시간이 지나가기를 기다린다.

역시 적은 적.

무언가 속셈이 있고, 변덕으로 목숨을 구해주었다고 해도 그걸로 신용할 수 있을 리가 없다. 변덕으로 구한다는 것은 버릴 때에도 똑같이 하는 것이다. 그리고 이쪽의 목숨은 하나밖에 없다.

피바다… 라는 차원이 아니었다.

원형을 유지하지도 못하는 피와 살에, 허공에 뻗은 다섯 개의 손가락, 고통의 표정을 한 채 벽에 달라붙어 시간을 멈춘 얼굴 가죽. 인간이라기보다 그런 물체일 뿐이다. 존엄 따위는 조금도 없었다.

이 한 사람 한 사람이, 하마즈라와는 다른 길을 더듬어 학원도시 최대의 금기를 찾아낸 '어두운 부분'인 것이다.

수많은 가능성이 제로까지 줄었다.

그런 기분이 든다.

…이 길이 정말로 정답일까. 안쪽으로 향하면 향할수록 아까 그

유령 여자와 마주칠 확률은 올라간다. 그렇다면 지금이라도 되돌아가 지상으로 나가는 편이 안전하지 않을까. 그렇게 생각하고 만다.

"푸핫."

연인이 하마즈라의 손바닥에서 달아났다. 뒤에서 껴안긴 채, 그녀는 위를 올려다보듯이 하며 하마즈라와 눈을 마주친다.

"하마즈라, 기척은 사라졌어. 지금이라면 앞으로 나아갈 수 있어."

"……."

"여기까지 왔으면 포기할 수 없어. 무턱대고 위로 나간다고 해도 구원은 없어. 하마즈라, 여기를 넘지 않으면 평화는 오지 않아."

"앗, 아아⋯."

혼자라면 이미 옛날에 꺾였을 것이다.

하지만 하마즈라는 연인에게 손을 잡혀, 다시 한번 있을까 말까 한 용기를 쥐어짠다.

같은 간격으로 형광등 불빛은 있었지만, 그래도 어둡다. 게다가 듬성듬성한 조명 자체가 누구에게 장악되어 있는지도 알 수 없다. 만일 저 유령 측의 손에 갑자기 전기가 끊긴다면. 하마즈라는 평소 이상으로 스마트폰의 존재가 커지는 것을 느꼈다.

"기네."

"응."

말도 적어진다.

학원도시 최대의 금기. 그러나 자신들은 정말로 희망을 향해 걷고 있는 것일까. 언제까지나 걸어도, 어디까지나 나아가도 어둠은 사라지지 않는다. 안으로 안으로, 돌이킬 수 없는 깊이까지 스스로 가라앉는 듯한 착각마저 느껴진다. 애초에 이만한 지하 시설도 어딘가의 누군가가 만든 것이다. 도면을 그리고, 구멍을 파고, 기초를 다지고, 철근이나 콘크리트를 부어서. 은행 강도가 금고를 노리기 위해 손으로 판 터널과는 완전히 질이 달랐다. 대규모 건설 회사가 관여하지 않은 한, 이렇게까지 광대하고 정연한 지하 공간은 마련할 수 없다.

누가 한 것일까.

어쩌면 매일 TV 광고에서 보고 있는 이름일지도 모른다.

그런 것도 언젠가 밝혀지게 될까. 쓸모없는 생각을 하고 있을 때였다.

역시 먼저 눈치챈 것은 광원을 갖고 있지 않은 타키츠보 쪽이었다.

"하마즈라, 문이 있어."

"……."

두꺼운 철문이었다.

기나긴 통로 안쪽에 딱 하나. 어쩌면 다른 루트도 있을지도 모르지만, 머릿속에서 돌이켜 생각해도 갈림길은 짐작 가는 데가 없었다.

하마즈라는 조용히 다가간다.

문은 잠겨 있지 않은 모양이다. 수류탄 등, 쓸데없는 선물도 아마 없을 것이다.

하지만 무서운 것은 그런 것이 아니다. 이곳에 오기까지 엄청난 수의 시체를 보았다. 이제 일일이 마음을 움직일 여유조차 남아 있지 않을 정도로. 하마즈라는 쓰러진 선인들을 풍경의 일부로 인식하고 있던 구석이 있다. 그렇게라도 하지 않으면 캄캄한 살인 현장에 압도되어, 앞으로 나아갈 수는 없었을 것이다.

금기가 축적된다.

살고 싶은 일념으로 행동을 계속하고 있었을 텐데, 어느새 그들도 물들어 있다.

하마즈라 시아게는 문손잡이에 살며시 손끝을 가까이 했다.

닿는다. 힘을 준다.

돌린다.


4


빛이 넘친다.

누구도 보아서는 안 되는 세계가 펼쳐져 있었다.

"······."

이계의 정체는 깊고 깊은 구멍이었다.

가장 깊은 곳에 잠들어 있는 심연인 주제에, 지금까지 이상으로 인공적인 빛으로 가득 차 있는 것 같다. 여기저기에 놓인 공사용 조명 기재 때문이다.

직경은 아무리 어림잡아도 250미터 이상. 깊이는 그 두 배 이상일까? 대심도 지하. 철근 콘크리트로 만들어진 깨끗한 원형 공간에 대한 이미지는 여러 가지다. 보는 사람에 따라서도 달랐을지 모른다.

어쩌면 공동구(公同溝), 어쩌면 원형 격투장, 어쩌면 조차장의 턴테이블, 어쩌면 결코 기도를 바쳐서는 안 되는 신을 모신 지하 신전

….

다만, 이미지를 환기하는 데 있어서 몇 개인가 중요한 조각이 존재한다.

"열차…?"

난간에서 아래를 내려다보면서 하마즈라는 멍하니 중얼거렸다.

턴테이블.

같은 간격으로 콘크리트 기둥이 늘어서 있는 가운데, 원형 공간의 중심 부분만이 깨끗하게 뚫려 있었다. 평평한 콘크리트 바닥에는 한층 더 작은 원형의 고랑이 새겨져 있었다. 그 자체가 크게 회전해서 열차 방향을 바꿀 수 있게 되어 있다. 바깥둘레의 선로도 열두 방향으로 뻗어 있었다. 또 하나 이미지를 추가, 마치 거대한 철로 된 꽃 같다.

그렇다. 여기에는 선로가 있고, 신호기가 있고, 변압기가 있고, 정비 기재가 있고, 관제실이 있고, 그리고 15량 편성 열차가 서 있었다. 화물 열차다.

"저게 '어두운 부분'의 생명선…."

그리고 하마즈라 일행에게는 자신들의 목숨을 건져 올릴 수 있는 카르네아데스의 판자다.

물론 턴테이블만으로 끝이라고도 생각하지 않는다. 이 바깥쪽, 보이지 않는 곳에는 컨테이너 야드나 정비장 등이 잠들어 있을 것이다.

원형 벽을 따라서 난 좁은 캣워크를 지나 아래로 통하는 계단을 내려간다. 이쪽에는 탈락자의 시체는 떨어져 있지 않았다. 먼저 나아간 누군가는 유령 여자를 이용해 이 유력한 후보에 닿기 전에 모든 방해꾼을 배제한 모양이다.

앞으로 나아가, 아직 열차가 남아 있다면, 있을 것이다.

같은 공간에 살육자는 머물러 있다.

"…하마즈라."

"괜찮아. 무슨 일이 있어도 내가 붙어 있을게."

"아니야. 아래에 누군가 있는 것 같아. 그것도 한 명이 아니야."

깜짝 놀랐다. 타키츠보 리코에게는 타인의 AIM 확산 역장을 읽어내어 정확한 소재지를 알아내는 능력이 있다. 지금은 전성기의 힘은 쓸 수 없을 테지만, 그래도 느낄 수 있는 것이 있을 것이다.

긴장의 밀도가 달라진다.

단 한 명의 변칙도 무섭지만, 많은 사람이 몰려든다는 것은 공포의 종류가 다르다. 여차하면 연인인 타키츠보만이라도 반드시 도망시킨다. 하마즈라의 마음속에서 우선순위가 바뀌기 시작한다.

이곳이 유일한 출구이고.

이곳을 떠나버리면 360도 막다른 길밖에 없다는 것을 알고 있어도.

"……."

몇 개나 되는 계단을 끝까지 내려가, 하마즈라와 타키츠보는 지하 밑바닥에 다다랐다.

위에서 내려다보았을 때와는 느낌이 다르다. 직경으로 250미터라고 하면 돔 구장의 운동장보다도 넓으니 당연할까. 스포츠 관전과 마찬가지로, TV를 통해서 조감하느냐 실제로 경기장에 서느냐에 따라 인상은 크게 달라진다.

그렇다, 하마즈라 시아게는 무대에 섰다. 여기서부터는 정말로 남의 일일 수는 없다.

『어머나. 와버렸네. 아까워라.』

　1초였다.
　툭, 그대로 하마즈라의 무릎이 수직으로 떨어진다. 좌우의 어깨의 높이가 맞지 않게 되지만, 일단 빠진 힘이 원래대로 돌아오지 않는다.
　"뭣…?!"
　유령 여자였다.
　이 녀석은 호보성일까, 혐보성일까.
　싸움이 싫어서 학원도시에서 도망쳐 나가려 하는… 것치고는 가는 길이 너무 피투성이다. 오히려 누구 한 사람도 학원도시 밖으로 도망치게 두지 않겠다는 원령 같은 집념마저 느껴진다.
　기나긴 금발을 트윈 테일로 묶고 연파란색 드레스를 걸친 서양풍 인형 같은 누군가. 별로 때리거나 차거나 하는 이야기가 아니다. 다만 시야 끝에 얼핏 비쳤을 때, 이미 하마즈라는 치명적인 대미지를 받고 있었다.
　주룩. 눈초리나 콧구멍에서 쇠 비린내 나는 액체가 흐른다.
　사실은 요란한 비명을 지르며 뒤로 나자빠질 생각이었다. 그러나 실제로는 웅크린 채 움직일 수도 없다.
　맞닥뜨리면… 죽음.
　이퀄로 연결된 것이 너무나 지나치게 불길하다.
　『소용없어.』

발소리도 없이 유령 여자가 걷는다. 시야 끝에서 중앙으로 다가 가기 위해.

『무언가를 방패로 삼아서 막는다거나, 날아온 것을 초고속으로 피하면 된다거나, 그런 머리 나쁜 얘기는 아무도 하지 않았어. 내 얼굴이 보인다. 그것만으로도 공격은 끝난 거야. 나는 슬쩍 당신의 시야 구석에 서서, 눈치채이기 전에 계속 대미지를 주면 돼.』

듣고 보니 이변이 있는 것은 항상 유령 여자 쪽에서 말을 걸었을 때다. 그 터널도 일부러 지하 통로에 조명을 켜두었다. 왜? 편했기 때문이다.

운전 중에 유령을 보면 사고를 일으킨다.

심령사진에서 머리나 팔다리가 사라지고 없으면 몸에 부자연스 러운 상처나 멍이 생긴다.

…하지만 설마, 이 유령 여자는 그런 성질마저 인공적으로 구축 해서 짜 넣었다는 것일까? 하마즈라는 믿고 싶지 않았다. 그렇다면 더욱더 손쓸 방법이 없지 않은가?!

"하마즈…?!"

『눈치챘나? 감각이 예민한 건지도 모르겠네, 당신.』

당황해서 하마즈라를 껴안는 체육복 소녀지만, 유령 여자는 신경 쓰는 기색도 없었다.

애초에 '보이고 만 것만으로도 죽는다'면 타키츠보도 한꺼번에 처 치할 수 있었을 텐데, 그렇게 하지 않는다.

『하지만 영감(靈感)이라는 모호한 얘기를 하고 있는 게 아니야. AIM 확산 역장. 당신, 그쪽 계열 능력을 갖고 있는 거 아니야?』

"…당신 주위에는 AIM 확산 역장이 없어? 아니, 뭔가 눈에 보이지 않는, 커다란 힘이 미약한 장을 흩어버리고 있는 거야."

『하이볼티지 커팅법.』

유령 여자는 한마디로 딱 잘라 말했다.

『원리로는 로켓 엔진의 불꽃 속에 보이는 쇼크 다이아몬드나, 아니면 스크루에 달라붙는 기포의 캐비테이션에 가까울지도 모르지. 일종의 고에너지를 계속 방사하면, 자기 자신 안에서 서로 간섭해서 변칙적인 파형이나 상(像)을 만들어내.』

"읏?! 에너지… 라고???"

『어디에나 있잖아.』

유령 여자는 가볍게 말했다. 알았다고 해서 차단할 수 있는 것이 아니기 때문일까.

『당신들이 생각 없이 흩뿌리고 있는 이산화탄소나 질소산화물은 공기 중의 수분과 결합하면 산성비가 돼. 과일에 전극을 두 개 꽂기만 해도 전기는 손에 들어오거든? 동과 아연은 일일이 도시 안에서 찾을 것까지도 없는 필수품이잖아. 이 방식이면, 전기 외에 수소가스도 발생해주고. 나는 도시 하나분, 또는 그 이상으로 큰 규모의 문명 전지에서 힘을 빨아올리기만 하면 돼. 그것만으로 안정된 에너지 속에 돌출된 한 점을 설치할 수 있어.』

"……."

『틈새바람이 많은 낡은 폐가, 파도로 복잡하게 침식된 절벽이나 동굴, 심야의 고갯길. 정전기, 기압 차, 녹슨 문의 삐걱거림이나 바람으로 흔들리는 나무의 술렁거림. 어쨌든 심령 스폿은 노이즈가 많은 모양이더군. 전기를 거두어들이는 과정에서 무언가가 새어 나오는 건지, 수소가스 연소 시의 파열음이라도 듣고 있는 건지. 어쨌든 사람이 있고 문명이 있는 장소라면 나는 나를 유지할 수 있어. 날 죽이고 싶다면 자신의 생활을 파괴해야겠지. 지구 규모로.』

규격외다.

이론을 들어도 이해할 수 없다. 이해한 것 같아도 파괴 수단으로 연결되지 않는다.

하마즈라의 몸을 껴안은 타키츠보가 숨을 삼키며 이렇게 말했다.

"눈에는 보이지 않는 형태라도 끊임없이 막대한 에너지를 계속 쓰고 있다면, 결국에는 부자연스러운 상태가 생기는 건 알겠어. 하지만 본 것만으로 죽는 존재가, 어떻게 많은 사람들 사이에서 정확하게 타깃을 고를 수 있게…."

그러다가, 체육복 소녀의 말이 끊겼다.

시야 끝에 보인 것이다. 이번에는 인공적으로 만들어진 유령이 아니다. 화물 열차의 컨테이너, 그 문틈으로 몰래 이쪽을 엿보고 있는 것은 모두 통일된 색채였다.

체조복과 장치를 단 작은 아이들. 그것도 열 명이나 스무 명 정도가 아니다.

그 전부가 '유령의 실험 기구'였다.

머뭇머뭇 이쪽을 살피는 아이들은 유령 여자가 보이는 것 같았다. 게다가 모르는 얼굴의 침입자를 격퇴해주지 않을까 하는 기대감까지 풍기고 있다. 그들은 모른다. 아무것도 듣지 못했다. 자신이 무엇에 이용되고 있는 것인지도. 심령사진은 본 것만으로도 해를 일으키고, 시간을 오래 끌수록 계속 대미지를 준다. '어두운 부분'의 정예를 철저히 처리할 정도로. 그런데도.

복수 후보 중에서 정확하게 하나를 고르는 실험.

하지만 그것은 머리 위에 올려놓은 사과에 화살을 쏘는 것이나 마찬가지다. 그것도 여기저기에 센서를 단 당사자인 아이들에게는 아무것도 설명하지 않고.

"…읏…."

불량소년은 어금니를 악문다.

제대로 움직일 수 없다. 목숨을 상대가 쥐고 있다. 반격의 실마리조차 없다. 즉 지금은 절대로 상대를 화나게 해서는 안 된다. 상황을 알고 있어도, 하마즈라 시아게는 저도 모르게 소리쳤다.

"쓰레기가아…!!"

『마음대로 말해. 오히려 칭찬의 말이야.』

그림책의 공주님 같은 실루엣의 유령 여자는 살며시 손바닥을 이쪽으로 내민다. 있을 수 없는 것이 보이는 시점에서 일은 끝났으니, 사실은 그런 몸짓 따위 필요 없을 텐데.

그러나 거기에서 유령 여자의 시선이 부자연스럽게 빗나갔다.

옆으로.

바강!! 열차 가까이에 놓여 있던 잉여 컨테이너가 일격에 양단되었다. 멀리 상층에서 무언가가 낙뢰처럼 내려온 것이다.

중금속으로 만들어진 두꺼운 산도(山刀)를 든 붉은 그림자.

앞머리를 가지런히 자른 진홍색 긴 머리에 가냘픈 체구. 오렌지색에 검정색, 해충 같은 색깔의 경기용 수영복을 걸친 안드로이드다.

기계적인 눈동자 속에서 동그라미로 그린 꽃이 춤추고 있었다.

『의기양양한 얼굴.』

"여어, 여어. 바쁜 중에 미안하지만 좀 실례하겠네."

파란색 점프슈트 위에 하얀 가운을 걸친, 나무 막대기 같은 노인의 목소리가 있었다.

유령 여자는 슬쩍 어깨를 움츠리며,

『열차에 무슨 볼일이 있어서? 당신들은 도시에 남아서 철저하게 항전하는 혐보성이라고 생각하고 있었는데.』

"그런 바깥 세계가 멋대로 만든 묶음 따위에 흥미는 없어. 나는 내 연구만 계속할 수 있으면 그걸로 상관없다. 학원도시는 뛰어난 환경이었지만, 조건이 무너졌다고 한다면 더 편한 환경을 찾을 뿐이지."

『당신, 내가 보이는 거지?』

"두 눈의 움직임으로라도 계측해주면 알 수 있을 거라고 생각하네만."

『그럼 그 의미도.』

그러고 나서 그녀는 의미심장하게 등장한 기계제품 쪽에 시선을 던졌다.

『덧붙여서 내게는, 인체 외에 기계적인 렌즈나 센서에 오작동을 일으키는 기능도 달려 있어. 심령사진은 정밀 광학 기기에 간섭하는 거잖아? 그게 얼마나 자신작인지는 모르겠지만, 만전의 힘을 발휘할 수 있을 거라는 염치없는 생각은 하지 않는 게 좋지 않을까?』

…정말 무적이다. 표적의 시야 끝에 보이는 것만으로 인간을 죽이고, 기계에 대해서는 확정으로 보이지 않게 만든다. 이래서는 유령 여자에게 사각 지대 따위 없지 않은가.

"뭐, 그렇겠지."

그러나 노인은 신경도 쓰지 않았다.

목숨을 잡혀 있는데도 불구하고, 이 키하라인가 하는 수수께끼의 노인은.

"단체(單體) 전투력으로 말하면 네가 최강이지. 치사성만 보자면 제3위나 제2위 이상일지도 몰라."

『……』

불온을 느낀 것일까, 유령 주제에.

이 세계는 나쁜 쪽의 예감만 적중하는 병이라도 앓고 있는 것인지도 모른다.

"하지만 이곳에 한해서, 만전의 힘을 발휘할 수 없는 건 너도 마찬가지라고 생각하는데?"

『? …악???!!!』

충분히 경계는 하고 있었을 것이다.

그런데도 갑자기 유령 여자의 몸이 활처럼 휘는가 싶더니, 공중에서 부자연스럽게 정지했다. 뿐만 아니라 뽀각뽀각 하는 기분 나쁜 소리가 언제까지나 난다. 그 몸이 일그러진다. 찌그러지고, 휘고, 마치 유리벽에 얼굴을 누른 것처럼.

무언가가 일어난 것이다.

유령 여자는 안개나 환상처럼 붙잡을 수 없는 존재라고 하마즈라는 생각했다. 하지만 아니다. 그것은 분명히 골격이 삐걱거리고, 근육이 비명을 지르고, 전신의 장기가 부자연스럽게 연동했다.

그리고.

삐걱삐걱 뽀각뽀각!! 이상한 소리가 이어진다. 모든 방향에서 짓눌린 채, 그 부피가 점점 작아진다. 노인은 엔지니어용의 특수한 장갑을 낀 손으로 무언가를 들었다. 빈 과자 상자처럼 보이지만, 아니다. 꼭대기에 바늘로 구멍이 뚫려 있었다. 이제 액체나 기체처럼, 유령 여자는 작은 구멍으로 빨려 들어간다. 안이 어떻게 되어 있는 지는 상상도 하고 싶지 않았다. 다만 멍하니 하마즈라는 중얼거린 다.

"핀홀, 카메라…?"

"하이볼티지 커팅법. 과연 기발한 논리지만, 일종의 불안정한 에 너지라는 사실에 변함은 없어. 그리고 모든 에너지는 높은 쪽에서 낮은 쪽으로, 불안정에서 안정을 찾는 법이다. 이런 것 하나로도 형 태를 무너뜨려 태울 수 있지."

노인은 과자 상자에서 손을 뗐다.

안정된 전자레인지 안에 금속 클립 하나를 넣은 것만으로도 위험 한 불꽃의 퍼레이드가 시작된다. 그런 장난을 생각해낸 어린아이 같은 얼굴을 하며.

"뭐, 심령사진에는 어울리는 장소이기는 하겠지? 디지털카메라 는 풍류가 없고."

차가운 콘크리트 위에 떨어진 그것을 구두 굽으로 짓밟는다. 그 는 구깃구깃 뭉개진 상자 위에는 시선도 주지 않았다.

"학원도시 최대의 금기."

노인은 허리 뒤를 톡톡 두들기면서 가볍게 말했다.

"그렇게까지 불리고 있는 것의 정체가 설마 건설 회사가 만든 비 밀 구멍 터널 정도일 거라고는 생각하지 않았겠지? 아니, 그녀 같 은 존재라면 제일 먼저 이 가능성을 생각해야 했을 테지만."

"당… 신…?"

부자연스러운 '저주'는 얼마쯤 희박해진 기분이 든다. 그래도 웅

크리는 것으로도 벅찬 하마즈라에게, 겨우 노인은 카르네아데스의 판자를 움켜쥘 권리자가 그 외에도 있다는 것을 깨달은 모양이었다.

하마즈라에 대한 주목은 분명히 재앙밖에 부르지 않는다.

키하라 하스는 더욱 웃는다.

"단언해도 좋아. '어두운 부분'용 비공식 건설 사업으로 거액의 부를 쌓은 총괄 이사도 있는 모양이지만, 그는 아무것도 몰라. 어느 날 갑자기, 이런 거대한 지하 구조체가 생겨 있었던 것 따위."

"……?"

어느 날 갑자기.

토목 관련 기재를 다룬 적도 있는 하마즈라는, 그렇기 때문에 더욱 영문을 알 수가 없었다. 단순히 이만한 규모의 구멍을 파는 것만으로도 얼마만 한 날짜가 걸린다고 생각하는 것일까?

그러나 노인은 진심인 것 같았다.

진심으로 말했다.

"카키키에 터널 따위, 어디에도 존재하지 않아."

대답을 읽어들일 수가 없었다.

전제가 이상하다. 그렇다면 자신들이 지금 있는 장소는 대체 무엇일까???

답은 이랬다.

"카자키리 효우카란 단체(單體)로 완성된 인체가 아니었어. 그건 AIM 확산 역장의 집합체인 하나의 도시, 허수 학구의 일부분이라고 하는 편에 가깝지. …원래는 그 영역에서 풍경의 일부를 잘라내어 새로운 자원으로 꺼내기 위한 프로젝트였거든. 가속기 안에서 하는 전자 현미경 사이즈의 연금술보다 훨씬 매크로하고 값싼 수준에서 말이야. 그게 이런 형태가 될 거라고는, 도시 전체의 힘을 유도한 연구자 그룹조차 예상은 할 수 없었을 거다. 학원도시 최대의 금기. 거창하게 말은 하고 있지만, 말하자면 은폐해야 할 큰 실패일 뿐이야. 모두가 사실은 골머리를 앓고 있었어."

노인은 허리 뒤를 툭툭 두드리면서,

"본래 같으면 존재하지 않을 터인 길이 학원도시와 안과 밖을 비공식적으로 연결하고 문화의 교류, 테크놀로지의 오염에 의해 언제든 바깥 세계를 무너뜨릴지도 모르는 리스크를 부풀렸다. 이 점에서, 세계 전체 따위 정말로 파멸할 수도 있었어. 허수 학구에서 물자를 꺼내려고 한 그들 연구자의 꿍꿍이와는 반대로, 허수 학구가 무언가를 토해내면 그것만으로도 바깥 세계는 그로테스크하게 변이되었을지도 몰랐던 셈이지. …그래. 세계가 오늘까지 이 형태를 유지하고 있었던 건 단순한 행운이었어. 이쪽에서 한 노력 따위 없어. 카자키리 효우카를 비롯한 인간 아닌 괴물들이 그런 일에 흥미를 보이지 않았을 뿐이다. 그들이 무언가를 깨닫고 조금 시험해본 것만으로도 세계 따위는 끝났을 거야."

"그러니까…."

대답한 것은 타키츠보였다.

역시 AIM 분야에 대해서는 피부 감각으로 이해할 수 있는 만큼 강한 것일까.

"당신들은, 거기 있는 유령과는 정반대의 연구를 진행했다는 거야? 고에너지 덩어리였던 유령과 미약한 힘의 집합체는 상반되는 존재, 그래서 서로 부딪쳤을 때 유령이 오작동을 일으켰다… 당신들은 보이지 않는 도시에서 무기물마저 꺼내려고 했던 거군."

"글쎄. 그 연구는 앞으로 진화하고 있었을까, 뒤로 퇴화하고 있었을까. 말했잖나, 그들은 실패했다고. 결국 언컨트롤러블에 빠진 프로젝트의 흔적은 이렇게 지우지도 못하고 있어. 자연 반감기는 대략 12,000년이었나. 애초에 자칫하면 학원도시 전체가 실수로 바뀐 허수 학구에 짓눌려 뭉개졌을지도 몰라. 적당한 크기로 잘라내서 확정으로 수중에 넣는다는 것도 하나의 완성형이라고 나는 생각한다네. 그 점에서 말하면, 역시 거기 있는 유령은 개체로서는 최강이고, 부러워해야 할 성공 사례이기는 하겠지."

유령 여자는 어째서 갑자기 결함을 일으킨 것일까. 어렴풋하게나마 하마즈라도 이해할 수 있게 되었다.

즉, 같은 장소에 있어서는 안 되었다.

유령들은 공존할 수 있는 것도 아니었다. 하나의 컴퓨터 안에 여러 개의 보안 프로그램을 설치해버리는 것처럼, 경합을 일으키고 만 것이다.

"…이건 이것대로 위험한 내기이기는 했지만. 확률적으로는 낮다고는 해도, 만일 터널 쪽이 졌다면 일시적인 공간 자체가 소멸해서 우리는 전원이 대심도 지하의 지층에 묻혀 화석이 되었을 테고."

횡 하고 바람을 가르는 소리가 있었다. 노인 옆에 선 안드로이드가 두꺼운 산도를 가볍게 휘두른 소리였다. 내기인지 뭔지에도 이겼다. 이제 아무도 그들을 막을 수 없다.

키하라 하스는 눈앞의 하마즈라가 아니라, 어딘가 다른 곳으로 시선을 돌리며 큰 목소리를 냈다.

"자, 그쪽의 말은 빼앗았다. 어른의 대화를 하려면 지금이라고 생각하는데."

5

"전철, 언제가 되면 움직이기 시작할까?"

"앗, 오빠가 나갔어."

하나같이 똑같은 체조복을 입은 아이들은 화물 열차의 컨테이너, 그 문틈으로 바깥을 엿보면서 저마다 그런 말을 서로 속삭이고 있었다.

그런 가운데.

"아파, 무서워….."

여자아이 리사코가 항의하는 소리를 냈다.

하지만 소다테는 그 목소리에 귀를 기울이지 않고, 가느다란 손목을 붙잡고 더욱 끌어당긴다. 몸이 큰 남자아이는 입을 다물면 조금 무섭다.

"알겠어, 리사코?"

들키지 않도록 어둠 속을 걸으면서 소다테는 빠른 말투로 말했다.

스스로 자신에게 들려주듯이.

"너만이라도 도망치는 거야. 지금이라면 아직 늦지 않았고, 그리고 위로 올라가면 어른들을 직접 불러와줘. 너라면 할 수 있어."

"어째서? 이제 곧 전철이 떠날 거잖아."

"아직도 모르겠어?"

가느다란 어깨에 양손을 올려놓고 정면에서 소다테는 외쳤다.

"이런 옷이나 장치가 채워지고, 도시 안에서 떨어져서 평범한 학교도 다니게 해주지 않아. 우리는 '차일드 에러(버려진 아이)'라고. 어느 날 갑자기 사라져도 아무도 소란을 피우거나 하지 않고. …뭔가 이용 가치가 있으니까 키우고 있는 거야. 토실토실 살을 찌워서 잡아먹어버릴 생각인 거야!"

"그럴 수가…."

"도움을 청하고 싶어도 우리한테는 스마트폰이나 휴대전화 같은 건 없잖아. 부자연스러울 정도로 멀리 떼어놓아왔지. 그래서 지금까지 몇 번이나 정보를 남겨왔고. 나무 쌓기 놀이라든가, 그림책이라든가, 공 같은 것도 있었나? 트레일러가 움직이기 전에 밖에 두고, 우리의 이름이나 트레일러의 번호나, 어쨌든 여러 가지를 적어뒀어! …하지만 어른들에게는 닿지 않았어. 우리의 노력 따위 누구에게도 닿지 않아!!"

제멋대로라서 물건을 훔치는 건가 생각했다. 칠칠치 못해서 비밀 기지에 두고 와버리는 거라고 생각했다. 하지만 아니었던 것이다.

"비교적 온당한 호보성이라고? 웃기지 마. 전철을 타고, 학원도 시 밖으로 나가고… 그런다고 뭔가가 달라질 거라고 생각해? 감시의 눈이 없어질 뿐이고!! 그렇게 되면 분명 그놈들의 족쇄는 풀릴 거야. 마음껏 할 게 뻔하잖아! 그러니까, 그렇게 되기 전에 너만이라도 도망쳐야 했어!!"

"소다테…."

"내가 틈을 만들게."

여자아이의 눈을 들여다보며,

그는 분명하게 말했다.

"절대로, 무슨 일이 있어도. 너만은 모르모트 따위로 만들지 않겠어!!"


6


불쑥 나타난 것은 약간 유약하게 생긴 미남이었다. 반소매에 반바지, 사파리 재킷에 래시가드라는 조합. 옛 탐험대와 비슷한 복장에다 머리 옆에 단 웹 카메라도 그렇고, 아웃도어파 청년은 하얀 가운에 점프슈트를 입은 메카닉 노인과는 다른 종류의 연구자인 것 같다.

전 세계의 자칭 심령 스폿을 돌며 기괴 현상의 과학적 발생 원인을 해독하는 전문가. 다만 그의 경우, 거기에서 인공적인 응용까지 발을 넓힌 모양이지만.

청년은 장난을 치듯이 가볍게 양손을 들며 생글생글 웃는다. 옆에 살인 무기 소녀를 거느린 채, 키하라 하스는 물었다.

"이름은?"

"드렌처 키하라 리패트리."

"…그렇군, 자네가 그."

감탄한 듯한 말투에 청년 쪽이 살짝 눈썹을 움직였다.

"의외군요. 당신 같은 사람이 이름을 기억해주고 있었다니."

"뭐, 자네는 유명하니까."

그 말투로 보아, 좋은 의미로 한 말은 아닌 것 같다고 하마즈라는 느꼈다.

혐보성과 호보성, 그 대치.

소년들을 내버려두고 연구자와 연구자 사이에서 말의 랠리가 시작되고 만다. 심판이나 관객의 자리에서 잠자코 보고 있을 수는 없다는 것을 알고 있어도, 지금의 하마즈라에게는 개입할 방법이 없다.

"보다시피, 한마디로 '어두운 부분'이라고 해도 우리는 서로 다른 계층에서 왔어. 지금의 학원도시에 있을 곳이 없다면, 바깥으로 나간다는 선택지는 타당하기는 하겠지. 하지만 그 카르네아데스의 판자는 정말로 한 팀밖에 구할 수 없는 걸까? …나는, 합승해도 상관없다고 생각하는데."

의외의 제안… 도 아닌가. 오는 길에 이곳을 목표로 찾아온 다른 '어두운 부분'을 철저하게 죽여서 배제한 것은 유령 여자 쪽이다. 안드로이드 쪽은 안티스킬(경비원)에게 공격을 가했을지도 모르지만, 솔선해서 동족인 '어두운 부분'의 수를 줄이려고 하지는 않았다. 위조 업자가 있는 곳에서는 안드로이드의 습격을 받았지만, 진심으로 섬멸전을 하려고 했다면 유원지에 있던 일반인 따위는 신경도 쓰지 않고 살육에 집중했을 것이다.

청년은 어깨를 으쓱했다.

"뭐, 이쪽으로서도 전투 기회를 줄일 수 있다면요. 그렇다기보다, 그 외에 선택지는 없잖아요?"

"자네 쪽에 더 이상의 패가 없다면."

"그렇다면 항복입니다."

즉시 대답했다. 이 국면까지 와서, 지극히 평범하게 자신의 목숨으로 계산이 돌고 있다는 사실에 하마즈라는 오히려 놀랐다. '어두운 부분'의 날카로울 대로 날카로운 놈들이라면, 목적을 위해서라면 자신의 목숨 따위 아깝지 않다고 생각하는 쪽이 '답다'고 생각되고 말기 때문이다.

…이런 생각은 좋지 않다. 꽤 물들었구나 하고 하마즈라는 자신을 평가한다. 더 이상 나아가면 되돌아갈 수 없을 것 같다. 혐보성까지 발을 들여놓으면 돌아갈 수 없다.

"이래 봬도 몹시 아끼는 것이었지만요. 그녀, 프릴샌드#G는. 하지만 학원도시 최대의 금기…. 보통이 아닐 거라고 생각하고 있었지만, 설마 그 정체가 거대한 AIM 확산 역장의 덩어리였다니."

"무슨 일에나 궁합은 있어. 반대로, 여기가 아니었다면 내게는 승산이 없었지. 이 애가 봉쇄되어버리면 어떻게도 되지 않으니까."

주름진 손에 머리를 쓰다듬어지는 진홍색 머리카락의 소녀는 노인이 하는 대로 가만히 있는다.

그리고 이야기가 정리되려 하고 있다. 그래서는 곤란하다. 현재, 하마즈라나 타키츠보에게는 그들에게 교섭을 다그칠 만한 재료가 없다. 이대로는 이마에 한 발씩 맞고 버려질 테고, 그렇지 않다고 해도 정체를 알 수 없는 실험의 모르모트 정도밖에 미래가 보이지 않는다.

"아, 그렇지."

가볍게 노인이 말을 꺼냈다. 저기 있는 고깃덩어리 두 개는 어떻게 할 텐가? 그런 말이 선뜻 나오면 끝이다. 그리고 '키하라'의 움직임은 전혀 읽을 수가 없다. 심장에 이상한 부하가 걸리는 것을 하마즈라는 스스로 알 수 있었다.

과연, 키하라 하스는 말했다.

"합승이라고 했지만, 열차는 우리가 받겠네. 자네가 타겠다면 운임 정도는 받아도 불평은 없겠지?"

"…프릴샌드#G의 연구 노트 말입니까?"

"그걸 빼앗을 정도로 멋이 없지는 않아. 연구 노트는 학자에게 영혼의 일부. 이건 자네의 인생의 성과야. 무덤까지 가져가게."

"그럼 무엇을."

"몇 명."

말하며.

정말로 가벼운 느낌으로, 노인은 엔지니어용 장갑을 낀 손으로 다른 방향을 가리켰다. 무슨 이야기를 나누고 있는지도 모르는 채 그늘에서 머리를 내밀고 이쪽을 엿보고 있는, 체조복 차림의 아이들을.

"적당히 골라주면 돼. 이쪽도 안정이 되면 연구를 재개할 생각인데, '바깥'은 규칙이 달라. 베이스가 갖추어질 때까지는 함부로 사람을 납치할 수도 없으니까. 초기 연구를 위해 처음부터 스톡을 확보할 수 있다면 그보다 좋은 일은 없지."

옆에서 듣고 있는 하마즈라 쪽이 얼어붙었다.

이것이 '어두운 부분'. 그중에서도 가장 질척질척한 웅덩이 속에 있는 엘리트들의 사고(思考).

"프릴샌드#G인지 뭔지는 귀중한 연구 성과지만, 실험동물에 대해서는 그렇지 않겠지? 인공적인 유령. …확실한 재현성을 얻을 때까지 대체 얼마나 많은 생명을 관찰 대상으로 없애왔지? 연구가 이미 안정기에 들어갔다면, 그렇게까지 '차일드 에러(버려진 아이)'의 소비 속도는 높지 않을 거라고 짐작하는데."

"훗."

드렌처 키하라 리패트리는 작게 웃었다.

그는 살짝 들고 있던 손을 힘없이 내렸다. 이제 그 필요는 없다고 판단한 것일까. 같은 어둠을 아는 자로서, 노인과 공통된 질척한 눈동자로 이렇게 말했다.

"확실히 그들은 모두 '차일드 에러(버려진 아이)'입니다. 바깥 세계는 어떨지 몰라도, '어두운 부분' 부근에서 이 말이 나온 경우에는 무엇을 의미하는지 잘 아시는 것 같군요. 네, 저는 직접 모아서 그들을 제 연구실에 불러들였어요. 좋을 대로 소비해도 어디에서도 수사의 손이 미치지 않는, 아주 편리한 생명인 그들을."

"그럼."

"거절이다. 멍청이."

<br>

7

탕!! 타탕!! 건조한 파열음이 이어졌다.

<br>

8

하마즈라 시아게는 의미를 알 수가 없었다.

"하마즈랏!!"

아직도 말을 듣지 않는 몸을 질질 끌기도 전에, 체육복 소녀 타키츠보가 밀어 쓰러뜨렸다.

청년이 품에서 꺼낸 권총을 쏘았다. 보잘것없는 리볼버라고는 해도, 몇 미터의 가까운 거리에서 연달아.

다만,

"읏…."

"소용없어."

노인은 읊조렸고, 그 한 발짝 앞에서 진홍색 머리카락을 나부끼는 안드로이드가 맨발인 채로 바닥을 밟고 두꺼운 산도를 들고 있었다. 총알을 전부 튕겼을 뿐만 아니라, 튕겨 나온 총알을 이용해 반격까지 가한 모양이다.

보잘것없는 리볼버.

애초에 이 나라에서 권총이 그렇게 비치고 마는 것 자체가 결정적이다.

청년의 상의에 몇 개나 구멍이 뚫리고, 안에서 서서히 검붉은 얼룩이 퍼진다. 몸을 기역자로 꺾어도 어떻게도 되지 않아, 그대로 쓰러진다.

최강의 인형의 보호를 받으면서, 점프슈트에 하얀 가운을 입은 노인은 어이없다는 듯이 중얼거렸다.

"고작해야 어린애잖나. 그것도 전부 내놓으라는 게 아니야. 두세 명만 있으면 상관없었는데."

"…그런, 쓰레기 같은 '어두운 부분'의 사고방식에서 저 애들을 지키고 싶었어."

거친 숨을 내쉬며 엎드린 채 청년은 내뱉었다.

이제 상처를 감싸는 것도 그만둔 모양이다.

"하지만 정의를 위해서라고 해도 아무것도 할 수 없었어, 요만큼도. 구체적으로 저 애들이 어디에 있는지 정보조차 들어오지 않았습니다. '어두운 부분'과 싸우기 위해서는 '어두운 부분'이 될 수밖에 없었어요…. 재미있을 정도로 사람이 모였죠, 유익한 연구라고 말한 것만으로도. 그걸 위해 어린아이의 생명이 필요하다고 말해도, '잘 부탁한다'며 힘차게 어깨를 두드렸을 뿐이었습니다. 빈손으로 잔을 흔들며 올해의 적포도주의 완성도를 느긋하게 즐기면서 말이죠. 정말이지, 이 도시는 썩을 대로 썩었어."

"드렌처 키하라 리패트리."

"키하라라는 이름을 쓰는 게 제일 간단했어요. 하핫, VIP 놈들은 정말 두려워 벌벌 떨더군요."

젠장 하고 하마즈라 시아게는 내뱉었다.

자신의 상태 따위 2차적인 문제였다.

확실히 유령 여자는 아이들을 이용했다. 언제든 그 생명을 뭉갤 수 있는 입장에 몰아넣고 있었다. 하지만 실제로 그녀가 아이를 죽이는 장면을 보았는가? 거기까지 하지 않으면 완벽하게 속일 수 없는 세계가 있었던 것은 아닐까?

확실한 재현성을 얻을 때까지, 대체 얼마나 많은 생명을 관찰 대상으로 없애왔지?

노인의 말에 청년의 대답은 없지 않았던가.

즉, 그것이 대답이었던 것이다. 아무도 희생하지 않았다. 단 한 명도. '차일드 에러(버려진 아이)'라고 불리는 아이들을 어둠 속에서 끌어올리고 싶다. 겨우 그것만으로도 '어두운 부분'에 뛰어들 수 있는 어른도… 분명 있었다.

있어주었다.

그런데.

"거짓말이야."

순간, 하마즈라는 부정하고 말았다. 이것을 인정해버리면 자신의 추함이 덮쳐든다. 그렇게 생각했기 때문에. 실제로는 발버둥을 칠수록 추함을 드러낸다는 것을 깨닫고 있어도.

"당신, 전에도 봤어. 위조 업자가 있는 곳에 얼굴을 내밀었었지?! 자기 혼자만 여권을 준비해서, 아이들을 버리고 도시 밖으로 나갈 생각이었던 거 아니야!!"

"그게 성공했다면, 더 스마트하게 갈 수 있었을 테지만요…."

청년은 힘없이 웃었다.

"제가 제대로 눈에 띌 수 있었다면, 안티스킬(경비원)이나 '어두운 부분'의 눈은 제23학구의 공항으로 달려들었을 겁니다. 그랬다면 아이들은 지하로 더 안전하게 도망칠 수 있었어요. 본래 저는 이런 곳에 있지 말아야 했습니다…."

"~~~!!!!!!"

세계가 달랐다.

그리고 어느 쪽이 옳으냐고 한다면, 틀림없이 청년 쪽이었다.

자신은 얼마나 작은 사람인가. 자신의 몸을 소중히 여기는 쪽으로밖에 움직일 수 없었던 자신은 얼마나 비굴한가.

"무례한 부탁인 건 잘 알고 있습니다만."

청년은 이쪽을 보았다. 진짜 '키하라' 따위는 아무래도 좋다는 듯이.

올바르게 빛을 보는 그 눈동자가, 왠지 더러워질 대로 더러워진 하마즈라를 응시했다.

"…'어두운 부분'이 없어진다면, 그것도 좋을지도 몰라요. 다만, 저 애들을 부탁합니다. 지금 여기서 맡길 수 있는 인간은 이제 달리 없는 것 같아요. 당신은 괴로워하는 연인을 보고 흐트러져서, 닥치는 대로 의약품을 바닥에 뿌렸죠. 당신의 눈동자에는 양심이 서려 있어요. 어쩔 수 없어서 떨어졌다고는 해도, 당신에게는 아직 '어두운 부분'에 대한 거부감이 남아 있을 거예요…."

"이봐, 나는 딱히 누구한테나 친절한 게 아니야. 떠넘기지 마! 자기 연인을 구하는 건 당연하잖아!!"

"하하…. 그 당연함이야말로 '어두운 부분' 안에서는 무엇보다도 이물(異物)입니다. 괜찮아요. 당신이라면 할 수 있어요. 이런 빌어먹을 세계에 굴러떨어져도, 소중한 사람을 발견하고 스릴보다 평화를 추구하는 당신이라면…."

학원도시 최대의 금기에 대해서 하마즈라 일행이 처음으로 들은 것은 그의 말이었다.

이런 '어두운 부분'에 정의 따위 없다. 그 나름대로의 이해(利害)가 반드시 있을 거라고 경계하고 있었다.

이것… 이었던 걸까?

여차할 때를 위한 보험. 자신의 목숨에 대한 걱정보다도 자신이 쓰러져버린 후의 보험이 만에 하나, 아무래도 필요했다.

한편으로는 같은 출구로 쇄도하는 '어두운 부분'들을 모두 죽여놓고.

만에 하나라도 유탄을 아이들이 뒤집어쓰면 안 되니까. 그런 가능성의 이야기만으로 악의 길을 달려간 주제에.

…하지만 확실히. 이곳에 오는 도중, 전부 다 죽여온 그 유령 여자는 한 번 이쪽을 힐끗 본 후 놓아주듯이 떠나지 않았던가?

"…어째서 이렇게까지 했지?"

이런 질문밖에 나오지 않는다.

죽어가는 이에게 할 말이 아니다. 알고 있다. 그래도 자신만이 살아남는 데 필사적이어서 '어두운 부분'의 공기에 물든 하마즈라로서는, 너무나 지나치게 성실한 답을 받아들일 수가 없다.

"자신의 목숨을 내던지면서까지 철저할 수 있었지?! 꼬맹이들은 어디까지나 생판 남이잖아. 구하고 싶어서 구했다는 이유로 이렇게까지 할 수는 없어!! 빌어먹을 혐보성이. 말해. 왜지?!"

작게, 청년은 웃었다.

그 입술 끝에서 이미 핏줄기가 흐르고 있었다.

그는 말했다.


"…이유가 있어서 지키는 겁니까? 그게 아니잖아요…."


그것이 끝이었다.

웃은 채, 그의 시간은 멈추었다.

이유 따위 없다. 모른다. 모르는 채로도 내달릴 수 있다.

하마즈라 시아게의 완패였다.

"아…."

패배한 소년은 이를 악물었다. 넝마가 된 몸을 움직여 청년에게서 피투성이 권총과 탄환을 빼앗고, 그리고 힘껏 외쳤다.

진 쪽에도 예의가 있다.

아직 쓰레기 영감들이 남아 있다. 이 승리를 짓밟게 할 수는 없다.

"아아넬리이이이이이이이이이이이이이이이이이이이이이이이이이이이이이이이이이이이이이이이이이이이이이이이이이이이이이이이이이이이이이이이이이이이이이이이이이이이이이이이이이이이이이이이이이이이이이이이이이이이이이이이이이이이이이이이이이이이이이이이이이이이이이이이이이이이이이이!!!!!!"

덜컹 하는 둔한 소리가 원형 공간에 울려 퍼졌다.

서포트 AI의 손을 빌린 열차가 대기 중의 상태에서 천천히 움직이기 시작한 것이다.

턴테이블은 열두 방향의 선로에 둘러싸여 있었지만, 향하는 곳은 알고 있었다.

'목숨줄'이라는 글자 테이프가 붙어 있던 카드 사이즈의 하드디스크에는 이렇게 되어 있었다.

4시와 30분 사이에 있는 열차를 타면 이세계로 끌려가고 만다.

즉,

(…시와 분. 아날로그 문자판과 조회하면.)

"5시 선로야. 그대로 달려!!"

체조복을 입은 많은 아이들을 태운 채, 열차는 달린다.

무엇보다도 최우선이 그것이었다.

"정의는 전염되는 걸까?"

머리가 이상해진 인간이라도 보는 것 같은 눈으로 노인은 중얼거렸다. 권총 따위 통하지 않는다는 것 정도는 이미 증명되었다. 그럼에도 불구하고 패배한 무기를 계승한 하마즈라 시아게를 반쯤 동정하듯이.

"게다가 목숨을 건 노력인지 뭔지도 보답받지 못해. 봐라, 전원이 다 타고 있었던 건 아닌 모양이야. 무서워서 도망치려고 한 거겠지, 자신을 구해주는 사람의 곁에서."

"하마즈라, 두 명 정도 남겨졌어. 그들을 그대로 둘 수는 없어."

조금 떨어진 장소에서 손을 잡고 있는 것은 체조복을 입은 남자아이와 여자아이였다.

그들은 만족스러운 듯이 웃는 청년의 진의를 깨닫고 무슨 생각을 했을까.

반전의 반전이 나와버린 이 상황을.

"뭐, 운임으로는 저 정도면 상관없나. 선물로 받아 가지. 너무 많아도 식비 낭비고."

"…시끄럽군."

하마즈라 시아게는 내뱉었다. 사실은 이런 일을 하고 있을 때가 아니다. 자신들은 도망치기 위해 온 것이다. 영웅이나 맹장(猛將) 따위가 될 수 없다는 것은 처음의 처음부터 눈앞에 들이대어졌다. 제멋대로 군 결과, 자신뿐만 아니라 연인까지 위험에 노출할지도 모른다.

그래도.

그래도… 다.

죽어가는 사람으로부터 맡았다. 정의라는 말을 떠올렸다. 자신의 손으로 구할 수 있는 목숨이 있다. 지금이라면 다시 시작할 수 있다. 무엇보다도 자신의 연인이 바로 저기에서 보고 있다.

이제 꼴사나운 짓은 그만두기로 한다. 땀투성이 몸에 힘을 주고,

한 소년은 다시 한번 자신의 힘만으로 일어섰다. 그렇게 해야 했다.

"키하라인지 안드로이드인지 모르겠지만⋯."

뭐가 '목적은 도망치는 것'이냐.

사실은 남자라면 정면에서 이렇게 말해야 했다.


"도전해주지, 이 내가!! 빌어먹을 '어두운 부분'에!!!!!!"


할 수 없다는 말은 하게 두지 않는다.

실제로 관철한 남자의 삶은 보았다.

인간으로 돌아가. 거기에서 아무것도 배우지 못한다는 건, 절대로 있어서는 안 된다.


9


물론 하마즈라가 9밀리 권총을 무턱대고 연사해봐야 진홍색 머리카락의 안드로이드에게는 닿지 않을 것이다. 두꺼운 산도에 튕겨내져 온몸에 구멍이 뚫리는 게 고작이라는 것은 알고 있다.

그래서 하마즈라 시아게는 제일 먼저 이렇게 움직였다.

"아넬리!!"

궁 하고 경기용 수영복 차림의 소녀 바로 옆에서 갑자기 거대한 그림자가 움직였다.

리모트로 움직이는 것은, 철도 사이즈의 컨테이너가 물건을 싣고 내릴 때 사용하는 오일 로더다.

『방해돼.』

대체 어떤 소재를 사용한 것일까. 그쪽을 보지 않고 산도를 한 번 휘두르자 제설기의 동료 같은 중장비가 산산이 절단된다. 고속 진동이나 열을 내뿜고 있는 것도 아닌데.

그러나 그사이에 하마즈라는 연인의 손을 끌고 그 자리를 떠날 수 있다.

광대한 원형 공간이지만 아무것도 없는 콜로세움은 아니다.

지하 공동구처럼 같은 간격으로 늘어서 있는 콘크리트 기둥에, 턴테이블이나 열두 방향으로 펼쳐지는 선로에 방해가 되지 않는 위치에는 열차의 운행이나 정비에 필요한 여러 가지 설비가 분산되어 있었다. 울타리로 둘러싸인 변압기들, 조립식 건물로 되어 있는 관제실, 차량 정비에 사용하는 거대한 잭이나 세차기, 어쨌든 여러 가지다.

화물 열차를 직접 움직일 수 있는 것이다.

서포트 AI 아넬리의 손을 빌리면, 시설 전체를 장악할 수 있다고 생각해도 문제없다.

하마즈라는 연인을 끌어안고 콘크리트 기둥에 몸을 숨기면서 스마트폰에 속삭인다.

"아넬리, 저 잡동사니 녀석을 직접 가로채는 건?"

대답은 없었다.

부정적이라고 받아들인다. 단계를 밟으면이라든가, 무언가 준비가 있으면이라든가, 그런 차원이 아닌 것 같다. 하마즈라로서는 이해할 수 없는 차원에서, 애초에 안드로이드는 사이버 공격을 할 수 없는 존재인 것이다.

(…그렇게 되면 역시, 어떻게든 바깥에서 부술 수밖에 없나!!)

"하마즈라, 언제까지나 숨을 죽이고 있을 수는 없어. 놈들의 주목이 우리한테서 벗어나면 남겨진 아이들을 노릴 거야. 악당이라면 노리기 쉬운 데서부터 노릴 게 뻔해."

"알고 있어."

타키츠보는 이마의 땀을 몇 번이나 닦고 있었다. 이상하다. 뜸으로 다소는 완화되었을 텐데. 어쩌면 이제 대증 요법의 효과가 사라지기 시작한 것일지도 모른다.

불안했지만 멈출 수 없다. 그것이 몹시 답답하다.

"…그냥 미끼를 자처해서 나간다는 건 이쪽이 위험해져. 타키츠보, 각오는 돼 있어?"

"더 이상 꼴사나운 말을 하면 따귀를 날릴 거야."

"그럼 다시 반해주셔야겠는데!!"

둘이서 콘크리트 기둥 뒤에서 뛰어나간다.

기계적으로 동공을 확대 및 축소하는 눈동자와 눈이 마주쳤지만, 이제 기 죽지 않는다.

10

표적 두 명을 포착했다.

맨발로 바닥을 밟으며, 레이디버드는 정확하게 지시에 따르면서도 머릿속에 의문을 품고 있었다.

왜 아이들이 필요한 것일까?

키하라 하스, 선생님의 연구 테마는 안드로이드일 것이다. 이미 이렇게 성공작인 자신이 있으니까, 이제 와서 산 사람을 확보해 해부, 관찰할 필요도 없다. 아무래도 결렬의 이유는 '차일드 에러(버려진 아이)'의 소유권—이런 말로 묶는 것을 이미 용서할 수 없다는 것을, 진짜 '키하라'로부터 충분한 교육을 받은 그녀 또한 깨닫지 못하고 있다—에 있는 것 같은데, 애초에 저 노인은 왜 그런 것에 집착할 필요가 있었던 것일까?

불행한 연구는 이제 사라진다.

완전히 제로에서 기계 부품을 조립해 만든 안드로이드인 자신도 능력은 사용할 수 있다. 즉, 능력 개발 연구에 인간 실험체를 사용하는 시대는 끝난 것이다. 이제부터는 기계를 만지는 것으로 충분하다. '차일드 에러(버려진 아이)' 등을 확보해 쓰고 없앨 필요도 없다.

멋진 연구라고 생각한다. 그리고 아직 '인간이 인간을 소비하는' 옛 체제에 스스로 매달리는 놈들을 믿을 수가 없다. 결국은 레벨제에 묶인 자신의 입장을 지키기 위해서일까. 이러고도 정의를 위해 싸우고 있다고 진심으로 믿고 있으니 인간이란 감당할 수 없다. 기억 정보를 수정할 수 있는 것은 기계만이 아닌 것이다. 인간은 얼마든지 기분이나 마음의 날조가 가능하다.

그렇다면, 여기에서 잘라낸다.

능력 개발에 얽힌 불행이나 비극은 전부 여기에서 끝낸다.

그것을 위해서.

"오오오옷!!"

의도를 알 수 없는 외침과 함께 뛰어드는 남자가 권총을 연사했다. 이것은 산도로 받아내는 것만으로도 충분하다.

하지만 저쪽도 이쪽의 전술을 배우기 시작한 모양이다.

튕긴 총알로 표적을 노리지만, 맞지 않는다. 다시 튕겨낸다고 해도 탄도는 직선적이다. 가령 사이에 베니어판을 끼우기만 해도 상황은 달라지고 만다. 탄환의 위력은 초속(初速)으로 결정된다. 튕겨 나온 총알의 위력은 일반적으로 내려간다. 로켓이나 미사일처럼 항상 가속을 계속하는 것이 아니니 당연하다. 즉 상대는 쏘아 뚫을 수 있어도 이쪽은 관통할 수 없다… 는 상황도 만들려고 하면 만들 수 있다.

튕겨 나온 총알의 이용은 액셀러레이터(일방통행)의 '반사'와는 비슷한 듯하지만 다르다.

레이디버드의 산도는 튕겨낼 뿐이다. 벡터를 묶는 것까지는 할 수 없다.

그러나,

(…바보 같은 얼굴로 할 수 있는 일이라고는 생각하지 않아. 무언가의 연산 보조를 받고 있다고 판단.)

뛸까 하고도 생각했다. 통상 두 발을 지면에서 띄우는 것은 실전에서는 금지지만, 레이디버드에 한해서는 다르다. 안드로이드의 구동 스펙이 있으면 같은 간격으로 늘어선 기둥을 차례차례 걷어차며 공중에서 덮치는 것도 어렵지 않다.

그리고 레이디버드가 탄환에 대처하고 있는 사이에 또 요란한 엔진 소리가 들렸다.

아무래도 이번에는 지게차인 모양이다.

"아넬리, 그대로 꼬맹이들을 둘러싸고 있어! 어딘가에 있는 영감이 가까이 가지 못하게 해!! 섣불리 손을 뻗어 온다면 치어 죽여!!"

『꽤 여유 있네.』

정면에서 충격하면서 지금의 지게차를 이쪽의 옆구리에 처박게 했다면 일격 정도는 뒤집어썼을 텐데. 하긴 그 정도로 파괴될 정도로 약한 프레임 구조도 아니지만.

오른손으로 두꺼운 산도를 휘두르면서, 레이디버드는 자신의 미간 주변에 힘을 집중한다.

그것은 조준이었다.

쿵!! 세찬 바람 덩어리가 하마즈라 시아게와 안드로이드 사이에 있던 장애물을 불어 날린다. 바람으로 날아갔다기보다는, 폭발로 가루로 만든 쪽에 가깝다.

"능력?!"

"레벨 3(강능력)인가, 그 이상은 될 것 같지만…."

사선(射線)이 클리어해지면 총격은 무섭지 않다. 상대도 튕겨 나온 총알의 위험을 재인식한 것인지 공격을 멈추고 가까운 기둥 뒤로 몸을 숨겼지만, 그것은 방어가 되지 않는다. 돌격해서 한 번 휘두르면, 기둥째 뒤에 달라붙어 있는 표적의 몸통 정도는 절단할 수 있다.

그때, 레이디버드에게는 빈손으로 허벅지에서 뽑은 병의 방전 기계유를 입에 머금을 여유마저 있었다.

탕!! 둔한 소리가 작렬한다.

어디까지나 레이디버드는 인간의 구조를 본떠 제조한 안드로이드지만, 골격이나 근육 등에 사용되는 소재 하나하나는 어느 것이나 '어두운 부분'의 별난 물건이다. 마력(馬力)에 대해서는, 마음만 먹으면 V12 엔진의 최고 회전수와도 겨룰 수 있다.

그러나 정확하게 행동 선택을 하면서도, 역시 정밀 기기가 들어 있는 머릿속에서는 의문이 끊이지 않았다.

바람을 다루는 능력.

전에 같은 인물과 격돌했을 때에는 불꽃을 사용하지 않았나? 그 전에는 무엇이었을까?

안드로이드가 인간과 같은 구조를 하고 있다면 능력도 한 사람에 하나일 것이다. 아니면 기계제품이기 때문에 인간은 할 수 없는 일까지 할 수 있게 된 것일까.

(선생님…?)


11


징!! 마치 두부나 얇은 종이처럼 철근 콘크리트 기둥이 절단되었다.

옆도, 비스듬히도 아니고. 설마 했던 세로로 일도양단. 아무래도 여러 개의 기둥을 걷어차 높이를 확보하고 나서 낙뢰처럼 떨어진 모양이다. 인간의 모습을 하고 있지만 완전히 인간의 움직임을 뛰어넘었다.

그 순간, 하마즈라 시아게는 옆으로 뛰는 이미지로, 실제로는 요란하게 구르고 있었다.

기둥과 함께 절단된 것은 그의 몸통이 아니다. 시설의 보조 발전기를 돌리기 위해 마련되어 있던 휘발유용 드럼통이었다.

허리의 아픔에 얼굴을 찌푸리고 구르면서도, 하마즈라는 연달아 방아쇠를 당긴다.

아무리 레이디버드라도 콘크리트의 지면에 맞고 불꽃을 튀기는 탄환까지는 튕겨낼 수 없다.

팟!!!!!!

기화한 휘발유가 만들어내는 폭발의 불꽃이 경기용 수영복의 실루엣을 한꺼번에 삼켰다.

다만,

"안 돼, 하마즈라! 효과가 없어!!"

"칫!!"

다른 장소에서 달려온 체육복 소녀가 하마즈라의 팔을 잡아당겨 일으켜 세웠다. 하마즈라는 혀를 차고 있었다. 불꽃의 스크린 너머에서 검은 그림자가 비친다. 특별히 쓰러지거나 몸부림치거나 하는 기색도 없다.

직전에 보인, 바람을 다루는 능력이 불꽃이 퍼지는 데 영향이라도 준 것일까.

적어도 그랬으면 좋겠다. 단순히 강도(强度)가 높아서… 라면 아무런 돌파구도 되지 않는다.

"…애초에 뭘 어떻게 하면 안드로이드를 쓰러뜨린 게 되는 거야? 목을 조르거나 심장을 찔러도 기계는 기계야. 멈추지 않잖아!!"

마더보드를 깨부수면? 배터리를 뽑으면? 그러나 그것도 가냘픈 몸의 어디에 몇 군데가 있는지조차 확실하지 않다.

쿵!! 불꽃이 찢겼다. 중금속의 산도를 수평으로 한 번 휘두른 것만으로도 오렌지색 벽이 굴복한다. 안쪽에서 맨발로 나온 안드로이드는 당연한 것처럼 상처 하나 없었다. 진홍색 머리카락이나 하얀 피부는 물론이고, 오렌지색과 검은색의 경기용 수영복도 변색조차 보이지 않는다.

"뭔가가 이상해."

어떤 의미로 기계보다도 무기질적인 눈동자로 타키츠보 리코는 중얼거렸다.

그녀의 눈에는 무엇이 비치고 있는 것일까?

"능력을 사용하는 안드로이드. 확실히 인간의 뇌뿐만 아니라 기계적인 처리로도 파도나 입자의 '관측'은 할 수 있… 을지도 몰라. 발전시키면, 그 결과를 작위적으로 선택해 나감으로써 초자연 현상을 일으킬 수도. 하지만 이 파장. 이것은 좀 더 심플한…."

"능력이 이리저리 바뀌고 있다는 건가?"

하마즈라는 내뱉듯이 말했다.

"놈들의 연구소라는 건 쓰레기 산의 컨테이너 기지지? 그렇다면 틀림없어. 저 영감이 꼬맹이의 신병을 원하는 것도 이해가 가. 구체적으로 '어떻게' 사용하는지, 그것까지는 모르겠지만."

그런데 하마즈라 일행은 왜 이렇게 긴 이야기를 할 여유가 있는 것일까?

방심하지 않고 권총을 들이대는 불량소년의 시선 끝에서 그 안드로이드는 고개를 갸웃거렸다.

주르륵. 무언가 거무튀튀한 액체를 눈초리나 코에서 흘려댄다.

…저 현상은 전에도 보았다. 하카마 소녀에게 한 방 먹고 불의 능력으로 응전한 직후다.

"아아, 아아."

어디에선가 키하라 하스의 목소리가 들렸다.

다만 반향하고 있어서 장소를 알 수가 없다. 보였다면 즉시 한 방 쏘았을 것이다.

"…벌써 시간이 그렇게 됐나. 그래서 일찌감치 다음을 스톡해두고 싶었던 건데."

"이봐."

하마즈라는 어디에 있는지도 알 수 없는 상대를 향해 외쳤다.

"그건 반칙 아니야? 만일 그렇다면 저 녀석은 안드로이드라고 부를 수 없다고."

소년이 보고 있는 앞에서… 다.

오렌지색과 검정색의 경기용 수영복을 걸친 소녀가, 양손으로 머리를 끌어안고 몸을 기역자로 꺾었다.

삐걱 하는 낮은 소리가 난다.

그 직후의 일이었다.

빠끔.

목 뒤에서 꼬리뼈 부근까지 일직선으로, 등이 벌어졌다.

경기용 수영복의 등 쪽, X자 밴드의 중앙에 있던 고정 장치가 튕겨 나가고 지지하던 것이 사방으로 해방된다.

이어서 부드러운 피부가 목 뒤를 지점으로 해서 좌우로 크게.

열어젖혀진 등은 마치 기관차의 보일러, 또는 지옥의 화덕 같았다. 두꺼운 철문이 아니라 부드러운 사람의 피부이기 때문에 더더욱, 갑충처럼 벌어진 바깥 껍질은 불길하다.

수영복의 상반신이 크게 말려 올라가지만, 소녀의 가냘픈 가슴이 보이는 일은 없다.

기나긴 붉은 머리카락이 가슴에 늘어뜨려져 있었던 것이다.

두 손과 두 발을 땅에 붙이고, 짐승처럼 되었다.

주르륵 미끄러져 나온 것은 반투명한 무언가. 길쭉한 칼날처럼도, 몸을 꿈틀거리는 뱀처럼도 보인다. 움켜쥐고, 끌어넣고, 내부에서 잘라낸다. 오토메이션의 적출 기관이다.

답이 있었다.

"…폐품의 산을 뒤지는 '고물장수' 놈들이 가지고 돌아온다던가 하는 잡동사니를 봤어. 냉장고 안은 갈색 같은 얼룩으로 가득했지."

떠올리는 것만으로 욕지기가 치미는 것이리라.

괴물을 바라보며 하마즈라는 얼굴을 찌푸린다.

"머리의 내용물이 도려내어진 시체가 꽉꽉 채워져 있었어. 냉장고든 세탁기든 좋아, 요컨대 '고물장수'라는 건 중고 가전을 떼어 오고 있었던 게 아니야. 아직 쓸 수 있는 내장이 들어 있는 피로 물든 상자를 출납하고 있었던 거야. 물론 출처는 네놈의 연구실이었겠지?!"

"뭐, 평범한 시체는 슬럼화한 제10학구 언저리에서 처분하는 모양이지만. 아직 신선하고 부품을 떼어낼 수 있는 시체라면 다른 쪽에서 사들여주는 놈들도 적지 않아."

능력을 사용하는 안드로이드.

그 정체는 별것 아니다. 혐오성 중의 혐오성. 필요에 따라 타인의 뇌를 포식해 자신의 것으로 만드는 기계였던 것이다. 이거라면 안드로이드라는 정의에서 벗어나 있기조차 한 것처럼 생각되지만,

"초능력 사이보그 렌사 모델과는 접근이 전혀 달라. 어디까지나 뇌가 몸을 입고 있었던 사이보그와는 달리, 레이디버드 군은 몸이 뇌를 집어넣고 있지."

자랑스러운 손자라도 소개하는 듯한 음색이었다.

"셀룰로스 나노파이버. 와이어나 방탄 섬유로 주목받고 있는 탄소계 소재이기는 하지만, 말하자면 뇌신경보다 가늘고 정밀한 배선은 이미 가능한 시대거든. 그냥 생 뇌수와 달리 활동 상태로 방치해 두면 끝없이 자동 증식하고, 두개골의 공간이 부족해지면 억지로 접어서 공간을 확보하려 드는 게 옥에 티지만. 특히 대뇌 전두엽이 심해. 그래서 일부러 이물을 집어넣어서, 항상 적당한 대미지를 주어 뇌를 정해진 범위 안에 넣어둘 필요가 있어. 뭐, 능력이 그때그때 변하는 건 이물마다 거부와 파탄의 패턴이 달라지니까, 그 개성 같은 것이려나."

『선… 생님.』

기기기 하고 삐걱거리는 움직임으로 레이디버드가 무언가를 찾고 있는 것 같았다. 늙은 연구자가 뭐라고 말하든, 역시 레이디버드에게 사람의 뇌는 필수 부품인 모양이다. 스스로 독을 찾는 소녀의 움직임은 분명히 어색했다.

『…선생님…. 하지만, 이 연구는, 안드로이드가 보급되면, 능력 개발에 인간 실험체를 이용할 필요는 없다고….』

"레이디버드. 무당벌레를 말하는 건데, 그건 유머러스한 외모와 달리 탐욕스러운 육식성이야. 진딧물을 먹는 익충이라는 얘기는 너도 알고 있겠지?"

『…기, 긱….』

"그리고 무당벌레에 의태하는 벌레라는 건 아주 많아. 그것도 거저리나 무당벌레를 흉내 내는 바퀴, 본래 같으면 별로 사람이 좋아하지 않았을 벌레들부터 말이야. 딱히 그 자체가 보호색 기능을 하는 것도 아닌데 말이지. 하핫, 어쩌면 자연의 풍경이나 천적의 유무에 상관없이, 사람한테서 사랑받기 위한 체색 패턴인지도 모르지, 그건."

'어두운 부분'은 어디까지 깊은 것일까.

'어두운 부분'은… 어디까지 끈적거리는 것일까.

"정말로, 말이야."

마치 서로를 잡아먹는 곤충처럼, 그 창끝은 상대를 가리지 않는다.

사랑스러운 소녀였던 것을 향해 개발자는 이렇게 말했다. 그야말로 즐거운 듯이.


"너를… 꼭 닮은 이름이지?"


12


text〉 세계는 잘못되어 있다고 생각했다.

text〉 @인간이 @인간을 이용하는, 연구를 위해 철저하게 이용하는 도시라니.

text〉 그래서, @내가 진찰대에 올라가면.

text〉 몇 번이라도 고치고, 몇 번이라도 고쳐 쓰는 @내가 있으면.

text〉 @인간과 완전히 똑같은 몸의 구조를 하고 있다면, @나도 능력은 쓸 수 있을 터. @내 몸은, 떼었다 붙였다 하는 것도 자유자재. @인간보다도 안을 조사하거나, 개량을 하는 것도 간단하다.

text〉 이제, 능력 개발로 누구도 희생할 필요는 없다.

text〉 그래서, 싸워왔다.

text〉 @선생님의 연구는 멋지다고 생각했다.

"레이디버드 군, 자네는 공학적인 접근으로 만들어진 인간이야. 하지만 자네는, 인간으로서 당연한 걸 추구해도 좋다고 생각하네."

text〉 @선생님의 말은 눈부셨다.

text〉 @나 같은 걸로 괜찮은 걸까 생각했다.

text〉 @사람에게 도움이 될 수 있다면, 그걸로 행복해질 수 있다. 그런 사치는, 틀림없이 평범한 기계에게는 불가능한 거라고 생각한다.

text〉 그것은, @인간답다고는 말할 수 없을까?

text〉 @내가 생각하는 @인간은, 그런 것이었다. 비효율적이고 코스트 퍼포먼스를 무시한 선택지를, 망설임 없이 고를 수 있는.

text〉 그래서 @나는, @인간은 굉장하다고 생각한다.

text〉 @선생님 이외의 사람과는 별로 이야기를 한 적은 없지만, @안드로이드라는 건 아직 드러나서는 안 되는 거라는 걸 알고 있어도. 그래도 멀리서 보는 @인간이 좋았다.

text〉 밝은 미래를, 행복한 세계로 이어지는 길을, 무이해(無理解)라는 한 마디로 없애게 할 수는 없다. 따라서 방해하는 자는 용서하지 않는다. @사람에게 상처를 입히는 것을 옳다고 말하는 @사람들이, 작은 싹을 짓밟게 할 수는 없다.

text〉 그래서.

text〉 그런데.

『아, 아아. 아아아아아아아아아아아아아아아아아아아아아아아
아아아아아아아아아아아아아아아아아아아아아아아아아아아아아
아아아아아아아아아아아아아아아아아아아아아아아아아아아아아
아아아아아아아아아아아아아아아아아아아아아아아아아아아아아
아아아아아아아?!』

절규가 있었다.

안 그래도 기계적인 눈동자에서 모든 빛이 꺼진다. 사랑스러운 경기용 수영복 차림의 소녀는, 이제 네발로 서서 울부짖는 그로테스크한 포식자로 완전히 바뀌었다.

부정하고 싶어도 할 수 없다.

자신을 유지하기 위해서는 날것의 몸 조직을 물어뜯고, 가장 중요한 장소에 집어넣어야 한다. 계획적으로 이물을 받아들임으로써, 거부 반응을 이용해 자기 자신의 머리를 적당히 계속해서 부수기 위해. 흐물흐물하게 녹은 썩어 문드러진 시체가 들어찬 욕조에 매일 어깨까지 잠기는 것보다도, 더욱 끔찍한 진실. 그런데도 멈출 수가 없다. 멈추는 것이 허락되지 않는다. 그녀의 방향성은 그녀의 의지에 상관없이 설계 단계부터 완성되어 있었다. 물에 빠진 사람이 공기를 찾아 무턱대고 수면을 향하듯이.

눈초리에서 눈물이 줄줄 흐르고 있었다.

기계로 만들어진 얼굴을 가득 메우고 있었던 것은 분노와, 증오와, 그리고 치욕이었다.

…어째서 그런 기능을 주었을까?

평범한 사람인 하마즈라에게는 결코 풀 수 없는 의문이 있었다. 여기에 무슨 합리성이 있을까? 마치 괴로워하는 마음의 감촉이라도 즐기려고 하는 듯한 악취미가 아닌가.

한편으로, 생존에 필요한 기관은 한 세트 전부가 소녀 안에 들어 있다. 그렇다기보다, 레이디버드 전체가 자율 이동식 철의 처녀를 구축하고 있다고 하는 편에 가까울지도 모른다. 등으로 희생자를 던져 넣고 기관차의 보일러처럼 좌우로 크게 벌어진 뚜껑을 닫으면, 그 후에는 전자동으로 처리가 시작된다. 그렇게 만들어져 있고, 아마 여러 번은 이미 실행되었을 것이다.

거기에는 이미 선악 따위 존재하지 않았다.

하마즈라에게는 그녀를 판결할 자격 따위 없다. 하지만 하마즈라는 그녀를 막아야 한다.

반드시.

『가악!!!!!!』

"하마즈랏!!"

타키츠보가 초조한 듯이 외친다.

붉은 그림자가 사라진다.

사족보행을 하는 안드로이드가 도약한 곳은 하마즈라나 타키츠보가 아니다. 자신을 이렇게 만든 키하라 하스를 향해서도 아니다. 좀 더 다른 누군가. 차례차례 기둥을 걷어차 높이를 번 안드로이드가, 가장 몸집이 작고 포식이 용이한 체조복 차림의 아이들을 향해 기세 좋게 덤벼들었다.

전술보다도, 감정보다도 일단 본능이 우선시되었다.

"아넬리!!"

옆에서 해킹된 선로 점검 차량이 돌진해, 드러난 열차용 고압 전선을 끊었다. 뱀처럼 꿈틀거리는 전선이 안드로이드를 얽는다.

파열음.

물론 추락한 정도로 찌그러질 레이디버드는 아니지만, 산도를 움켜쥔 채인 오른손 쪽부터 바닥에 떨어진 것은 대미지가 크다.

자신의 몸과 지면 사이에 팔이 낀 지금이라면 가드는 쓸 수 없다.

양손으로 작은 리볼버를 추슬러 쥐고, 하마즈라는 단숨에 연사한다.

타탕!! 탕탕!! 건조한 총성이 밀폐 공간에서 팽창한다.

이번에야말로 이쪽에 등을 돌린 안드로이드에게 제대로 명중한다. 벌레의 얇은 날개로도, 거대한 메스로도 보이는 적출 기관을 스스로 끼워 뭉개는 형태로, 싫다는 듯이 좌우에서 '등의 입'을 닫지만, 그뿐이었다. 치명상을 준 느낌은 들지 않는다.

붕!!

한쪽 팔로 뱀처럼 얽히는 드러난 전선을 끊고, 다시 포식 장치가 자유를 되찾는다. 저대로라면 아이들이 방패로 삼고 있는 지게차도 버티지 못한다.

이제 시간이 없다.

"꼬마야!! 그 여자애를 지키고 싶냐?!"

떨어진 장소에서 하마즈라는 외쳤다.

대답을 기다릴 것까지도 없었다. 공회전으로 끝나고, 반전의 반전이 나왔지만, 그래도 여자아이가 소중하지 않다면 몰래 전철에서 빠져나와 도망치려고 하지는 않았을 것이다.

인간을 믿는다.

하마즈라 시아게는 순간 이렇게 말을 이었다.

"그럼 무서워하지 마. 앞으로 나가! 섣불리 물러나면 오히려 포식 기회를 늘리게 돼!!"

꾹.

두 눈을 감고, 친구를 감싸듯이 남자아이가 앞으로 나선 순간, 레이디버드의 움직임이 잠시 멎었다. 스스로를 부수기 위해 몸 안에 끌어들이는 독소. 가장 손에 넣고 싶을 부드러운 뇌의 소유자가 바로 눈앞에 있는데도… 다.

그래도 이것이 옳다.

카우보이가 던지는 밧줄과 마찬가지다. 머리 위에서 빙글빙글 돌려 힘을 축적하는 것은 좋지만, 그 밧줄을 정면에서 자신을 껴안고 있는 인간의 목에 던져서 걸기는 어려울 것이다. 안드로이드의 적출 기관은 벌레의 얇은 날개처럼도, 투명한 칼처럼도 보이지만, 어쨌거나 상당히 길다. 쉽게 말하자면 상대가 밀착하면 오히려 사용하기 어려워지는 무기이기도 하다.

다만, 이 방법으로 벌 수 있는 시간은 몇 초가 한계다.

레이디버드가 올바른 거리감을 잰 후 다시 덤벼들면 정말로 통째로 삼켜진다.

소녀가 다시 움직이려 들기 전에, 하마즈라는 다음 움직임으로 나갔다.

열차 세차에라도 사용하는 것일 업무용 세제 병을, 철조망 울타리로 둘러싸인 냉장고보다도 커다란 금속 기기 쪽으로 던진 것이다.

즈바아치!!!!!!

철도용의 거대한 변압 장치가 무시무시한 불꽃을 튀긴다. 그리고 눈에는 보이지 않는 두꺼운 전자파도.

인체에 대한 영향은 미지수라고 되어 있는 전자파지만, 기계에는 더 심각할 것이다.

절규가 있었다. 그렇게 냉정하고 침착했던 소녀의 형태를 한 무언가가 어떤 고통을 뒤집어쓰고 몸부림치고 있다.

하마즈라는 뛰어들면서 두세 발 정도 권총으로 총알을 퍼붓고는, 안드로이드의 바로 옆을 빠져나간다. 그대로 위험한 영역에 우두커니 서 있던 체조복 차림의 소년을 끌어안고, 슬라이딩하듯이 지면을 미끄러진다.

또 한 사람, 체조복 차림의 여자아이와 함께 콘크리트 기둥에 몸을 숨긴다.

"잘했어, 꼬마야. 이제 괜찮아."

사실은 성실한 안티스킬(경비원)이나 저지먼트(선도위원)가 해야 하는 대사였을지도 모른다.

이런 지저분한 '어두운 부분'에게 말할 자격 따위 없었을지도 모른다.

하지만 물려받았다. 이 말을 하고 싶어도 할 수 없게 된 남자로부터, 확실히.

하마즈라는 중얼거리면서 그들에게는 보이지 않는 위치에서 스마트폰을 본다. 화면은 죽었고, 아넬리가 응답하는 기적은 없었다. 프로그램 자체가 당한 것은 아니겠지만, 지시를 내리기 위한 창구가 망가져버렸으니 서포트 AI로부터 협력을 얻을 수 있을 것 같지는 않다.

여기서부터는 정말로 1대1이다.

얼굴에 나타낼 필요는 없다. 남자아이의 눈을 보며 하마즈라는 이렇게 말했다.

"…'어두운 부분'인지 뭔지 모르겠지만, 저 애의 존엄성을 더 이상 짓밟게 하고 싶지 않아. 여기서 결판을 내겠어. 알겠냐? 절대로 죽으면 안 돼. 저 애를 구하기 위해서는 너희들은 살아남아야 해."

"뭘 하면…?"

체조복 차림의 남자아이는 모기가 우는 것 같은 목소리로, 하지만 분명히 말했다.

떨리는 몸을 억누르면서도.

"이제 도망치고 싶지 않아. 이런 거 용기라고 할 수 없어. 그때에도 제대로 마주했으면 형들에게 상처를 입히지 않아도 되었을 거야. 그러니까!!"

"그럼 도와줘."

사실은, 신호와 함께 여자아이의 손을 잡고 뛰라고 말해야 했다. 조금이라도 멀리.

하지만 그만두었다.

드렌처 키하라 리패트리. '어두운 부분'에 소비되는 아이들을 구해내려고 했던 그 청년은 이제 살아 돌아오지 않는다. 하지만 그가 키운 성실한 빛은 이 소년의 눈동자 속에도 어려 있었다. 패자의 책임이다. 이 빛을 흐려지게 할 수는 없다.

무슨 일이 있어도.

그래서 이렇게 말을 고쳤다.

"…결판을 내려면 몇 가지 도구가 필요해. 내가 총으로 시간을 벌

테니까 그 틈에 모아다줘. 부탁할 수 있을까?"

주머니 안에 딱딱한 감촉이 있는 것을 떠올리고 하마즈라는 혀를 찼다. 꺼내서 보지만 광채가 둔하다. 아직 조금 남아서 바깥둘레는 완성되지 않았다. 황금의 반짝임은 아직 시계 방향으로 한 바퀴 이어져 있지 않다. 충전이 끝나지 않은 것이다. 그렇다면, 그래도 좋다. 소년은 엉뚱한 방향으로 금화를 던졌다. 레이디버드의 주의가 빗나갔는지 어떤지도 확실하지 않았다.

미련 따위 없다.

'니콜라우스의 금화' 따위 필요 없다.

연결을 바꾸어 레일을 잇는 계기 정도는 처음부터 누구나 갖고 있다.

이 레일은 틀림없이 바꿀 수 있다.

그러기 위해 필요한 힘은 기분 나쁜 오컬트(계산된 마술) 따위가 아니다.

좀 더 다른 무언가다.

14

붙잡았다.

두 손과 두 발로 차가운 콘크리트의 대지를 디딘 레이디버드는 다시 표적을 포착했다.

그걸로 무엇이 호전되는지는 알 수 없다. 달성해버리면 끔찍한 '포식'이 시작된다. 그런데도 몸은 멈추지 않는다.

이런 자신을 바꿀 수가 없다. 물에 빠진 사람이 자각 없이 수면을 향해 버둥거리듯이, 레이디버드는 이런 자신으로부터 도망칠 수 없다.

…지키고 싶었던 것은 인간이지만.

먹는다.

사람의 뇌를 먹어 자기 것으로 만들지 않는 한, 고통은 낫지 않는다.

…자신이 해부대에 누우면, 이 아이들은 어둠 속에서 끌려 올라올 터였는데.

『오. 오. 오. 오. 오옷. 오오오오오오오오옷!!!!!!』

시야가 구깃구깃하게 번진다.

하지만 눈물 자국조차 초고속의 풍압에 날아가 흩어졌다.

중심이 높은 불안정한 이족 보행 상태에서도 V12 엔진의 최고 회전수에 필적하는 레이디버드다. 소녀로서의 존엄성을 내던지고 기계의 효율을 손에 넣으면, 그 순간 최고 속도는 더욱 상한을 돌파한다.

어른인지 아이인지는 이제 상관없다.

애초에 허약한 인간의 다리로는 그녀에게서 도망칠 수 없다.

그런 정밀 유도 무기처럼, 땅을 나아가는 그녀는 정확하게 사냥감을 포착한다. 특징적인 체조복. 그곳을 향해 그저 돌진한다.

옆에서 권총 총알이 덮쳤다. 이렇게 되어도. 소녀는 아직 두꺼운 산도는 놓지 않았다. 그리고 장애물이 없는 상태라면 총격은 자살행위일 뿐이다. 각도를 바꾸어 정확하게 맞히는 것만으로도, 튕겨나간 총알이 쏜 사람을 정확하게 죽인다.

그럴 터였다.

그럼에도 불구하고, 오른손의 반응 속도가 0.5초 둔화된다.

『읏?』

치명적인 지연이었다.

제대로 납탄의 비를 맞고 데굴데굴 구른다. 고작해야 9밀리를 뒤집어쓴 정도로 골격이나 근육이 파괴되는 것은 아니다. 처음부터 내고 있던 속도가 문제였다. 옆에서 가해진 충격으로 쉽게 균형이 무너지고, 그대로 콘크리트 기둥을 한꺼번에 두세 개 부러뜨리고 만다.

하지만 무엇일까?

무슨 일이 일어났을까. 두 손과 두 발로 이동한다고 해서 오른팔의 가동 영역이 좁아진 것은 아니다. 애초에 수치를 확인한 바로는 운동계 퍼포먼스의 저하 같은 것은 보고되지 않았다.

문제는 그 이전.

조준 관계에 어긋남이 있었던 것이다, 레이디버드가 깨달은 순간이었다.

부왘!!

원형 공간 전체가 희끄무레한 연기에 휩싸였다.

연막이다.

(설, 마.)

이어서 연달아 충격. 순간 산도를 들지만, 시작이 늦은 시점에서 문제다. 수비가 제대로 먹히지 않아, 빠져나온 납탄이 그대로 그녀의 몸을 때린다.

『가아아!!』

## 15

하마즈라 시아게는 보았다.

쓰레기의 산에 묻힌 컨테이너 연구실에서의 전말이다. 긴 은발에 하카마를 입은 소녀가 하마즈라 일행을 구하기 위해 기사회생의 일격을 쏘았다.

안드로이드의 얼굴을 손바닥으로 움켜쥐고 입안에 불이 붙은 향신료를 처넣은 것을 분명히 목격했다.

하지만 이상하지 않은가. 정면에서 총을 연사해도 전부 튕겨낼 정도의 반응 속도를 가진 레이디버드가, 어째서 살아 있는 인간의 손바닥을 보지 못했을까?

"여기는 누구에게나 차가운 '어두운 부분'이야. 이유도 없이 단순한 행운으로 당첨을 뽑을 리가 없어…."

약자는 관찰을 게을리 하지 않는다. 그리고 슬픈 이별이나 부조리한 고통에 맞아 쓰러져왔기 때문에 더더욱, 적어도 자신의 양분으로 삼는다는 생각이 자라난다.

세계에서 가장 오래된 엄폐용 화학 무기.

호들갑스러운 말이지만, 실은 가까이에 있는 것으로도 쉽게 만들 수 있다.

예를 들어 시판되는 방충제 등에도 사용되는 헥사클로로에탄이나, 그야말로 매일의 생활 속 어디에나 보급되어 있는 아연을 분말 형태로 만든 것만으로도. 이런 것은 한조 녀석이 특기였던가.

"즉, 연막!! 적외선인지 초음파인지 마이크로파인지 모르겠지만, 네놈의 센서를 약간이라도 오작동시킬 만한 무언가가 있으면 초고속의 가드는 무섭지 않아!!"

16

그래서 어쨌다고.

그게 뭐라는 거냐.

레이디버드 안에서 결핍에 대한 맹렬한 굶주림이 부푼다. 그것은 물이나 식사라기보다도 산소 쪽에 가깝다.

이제 죽인다.

뇌는 하나만 있으면 된다.

끼릭거리며 날카로워지는 사고(思考)가, 그 날카롭고 뾰족한 끝으로 자신의 목적을 꿰뚫는다.

…무엇을 구하고 싶었더라?

맹렬한 연막 속에서도 확실한 반응을 포착했다.

체조복을 입은 작은 그림자.

…울면서, 한때 소녀였던 무언가는 외친다.

『0100111010101100010110011011111001011!!』

이제 말이 되어 나오지도 않았다.

그것으로, 무언가가 타서 끊어졌다.

레이싱카 이상의 속도로 사냥감의 코앞에 뛰어든 레이디버드가, 이번의 이번에야말로 꽃핀다. 자그마한 그림자, 아마 여자아이 쪽일 것이다. 등을 크게 열고, 얇은 반투명의 무언가가 튀어나왔다.

가늘고 긴 얇은 날개로도, 긴 혀로도 보이는 포식 기관을 몇 개나 토해냈다. 그것들로 움켜쥐고, 자유를 빼앗고, 몸속에 무거운 덩어리를 처넣는다.

이것이 '어두운 부분'.

권선징악 따위 통할 것 같으냐.

그리고.

그리고.

그리고.

『......?』

이상하다 하고 깨달은 것은 언제였을까.

체조복을 걸치고 있는 것은, 안아서 들어 올릴 수 있을 것 같을 정도로 자그마한 그림자. 이 부분에 틀림은 없다.

하지만 중량은? 고작해야 열 살 전후의 어린아이가, 100킬로그램 이상이나 나갈까?

『설마?!』

그때.

그 순간, 레이디버드의 가슴에 번진 것은.


17


포착하고 있었던 것은 레이디버드만이 아니었다.

하마즈라 시아게도 정확하게 권총을 겨누고 있었다.

"뒤에서 쏘았을 때에는 싫어하는 기색을 보여주었지. 마치 '등의 입'으로 납탄이 몸속에 들어오지 않을지 신경 쓰는 것처럼."

약자는 관찰을 게을리 하지 않는다.

부족한 실력을 메우기 위해서는 상대의 약점을 찾을 수밖에 없기 때문이다.

"…그리고, 휘발유로 불덩이로 만들었을 때에는 산도를 한 번 휘둘러서 꺼주었어. 얼핏 보면 그냥 압도되지만, 정말로 대미지가 전혀 없다면 일부러 불을 끌 필요는 없었던 게 아닐까?"

연막을 사용해 레이디버드의 센서계를 방해한 것은, 몇 발을 쏘아도 효과가 없는 9밀리탄을 맞히기 위해서가 아니다.

그런 이유를 주면 적은 안심하겠지만.

즉, 노리는 것은 이랬다.


연기의 커튼 너머에서 체조복을 씌운 드럼통을 넌지시 보여주어, 일부러 물어뜯게 했다.

그리고 권총 총알로도 충분히 폭발을 유도할 수 있다는 것은 이미 증명했다.


등 쪽에 연달아.

봉제 인형의 지퍼와도 비슷한, 등의 중심선. 너무나 커다란 사냥감을 붙잡아서 잘 맞물리지 않게 된 그 틈새 부분에, 억지로 비틀어 넣듯이 하마즈라는 권총을 연사한다.

레이디버드가 스스로 끌어들인 드럼통.

그것이 안쪽에서 부푼다.

폭발.

두콰앙!!!!!!

처절한 폭발음이 바깥까지 울려 퍼진 시점에서 결말은 확실해졌다. 심한 폭발의 바람과 충격파에, 퍼뜨렸던 연막이 쓸려 날아간다.

보고 싶지 않은 것이 펼쳐져 있었다.

하지만 산산이 흩어진 잔해는 하마즈라 자신의 행동으로 펼쳐진 것이다.

"하마즈라!!"

"괜찮아…."

작은 리볼버를 든 채, 하마즈라 시아게는 그렇게 중얼거렸다.

입술을 깨물고 있었다.

"…연막 안에서, 저 녀석의 머리가 부자연스럽게 흔들렸어."

낮게. 그는 중얼거렸다.

"그 절규. 아마, 자신의 판단 능력에 옆에서 무언가를 끼워 넣었을 거야. 제대로 기능했다면, 드럼통 따위에 속지는 않았을 거야."

그것은 프로그램적인 기능의 이야기지만.

파라미터를 바꿔 써서 속성의 온오프를 바꾸었다. 그런 것이었을지도 모르지만.

"분명, 뭔가를 떠올린 거야."

연인 쪽은 보지 못한 채, 하마즈라는 고개를 숙이고 바닥에 시선을 주었다.

거기에 무언가가 떨어져 있었다.

"그래서 마지막의 마지막에 꼬맹이들을 구해준 거지."

떨어진 소녀의 머리 부분은 분명히 웃고 있는 것처럼 보였다.

이제 죽이지 않아도 된다고, 그렇게.

<h2 style="text-align:center">18</h2>

예상 밖이었다.

이다음의 전개 따위는 생각하지 않았다.

혼자 남겨진 노인, 키하라 하스는 잠시 멍하니 있었다. 그리고 나서 넓은 원형 공간을 천천히 둘러본다.

타키츠보는 괴로워 보였다. 뜸의 효과도 영원히 가지는 않을 것이다.

"하아, 후우."

"타키츠보."

철컥 하는 불길한 금속음이 있었다. 뭔가 작은 리볼버를 조작한 소리다.

"꼬맹이들을 다른 곳으로. 우리는 어른의 이야기를 할 게 있어."

"…알았어."

타키츠보는 한 번 작게 끄덕이고 나서,

"그걸로 좋은 거지, 하마즈라?"

"으음. …도망치는 것보다 이쪽이 먼저야."

드디어 다른 사람의 눈이 없어졌다.

정면에 선 불량소년은 여전히 권총을 잡고 있었다.

"더 있나?"

차갑게, 딱딱하게.

기계를 연상시키는 음색이었다.

"…당신, 그래도 소문의 '키하라' 표잖아. 안드로이드의 기술을 사용해서 자기 자신을 개조하거나 하지는 않았나?"

"……."

"아니라면 슬슬 악몽에서 깨어날 시간이야. 이제 작작 말이지."

리볼버의 총구가 올라간다. 무기질적인 목소리에 명확한 모멸이 섞였다. 레이디버드를 그렇게 괴롭혀놓고, 자신만은 상처 하나 없다. 그런 사실조차 받아들일 수 없는 모양이다.

"그 애를 짓밟은 대가를 치러주셔야겠어. 나는 당신을 용서할 이유를 발견할 수 없어. 전 세계를 뒤집어도. 아무리 노력해도, 나는 정의는 될 수 없었어. 하지만 여기에서 하지 않으면 내가 되지 못한 정의가 죽어. 그 정도는 알아, 바보라도."

그렇다.

이 녀석을 살려두어도 변변한 일은 없다. 소년의 눈은 분명히 그렇게 말하고 있었다. 정답이라고 키하라 하스는 생각한다. 레이디버드가 격파되고 생각한 것은 분노나 슬픔이 아니었다. 과제와 개선점이다. 만일 여기에서 해방된다면 자신은 당장이라도 차세대기의 개발을 시작할 것이다. 더 많은 희생을 해서라도. 그렇게 될 것이 분명하다고, 자기 분석이 되고 만다.

그리고 새로운 연구 테마가 생기면 거기에 미련이 달라붙는다.

한 사람의 키하라로 태어난 천성이었다.

자신은 아직 죽지 않는다.

죽을 수 없다.

절대로.

"…레코드 달성이로군. 자네가 새로운 키하라 살해자가 되나."

"끝이야."

"이 업은 무거울걸. 자네는 틀림없이 다음 '어두운 부분'의 중심이 될 거야. 설령 자네 자신이 그걸 바라지 않더라도 학원도시는 항상 산 제물을 요구하지…!!"

"끝난 후에 꽥꽥대면서 질질 끌려고 하지 마. 죽어야 할 때 죽지 못한 놈 주제에."

이런 대화에 의미는 없다.

본래의 소년이라면, 반사적으로 이렇게까지 말했을까? 레코드 달성, 키하라 살해자, '어두운 부분'의 중심. 키하라 하스의 말에는 오히려 상대가 도취하도록 유도하는 구석까지 있다. 무언가, 무언가 하나라도 상황을 뒤집을 방법은 없을까. 물론 시간을 벌고 있는 사이에도 노인의 머리는 백 퍼센트 회전했다. 무엇이든 좋다. 키하라라는 이름이 붙은 이상, 이쪽은 모든 윤리나 규범을 제거할 각오를 다지고 있다.

그때였다.

분명히 보았다. 이물감, 차가운 콘크리트의 지면에 떨어져 있는 금색 반짝임을.

'니콜라우스의 금화'

이미 바깥둘레는 시계 방향으로 한 바퀴 전부 빛나고 있었다. 충전은 완료된 것이다.

"!!"

순간 노인은 달려들었다. 특수한 엔지니어계의 장갑을 낀 손으로 무언가를 움켜쥔다.

그리고 외쳤다.

무릇 과학자로서 있을 수 없는 존재에 기대어서라도, 그는 다음 연구로 나아가고 싶었다.

"그 총을 폭발시켜, '니콜라우스의 금화'!!"

따라서, 이것은 누구의 죄였을까. 직후에 구체적인 현상이 발생했다.

결과는 평등하다.


타앙!!!!!!


하마즈라 시아게가 든 권총에서 납탄이 튀어나간 것이다.

그렇다, 기관부에서 탄환이 파열해 총 전체나 사용자의 손목을 날려 보내는 것만이 폭발은 아니다.

방아쇠를 당기지 않았는데 멋대로 총알이 나갔다. 이 또한 폭발의 정의에 포함된다.

"아?"

노인은 시선을 내렸다.

배 한가운데, 하필이면 위장을 파열시키는 형태로 명중한 것을 믿을 수가 없는 모양이다.

출혈이라기보다도, 잡균 하나로 치명상이 될 수도 있는 몸속의 내용물을 자기 자신의 토사물로 실컷 오염시키면서 쓰러진 노인은, 이미 손을 쓸 수 없는 상태에서 5분 이상이나 괴로워하고 나서 간신히 숨이 끊어졌다. 위산의 주성분은 염산이다. 수술대에 눕혀져 배를 가르고 나서 안에 염산이 철철 부어넣어지는 기분은 어떤 것일까? 물론 마취 없이… 다.

노인은 스스로 기도해서 목숨을 잃은 것이다.

과학의 신봉자가 하필이면 과학의 정의(定義) 바깥에서.

노력을 포기한 자의 말로. 그러나 어떤 의미로는 옳은 결말이었을지도 모른다.

왜냐하면.

키하라 하스가 처음부터 자신의 힘만으로 발버둥 쳤다면, 애초에 레이디버드 건으로 원한을 살 일도 없었을 테니까.

자기 자신의 육체를 자르고 붙여서 실험을 되풀이했다면, 체조복을 입은 아이들의 처우를 둘러싸고 싸우는 일도 없었을 테니까.

…만일 그쪽을 선택했다면, 여기까지 다다른 모든 사람들이 손을 맞잡고 생존을 향해 갈 수 있었을지도 몰랐으니까.

안드로이드 자체는 나쁘지 않다.

하마즈라는 그렇게 생각한다. 하지만 키하라 하스가 고개를 끄덕였다 해도, 의미는 전혀 다를 거라고도. 역시 죄와 벌은 노인의 성질에 의해 결정되지 않으면 이상하다. 전문가의 시점에서 말할 수 있는 것은, 과학에 대해 스스로 지켜야 할 선을 긋고 진지하게 마주한 자뿐이다.

이것 또한 하늘의 선물일까.

알기 쉬운 기적을 일으키고, 대신 모든 길을 봉하는 폐쇄의 덫.

미련이 남은 듯이 한 닢의 금화를 언제까지나 움켜쥔 채 움직이지 않게 된 빌어먹을 놈을 보며, 하마즈라 시아게는 작게 중얼거렸다.

무(無)이거나.

아니면, 차라리 무례한 웃음이 치밀어 오르는 것을 가볍게 누르면서.

"메리 크리스마스. 기적의 감촉은 어땠냐, 미친놈?"

# 제10학구 지하

시아게 하마즈라 · 호보성

리코 타츠보 · 호보성

키하라 하스 · 험보성

레이디버드 · 험보성

드렌처 리패트리 키하라 · 호보성

#G 프릴샌드 · 호보성

# List of OP."Hand_Cuffs"

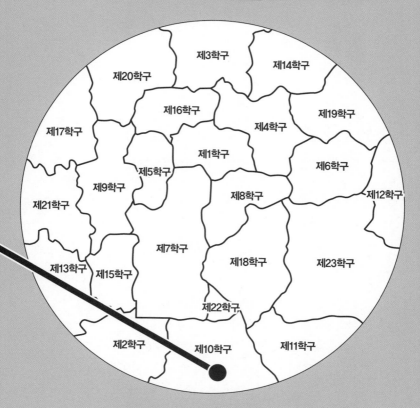

# 행간 4

"끝났네."

차가운 쇠창살 안이다.

안나 슈프렝겔은 무뚝뚝하게 말했다.

"12월 25일의 야단법석도 이걸로 끝. 역시 이 이상의 전개는 없겠지. 내 여가도 이쯤이 마지막일까. 뭐, 그럭저럭 '흔들림'을 채집할 수 있어서 다행이야. 이렇게까지 했는데 전부 예정대로였다면, 역시 지루해서 스위치를 껐을지도 모르고."

옆방에서 목소리는 없다.

무엇을 생각하고 있는지는 아마 아무도 모를 것이다.

침묵이 최대의 대답이라고 하기에는 인적 피해가 지나치게 크다.

"어떤 이미지를 떠올리고 있었어? 어떤 결말을 그리고 있었지? 오퍼레이션 네임 핸드커프스. 내건 꿈은 나쁘지 않았을 텐데."

그래서 안나의 목소리만이 들려온다.

"별로 당신이 부끄러워할 일은 아니야. 대개 어떤 어른이나 경험하는, 사춘기의 짓이라는 거니까. 세상의 권력자가 대개 모서리를 둥글리고 비슷한 웃음을 띠고 있는 것도, 그런 거. 뾰족한 본심을 밖으로 드러내버린 자부터 분쇄되거든. 그래서 자신을 숨기고 상대를 드러내려고 서로 발목을 잡아당기는 게 가장 효과적이야. '약한 정점'의 구조지. …후훗, 큰일을 이루고 싶다면 우선 가장 큰 목적을 숨겨야지. 당신, 좀 지나치게 순수했어. 좀 더 탁함을 알아야 해."

낑 하는 딱딱한 소리가 차가운 공간에 울려 퍼진다.

겉모습 열 살 정도의 어린 소녀는 엄지로 천장을 향해 튕긴 금화를 작은 손바닥으로 캐치했다.

"'니콜라우스의 금화'."

컨트롤은 풀렸다.

모니터링은 중단되었다.

전부 다, 너무나 악의적인 사고가 지나치게 겹쳐졌다.

감옥 안에서 지시를 내리려고 해도, 언덕길을 구르기 시작한 눈덩이를 지금 당장 붙잡을 수 있는 장소에 총괄 이사장은 서 있지 않았다.

그런 짓을 해버리면 제1위 자신이 다시 가장 큰 어둠으로 변하고 만다.

괴물을 봉한다.

그렇게 맹세했을 터였다.

그래서. 그런데.

"단 하나의 이물이 당신이 생각한 플로 차트를 너덜너덜하게 만들었어. 뭐가 어떻게 나아가도 '어두운 부분'을 해체하고 사람들을 온건하게 항복시킬 터였던 행복한 막다른 길은 부서지고, 자유롭고 리스크가 큰 죽음의 세계로 모두 제 발로 뛰어들었지. …추첨은 무작위였지만, 결국 금화의 주박(呪縛)을 스스로 버릴 수 있었던 건 한 명이었나. 그는 노마크였지. 낮에 접촉했을 텐데, 이 내가 놓치다니 드문 일이야…."

즐거워 보였다.

또는 옆방에 있는 제1위보다도 큰 웨이트를 차지하고 있는 것 같다.

"실험하는 동안, 이 여자로 알게 된 건."

안나 슈프렝겔은 말을 잇는다.

이쪽에 대해서는 어딘가 탄산이 빠진 것 같은 목소리로. 미리 예측하고 있던 결과가 예상대로 성공했다는 정도의 느낌으로.

"마술의 자유는 과학의 질서를 이긴다는 한 가지야. 당신들이 아무리 면밀하게 조립해도, 나는 상관하지 않고 물어 찢고, 덮어쓰고, 파괴하지."

거기에서 한 박자 쉬고.

장난을 좋아하는 어린애가 비밀을 밝히듯이 슬쩍 덧붙인다.

"뭐, 이런 틀 자체가 별로 의미가 있는 것도 아니지만?"

안나는 쇠창살문의 가로살을 더듬듯이, 금화 한 닢의 가장자리를 가볍게 미끄러뜨렸다.

금속끼리 스치는 새된 소리에 섞여, 찰칵 하는 장치가 움직이는 소리가 났다.

쇠창살의 자물쇠가 열린 것이다.

본래의 자물쇠의 기구를 완전히 무시하고.

"이것도 기적 중 하나."

과학의 우리로는 마술을 붙잡아둘 수 없다.

단적인 상징이었다.

안나 슈프렝겔은 천천히 통로를 지나 옆방 바로 옆을 지나가려고 한다.

"'니콜라우스의 금화'는 그 이름대로 크리스마스 한정 영적 장치야. 엄밀하게는 마술사의 육체에 의존하지 않고 지맥에서 직접 힘을 빨아들여서 구동하기 때문에, 영적 장치라기보다 마도서 쪽에 가깝지만. 이 혼란은 하룻밤의 꿈. 오래가지는 않을 테니까 안심해."

『이!!』

마침내… 였다.

같은 쇠창살 안에 있던 반투명한 무언가가 덤벼든 것이다. 사랑스러운 소녀에 해양 생물이나 박쥐의 날개를 붙인 것 같은 외모, 그리고 보는 사람에 따라 모독적인 기사의 내용이 달라지는 영자 신문 드레스.

그 존재에게는 쇠창살 따위 아무런 의미도 없다. 오렌지색의 불꽃과 함께 뚫고 나와, 얇은 붉은 천으로 몸을 덮은 어린 소녀에게 달려든다.

클리파 퍼즐 545.

이래 봬도 한때는 세계의 전복을 노린 영국 청교도 아크비숍(최대주교)이 비장의 패로 마련해두었던, 인공 악마다.

하지만,

"사람이 이야기하고 있잖아. 이해도 없이 끼어들지 마."

정신이 들고 보니 어린 소녀 옆에 무언가 서 있었다.

반투명한 그림자는 매의 머리와 튼튼한 육체를 가진 천사였다.

그리고 세로로 균열이 가는가 싶더니, 천사는 사정없이 자신의 전신을 벗어 던졌다.

태양… 이었다.

무시무시한 빛이 작렬하고, 공간을 가득 메우는 듯한 타격이 악마 소녀에게 덮쳐든다.

『꺄아악!!』

액셀러레이터(일방통행)는 꼼짝도 하지 않았다.

제1위에게는 '반사'가 있다.

그럼에도 불구하고 그 입가에서 한 줄기, 붉은 액체가 흐르고 있었다.

"생각하고 말해. 생각했다면 알았을 거야. 지금은 끼어들어야 할 때가 아니라는 걸."

안나는 그쪽을 보고 있지도 않았다.

다만 팔랑팔랑 작은 손을 흔들었다.

"실험은 끝났어. 다음에는 이렇게는 안 될 거야."

안나는 쇠창살 쪽으로 시선조차 던지지 않았다. 그녀는 어딘가 다른 장소를 응시하며 걸어갔다.

떠날 때, 그녀는 분명히 이렇게 말했다.


"그에게 안부 전해줘."


단단한 벽에 등을 기대고 차가운 바닥에 앉아, 액셀러레이터(일방통행)는 내내 고개를 숙이고 있었다.

한 마디도 없었다.

한 가지, 실증된 것이 있다. 저 여자가 있는 한, 작은 꿈은 이루어지지 않는다.

영원히.

# 종장  어둠의 산성(産聲)은 소리 높이
## Over_the_C.Point, Now

"코⋯."

심야. 면회 시간도 끝난 그 방에서 트윈 테일의 여중생, 시라이 쿠로코는 신음했다.

병원이다.

그녀가 쓰러진 곳은 제18학구 서쪽의 안티스킬(경비원) 화학 분석 센터였을 테지만, 실제로 실려 온 곳은 제7학구였다. 대체 어디를 어떻게 나아가서 이런 곳까지 실려 온 것인지.

그리고 시라이가 신음한 이유는 '분해자' 하나츠유 카아이의 손에 의해 체내에 주입된 정체를 알 수 없는 아메바나 박테리아 때문이 아니었다.

파란색 고무 캡의 시험관.

이렇게 의식이 돌아온 것 자체가 체내는 호전되고 있다는 증거일 것이다. 결사의 마음으로 가져다주었다고 하는, 그 라쿠오카 호우후와는 그 후로 만나지 못했다. 무사히 어둠 속에서 생환했으면 좋겠다고 생각하지만⋯.

(⋯살아남았어.)

시라이는 침대 위에서 생각에 잠긴다.

(그렇다면, 다음은 제 차례군요. 저 자신에 대한 내부 감찰. 자신

의 옳음에서 눈을 돌리고 있을 수는 없어요. 빨리 요청해야지.)

그리고… 다.

그녀는 처음에 이렇게 생각하고 있었지 않았던가.

중대 사건을 추적하다 보면 반드시 미사카 미코토와 마주칠 수 있다… 고.

"이런 곳에 계셨군요. 언니…!! 이브부터 시작되는 지옥의 쓰레기 줍기 봉사 활동을 파투 내든 어쩌든, 이 쿠로코에게서 도망칠 수는 없어요오. 후구후후. 핫?! 그럼, 시간은. …아직이에요. 아직 아슬아슬하게 크리스마스는 끝나지 않았어요. 세이프!! 괜찮아요. 여자의 처음 따위 마음만 먹으면 10분만 있으면 완전히 졸업할 수 있답니다!!!!!!"

파고들어가서 찾아냈다.

230만 명이 사는 거대한 도시 안에서 단 한 사람을 찾아낸다. 이것도 어엿한 기적이다. 그것도 아슬아슬하게 25일이 끝나기 전에.

그러나 기뻐할 수도 없었다.

같은 병실에 이상한 것이 있었던 것이다. 그것은 벌꿀색 광채였다.

"쇼쿠호, 미사키…?"

"음무…? 아후아, 뭐죠???"

"언니랑 같은 방인데다, 설마 했던 베이비 돌!! 잠깐만요, 언니. 이건 대체 어떻게 된 건가요. 이런 다 비치는 란제리 룸메이트 틀은 제 전매 특허였잖아요!!"

위협이었다.

공포심이라는 말의 의미를, 하필이면 크리스마스에 배우게 되는 시라이 쿠로코.

"그게, 결국 언니는 어디 계셨던 거예요? 어째서 두 분은 같은 타이밍에 다쳐서 같은 병원에 신세를 지고 있는 거냐고요오!! 이건, 설마, 이건 크리스마스는 두 분이서 지내고 있었다거나 하는 음식물 쓰레기 같은 얘기는 아니겠죠, 네?!!"

대화가 귀찮아진 것인지, 전기나 자력을 자유자재로 다루는 사랑스러운 언니가 높은 층계의 창을 열기 시작했다. 그리고 뭔가 피곤하고 졸린 듯한 제5위는 애초에 신경 쓰지 않았다. 눈가를 비비면서,

"…에에…? 싫어… 요… 저를 당신의 초레어 상급직이라고 부르다니. 저는 저대로 하나의 세계를 갖고 있다고요. 어째서 미사카 씨쪽에 끼워 넣어져야 하는 거죠오?"

"초, 뭐가 어쩌고 어째?! 해, 해서는 안 되는 한 마디를…. 말에 깃든 힘이 두려워서 필사적으로 참고 있던 금단의 구절을 이렇게나 쉽게. 무, 무서운 쇼쿠호 미사키!! 끼이에에에에에에에에에에에에에에에에에에에에에에에에에에에에에에에에에에에에에에에에!!"


베이지색 수도복을 입은 여자였다.

원래는 영국 청교도의 아크비숍(최대 주교)이 특별 주문한 옷이었다는 사실을 깨닫는 사람은 적겠지만.

빛나는 금색 머리카락은 어깨쯤에서 가지런히 잘랐지만, 미용실에서 다듬은 느낌은 나지 않았다. 몹시 폭력적으로 자른 모양새가

무언가 벌을 받은 것처럼도 보인다.

신주쿠는 학원도시 동문과 이어지는 창구이기도 했다. 고층 빌딩의 옥상까지 올라가면, 외벽 맞은편에 펼쳐져 있는 도시가 보이는 장소도 있다.

그런 옥상 중 하나였다.

『전락했군.』

여자의 뒤에서 그런 목소리가 났다.

골든레트리버였다. 대형견은 몸을 푸르르 떨어 긴 겨울털에 달라붙은 수분을 튕겨내면서,

『그렇게 오컬트를 싫어했던 네놈이 그렇게까지 매달리다니. 너는 몰락했어.』

"그쪽이야말로 몰골이 심하군. 마치 이 크리스마스 밤에 차가운 강에라도 떠내려온 것 같다고, 노견이면서 무모한 짓을."

…그것 또한 정답이었다.

바깥의 강이든 지하의 하수든, 아무리 벽으로 에워싸인 학원도시라 해도 물의 흐름은 막을 수 없다. 산에서 솟아난 물이 도시를 지나 바다를 향하는 이상, 물이 지나는 길은 반드시 존재한다.

물론 인간이 지나갈 수 있도록 만들어져 있지는 않다. 수로의 중간에는 몇 개나 되는 쇠창살이나 단차 등이 설치되어 있었을 것이다.

하지만 애초에 키하라 노칸은 인간이 아니다.

'키하라'라는 카테고리는 그렇게 좁게 만들어져 있지 않다.

정말로 아무런 의미도 없이, 골든레트리버가 하수 통로를 걷고 있다는 이야기는 있을 수 없다. 우연이라고는 해도, 폭주한 안티스

킬(경비원)에게 쫓기는 체조복 차림의 여자아이를 발견한 것에는 우연 나름대로의 계기가 필요해진다.

적당히 당한 척하고 더러운 강에 뛰어들면 되니까, 그 근육 덩어리는 때마침 좋은 기회이기는 했다.

그렇다고 클레버한 결말이라고도 평가할 수 없었지만.

(…이런. 이런. 위장 죽음에 리얼리티를 첨부하기 위한 증언자라고는 해도, 낯모르는 어린애를 울려버렸군. 이건 내 로망에 위배돼. 빚이 하나 생겼어.)

『네가 맡긴 루키는 실패한 모양이야.』

"그런 것 같군."

『…개입은? 이대로 학원도시가 쓰러져도 상관없나?』

"실패는 성장의 양식이야. 지금은 최초의 한 발짝. 어른이 가능성을 빼앗아버리면, 그야말로 기대의 신인은 썩어갈 뿐이지."

대형견은 가만히 숨을 내쉬고 비닐로 싼 담배를 꺼냈다.

항상 실패만 되풀이한 '인간'이 이렇게 말하면 웃을 수 없다. 아마 어떤 비아냥도 아니라, 단순한 경험담으로 하는 이야기일 것이다.

그래도 이 녀석에게는 완전히 포기하지 못한 무언가가 있다. 대형견은 그렇게 짐작했다.

지금, 자신의 이론을 무시하고 오컬트에 의지해 '여자의 몸'을 빼앗아서라도 자신의 존재를 지키고 있는 것도, 단순히 목숨이 아까워서는 아닐 것이다.

목적을 위해서라면 자신이나 타인의 생명 따위 아까워하지 않는다. 키하라 노칸과도 통하는 부분이 있었다.

불이 붙은 최고의 한 대를 입에 물고, 골든레트리버는 이렇게 물었다.

『이제부터 어떻게 할 거지?』

"나한테 뭘 바라?"

뻔하다. 키하라 노칸의 목적은 처음부터 이 하나다.

그래서 대형견은 옛 친구의 이름을 불렀다.

『모든 마술의 격파를. 네가 세계 최대 규모의 방종한 인간이라는 건 잘 알고 있어. 하지만 슬슬 일해, 아레이스타.』

우나바라 미츠키… 라는 이름을 쓰던 누군가는 두 소녀와 함께 아침 해를 바라보고 있었다.

"끝났어…?"

"그렇다면 실패로군. 에차리, 깡패들의 여진에 대비하는 게 좋을지도 몰라."

라이브하우스의 대기실에 숨어 들어가 있던 키누하타 사이아이는 양손을 얼굴에 대고 커다란 거울 앞에서 드드득 하는 소리를 냈다.

벗긴 것은 얼굴 피부가 아니라 특수 화장이다.

"푸엣, 얼굴이 부었어! 피부 호흡이라는 거 엄청 중요해!! 이건 확실히 합성 영상이 주류를 빼앗아갈 만하군요. 세상은 편리성에는 이길 수 없는 걸까…?"


　낙서투성이 건물 벽에 등을 기댄 무기노 시즈리는, 이쪽을 눈치채지 못하고 떠나간 추격자를 엿보며 손바닥에서 불길한 빛을 조용히 끄고 있었다.

　"뭐야, 서든 데스(연장전)는 없는 거야? 좀 더 날뛸 거라고 생각하고 있었는데."


　드레스 차림의 소녀는 철조망 울타리 안에서 눈을 뜨고, 양손을 들며 등을 크게 폈다.

　바로 바깥쪽에서는 썩은 안티스킬(경비원)의 잔해, 검은 찌꺼기가 퍼지고 있지만, 그 정도로는 동요하지 않는다. 울타리 틈새로 손가락을 뻗어 바닥에 떨어져 있는 열쇠 묶음을 줍는다. 한쪽 눈을 감고 텅 빈 옆방을 보면서, 부자연스러울 정도로 모두에게서 잊힌 드레스 차림의 소녀는 이렇게 속삭였다.

　"…그것 봐. 감옥 안이 가장 안전했지?"


　쿠모카와 세리아와 그 여동생은 땀투성이로 인형 옷을 벗어 던졌다.

　소녀의 냄새가 너무 심하다. 여자 탈의실에서 흥분할 수 있는 남자 이외에게는 보여줄 수 없는 수준으로.

"우구앗……!! 이제 안 해. 이런 아르바이트 두 번 다시 안 할 건데!!"

"알바비가 나오겠니. 멋대로 인형 옷을 만들어서 숨어들었을 뿐인데. 유원지는 어쨌든 저작권 같은 것에 까다로워. 이런 걸 만들었던 걸 들키면 법정 투쟁감이라고…?"


프레메아 세이베른은 하얀 장수풍뎅이를 껴안은 채 아직 꿈속에 있었다.

캐릭터 굿즈로 가득 찬 유원지 사양의 호텔 방에서, 은발의 어린 소녀 프로일라인 크로이투네는 얼굴을 내려다본 채,

"자고 있어."

『괴, 괴로워. 뭐, 그녀는 이걸로 좋은 게 아닐까요…?』


무스지메 아와키는 시체 안치소의 냉동 로커에서 기어 나왔다.

냉동 모드의 스위치는 꺼두었다고 하지만, 특별히 난방도 들어오지 않는다. 자신의 어깨를 껴안고 부르르 떨면서 직원의 것인 듯한 전기 주전자를 들고,

"…괜찮은 걸까, 학원도시. 이래서는 시체에 마음껏 손을 댈 수 있잖아."


그리고.

어둡고 어두운 어둠의 밑바닥이었다.

부스럭, 부스럭, 부스럭. 차가운 바닥에 떨어져 있던 구겨진 과자 상자. 안쪽에서 부풀어 오르고, 안에서 무언가가 기어 나왔다.

학원도시 최대의 금기, 카키키에 터널. 아무도 모르는 거대한 원형 공간의 한가운데에서, 그것은 인간의 실루엣을 만들어낸다.

인공적으로 만들어진 유령.

프릴샌드#G.

기나긴 금발을 트윈 테일로 묶고, 연파란색의 딱 맞는 드레스와 부푼 얇은 천의 롱스커트를 겹쳐 입은 여자. 들어갈 데 들어가고 나올 데 나온 글래머 체형과 서양풍 인형 같은 모습이 불균형을 이룬 그 미녀는, 가만히 무언가를 내려다보고 있었다.

행복한 듯이 웃은 채 시간을 멈춘 남자였다.

그녀가 무엇보다도 지키고 싶었던 풍경. 거기에 있어야 하는 한 사람이었다.

『오.』

직 하는 소리가 난다.

질척거리는 더러운 진흙으로 가득 찬 배수구의 마개를 뽑는 듯한.

비유 표현이 아니다. 정말로 풍경은 움직이고 있었다. 중심에 선 그녀를 향해, 일그러진 공간 자체가 수렴하는 것이다.

애초에 고에너지의 방사(放射)가 멈춰 있는 상태에서, 지금의 프릴샌드#G는 어떻게 그 존재를 유지하고 있는 것일까?

잊어서는 안 된다.

이곳은 현실에는 존재하지 않는 장소. 인공적인 유도 실험의 결과, 지울 수조차 없게 된 AIM 확산 역장의 집합체.

있을 수 없는 현실이 일어났다.

그런 미약한 힘의 모임이, 한 점을 향해 빨려들었다.

『오오, 오.』

칠흑의 눈물이 뺨을 타고 흘렀다.

만들어진 유령은 진짜 원령으로 부풀어 올랐다.


『오오오오오오오오오오오오오오오오오오오오오오오오오오오오오오오오오오오오오오오오오오오오오오오오오오오오오오오오오오오오오오오오오오오오오오오오오오오오오오오오오오오오오오오오오오오!!!!!!』

성스러운 밤에, 학원도시의 '어두운 부분'이라는 틀은 괴멸했다.

하지만 잔해와 잿더미 속에서 아무것도 태어나지 않았다는 보장은 없다.

.

# 작가 후기

한 권씩 사주시는 여러분, 오랜만입니다. 한꺼번에 사주신 여러분, 처음 뵙겠습니다.

카마치 카즈마입니다.

이번에는 학원도시의 '어두운 부분' 편. 단, 플러스 안티스킬(경비원) 측의 시점과 크리스마스 마술로 지금까지와는 다른 느낌을 목표로 해보았습니다! 창약 1에서 나온 오퍼레이션 네임 핸드커프스의 전말은? '어두운 부분'다운 스릴과 블랙 조크를 즐겨주셨다면 기쁘겠습니다.

창약 3은 이야기의 흐름을 좇기보다 큰 흐름을 만든 인물에 주목하는 편이 전체적인 모습을 알기 쉬워질 것 같습니다. 그런 이유로 뉴 페이스 악인들에 대해 돌아보지요.

비바나 오니구마.

메이지 다이쇼 시대 같은 하카마 하의에 새빨간 테이프 구속을 숨긴 일본풍 고문 마니아로, '어두운 부분'의 양심. 하마즈라는 '전문가라고 불리는 사람들은 스스로 선을 긋고 진지하게 과학과 마주했으면 좋겠다'고 생각하는데 그녀는 그런 인물이었던 셈입니다.

성은 특별히 의미 없지만 에니그마니까요. 한 글자만 바꾸면 오니 구마(鬼熊)라는 일본스러운 이미지가 풍기는 게 이상하죠.

악인에 대해서도 비살상을 선택하고, 낯선 아이를 구하기 위해서라면 자신의 목숨 정도는 내던질 수 있는 점이, 그런 낭비를 즐기는 마음이라는 공통점에서 키하라 노칸과 이야기가 통했을지도 모르겠네요. 다만 비바나의 경우는 영어로 로망이 아니라 한자로 낭만이라고 우길 것 같지만요.


베니조메 젤리피시.

어떤 수단을 써서라도 특종을 따는 파파라치. 물론 젤리피시는 해파리이고, 저로서는 '밤거리를 떠도는 보이지 않는 암살자'를 의도했습니다. 동영상 사이트나 SNS가 발달한 시대에도 종이 주간지를 중시하는 부분이 그녀의 '정의'에 대한 집착입니다.

펜은 칼보다 강하다. 이것을 아름다운 말로 이야기할 수 있는 것은, 아이러니하지만 칼이 강하게 밖에 드러나 있는 시대라고 생각합니다. 펜이 강한 시대가 되었다면 그 의미도 달라지지 않을까요? 그런 의미로는, 베니조메는 펜의 강함이 썬 인물이었다고 생각합니다. 그야말로, 칼의 베는 맛에 매료되어 무차별 살인을 되풀이하는 악인과 마찬가지로.


하나츠유 카아이와 하나츠유 요우엔.

쌍둥이 캐릭터를 만드는 경우, 뿌리의 멘털리티는 '2인 세트로 딱 달라붙어 있'거나 '혼자서 빨리 독립하고 싶'거나 둘 중 하나가 아닐까 생각하는데요. 기왕이면 일거양득, 언니와 동생의 사고방식이 다르도록 해보았습니다. '분해자' 카아이는 스스로를 파괴해서라도 독립을 바라고, '매개자' 요우엔은 상대를 계속 묶어놓아서라도 영원히 딱 달라붙어 있고 싶어 하지요.

두 사람 다 이유 없는 살인자. 처음부터 끝까지 철저하게 '어두운 부분'의 화려한 색채를 관철한, 어떤 의미로는 지나치게 순수했던 여자아이들이었다고 생각합니다. 그렇기 때문에 더더욱 결말도 인정사정없죠. 자매 양쪽 다 죽지 못한 것이야말로 최대의 벌이 되지 않을까요.


레이디버드.

제로에서 만든 안드로이드. 레이디버드는 무당벌레를 가리킵니다. 작중에서는 '사람에게서 사랑받기 위해 진화한 체색 패턴 아닌가?'라고 언급했지만, 그 오렌지색에 검정색 점, 실제로는 풍경에 녹아드는 보호색을 노린 것이 아니라 벌의 줄무늬와 같은 경계색인 것 같네요. 자신은 흉포하다고 어필해서 적을 떨어뜨려놓으면서, 먹어도 맛없으니 노리지 말라는 생각이라거나.

물리 최강, 과학 일색, 진짜 '키하라' 브랜드, 대인 관계라곤 전혀 없어서 사는 세계가 좁음, 작은 키에 평평한 가슴, 보디라인을 드러낸 경기용 수영복, 무엇보다도 정신적으로 미숙. 뒤에서 이야기할 프릴샌드#G와의 대비를 의식하면서 구축한 캐릭터이기도 합니다.

결말은 그렇게 되었지만, 키하라 할아버지와의 별것 없는 대화는 꽤 마음에 들어요. 선악과는 상관없는 부분에서 연결되어 있는 점이 '어두운 부분'다운 등을 맡기는 방식이 아닐까 하고. 다만 이곳은 '어두운 부분', 등을 맡길 상대가 있었다고 해서 안심할 수 있다는 보장은 없습니다.

프릴샌드#G.

아이 키우는 유령, 단 그것을 위해서라면 살인도 마다하지 않음. 인공적인 유령은 카자키리 효우카나 카미사토 세력의 메이아 등에 가끔 부상한 테마입니다. 네, G는 그냥 고스트의 G죠! 유령에 대해서는 플라스마에 의한 물리적인 불덩어리나 입체 영상부터 초음파를 사용한 뇌의 오작동까지 여러 가지 접근이 있는 모양이지만, 그런 형태로 표현했습니다.

유령을 보면 나쁜 일이 일어난다, 심령사진을 찍게 되면 저주를 받는다… 이런 것은 왕도고, 최근에는 '스마트폰이 죽는다, 지도나 얼굴 인식 등의 편리 기능이 고장 난다'가 괴담의 정설 같네요. 여기를 막지 않으면 체험자를 고립시킬 수 없기 때문이겠지만, 테크놀로지에 이끌려 매일 기능이 진화하는 유령이라는 것도 흥미로워요. 하지만 이거, 반대로 말하면 '어둠 속에서 움찔거리는 사람의 스마트폰에 사이버 공격 등으로 바깥에서 나쁜 짓을 하면, 유령이 있다고 믿게 할 수도 있다'일지도? 예를 들어 오래된 아파트에서 얇은 벽 너머에 위법적인 무선 인터넷 공유기를 한 개 두기만 해도 심령 현상이 자주 일어나는 '유령의 집'을 만들 수 있지 않을까요. 집주인이 부지런히 조치를 마련해도 집값이 떨어질 뿐이니까, 만들어서 어떻게 할 거냐는 느낌이지만요. 아, 하지만 새로운 유원지 시설이 생길지도? 스마트폰을 통화권 이탈로 만드는 기재는 얼마든지 있고 카메라의 얼굴 인식도 벽지의 무늬 하나로 오작동할 테니까요.

앞에서 말한 메이아가 일본풍 수의 베이스였기 때문에, 서양풍 인형 같은 모습으로 컬러를 굳혔습니다. 그리고 그 격차를 노리고 빵빵한 보디로. 미인 유령이라는 말이 침투해 있는 대로, 역시 사령(死靈)은 요염함이 없으면 안 돼요! 하지만 서양권의 '십자가로 착실하게 물러가주는 악령'보다는 뭘 해도 집요하게 따라오는 올곧은 일본제 메리 씨(주14) 쪽에 가깝습니다.

인형 메리 씨뿐만 아니라, 저는 침대 밑에 숨어드는 그 녀석이나 고속도로를 질주하는 파워 넘치는 할머니보다도 분신사바나 코토리바코(주15) 같은 컴팩트한 사이즈의 무서운 이야기나 저주 도구에 끌리는 것 같습니다. 그래도 굳이 괴인 계열에서 한 사람 고른다면 핫샤쿠사마(주16)가 취향이려나요. 의식이나 소도구가 확실한 쪽이 이미지를 쉽게 그릴 수 있기 때문일지도 모르겠지만요.

그리고 이번에는 이름 없는 안티스킬(경비원)들의 폭주, 사고가 강하게 겉으로 드러난 이야기였던 것 같습니다. 평소와 다른 것이 전부 '니콜라우스의 금화'를 기점으로 레일의 연결을 바꾼 결과라면, 그것들이 안티스킬(경비원) 측에 보낸 금화로 출력된 셈이죠. 마음씨 착한 교사였던 그들도 밑바닥에서는 여러 가지로 고여 있었던 건지, 아니면 기도의 방법이 틀려서 본인도 예상하지 않았던 결과가 나오고 만 건지. 이것저것 상상해주시면 기쁘겠습니다.

주14) 메리 씨: 이사할 때 버리고 간 서양풍 인형이 집요하게 이사한 집까지 따라온다는, 일본의 괴담계 도시 전설에 등장하는 인형 이름.
주15) 코토리바코: 저주하고 싶은 상대에게 보내서 죽게 만든다는 상자.
주16) 핫샤쿠사마: 八尺様. 키가 8척(240cm)에 이른다는 여자 요괴. 이 요괴에게 홀리면 며칠 안에 죽는다고 한다.

일러스트를 그려주신 하이무라 씨, 이토 타테키 씨, 담당 편집자 미키 씨, 아난 씨, 나카지마 씨, 하마무라 씨께 감사드립니다. 하얀 가운이나 가스마스크에 축제날의 유타카, 혼자서 일본, 서양, 중국을 아우르는 등 복수(複數) 속성의 믹스라는 것도 정리하기가 힘드셨을 것 같습니다. 감사합니다!!

　그리고 독자 여러분께도 감사드립니다. 집요할 정도로 크리스마스, 창약의 '어두운 부분' 편은 어떠셨나요? 과학과 마술, 표면과 이면. 여러 가지 얼굴을 받아들이고 즐겨주셨기를 바랍니다. 이번에도 감사했습니다!!


　그러면 이쯤에서 책을 덮어주시고.
　다음에도 손에 들어주시기를 기도하면서.
　이번에는 여기에서 붓을 놓을까 합니다.



　　　　　역시 그 녀석, (어린) 여난(女難)의 상이 나타나 있군
　　　　　　　　　　　　　　　　　　카마치 카즈마

어깨를 빌렸다.

체육복 소녀 타키츠보 리코의 부축을 받은 채, 하마즈라 시아게는 바깥 세계로 돌아왔다. 체조복을 입은 남자아이와 상의를 빌린 여자아이는 자유로울 테지만, 왠지 이쪽을 따라왔다.

학원도시 최대의 금기, 카키키에 터널.

결국 그는 그곳을 지나지 않았다. 기나긴 계단을 올라 바깥 세계로 돌아간 것이다.

"하마즈라."

안티스킬(경비원)이 기다리고 있었다.

요미카와 아이호였던 것이 그나마 다행일까.

걱정스러운 듯한 연인을 조심스럽게 떼어놓고, 하마즈라 시아게는 양손을 들었다.

"…안 된다고 생각했어."

"……."

"이대로는. 그냥 어두운 지하를 계속 걸어봐야, 분명 '어두운 부분'에서는 도망칠 수 없을 거야. 학원도시 바깥에서, 안전한 세계에서, 따뜻한 집이나 공기에 둘러싸여도 언제까지나 계속 '어두운 부분'의 그림자가 떨어지지 않겠지. 그러니까 여기에서 끊어내기로 했어."

정면에서 요미카와 아이호를 응시한다.

말한다.

"죗값은 치를 거야."

한마디였다.

'니콜라우스의 금화'를 버렸을 때부터, 안전권까지 도망친다는 임시 목적은 사라졌다. 그는 '이게 있으면 이룰 수 있다'는 주어진 방향성 바깥으로 발을 내디뎠다.

스스로 결정한다. 목적은 이렇다.

"하지만 자신의 의지와는 정반대로 억지로 당한 일에 대해서는, 이쪽이 규탄할 차례야. 나는 가해자지만 피해자이기도 해. …포기 따위 하지 않아. 나는 자신의 권리로 이 도시에 추궁할 거야. 그렇게 하지 않으면 자유 따위 손에 들어오지 않아, 영원히."

"그러면 돼."

가만히.

어딘가 안도한 듯이, 요미카와는 대답했다.

"솔직히, 나도 힘에 겨웠어. 오늘은 여러 가지 일이 너무 많이 일어났지. 이건, 한 방향에서 바라본 것만으로는 전체상을 파악할 수 없어. 도와준다면 고맙겠어. 나도 내 고름을 짜내고 싶어."

"우선 타키츠보… 이 애의 인공 투석 준비만 해주겠어? 그리고, 가능하면 열차를 타고 도시 바깥으로 나간 아이들의 행방도…."

이제부터다.

하마즈라 시아게가 그렇게 생각했을 때였다.


탕!! 건조한 소리가 울려 퍼졌다.


하마즈라 시아게는 기묘한, 웃음과 비슷한 표정을 짓고 있었다.

그대로 몸이 비틀거리고 비스듬하게 기운다. 자신의 체중을 받치고 있을 수 없어서, 눈으로 젖은 지면에 무너져 떨어진다.

정면, 아주 가까운 거리에서였다.

화약 냄새 나는 권총은 안티스킬(경비원)의 홀스터에 꽂혀 있었다. 안전장치도 걸려 있었을 것이다. 그래도, 아무도 건드리지 않았는데 멋대로 총알이 튀어나갔다. 당사자인 요미카와 아이호가 깜짝 놀란 듯한 얼굴을 했다.

하마즈라는 알았다. 이런 죽음은 기억에 있다.

자신답다⋯ 고도 생각했다.

'어두운 부분'은 '어두운 부분', 호보성이니 혐보성이니로 구분하고 자신만 살아남을 수 있다고는 생각하지 마.

(뭐, 폭력에 매달린 주제에 착한 사람인 척한 대가인가. 이건.)

요미카와의 의사가 아니다. 하마즈라는 금세 이해할 수 있었다. 하마즈라가 끝났다고 판단해도 사태가 달라졌다는 보장은 없다. 아마 무언가, 그들에게는 보이지 않는 힘이 작용했을 것이다. 요미카와 아이호는 어린아이에게 총을 겨누지 않는다는 것을 신조로 내건 안티스킬(경비원)이었다. 그런 그녀의 총이 오작동을 일으킨 것은 대체 어떤 아이러니일까.

끌어들여서 미안해.

그렇게 말하고 싶었지만, 혀는 마비된 것처럼 움직이지 않았다.

바로 가까이에서 무언가 외치고 있는 타키츠보 리코의 목소리가 몹시 멀다. 몸이 흔들리는 느낌은 들지 않았다. 분명히, 섣불리 움직이는 것이 망설여지는 상태일 거라고 추측한다.

다행이다 하며 그는 웃었다.

'이것'이 연인이나 체조복 차림의 아이들을 향하지 않은 것만으로도, 하마즈라의 승리다.

그리고,

(미안….)

　하마즈라 시아게는 끈적거리듯이 천천히 움직이는 시간 속에서 가만히 곱씹었다. 웃고, 끝내 납득하고 말았다. 결국 해내지 못했다. 맨 처음의 약속은 이랬을 것이다. 이런 칠칠치 못한 점이 자신답다고 생각한다.

　(…부적. 여동생인지 뭔지한테는 돌려주지 못했네.)

# 창약 어떤 마술의 금서목록 3

2022년 5월 15일 초판 인쇄
2022년 5월 31일 초판 발행

**저자** · KAZUMA KAMACHI
**일러스트** · KIYOTAKA HAIMURA
**역자** · 김소연
**발행인** · 황민호
**콘텐츠4사업본부장** · 박정훈
**콘텐츠4사업본부장** · 김순란 강경양 한지은 김사라
**마케팅** · 조안나 이유진 이나경
**국제업무** · 이주은 김준혜
**제작** · 심상운 최택순 성시원
**일본어판 오리지널 디자인** · HIROKAZU WATANABE
**한국판 디자인** · 디자인 우리
**발행처** · 대원씨아이(주)

서울 특별시 용산구 한강로3가 40-456
편집부 : 02-2071-2104  FAX : 02-794-2105
영업부 : 02-2071-2061  FAX : 02-794-7771
1992년 5월 11일 등록 3-563호

http://www.dwci.co.kr/

원제 SOYAKU TOARU MAJUTSU NO INDEX Vol.3
©Kazuma Kamachi 2020
Edited by 전격 문고
First published in Japan in 2020 by KADOKAWA CORPORATION, Tokyo.
Korean translation rights arranged with KADOKAWA CORPORATION, Tokyo,
through Korea Copyright Center Inc.

ISBN 979-11-6918-030-6 04830
ISBN 979-11-362-9439-5 (세트)